JÖRG LIEMANN

BLACKOUT

DIE EPIDEMIE

atb aufbau taschenbuch

Jörg Liemann, geboren 1964, ist Politologe, Dozent und Luftsicherheitsexperte. In den achtziger Jahren war er der wohl jüngste Telefonseelsorger Deutschlands. Er lebt in Berlin und ist Mitglied des *syndicats*, der Vereinigung deutschsprachiger Krimiautoren. Außerdem bei atb lieferbar: *Jung genug zu sterben*.

In Valencia weiß ein Chirurg während einer OP nicht mehr, weshalb er einen offenen Schädel vor sich hat. In einer Kathedrale in Barcelona erleidet jemand unter der Kirchendecke aus unerklärlichen Gründen einen Schock, strauchelt und stürzt in den Tod. Aus dem Cockpit eines Flugzeugs kommt Alarm. Hat der Pilot vergessen, wie er fliegen soll? Rätselhafte Vorfälle häufen sich. Alexander Mehrow, Ministeriumssprecher und Exjournalist, kommt einem tödlichen Virus auf die Spur. Aber auf Anweisung von oben darf diese Nachricht auf keinen Fall an die Öffentlichkeit gelangen. Schon bald bemerkt er auch an sich erste Anzeichen einer Demenz, die er vor seiner Frau Bea geheim zu halten versucht. In seiner Verzweiflung wendet er sich an eine Organisation, die damit wirbt, Demenzpatienten beizustehen. Fast zu spät erkennt er, auf wen er sich hier eingelassen hat. Als eine Frau tot aus der Spree gefischt wird, schaltet sich Kommissar Melchmer ein. Doch der Demenz-Virus droht sich immer mehr auszubreiten, und ein Wettlauf mit der Zeit beginnt.

JÖRG LIEMANN

BLACK OUT
DIE EPIDEMIE

THRILLER

atb aufbau taschenbuch

FSC
www.fsc.org
MIX
Papier aus verantwortungsvollen Quellen
FSC® C083411

ISBN 978-3-7466-3009-0

Aufbau Taschenbuch ist eine Marke
der Aufbau Verlag GmbH & Co. KG

1. Auflage 2014

Umschlaggestaltung morgen, Kai Dieterich
unter Verwendung eines Motivs von
© Lee Avison / Trevillion Images und
© istockphoto/angelhell
Satz LVD GmbH, Berlin
Druck und Binden CPI – Clausen & Bosse, Leck
Printed in Germany

www.aufbau-verlag.de

Alles wird schwarz

Teil I

1

Valencia, Spanien
Dienstag, 3. Juni 2014

»Ich habe ein Loch in Ihren Schädel gebohrt. Verstehen Sie mich, Juana?«

»Ja.«

»Haben Sie Schmerzen?«

»Nein.«

»Das Loch ist klein, Juana. Wir haben es nicht mal einen Zentimeter groß gemacht. Haben Sie Angst?«

Sie zögerte. »Nein, glaube nicht.«

»Angst müssen Sie nicht haben, meine Liebe. Ich schiebe Ihnen jetzt eine Elektrode ins Gehirn, Juana. Sie haben eine Lokalanästhesie, das heißt: Sie werden weiterhin keine Schmerzen haben. Die beiden Elektroden werden Sie gesund machen.«

Ohne seinen Kopf zu bewegen, richteten sich seine Augen nach links, zum Monitor mit dem Echtzeitbild. Die Sonde folgte dem Weg, den die Computer berechnet hatten.

»Sie sind ein Arzt, oder?«, erkundigte sich die Frau.

Er lächelte und bemühte sich, seine Stimme so sonor wie möglich klingen zu lassen. »Ja, richtig, Juana, ich bin Arzt. Sie sind in der neurochirurgischen Abteilung. Erinnern Sie sich an meinen Namen?«

»Sicher. Juana Ramírez.«

»Genau, das sind *Sie*. Und *mein* Name ist Professor …?«

Sie atmete hörbar ein.

»Juana? Verstehen Sie mich?«

»Ja, Doktor.«

»Gut. Welches Datum haben wir heute?«

»Welches Datum? Ja, wissen Sie das nicht?«

»Juana, ich muss darauf achten, dass die Elektrode, die durch Ihren Kopf gleitet, keine Läsionen, keine Schäden hinterlässt. Deshalb stelle ich Ihnen einige harmlose Fragen. Zum Beispiel: Welchen Tag haben wir heute?«

»Na, Frühling!«

»Gut. Ja, wir haben sozusagen Frühling.«

»Doktor?«

»Ja?«

»Was ist ein *Nucleus basalis Meynert*?«

Professor Abdellatif Yacine hob eine Braue und sah zum jungen Doktor Pita, bevor er antwortete. »Der *Nucleus basalis Meynert* ist ein Kern in Form einer Scheibe in Ihrem Gehirn, liebe Juana. Dieser Kern stellt in Ihrem Fall zu wenig von einem bestimmten Stoff her, den Sie benötigen, um sich zuverlässig an alles zu erinnern. Ich setze Ihnen ein Gerät ein, mit dessen Hilfe der Nucleus basalis dieses Acetylcholin wieder richtig produziert. Dann werden Sie weniger vergessen.«

»Ja, ich vergesse manchmal Kleinigkeiten. Aber alles Wichtige weiß ich. – Und Sie? Sind Sie Arzt?«

Pita verdrehte die Augen.

Professor Yacine wies ihn mit einem scharfen Blick zurecht. Dann wandte er sich wieder dem Monitor zu, dem zufolge sich die Sonde durch das Gewölk der Hirnmasse arbeitete.

Yacine stockte.

Doktor Mario Pita sah zu seinem Chef hinüber, der erst den Monitor anstarrte und dann seine Hände.

Warum zögert er?, fragte sich Pita. Es war nicht üblich, dass außer Yacine ein anderer Arzt während der Operation sprach, es sei denn, er wurde von Yacine gefragt.

Auf Professor Yacines Stirn entstanden Falten.

Er wird mich anfauchen, wenn ich ihn frage. Egal. »Bei mir sind alle Werte in Ordnung«, sagte Pita und bemühte sich, es nach Routine klingen zu lassen.

Abdellatif Yacine schreckte hoch. Fast so, als habe er mit Pitas Anwesenheit nicht mehr gerechnet. Er fauchte ihn nicht an. Er starrte unbeweglich.

»Vorsicht, Professor, der Katheter …«

Sein Chef nahm langsam die Hände von der Steuerung. »Ist das ein Kopf?«

Was meint er denn, Herrgott? »Professor Yacine … alles in Ordnung mit Ihnen?«

»Das ist doch ein Mensch, ja? Was stelle ich da mit seinem Kopf an?«

»Das ist Juana Ramírez«, sagte Pita verunsichert. »Wir bereiten die tiefe Hirnstimulation bei der Patientin vor.«

Yacines Augen weiteten sich panisch. »Das weiß ich, Sie Blindschleiche. Ich weiß schließlich, wer ich bin und was ich tue. Machen Sie hier weiter!«

»Ich? Aber ich … Das habe ich nie gemacht. Ich meine, es ist nicht mein Gebiet …«

Yacine riss sich den Mundschutz vom Gesicht und stürzte aus dem Operationsraum.

Was war das denn?, fragte sich Pita und kontrollierte die Messwerte. »Maribel!«, rief er in die Sprechanlage. »Was ist mit Professor Yacine?«

»An mir vorbeigerannt, Doktor Pita. Sind Sie jetzt schon fertig mit der OP?«

»Nein. Holen Sie ihn zurück! Sofort! Wir sind mittendrin. Er kann nicht einfach verschwinden.«

Yacine fuhr die Avenida Vicente Blasco Ibáñez hinunter und versuchte, an etwas anderes zu denken als an die anderen Autos um sich herum. So oft war er durch die Gassen des Viertels Cabanyal-Canyamelar gekommen, dass sein Wagen sich nach der Avenida nahezu automatisch den Weg bahnte. Die letzten hundert Meter ging er zu Fuß. Er stand im Sand und schaute über das Mittelmeer, das an diesem heißen Tag vergessen zu haben schien, sich zu bewegen. Kein Wind, keine Welle. Unbeweglich die Kräne im Süden, am alten Hafen.

Kann es sein, dass ich Arzt bin?, fragte er sich. Ein Chirurg, der etwas in die Gehirne von Menschen hineinschiebt?

2

Barcelona, Katalonien
Donnerstag, 5. Juni 2014

Sie stand in der 75 Meter hohen Apsis der Basilika und krönte sich mit dem weißen Bauhelm. Sofort richteten sich alle Blicke auf sie. Die der Männer. Die der Frauen. Nun legte sich Mireia Bascou die gelbgrüne Leuchtweste um, raffte die blonden Haare und ließ sie über ihren Rücken fallen. Die Touristen im *Temple Expiatori de la Sagrada Familia* wussten, wohin sie zu schauen hatten.

Den Rucksack in der linken, die Papiere in der rechten Hand, steuerte sie den Slalom durch die Besuchergruppen. Sobald sie die Leuchtweste trug, das wusste sie, war sie der personifizierte Informationsschalter. Deshalb achtete sie darauf, nicht zu langsam zu laufen, ohne jedoch die gaffenden Touristen anzurempeln.

Ein kleiner japanischer Junge brachte sie mit einer schüchternen Frage nach den Toiletten zum Stehen. Sie lächelte und deutete auf das kaum zu übersehende Piktogramm mit dem Männchen. Sogleich witterte der Leitwolf einer Männergruppe seine Chance, mit Mireia zu fachsimpeln und damit bei den Sangesbrüdern aus dem Taunus aufzutrumpfen.

Das sind die Schlimmsten, dachte sie. Wenn sie nicht bloß ihre Machosprüche ablassen, sondern so tun, als wollten sie sich über Rotationshyperboloide und Helikoide in Gaudís Architektur unterhalten. Um gleichzeitig in dein Dekolleté zu fallen.

»Miri!« Eine Frauenstimme, gleich neben dem Taunus-Bariton.

»Laia!«, sagte Mireia verdutzt. »Was für eine Überraschung!«

Küsschen.

Die Frau hätte ihre Schwester sein können, nur waren ihre Haare kastanienbraun. Sie war *exakt* zwischen 40 und 60 Jahre alt. »Du siehst phantastisch aus, Miri, Süße! Großartig, keinen Tag älter als dreißig. Wie machst du das bloß? *Arbeitest* du hier?«

Sie gab das Kompliment zurück und erinnerte die Freundin, dass sie schon vor vier Jahren in den Verein zur Rettung der Sagrada Familia eingetreten war. Damals hatten sie sich beide wochenlang über nichts anderes unterhalten, und Mireia schätzte an Laia Pereda, dass sie sich mit ihr nicht nur über Männer, Vibratoren und Lippenstifte unterhalten konnte.

»Du musst mir verraten, welches Gloss du nimmst, Süße«, sagte die lange verschollene Freundin. »Reichlich dunkel, aber du kannst es tragen, Schöne. Sammelst du heute Spenden für den Verein?«

Boshafte Gedanken über das Austrocknen von Haut und Hirn kamen Mireia in den Sinn, aber sie deutete nach oben, in das stilisierte Blattwerk der baumförmigen weißen Säulen: »Nein, ich klettere hoch und lese unsere Seismometer ab. Wegen der Erschütterungen.«

»Ach ja, Miri, stimmt ja. Dein Ehrenamt hier wegen dieser Tunnel-Geschichte! Siehst du, man bekommt Alzheimer, wenn man da draußen wie ich mit meinem Mann in Tarragona den Tag über in der Sonne brät und nichts tut.« Sie lachte und wirbelte ihre Haare auf.

Männerblicke in der Sühnekirche der Heiligen Familie.

»Haben sie denn jetzt diesen fürchterlichen Tunnel unter der Sagrada gebaut? Damals haben sie sich doch sogar von beiden Seiten gleichzeitig vorgearbeitet, war es nicht so?«

»Unser Protest gegen den Tunnel hat kaum genützt«, erklärte Mireia Bascou. »Man kommt gegen die AVE nicht an. Hochgeschwindigkeitszüge wollen eben alle. Am Ende hat uns die Kirche wenigstens erlaubt, unsere eigenen Messgeräte aufzustellen. Wir wollten uns nicht abhängig machen von den Aussagen der Tiefbau-Experten. Und auch nicht von der Kirche. Es sind nur ein paar völlig veraltete Seismografen, keine modernen Seismometer, die wir zusammengesammelt haben, aber immerhin.«

Die dunkelhaarige Freundin schien nicht genau zuzuhören. »Jedenfalls nicht auszudenken, Liebes, wenn dieses wunderschöne Bauwerk noch vor der Fertigstellung Risse bekommt und womöglich einstürzt, wie damals in Carmel«, sagte Laia Pereda und war gebannt vom Anblick des Gotteshauses und von ihrer Katastrophenphantasie. »Ging es da nicht auch um einen Bahntunnel?«

»U-Bahn, ja. Inzwischen macht mir hier die Luftfeuchtigkeit noch mehr zu schaffen als die Erschütterungen«, erklärte Mireia. »Sie sammelt sich an besonders kritischen Stellen, und dann besteht die Gefahr …« Sie sah, wie Laia ihren Blick schweifen ließ.

»Du, als ich das letzte Mal hier war«, sprach Laia andächtig, »da standen noch überall Gerüste. Davon ist ja nichts mehr zu sehen. Herrlich und farbenfroh ist es geworden. Und schau, diese goldenen Blüten! Ach Quatsch, das muss ich dir ja nicht zeigen. Du kennst ja jeden Zentimeter. Zum Schluss ist es unglaublich schnell gegangen, hm?«

»Ja, ich denke, 2030 könnte die Hütte fertig werden. Nach 140 Jahren. Da sind wir schneller als die Deutschen mit ihren Flughäfen.«

Sie verabredeten sich für den Abend zum Essen bei Lluis.

»Miri!«, rief die Freundin ihr nach.

»Ja?«

»Dein Rucksack!«

»Ach, danke. Ich hab einen Kopf wie ein Sieb in letzter Zeit.« Sie halfterte den Rucksack und winkte Laia nach, die noch rasch ein Foto aus der Entfernung vom weißen Bauhelm in der Menschenmenge machte.

Seit Jahren sind die Gerüste weg, dachte sie, während sie kletterte. Und immer noch wundern sich die Leute darüber. Inzwischen werden bald schon wieder neue Gerüste aufgebaut werden müssen, wenn es mit den Wasser- und Materialschäden so weitergeht.

Wäre lustig, Laia mit nach oben zu nehmen, dachte sie. Streng verboten, aber die würde staunen. Im Gerüst ist es ja wirklich, als ob man wie ein Äffchen in den Baumkronen hängt und auf den Boden des Dschungels herabblickt. Unten traben die Elefanten …

Sie dachte weiter über Laias Umzug nach Tarragona nach. Auch die anderen aus der Gruppe hatte sie lange nicht gesehen. Was war mit Digna? Meldet sich nicht mehr, das untreue Huhn!

In der Zwischenzeit öffnete sie routiniert den Hygrografen, zog den Schreibarm zurück und tauschte die Trommel aus. Dann schloss sie den Feuchtigkeitsmesser wieder und wandte sich dem Seismografen zu.

Früher haben wir uns jede Woche gesehen, alle. Da geht zu viel Lebensqualität den Bach runter, wenn wir …

Ihr Gehirn hatte für sie den Plan, aus der Hocke hochzukommen, mit dem linken Arm die Säule zu fassen und den rechten Fuß vorzusetzen, dann im Schwung nach dem Geländer des Baugerüsts zu greifen. Das hatte sie hunderte Male so gemacht, ihr Körper beherrschte das.

Ich werde Laia fragen, ob wir alle fünf mal wieder …

Sie wollte das Geländer greifen. Aber da war nur leerer Raum. Der Blick in die Tiefe.

Wer hat plötzlich das gesamte Gerüst weggenommen? Es war ihre letzte Frage. Sie strauchelte über den Rucksack, an den sie nicht mehr gedacht hatte.

Der kleine Junge aus Japan kam stolz von der Toilette zurück. Er hatte alles allein gefunden und alles allein geschafft. Da fiel ein Engel aus dem Altarraum herab. Goldenes Haar wirbelte im Kirchenschiff. Ein Feuerwerk aus weißen Papieren ging auf die Menschen nieder. Es war wunderschön. Der kleine Junge stand mit offenem Mund da.

Es war still, bis jemand schrie.

3

Toulon, Südfrankreich
Sonntag, 8. Juni 2014

Admiral Jean-Pierre Echenoz verbiss sich ein Gähnen.

»Siehst du«, zischte Madame Echenoz. »Du findest es genauso erbärmlich langweilig wie ich.«

»Ich habe schlecht geschlafen. Erwähnte ich bereits.«

Geneviève Echenoz, mit 69 Jahren deutlich jünger als ihr Gatte, legte das Fernglas an, wandte sich damit aber demonstrativ vom Geschehen im Hafen ab und schaute in die einzige Richtung auf dem Meer, in der keine Kriegsschiffe kreuzten.

»Das ist die *Dixmude*«, sagte Jean-Pierre, der längst die Segel gestrichen hatte. »L9015, Mistral-Klasse. Sie kann ein Bataillon mit 40 *Leclercs* transportieren.«

»Sind das diese großen, fetten Panzer?«

»Ja, Engel, das sind die großen, fetten Panzer. – In ihrem Welldeck kommen vier Landungsboote unter.«

»Kein schönes Schiff«, urteilte sie, mit dem Fernglas den Himmel nach einem Motiv absuchend.

»Sie hat sechs Helikopter-Landeplätze auf Deck und führt sechzehn Hubschrauber mit.«

Madame Echenoz schwenkte gütig auf die *Dixmude*. »Ich sehe keinen einzigen Hubschrauber. Ein Hubschrauberträger ohne Hubschrauber. Putzig.«

»Es ist eine amphibische Verladeübung, da brauchen wir keine Hubschrauber«, sagte er geduldig.

Sie betrachtete noch einmal das zweihundert Meter lange Schiff. Sie sah die Minensuchboote, die Pontons im Hafenbecken, die Landungsboote, leichtes und schweres Gerät an

Land – und überall Soldaten. »Das ist wie eines dieser Wimmelbilder«, sagte sie. »Erinnere mich dran, wenn wir wieder in Paris sind, dass wir für die Kleinen Bilderbücher kaufen.«

»Ah, da hinten kommt Marcel! Admiral Thierry, Engel.«

»Schneidig«, bemerkte sie, weiterhin durchs Glas blickend. »Ist das der mit dem Anwesen in Sanary-sur-Mer und mit dieser Minderjährigen?«

»Sie ist vierzig. Und sein Sohn ist in Mali gefallen.«

Eine schwarze Rauchwolke stieg über einem der *Leclercs* auf. Bis hierher war zu hören, wie der 8-Zylinder-Dieselmotor des Panzers aufdrehte. Er nahm Tempo auf, jagte über den Kai und brachte eine Gruppe Marineinfanteristen durcheinander.

Admiral Marcel Thierry drehte sich um. Er sah den Panzer, der einen engen Bogen nach links einschlug und sich auf der Stelle drehte wie ein auf dem Rücken liegender Käfer.

Jean-Pierre Echenoz nahm das Fernglas seiner Frau. »Nicht gut«, zischte er.

Thierry eilte auf die Szene zu.

Einige Soldaten rannten zum Panzer, der Kommandant gestikulierte aus dem Turm und wurde dann fast herausgeschleudert, als sich die 1500 PS ruckartig erneut in Bewegung setzten.

Echenoz suchte die Umgebung des Kais ab. »Die Tanklager«, flüsterte er. Und wusste, dass er nichts ausrichten konnte. Das Gefühl kannte er aus den letzten Jahren des Ruhestands nur zu gut.

Ein zweiter *Leclerc* schob sich dem anderen in den Weg. Der Geschützturm richtete sich auf den durchgedrehten Panzer, und er stoppte so schnell, dass seine schwere Masse auf den Ketten wippte. Doch der Amokpanzer bremste nicht, er behielt die rasante, unentschlossene Fahrt bei, schrammte das Hindernis, rammte einen leichten Schützenpanzer und schob ihn vor sich her.

Funken stoben. Sirenen, Schreie, Rufe. Der zweite *Leclerc* führte seinen Geschützturm nach und hätte schießen können.

Der ins Visier genommene Panzer jagte mitsamt dem vor ihm hergeschobenen Schützenpanzer in eine Gruppe Baucontainer. Strommaste knickten, eine Stichflamme züngelte aus dem rollenden Schuttberg.

Kleine Detonation: wahrscheinlich eine Gasflasche. Mit verminderter Geschwindigkeit schob der Aggro-*Leclerc* zwei Container und den leichten Panzer ins Hafenbecken. Wasserfontänen. Mit dem Quietschen eines Außerirdischen hing der schwere *Leclerc* noch kurz in der Luft, dann stürzte auch er und versank ohne Klagelied im Wasser.

»Vergiss nicht die Bilderbücher in Paris, für die Kleinen«, wisperte Madame Echenoz abwesend und lächelte wie eine Sterbende.

Nach zehn Minuten kam Admiral Thierry zu Admiral Echenoz und grüßte, als sei er noch dessen Adjutant.

»Ein Anschlag, Marcel?«

Der schüttelte den Kopf. »Auszuschließen. Ein Amokfahrer scheint es auch nicht zu sein.«

»Was dann?«

»Wir haben nur unzurcichende Informationen.«

»Schaden?«, erkundigte sich Echenoz mit zusammengebissenen Zähnen.

»Ein Kamerad überrollt. Die Beine. Vielleicht ist er zu retten. Acht Verletzte, ob schwer oder leicht, ist noch nicht kategorisiert. Der Kommandant hat sich beim Sturz ins Wasser gerettet, den Fahrer haben wir noch nicht aus der Wanne bekommen. Ein gewisser Philip Josselin, ein Sergeant. Die Luke war offen, da habe ich kaum Hoffnung. Und den Sachschaden siehst du selbst.«

»*Kein* Amok?«

»Ich habe ein Déjà-vu, Jean-Pierre«, raunte Thierry. »Wir hatten dasselbe schon einmal, beim letzten Einsatz in Côte d'Ivoire: Offizier donnert unkontrolliert im Panzer umher. Fünf tote Franzosen, drei Ivorer. Auch da dachten wir zunächst an Terrorismus. An Innentäter. Tatsächlich jedoch hatte der Fahrer *vergessen*, wie man einen Schützenpanzer fährt. Hat es mit der Angst zu tun bekommen in der Enge. Seine Leute nahmen ihm dieses Verhalten nicht ab und haben ihn angebrüllt. Daraufhin zog er panisch alle Hebel gleichzeitig. Wir haben es nicht veröffentlicht.«

»Wird eine posttraumatische Störung gewesen sein.«

»Nein, PTBS kann nicht sein, Jean-Pierre. Der Offizier war gerade frisch in Westafrika eingetroffen. Und hier scheint es genauso zu sein. Dieser Josselin ist noch nie im Krieg gewesen.« Er beugte sich vor, näher ans Ohr des pensionierten Admirals: »Ich fürchte, Madame Echenoz hat einen Schock.«

4

Luftraum in der Nähe von Nizza, Südfrankreich
Dienstag, 10. Juni 2014

Bea nippte an ihrem Tomatensaft, Alexander am Orangensaft. Sie saßen unbeweglich und schwiegen seit den Ligurischen Alpen. Unter den Klapptischen liebten sich seine rechte und ihre linke Hand.

Aus dem Fingersex wurde unkonzentriertes Streicheln.

»Was ist?«, fragte Bea lächelnd. »Nachdenklich?«

»Im Ministerium, beim Bewerbungsgespräch, haben sie mich gefragt, weshalb wir keine Kinder haben.«

Sie lachte. »Was? Ist ja unglaublich.«

»Ich wollte das Übliche sagen: Meine Frau hat als Ärztin viel mit Kindern zu tun, da will sie sich nicht noch Arbeit mit nach Hause nehmen. – Ich habe aber eine Nuance in dieser Geschichte verändert und dich zur *Kinder*ärztin gemacht.«

»Na und?«

»Allein, weil der Gag so besser funktioniert. Ich baue folglich meinen Job als Pressesprecher auf einer Lüge auf.«

»Darauf lass uns anstoßen«, schlug sie vor. »Gewissensbisse?«

Er stellte den Becher ab und schaute ernster drein: »Du, ich will dich etwas fragen und damit nicht bis nach unserem Urlaub warten …«

Ein lautes Sägegeräusch kam aus dem Bauch des Flugzeugs.

»Klingt nach dem Gepäckband im Frachtraum«, sagte Alexander Mehrow.

»Mir machst du keine Angst«, entgegnete Bea.

»Das Thema *Kinder* …«

Ihr Lächeln bekam eine angestrengte Note. »Ja, was Neues auf dem Gebiet?«

»Wir haben verabredet, dass wir unsere Entscheidung von Zeit zu Zeit überprüfen. Jetzt haben wir ein paar Jahre nicht mehr darüber gesprochen.«

»Und bald wäre es medizinisch nicht mehr vertretbar?«, fragte Dr. Bea Mehrow.

»Das meine ich nicht …«

Wieder das Sägegeräusch, diesmal kürzer.

»Ich freue mich, dass du mich fragst, Schatz«, sagte sie. »Viele Männer versinken irgendwann in Schweigen, was solche Themen angeht. Ich bin – weiterhin – äußerst zufrieden mit meinem und unserem Leben. Ohne Kinder. An die dummen Fragen und die vorwurfsvollen Blicke hab ich mich gewöhnt. – Und wie ist's bei dir? Neuer Job, neue Lebensansicht?«

»Nein. Unverändert.«

Sie saßen in Reihe zwei. Die Cockpittür öffnete sich. Der Pilot kam heraus und gab der Flugbegleiterin ein Zeichen. Beide liefen den Gang hinunter zum Rumpfende der Maschine.

Als Bea sich wieder zu ihm umdrehte, sagte Alexander: »Wir leben beide für unseren Beruf und für unser Zusammensein. Wenn du weiter damit glücklich bist und dir nicht doch insgeheim Kinder wünschst, dann …«

»Ach, eine Frau kann sich da nie gänzlich sicher sein. – Herrje, ich klinge wie eine Frauenzeitschrift.«

Das Flugzeug machte einen leichten Satz in der Luft, und es hörte sich an, als werde das Fahrwerk ausgefahren. Das Gleiche noch einmal.

Sie hielt ihren Becher auf dem Klapptisch fest. »Gut, ich bin glücklich, und du auch. Also kann der Urlaub beginnen? Jedenfalls, wenn wir hier lebend rauskommen.«

Aufs Stichwort fiel die Maschine so weit durch, dass ein Seufzen durch den Passagierraum ging.

Die Anschnallzeichen leuchteten nicht.

»Da ist die Küste«, stellte Alexander fest.

Der Pilot mühte sich zurück durch den Gang. Sobald er die Tür hinter sich verriegelt hatte, hörte Alexander einen lauten Wortwechsel im Cockpit, aber er konnte kein Wort verstehen. Er trank den letzten Schluck Orangensaft und klappte seinen Tisch hoch. »Der Service ist nicht grandios.«

Ein Schlag von innen gegen die Cockpittür. Alexander hörte ihn nicht nur, er sah, wie die Tür samt Rahmen und Wand einmal vibrierte.

Jemand hinter ihnen drückte die Service-Taste.

Von unten war wieder das Scharren und Surren des Landewerks zu hören. Das Flugzeug neigte sich wie zu einer Landung, aber es gab keine Durchsagen.

»Die Stewardessen sind verschwunden«, sagte Bea, die mehrfach den Gang hinunterschaute.

»Schließ die Augen und denk an Antibes, Süße.«

Er schaute hinaus und glaubte, das Cap Ferrat vor Nizza zu erkennen. »Da sind Schiffe«, sagte er. »Man kann sogar einzelne Wellen erkennen.«

»Du hast mir befohlen, die Augen zu schließen«, alberte sie. Dann öffnete sie sie wieder, aber nur, um an die Decke zu starren: »Sag mal, wer erbt eigentlich unsere Reichtümer? Ich meine: keine Kinder, keine Eltern …«

»Du bist abgesichert, wenn mir was passiert.«

»Und wenn wir beide zusammen abstürzen, Schatz?«

»Der Staat wahrscheinlich.«

Eine Flugbegleiterin steckte aus dem Nichts ihren Kopf in

ihre Reihe: »Würden Sie jetzt *bitte* den Tisch hochklappen?«, zischte sie Bea an.

Bea hielt ihr die beiden leeren Becher hin, aber die Frau reagierte nicht.

»Cabin Crew … prepare … land …«, krächzten die Lautsprecher.

Alexander lächelte mutwillig der Flugbegleiterin zu. »Gab es ein kleines technisches Problem?«

Die Frau lächelte zurück. »Nein, alles in Ordnung, der Herr.« Sie war entspannt. Wie ein Trampolin bei den Weltjugendspielen.

5

Antibes, Südfrankreich
Donnerstag, 12. Juni 2014

Alexander erwachte. Bea lag mit der Wange auf dem Boden. Über das Gesicht strähnten ihre schwarzen bleistiftlangen Haare. Alexander sah blinzelnd ihre abgewinkelten Arme. Er fühlte sich ausgetrocknet. Seine Hand war eingeschlafen. Als er sie ausstreckte, um wie eine sich vortastende Schlange Bea zu berühren, merkte er, dass sie zu weit entfernt war. Er erreichte sie nicht.

Ihr Körper ist braun, wunderte er sich. Wovon eigentlich?

Sein Blinzeln kämpfte gegen einen Lichtstrahl. Alexander versuchte, sich zu erinnern. Das Licht kam von einem Stück Chrom, in dem die Sonne brannte. Das Teil aus Chrom gehörte zu einer Leiter. Plötzlich war das Bild da, sein Gehirn zauberte eine Skizze, als schwebe er zehn Meter über sich und seiner Frau:

Das Azur-Meer. Die weiße *La Retraite*. Und auf dem Deck die unbekleideten Körper von Bea und Alexander, dem Urlauberpärchen aus Berlin. Die leere Flasche Champagner und zwei schon wieder ausgetrocknete Kehlen.

Er erhob sich, nahm kühles Wasser aus der Minibar neben dem Ruderstand und genoss den Blick auf die Bucht von St. Hélène. Hinter dem fernen Nizza erhoben sich mit geweißelten Spitzen die Meeralpen. Im Mai war es noch einmal ungewöhnlich kalt geworden. Gegenüber lag der alte Vauban-Hafen samt blitzender Yachten – eine von ihnen mit Hubschrauber. Die Stadtmauer von Antibes; der massive, quadratische Turm des Château Grimaldi; der Strand mit dem typischen Bild von Kindern, Duschen und Promenadenbänken.

Alexander zog die Badehose an und gegen die Mittagssonne den Bademantel. Er wollte auch Bea bedecken, besann sich aber, denn der Anblick seiner Frau auf dem weißen Tuch war ihm nicht unangenehm.

Das Wasser erfrischte ihn, und ihm fiel die Formulierung ein, die sie vorhin gefeiert hatten: *Wir erinnern uns unserer Ehe.* Etwas anderes verlangte er gar nicht von diesem Urlaub. Aber es war doch mehr. Er schaute einem Katamaran zu, der ohne Segel in einiger Entfernung kreuzte. Ein Dingi schaukelte auf den Wellen, in Respektsentfernung ankerten andere Yachten, die meisten deutlich größer als die *Retraite.*

Er entschloss sich nun doch, Bea mildtätig zu bemänteln, und kniete mit der Wasserflasche vor ihr.

Sie blinzelte und schob den Bademantel von ihren Schultern. »Mir is' nich' kalt!«, protestierte sie.

»Du bekommst einen Sonnenstich, Bienchen.«

»Was is' denn los?«

»Nichts. Leg dich lieber unter Deck, die Sonne ist zu stark.«

Folgsam richtete sie sich auf, die Haare zerzaust, stand mühelos auf wie eine Vierzehnjährige und tappte die Stufen hinunter, um sich auf die U-förmige weiße Ledercouch zu legen.

»Haben wir noch Champagner?«, flötete sie müde.

Alexander auf dem Deck grinste und schüttelte den Kopf. Er sah dem Katamaran zu, der mit Motorkraft die Mittelmeerbucht durchkreuzte und knapp an dem Dingi vorbeischoss.

Wir könnten den Segelschein machen, dachte er. Eigentlich ist ein Segelboot schöner als so eine wuchtige Motoryacht. Mit den neuen Segelschiffen lässt es sich mühelos auf Motor umschalten, wenn man zum Segeln keine Lust mehr hat oder die notwendige Mannschaft nicht zusammenbekommt. Andererseits sind die besten Katamarane zu groß für zwei. Muss mich mal erkundigen. Vielleicht können wir so ein Ding besichtigen.

Der Katamaran hielt Kurs auf den Strand.

Der muss gleich eine sportliche Kehre hinlegen, dachte Alexander, wenn er nicht auf Grund laufen will. Soll ich eine zweite Flasche öffnen? Ihr ein gekühltes, neues Glas bringen? Diese Lederbank ist gemütlich, nehme ich an …

Der Katamaran machte keine Anstalten zu wenden. Er lief so ungebremst auf die Sandbank vor dem Strand, dass sich das Heck hob und der riesige Katamaran sich beinahe überschlug. Stattdessen kippte er zur Seite. Er zerbrach. Weiße Balken und Fetzen flogen in die Luft. Menschen rannten am Strand fort. Alexander hörte Schreie gegen den Wind.

6

Das Großraumflugzeug trudelte, Alexander sah das Ufer näher kommen. Wir werden auf dem Spielplatz am Strand zerschellen, schoss es ihm durch den Kopf. Er löste seinen Gurt und fiel nach vorn auf die Cockpittür, stieß sie auf und sah, dass Pilot und Copilot in ihren Uniformen ausgetrocknet waren. Mumifiziert. Panisch suchte er nach dem Steuerhebel, aber es gab nicht einmal einen Joystick. Stattdessen ragte aus den Armaturen der Piloten eine Monstranz. Er zog an ihr, so heftig er konnte, aber das Flugzeug schlug an der Wasserlinie des Strandes auf und zerbarst in Myriaden von Kleinteilen. Er fühlte nichts. Um Alexander herum lagen Kinder. Den Kopf eines Jungen, der scheinbar überlebt hatte, hob er an, aber da hatte er ihn schon in der Hand, abgetrennt vom Körper.

Er fuhr zusammen und sah den Fernseher des Hotels vor sich, einen drei Meter breiten Bildschirm mit französischen Werbespots. Seine Hand war in den Haaren von Bea, er hatte sie gekrault, bevor er eingenickt war. Sie hatte ihren Kopf auf seinem Schoß und schlief wieder ein, nachdem er zusammengezuckt und aufgewacht war.

Bea trug ihren himmelblauen Rollkragenpullover und Socken, weil sie die Klimaanlage auf das Symbol der drei dunkelblauen Sterne gestellt hatten. Sie wollten an diesem Abend nicht an Sonne und Meer – und damit an Strand, Schiffe und Schiffstrümmer – erinnert werden. Deshalb das Hotel anstelle der Nacht auf der *Retraite*.

Alexander schüttelte den Kopf über seinen Alptraum und hatte Mühe, die Bilder von denen der wahren Erlebnisse am Strand zu trennen. Hatte er wirklich einen Mann unter einem

Mast hervorgezogen, einen Mann, dessen Genick ganz offensichtlich gebrochen war?

Er sah noch einmal Bea, wie sie im smaragdgrünen Badeanzug dasteht und sich umschaut, schreiende Kinder ignoriert, eine Frau am Boden rasch beruhigt und dann weiter nach Schwerverletzten sucht.

Oder die Küstenwache mit ihren Ferngläsern. Unbeweglich gaffende Uniformierte, die nicht fassen können, was sie sehen.

Schließlich der Rettungshubschrauber, der alles durch die Luft wirbelt – Luftmatratzen, Strandmatten, abgelegte Kleider, Mülltüten, Mützen, Takelage, Sand und Angst.

Bea hatte eine ältere Dame durch Herzmassage gerettet und sie dem Notarzt übergeben. Einige Menschen, bei denen nur eine Schiene anzulegen war oder die nur einen Verband brauchten, bat sie, selbst zu einem Arzt zu gehen. Zwischendurch forderte sie die Polizisten auf, konsequenter gegen die Schaulustigen vorzugehen, von denen einige anfingen, im Wrack nach brauchbaren Sachen zu wühlen, während andere unter Schock dasaßen und vor sich hin starrten.

Irgendwann hatte jemand von der Küstenwache einen Polizisten gefragt, wer die Frau im grünen Badeanzug sei, und die Bemerkung, sie sei eine Zeugin, hatte zu Verwirrung geführt.

Alexander war aufgefallen, dass niemand in dem Chaos eine geordnete Befragung durchführte. Nur einmal erkundigte sich jemand, der offiziell wirkte, aber keine Uniform trug, ob Alexander etwas Ungewöhnliches gesehen hatte. Etwas Ungewöhnliches am Katamaran.

»Er ist mit vollem Tempo auf das Ufer zugerast«, hatte Alexander geantwortet. »Das war ungewöhnlich genug. Vielleicht wollte er sich das Leben nehmen.«

Das offizielle französische Gesicht hatte verneint. »Wir haben so etwas ähnliches wie Mayday-Meldungen bekommen.«

»So etwas ähnliches?«

»Hilfeschreie. ›Wie soll ich das Boot anhalten?‹ So in der Art. Kein Selbstmörder ruft so etwas.«

Bea hatte kühl gerechnet, als sie zur *Retraite* zurückgeschwommen waren und geduscht hatten. »Ein Toter, drei Schwerverletzte, achtzehn leichte Fälle. Das ist halbwegs glimpflich ausgegangen. – Ich hab Lust auf Champagner, aber ich glaube, ich bin zu müde, ihn zu trinken.«

Dann näherte sich die Küstenwache querab der *Retraite* und bat zur weiteren Zeugenbefragung. Fortsetzung auf der Polizeiwache in Antibes, nachdem die gemietete Yacht festgemacht war. Einmal gab es sogar einen weißhaarigen Beamten, der ihnen beiden die Hand schüttelte und sich bedankte.

Am Abend, während sie sich über den weinrot eingefärbten Asphalt des Bürgersteiges schleppten, kam der Entschluss, ein Zimmer zu nehmen. Die meisten Hotels am Boulevard Maréchal Leclerc waren ausgebucht, aber im modernen *Royal Antibes* hatten sie, weil ein Kongress abgesagt worden war, die Wahl zwischen verschiedenen Suiten. »Hauptsache, es hat ein Bett«, sagte Bea. Die schöne Empfangsdame lachte, aber Bea meinte es ernst.

Alexander streichelte ihre Stirn und zappte mit der anderen Hand durch die Kanäle, eigentlich auf der Suche nach Lokalnachrichten, die über die Katastrophe berichteten. Allerdings fand er neben französischen Nachrichten nur amerikanische, russische und chinesische.

»Wieso kann ein Kapitän sein Schiff nicht mehr anhalten?« Das hatte er bei der Küstenwache gefragt und erhielt nur ein Achselzucken als Reaktion. »Ich meine, war er Amateur? Hat er den Katamaran gemietet, ohne ihn zu beherrschen?«

»Nein, Monsieur. Er ist seit drei Jahren der Eigner des Schiffes gewesen. Mit mehreren Patenten. Insofern muss man wohl von einem technischen Problem ausgehen. Als Kapitän vergisst man schließlich nicht, wie man sein Schiff steuert.«

Aber passen die Hilfeschreie zu einem erfahrenen Kapitän?, fragte sich Alexander vor dem Fernseher. Können Ruder und Gas gleichzeitig blockiert sein? Das klingt doch eher nach Sabotage.

Und weshalb springt der Mann nicht von Bord, wenn er doch merkt, was unausweichlich geschieht? Stattdessen bleibt er, funkt um Hilfe und bricht sich im überschlagenden Katamaran das Genick.

Hatte der Kapitän eigentlich das Warnhorn betätigt? Weshalb kann ich mich daran nicht erinnern?

Alexander war inzwischen bei den Nachtnachrichten des Schweizer Fernsehens gelandet. Er ließ sich berieseln von den Dialekten, von denen einige untertitelt wurden. Fernsehen brachte ihn meist schnell von seinen Gedanken ab – seien es wichtige, auf die er sich konzentrieren wollte, oder trübe, denen er zu entfliehen hoffte. Soweit er es mitbekam, ging es um einen Skandal, bei dem Gelder geflossen waren. Wiederholt war vom *Bundesrat* die Rede. Damit meinen sie einen *Minister*, fiel ihm ein. Schon kreisten seine Gedanken um die sprachlichen Unterschiede. Ein klar wirkendes Wort wie *Bundesrat* bedeutet in dem einen Land dies, in dem anderen etwas ganz anderes. Gibt es solche Divergenzen auch im Englischen – zwischen Iren, Kanadiern und Neuseeländern?

Er hatte immer gern Schweizer Nachrichten gesehen. Wahrscheinlich lag es am Schweizerdeutsch. Er würde es nie einem Schweizer sagen, aber für ihn klang es heimelig, warm, zuweilen sogar niedlich. Und das war doch eigentlich schön: dass ein Nachbarland *nett* wirkte.

Einmal hatte Alexander einen Leitartikel über kleine Nachbarstaaten verfasst. Der Text gipfelte in der These: Für uns Deutsche seien Staaten wie Belgien, Estland, Österreich, Irland, Portugal, Schweden oder die Schweiz deshalb interessant, weil wir bessere Welten sehen mögen. Dass Schweden ein Astrid-Lindgren-Land sei – mit gleichberechtigten Frauen und Kindern. Dass die Schweiz mehr direkte Demokratie in die Europäische Union einbringt. Deshalb, schrieb er, seien wir enttäuscht, wenn diese Länder und Menschen uns in der Realität so ähnlich sind.

Der Artikel war nicht durchgekommen. Und zwar nicht wegen eines Grundes, mit dem Alexander gerechnet hatte. Etwa dass der Text naiv sei. Oder dass die Schwedische Botschaft sich verwahren könnte, Schweden sei kein *kleines* Land. »Alex, das ist mir zu viel Politik.«

»Zu viel Politik? Ich dachte, wir sind der politischen Aufklärung verpflichtet, Jochen?«

»Das sind wir. Aber die Leute wollen unterhalten werden. Politik muss nicht unterhaltsam sein, aber wir müssen sie unterhaltsam rüberbringen.«

Es war höchste Zeit, die Zeitung zu verlassen.

»Aber jetzt stehst du auf der anderen Seite«, hatte Bea gesagt, mit ihrem unvergleichlichen Lächeln.

Stellvertretender Sprecher eines Bundesministeriums. Ist das *die andere Seite*?

Auf dem Bildschirm wand sich ein *Bundesrat*. Er kämpfte mit einer Frage. Oder mit der Wahrheit. Schnitt zurück ins Studio.

Der Nachrichtensprecher sah in die Kamera, sprach jedoch nicht.

Alexanders Gedanken waren drauf und dran, zu einer neuerlichen Platzrunde zu starten. Sie nahmen bereits Anlauf, und er betrachtete den Mann im Fernsehstudio schon wieder nur als Kulisse.

Startabbruch.

Was ist los?

Der Nachrichtensprecher starrte seit Sekunden in die Kamera. Sein Blick richtete sich in den Raum neben der Kamera. Keine Einspielmusik. Kein Abspann. Wartete er auf einen Filmbeitrag?

Alexander stellte den Apparat lauter.

Live-Nachrichten.

Der Mann saß hinter seinem Schreibtisch und starrte. Ein Nachrichtensprecher, der wie ein Studiobesucher wirkte, dem man gerade die Aufgabe gestellt hatte, ein Millionenpublikum zu fesseln. Alle Professionalität war aus dem Mann entwichen.

Warum schaltet die Regie nicht um?

Alexander erinnerte sich an die Nacht vor vielen, vielen Jahren, da saß er als Jugendlicher vor der *Tagesschau*. Die Sprecherin sprach versehentlich vom *WC-Tennisturnier* und bekam einen Lachkrampf. Daraus wurde sein erster Artikel. Spitze Frage: Warum erlöste sie keine Redakteurin, kein Regisseur aus ihrer Lage? Ließ sie noch bei den Lottozahlen losprusten. Der Artikel schloss versöhnlich: In der Nacht seien wir alle – von Flensburg bis Garmisch – eine verschworene Gemeinschaft, die um ein Lagerfeuer herum wacht. Die Menschlichkeit des Fernsehens.

Aber der starre Blick des Schweizer Moderators in die Kamera war nicht menschlich. Er erhob sich und tastete sich vom Schreibtisch aus fort. Die Studiomikrofone nahmen ihn nur noch halb wahr: »Was soll das?«, fragte er. »Was machen Sie mit mir?«

Endlich erlöste ihn ein Schnitt auf einen Redakteur, der

Neuigkeiten vom Sport ankündigte, aber offensichtlich eben erst in das nächstbeste Jackett gesteckt und sportlich vor die Kamera geschubst worden war. Der Neue warf einen Blick zur Seite, wo wahrscheinlich noch immer der Moderator herumtappte.

Wettervorschau.

»Unglaublich«, flüsterte Alexander. Fast im Reflex schaltete er den Bildschirm auf Internetfunktion um und suchte nach Spuren einer Reaktion.

Unter dem Sendernamen war zunächst nur die Website des Senders zu finden. Die Suchmaschine bot monatealte Texte an. Aber bei den Kurznachrichtendiensten brannte die Luft.

»Die spinnen, die Schweizer.«

»Wer so zynisch ist wie der Carlo Glasmacher, muss mit Häme leben.«

»Er wusste noch nie, was er tat.«

»Was hat der Typ geraucht?«

»Gebührenverschwendung bringt alle um den Verstand.«

»Glasmacher ist in seiner eigenen Intransparenz ersoffen.«

»Amnesie in den Kantonen angekommen.«

Wie immer, dachte Alexander. Kommentare, aber keine Fakten. Automatisch gab er den Namen Antibes ein und sah nach zwei Klicks Bilder vom Strandunfall. Warum habe ich das nicht längst gesichtet? Verdrängung wahrscheinlich.

Handy-Fotos im Internet. Es sah schlimmer aus, als Alexander es in Erinnerung hatte. Blutende Gesichter. Die Dame, die Bea mit der Herzmassage gerettet hatte, war an Bord des Hubschraubers gestorben.

Bea war wach. »Was ist?«

Er schaltete aufs Fernsehen um. »Alles in Ordnung, Schatz«, sagte er und zappte. Bis er den Moderator wieder sah, starrend an seinem Schreibtisch. Das Bild hatte diesmal einen rotgoldenen Rahmen, und ein Sprecher kommentierte die Szene auf Spanisch. »Guck dir das an«, sagte Alexander laut.

Bea mühte sich und wandte sich dem Bildschirm zu.

»Der Typ ist völlig desorientiert«, sagte er. »Das war vor nicht mal drei Minuten, schon bringen es die Spanier!«

Bea stöhnte. »Weiß er nicht mehr, wer er ist? Wie der Kapitän vom Katamaran?«

»Quatsch«, sagte Alexander und drückte auf off. Der Bildschirm war schwarz. »Komm, ich bringe dich ins Bett.«

»So leicht bin ich nicht zu haben, mein Herr«, säuselte sie und schlief wieder ein.

Teil II

7

Maselakekanal, Berlin-Spandau
Montag, 14. Juli 2014

Bea lachte. Sie stand auf, während Alexander auf dem Rücken liegen blieb.

»Was denn jetzt?«, fragte er verdutzt.

»So geht das nicht«, japste sie und zog sich ihr T-Shirt über. »Sobald wir zur Sache kommen, schaukelt das Ding. Das ist mir peinlich. Wenn das einer sieht! Wie im schlechten Slapstick-Film.«

»Aber du wolltest es einweihen«, protestierte er grinsend.

»Da habe ich nicht gewusst, dass man mit dem Teil kentert, sobald man es auch nur ein wenig heftiger miteinander treibt.«

Ihr kleines Hausboot war an der Kaimauer des Maselakekanals festgemacht.

»Stell dir vor«, kicherte sie, »du läufst am Ufer entlang und siehst, wie so ein Gefährt in verdächtigem Rhythmus schaukelt.«

»Du kommst sofort zurück ins Bett!«

»Was für ein *Bett?* Pritsche nenn ich das.«

»Wenn du nicht sofort zurückkommst«, drohte er, »gibt's ein Jahr lang keinen Sex!«

»Versprochen?«

»Wir hätten es vorher testen sollen!«

Sie lachte. »Ja, bei diesem verkniffenen Bootsverkäufer, der hätte den Schock seines Lebens bekommen.« Sie setzte sich auf die Pritsche zu ihm. »Ich liebe dich.«

»Dann zeig's mir«, forderte er.

»Hat dieses Gefährt einen Stöpsel?«, fragte sie. »Den ziehe ich und dann rette ich dich aus den Fluten dieses unsäglichen Kanals.«

»*Stöpsel!* Und die Frau hat einen Bootsführerschein! *Stöpsel!*«

Das Hausboot hatte noch keinen Namen. Der Hersteller hatte *Garten Eden 3000* als eine Art Namen vorgesehen, aber Beas erste Handlung nach dem Kauf hatte darin bestanden, den Aufkleber mit diesem Titel vom Nussbaumholz zu lösen, das in Wahrheit bedrucktes Aluminium war.

»*Floß*«, hatte sie vorgeschlagen. Der Quader auf der Plattform, an Bug und Heck leicht angeschrägt, hatte tatsächlich die simple Grundform eines Floßes, und es war auch nicht groß.

»Was ist mit *Pequod?*«, hatte er sich in der zweiten Aprilhälfte erkundigt, als sie Wasser und Lebensmittel auf das Hausboot brachten.

»Und du bist Ahab, oder was? Nenn sie doch gleich nach einem Flugzeugträger!«

»Genau! *U. S. S. Intrepid.* Oder *Enterprise!*«

»Die Wasserschutzpolizei wird dich kielholen, Alexander! Geht's nicht ein bisschen kleiner?«

»*Discovery? – Bounty?* – Was denn? – *Orca?* – Du, *Orca* ist doch … Oder?«

»Ich mach uns einen Wein auf.«

»Aber *Orca* ist …« Er überlegte. »*Titanic? – Costa Concordia?*«

Sie musste kichern, damals im April.

»*Poseidon?*«

Sie ging zum Gegenangriff über: »*Alte Liebe. – Windsbraut. – Nixe.* – Oder einfach und zugleich wunderschön: *Bea!*«

»*Bea* ist gut. Aber da denken alle, es ist ein Flugzeug. – Was ist mit *Nostromo? – Black Pearl?*«

»*Havelqueen.*«

Da musste er lachen.

Doch bis heute hatten sie keinen Namen für die schwimmende Laube. Angemeldet war sie behördlich weiterhin als *Garten Eden 3000.*

Dieser Juliabend war der erste Tag nach ihrem Urlaub, den sie gemeinsam verbringen konnten. In Beas Hausarztpraxis schien die gesamte Patientenschaft nur darauf gewartet zu haben, sie gleich nach ihrer Rückkehr aus Frankreich einem Stresstest zu unterziehen. Alle kamen, die gesamte Patientendatei, und das in der Urlaubszeit! Alexander wurde im Ministerium nicht sofort unter Druck gesetzt, das besorgte er selbst. Er hatte sich vorgenommen, allen Referatsleiterinnen und Referatsleitern einen Antrittsbesuch abzustatten. Er hielt das normal für einen – wenn auch nur stellvertretenden – Pressesprecher. Die meisten Führungskräfte jedoch waren leicht erstaunt bis euphorisch erfreut, weil endlich mal jemand sie nach ihrer fachlichen Meinung fragte. Nach Jahren, wie einige von ihnen hinzusetzten. Er betonte, eine Art Mittler nicht nur zwischen den Bürgern und der Ministerin sein zu wollen, sondern auch zwischen der politischen Leitung und den Fachreferaten. Den meisten Gesichtern sah er in den Einzelgesprächen an, dass sie ihm nicht glaubten. Vielleicht waren sie klüger als er. Pressesprecher kommen und gehen alle zwei bis vier Jahre.

»Wo hab ich den blöden Lippenstift?« Bea forschte in ihrer Handtasche.

»Wozu brauchst du hier …« Er schenkte sich den Rest der Frage lieber.

»Ach …!« Sie zog zusammengefaltete A4-Seiten aus der

Tasche und wedelte damit. »Schau, vielleicht interessiert es dich.«

Er betrachtete sie. Es waren die Zehntelsekunden. Wie sie sich bewegte mit dem Papier in der Hand, wie sie lächelte, wie sie die Haare hinters Ohr klemmte und wie sie gleich wieder hervorschnalzten. Alexander hielt diesen Blick noch einen Moment. Diese Zehntelsekunden waren es, die ihm das warme Gefühl gaben: Du weißt, warum du sie liebst und warum du sie geheiratet hast. Wenn wir von einer Minute zur anderen nicht mehr scharf aufeinander wären – ganz egal, wenn sie nur nicht diese kleinen Bewegungen einstellt. Dieses blitzkurze wissende Lächeln, die Vorfreude, ihm etwas zu zeigen, an dem sie Spaß hatte. Die Bewegungen der Lippen in den Mundwinkeln. Der Übergang vom Ohr zum Gesicht, dieses Wischen mit dem Zeigefinger über die Kinnspitze.

Das erste Mal hatte er es in dem Reinickendorfer Café gesehen. Sie las Zeitschriften, fast ausdruckslos. Aber eben nur fast. Er bestellte den Weißwein, den sie trank, und ließ ihr ein neues Glas davon bringen. Das Zucken ihrer Braue, als die Kellnerin es ihr erklärte. Wie er hinüberging und sich entschuldigte, sie zu stören. Und ihr sagte, dass sie diese kleine Bewegung mit dem Zeigefinger gemacht hatte, die ihm gefiel. Acht Wochen später war im Grunde klar, dass sie heiraten würden, auch wenn sie noch zweieinhalb Jahre lang ein Ritual daraus machten, sich nicht zu entscheiden.

Wird sie die Geste draufhaben, wenn sie 60, 70 und 80 ist? Werde ich es dann noch registrieren?

Ihm war plötzlich kalt, aber er bekam etwas zu tun, er konnte nach den Ausdrucken greifen, die Bea ihm hinhielt.

»Was ist das?«

»Ein Interview mit Carlo Glasmacher.«

Er brauchte einen Augenblick, um sich an den Schweizer Nachrichtensprecher zu erinnern.

»Sie haben ihn gefeuert.«

»Das hätte ich vielleicht auch getan«, sagte er.

Sie zog das Papier an sich. »Was? Das ist nicht dein Ernst, Alexander. Ohne zu wissen, was mit ihm ist?«

»Im Fernsehen muss man nun mal präsent sein«, sagte er und hatte schon die Ahnung, etwas zu hart zu wirken. »Wenn ein Anchorman nicht weiß, dass er in einer Fernsehsendung sitzt und Nachrichten moderiert, sollte er … von mir aus Redakteur im Background werden. Wie alt ist er?«

»62, glaube ich, gelesen zu haben.«

»Erstaunlich, dass sie ihm so lange die Sendung belassen haben. Findest du nicht? Sagt er, was an dem Tag mit ihm los war?«

»Nein, es ist eigentlich klar.« Sie suchte ein Zitat, das sie angestrichen hatte. »Hier: Er spricht von erheblichem Stress, den er an dem Tag gehabt habe. Außerdem sei alles komplizierter geworden, heutzutage. Die Globalisierung, die Technik, die Konkurrenz von Internet und Fernsehen. Da habe er wohl ein Blackout gehabt, zum ersten Mal in seinem Berufsleben. Er habe sich an den Namen eines somalischen Stammesführers nicht erinnert und gleichzeitig überlegt, wie der Staatssekretär im französischen Außenministerium heißt. Das Ergebnis sei ein Knoten in seinem Kopf gewesen, eine Leere, die ihm peinlich ist.«

»Verständlich.«

»Aber überzeugt es dich?«

Er stutzte. »Was meinst du?«

»Für mich klingt das nach Ausrede«, sagte Bea. »Auf der einen Seite versucht er, die Sympathien der Leser zu bekommen. Wer weiß schon, wie ein somalischer Stammesführer heißt. Allzu menschlich, werden die Leute sagen. Andererseits spricht er von allgemeinen Phänomenen wie der Globalisierung oder der Technik, mit der er offenbar nicht zurechtkommt. Unspezifisch. Ich weiß, man soll vorsichtig sein mit vorschnellen Diagnosen aus der Ferne. Aber das war kein normales Blackout. Das ist eine an den Haaren herbeigezogene Entschuldigung. Außerdem sagt er, dass er sich an die Szene erst richtig erinnern konnte, als er sie in der Aufzeichnung gesehen hat.«

»Und was heißt das?«

»Es ähnelt einem Verhalten, das Menschen an den Tag legen, bei denen sich Demenz ankündigt.«

Er griff nach den Seiten und blätterte, war aber nicht mit ganzer Aufmerksamkeit bei dem Schweizer Nachrichtenmann. »In den letzten Tagen hieß es, er hätte eine kurzzeitige Amnesie, wie nach einem Schock.«

»Spekulation.«

»Ja, ja, aber selbst im Ministerium hat es Wellen geschlagen«, sagte er geheimnisvoll.

Sie setzte sich neben ihn und strich ihm durch die Haare, mit leichtem Spott. »Ja? Das Gesundheitsministerium kümmert sich um das Blackout eines Schweizer Journalisten?«

»Nicht offiziell, nein. Aber einer der Referatsleiter, ein Typ namens Burggraf, der übrigens gar nicht so aussieht wie ein Graf, hat mir seine Theorie aufgetischt.«

»Wie sieht er denn aus?«

»Spitzmaus?«

Sie lachte und strich sich mit der Hand durchs Haar.

»Seine Theorie habe ich nicht verstanden. Medizinisches Fachgesimpel.«

Bea streichelte seine Stirn. »Der stellvertretende Pressesprecher des Bundesgesundheitsministeriums wundert sich also, dass es in seiner Gesundheitsbehörde um medizinische Termini geht …«

»Das sind Medizinalräte, die brauchen nicht noch einen von ihrer Art vor den Mikrofonen, sondern einen erfahrenen Journalisten. Finde ich.«

»Einen dekorativen«, stichelte sie.

»Dekorativ? Was meinst du damit …? Hey, ich habe Fachkompetenz … Ich habe zwei große internationale Konferenzen für die moderiert, Lady!«

»Ja … Weil du dekorativ bist«, sagte sie und küsste ihn, wobei ihre Leidenschaft etwas irgendwie Symbolisches hatte und wohl auch haben sollte.

»Sie sind eine Sexistin, Frau Doktor«, sagte er.

Sie bestätigte das, indem sie ihm eine Sauerei ins Ohr flüsterte.

Er küsste sie. »Leg mich flach oder hör mir zu«, entgegnete er.

»Das Zweite, bitte. Das andere ist mir momentan zu anstrengend, außerdem will ich nicht ertrinken.«

»Also, dieser Burggraf meint …«

»Die Spitzmaus Burggraf?!«

»Burggraf Spitzmaus ist der Ansicht, dass sich eine Amnesiewelle epidemiologisch ausbreitet.«

Sie zuckte zurück, als habe er Mundgeruch. »Mit diesem Begriff muss man vorsichtig sein, Alex. Epidemie, das ist ein großes Wort. Gerade, wenn man in einem Ministerium arbeitet. Du musst jetzt jedes Wort auf die Goldwaage legen.«

»Was er meint … Es breitet sich aus.«

»Das ist ein Unterschied. Eine Krankheit mag sich ausbreiten. Sie wird einen Höhepunkt haben, aber sie klingt ab. Eine Epidemie explodiert. Und wenn sie abklingt, und das wird sie, dann stellt sich die Frage: Hallo, lebt noch jemand? Denk an die Pest.«

»Gut, mein Schatz. Burggraf sagt unter vier Augen, er habe die Berichte verfolgt. Im Ergebnis geht er davon aus, dass es einen Krankheitserreger gibt, der von Nordafrika kommend nach Südeuropa gesprungen ist und über Frankreich schließlich die Schweiz erreicht hat.«

»Aha. Wie gefährliche Erreger das ja nun mal tun. Sie kommen immer aus Afrika und überfallen das zivilisierte und wehrlose Europa. – Was soll das für ein Erreger sein? Haben in Afrika alle Nachrichtensprecher vergessen, dass sie live in einem Studio sitzen und reden sollen?«

»Du nimmst das nicht ernst«, stellte er fest.

»Ein Erreger, der Amnesie auslöst? Ein Blackout, das über das Mittelmeer springt?«

Er zuckte mit den Schultern. »Wie genau das gelaufen sein könnte, weiß ich nicht. Ich bin ja kein Fachmann.«

»Und dein Kumpel, dieser Referatsmeister Spitzmaus? Wofür ist der zuständig?«

»Unwichtig.«

»Also?«

»Du bist widerlich.«

»Wofür ist er zuständig?«

»Sporterziehung, glaube ich. Aber das muss nichts heißen.«

Sie triumphierte: »Der *Sporterziehungsexperte* des Bundesgesundheitsministeriums spricht über Afrikanische Amnesie bei Schweizer Moderatoren!«

»Widerlich«, neckte er sie und packte sie an der Hüfte.

Sie juchzte, griff ihm in den Schritt und küsste ihn. Dann stemmte sie sich auf, erhob sich und ordnete ihre Haare. »Vielleicht sollte ich dir das eine oder andere über Epidemiologie erzählen. Damit du keinen Unsinn erzählst in einer Pressekonferenz von Burggraf Sportmaus.«

»Gut, Frau Hausärztin, gib mir 'ne Expertise.«

Sie funkelte ihn streng an.

»Der böse Blick funktioniert bei mir nicht«, sagte er kühl. »Burggraf ist Mediziner, der darf seine Fachmeinung haben, egal, in welches Zuständigkeitskästchen man ihn pfercht. Also, was muss ich wissen über Epidemien?«

»Okay. Ich mache es kurz«, sagte sie in dem Ernst, den er an ihr so liebte wie ihre Albernheit. »Fangen wir damit an: Weshalb kommt die Welle aus Nordafrika? Warum nicht aus China über Australien und Südafrika nach Nordafrika? Weil niemand es weiß! Und weil es wahrscheinlich zu wenige Fälle gibt. Man hat Einzelfälle irgendeiner Krankheit in Nordafrika festgestellt, danach in Europa. Also ist sie – angeblich – von Kontinent zu Kontinent gesprungen. Aber vielleicht ist sie einfach nur zu verschiedenen Zeitpunkten entdeckt worden, so dass die Herkunft aus Afrika ein Trugschluss ist.«

»Hm. Kann sein. Ist mir aber zu allgemein.«

»Gut. Ein anderer Punkt: Es gibt keine Amnesie-Krankheit. Es gibt Demenzen. Die sind eine Alterserscheinung. Weißt du ja. Sie beginnen in der Regel mit 65, häufen sich bei 90-Jährigen und sind in noch höherem Alter fast schon tägliche Begleiterscheinungen. Aber: In Afrika ist die Lebenserwartung geringer als bei uns. Wenn da ein sogenannter Verrückter auffällt und aktenkundig wird, ist das eine Seltenheit. Aus mehreren Gründen. In Europa werden wir immer älter. Wenn du willst, ist es die Lebenserwartungskurve, die fast schon epidemiologische Züge angenommen hat – absolut unwissenschaftlich gesagt. Nehmen wir an, in Afrika und Europa würden zur selben Zeit alle Hochbetagten dement werden. Dann sähe es so aus, als verlaufe die Entwicklung in Afrika schleichend, in Europa aber katastrophal, und als vollziehe sich eine Bewegung nach Europa hin, was aber nicht stimmt.«

»Okay, verstanden.« Er nickte.

»Wichtiger noch: Amnesie ist nicht infektiös, Demenz auch nicht. Es gibt keine Ansteckungswellen wie bei der Grippe oder der Pest.«

»Im Internet habe ich einen Text gefunden. Demnach wäre Alzheimer ansteckend. Allerdings gibt es zahlreiche Dementis«, gab er zu.

»Im Internet findest du alles«, sagte sie. »Ich habe das von dem angeblich ansteckenden Alzheimer mitbekommen. Vermutlich entstehen solche Fehlinterpretationen ähnlich wie die über die Epidemien: Eheleute, die ihre dementen Lebenspartner pflegen, werden schließlich genauso älter wie diejenigen, die sie pflegen. Wenn nun der pflegende Teil dement wird, ist es leicht zu sagen: der hat sich angesteckt. Da genügt ein einziger Fall, schon kochen die Gerüchte hoch.«

»Du sagst jedenfalls: Alzheimer ist definitiv nicht ansteckend?«

»Es wird nicht auf dem Weg der Infektion übertragen.«

»Sondern?«

Sie wand sich. »Alzheimer ist nur eine Form von Demenz. Eine von 50 Grundtypen. Über die Auslöser ist wenig bekannt. Die häufigste Übertragungsform ist die Vererbung.«

»Wenn meine Eltern Alzheimer … oder Demenz hatten?«

»Wenn es dominante Gene in der Familie gibt. Die Anlage für einige Demenzformen scheint vererbt zu werden. Der zweite wesentliche Risikofaktor ist das Alter.«

»Und was passiert bei Demenz? Die Leute verkalken?«

»Nein. Aus unbekannten Gründen bilden sich in den Gehirnen der Betroffenen Plaques. Das sind Plättchen aus Peptiden, die sich vermehrt ablagern und als eine Art Nervengift fungieren.«

»Lassen sie sich beseitigen, diese Plaques?«

»Medikamentös, zum Teil. Das Sonderbare ist, dass bei Patienten, die ihre Plaques verlieren, die Demenz danach meistens bleibt. Und merkwürdig auch, dass es Menschen gibt, die starken Plaque-Befall haben, ohne dass sie Demenzerscheinungen aufweisen.«

»Dann ist die eigentliche Ursache der Demenz eine andere?«

Schulterzucken. »Das ist eines der großen Geheimnisse unserer Zeit.«

»Jedenfalls ist wohl auszuschließen, dass der Typ vom Katamaran einen Gedächtnisverlust hatte. Sagten die Polizisten nicht, er sei erst 60 gewesen?«

»Für Alzheimer wäre das zu früh. Für andere, seltenere Formen hingegen nicht.«

»Vielleicht … Wie sieht die Diagnose aus? Ab wann weiß man, dass jemand dement ist?«

»Also, ich *spreche* mit den Leuten. Ich stelle bestimmte Fragen.«

»Nein, ich meine medizinisch.«

»Das *ist* medizinisch! Wenn du Labortests meinst, Kernspintomografie und so weiter … Solche Untersuchungen werden gemacht, aber sie sind in diesem Fall nicht zuverlässig. Es gibt nur einen Weg, der sicher ist: Das Gehirn aufschneiden und nachsehen. Dann sieht man mit bloßem Auge Deformationen.«

»Aufschneiden … Dann ist der Patient aber bereits tot?«

»Ja, das wäre … besser für ihn.«

8

Eine Theaterbühne in Berlin-Pankow
Montag, 14. Juli 2014

Alle Sitze waren leer, kein Publikum im Saal. Dennoch tigerte Jenissej in der Garderobe auf und ab, als stünde eine Premiere bevor. Er hatte sie alle einbestellt: die Schauspieler und die Komparsen, die Techniker, die Frauen, Männer und Kinder der Tanztruppe, die Requisiteure, das Orchester und den Chor, sogar den Service – die Kasse, die Platzanweiser, die Leute von Garderobe und Imbiss … Also gerade mal 308 Personen.

Schon lange wollte er *Ignoranz* inszenieren. 2011 hatte er wochenlang um das Thema herumgetanzt. Und das buchstäblich, denn so fand er seine Ideen und so baute er sie aus. »Woher kommt es, dass die Menschen auf der Straße rempeln, dass sie auf Bürgersteigen parken?«, hatte er gefragt. »Sie wollen die ersten in einem Waggon sein, und sie schreien am Ende ihren Sitznachbarn in die Ohren. Was ist das für eine Aggression? Die kann doch gar nicht persönlich gemeint sein, und dennoch schlägt sie ständig zu.« Er hatte solche Fragen gesammelt, fand aber keinen Namen für das Phänomen.

Dann half ihm der Zufall: Eine Freundin seiner Tochter tauchte plötzlich im Theater auf, und kaum hatte sie von seinen unfertigen Gedanken gehört, brachte es diese Melina von Lüttich auf den Begriff: *Ignoranz.*

Nun galt es, das Thema in seinen Dimensionen zu begreifen und es darzustellen. Das fiel ihm leicht, wenn er sich auf der Bühne bewegte und spielte, vor sich hin faselte oder tanzte, mal allein und ohne Technik, mal mit Projektoren und

Laptops. Jenissej war nicht nur Intendant seines eigenen Theaters, er war Medienchoreograph. Er wollte *Ignoranz* durch das Zusammenspiel von Filmsequenzen, Lichteffekten, Ton-Collagen, Computeranimation und Tanz durchdringen und damit sein Publikum erschüttern.

Als Synästhetiker hatte Jenissej die Gabe und die Last, dass ihm bei der Berührung von Gegenständen, aber auch beim körperlichen Kontakt mit Menschen, Geruchsempfindungen ins Gehirn funkten, so wie andere Synästhetiker ohne ihren Willen Farben wahrnehmen, wenn sie Töne hören. Man mochte das für eine Fehlleistung des Gehirns halten. Jenissej versuchte, es kreativ zu nutzen. Falls sich mal keine Idee einstellte, berührte er beim Tanzen den Boden oder nahm zurechtgelegte Gegenstände in die Hand.

Mancher Geruch war ihm gänzlich neu. Andere schufen ein Wurmloch in seine Kindheit. Der Geruchssinn ist schließlich die intensivste Verbindung zum Archiv der menschlichen Kindheitserinnerungen.

Dann kam alles dazwischen. Zuerst der unerwartete Erfolg einer Film-Dokumentation über den Schauspieler und Regisseur Theo Lingen. Daraus wurde eine Serie über Filmkünstler, die sich auch international hervorragend verkaufte. Umwerfend auch der Erfolg seines letzten Stückes, *Mars-Orbiter*, das dem Publikum suggerierte, es fahre live und als personifizierter Rover über die rote Planetenoberfläche – und beginne damit, sich von der Fernsteuerung zu emanzipieren.

Als er die DVD zu *Mars-Orbiter* produzieren wollte, überwarf er sich mit seinem Cutter. Gleichzeitig war Bayreuth angesagt, samt Presseschlacht auf dem Grünen Hügel; sein *Ring* entzückte Kulturredaktionen und führte Deutschland an den Rand eines Bürgerkriegs – soweit man den Feuilletons Glauben schenkte. Er trennte sich von Pia, seiner Muse und Partnerin. Er versöhnte sich mit ihr. Seine Tochter Lena zog aus, im empfindlichsten Augenblick. Pia versuchte, seine und ihre Wort-Inszenierungen auf einen Nenner zu bringen. Das musste scheitern. Sie beide waren genial, aber ihre Konzepte vertrugen sich nicht. Alles das kam zwischen ihn und *Ignoranz*.

Pia war die Analytikerin. »Jenissej, du hast es mit zwei völlig unterschiedlichen Konnotationen zu tun: *Ignorieren* ist ein neutraler oder gar positiver Begriff. Man kann zum Beispiel seine Schmerzen ignorieren. Wer Schmerz ignoriert, der leistet etwas, er ist ein Aktiver. Aber was ist der *Ignorant?*«

Jenissej schmunzelte noch in der Erinnerung über ihre Theatralik. Und ihren Schweizer Singsang.

»Der *Ignorant*«, hatte sie erklärt, als sei es ein Naturgesetz, »das ist ja ein Passiver. Er ist tumb und taub. Und irgendwie will er auch tumb und taub bleiben, er will sich auf nichts einlassen: Nicht auf die Unwägbarkeiten der Liebe, nicht auf die Kunst oder das notwendigerweise Unfertige jeder Literatur, nicht auf die Abgründe des Zufälligen …«

Pia klang in solchen Momenten, in denen es um die Suche nach Darstellungsformen ging, so, als hätte sie im stillen Kämmerlein vorformuliert.

Sie wollte, erinnerte er sich, dass er die beiden Bedeutungsebenen der Ignoranz auf der Bühne glasklar trennte. Sie schlug vor, »antipodische Begriffe« grafisch ins Bühnenbild einzublenden oder sie aus dem Boden auftauchen zu lassen. Da bekamen sie den ersten Streit. Pia mochte eine Wortkünstlerin sein, eine Grafikerin, eine Erweckerin der Buchstaben und Wörter. Er aber empfand es als Einengung seiner Möglichkeiten, ihr darin weiter zu folgen.

In einer Nacht vor zwei Monaten war Jenissej aus dem Bett einer schönen Frau gestiegen und musste zu seinem Theater, weil er spürte, dass eine Idee sich anbahnte. Sofort verließ eine Gruppe jugendlicher Laienschauspieler, denen er den Raum für ihre Proben überlassen hatte, die Bühne. Er bat zwei von ihnen, sich auf Stühle neben ihn zu setzen und nichts zu tun, egal was passierte. Die anderen setzten sich in die erste Reihe und sahen zu, wie der beinahe 53-jährige, kleine, kräftige Mann mit den geschorenen grauen Haaren sein Hemd auszog – der Oberkörper eines trainierten Tänzers.

Schon mit seinen ersten Bewegungen begriff das Nachtpublikum, dass Jenissej in eine U-Bahn oder S-Bahn eingestiegen war und zwischen den Männern Platz nahm. Er rempelte, nahm davon aber keine Notiz. Was folgte, ließ die Schauspieler in der ersten Reihe glucksen und kichern, dann lauthals lachen. Und auch die Statisten mussten sich konzentrieren, um nicht loszuprusten. Jenissej war *der Ignorant*. Er las seine Luftzeitung, zerknitterte sie und belästigte dabei seine Mitreisenden. Er fraß einen Hamburger und schlürfte Getränke und zerrte unablässig an einem imaginären Köter, der um sich pinkelte. Er flippte bei Kopfhörermusik aus und machte Anstalten, sich einzunässen. Dann griff er nach seinen Sitznachbarn, um dem einen den Arm abzubeißen und den anderen zu vergewaltigen.

Der Applaus der jungen Leute, ihre Jubelrufe und Küsschen waren das eine. Das andere war, aus der spontanen Eingebung ein Stück zu formen und es für den Saal aufzubereiten.

Inzwischen war *Ignoranz* ausgegoren. Jenissej hatte nichts geschrieben, sondern die Inszenierung mit seinen Leuten Tag für Tag im Experiment fortentwickelt. Alles wurde aufgezeichnet und in Protokollen zu Texten und Skizzen verarbeitet, so dass am Ende alle Mitwirkenden eine Art Drehbuch hatten.

Beschlossene Sache war, wie es den Zuschauerinnen und Zuschauern am Tag der Premiere ergehen sollte: Im Foyer stünden zwar Kartenabreißer, doch die würden sich nicht für Karten interessieren. Die Kassen waren belegt, aber die Kassierer blieben in Privatgespräche oder Telefonate vertieft. Sie hatten Weisung, die Eintrittskarten vor sich hinzulegen, damit man sie sich nehmen konnte. Die meisten, so kalkulierte Jenissej, würden trotzdem Geld hinlegen. Seinen Mantel könnte jeder selbst an die Garderobe hängen, die üblichen Kräfte sollten mit dem Rücken zu den Gästen stehen und in Büchern lesen. Jenissej sah besonders viele Platzanweiser vor, doch alle Platzanweiser würden sich nicht ums Platzieren kümmern, sondern mit ihren Taschenlampen gemeinsam einen Lichtdom basteln. *Das Publikum muss sich ignoriert fühlen*, so das Credo.

Der vorläufige Gipfel: Dem Publikum sollte der Eindruck vermittelt werden, es sei zu spät gekommen. Das Stück lief bereits.

Das alles erforderte einen enormen organisatorischen Aufwand. Und gerade *keine* Ignoranz. Kassierer und Platzanweiser waren in Wirklichkeit Schauspieler. Sie sollten unter Druck ernst bleiben und nicht aus ihrer Rolle fallen, egal wie die Zuschauer reagierten. Zugleich gab es im Hintergrund die echten Serviceleute, die heimlich für alles sorgten, was scheinbar von selbst lief. Sie dürften in Notfällen eingreifen – falls ein Zuschauer ausrasten oder umkippen würde. Oder falls das Haus brannte. Jenissej bemühte sich, bei den Gesprächen mit Behörden und Gewerkschaften kreativ und humorvoll zu bleiben.

Sobald das Publikum komplett im Saal war, würden sich die Türen wie von Geisterhand schließen, das Licht erlöschen, die Darsteller ebenso wie die Platzanweiser und die

Musiker sich alle zum Zuschauerraum umdrehen und – unterstützt von allen Scheinwerfern – das Publikum *wahrnehmen.*

»In der kompletten Umkehrung von Ignoranz, in der übertriebenen Aufmerksamkeit, wird die zuvor geübte Ignoranz spürbar«, lautete seine Fußnote. Alle Schauspieler, Tänzer und Musiker sollten danach ihre Blicke auf eine einzige Person im Publikum richten. Auch sie: ein Schauspieler – aber kein Außenstehender wusste das.

Die Bühne blieb im ersten Akt leer, mehrere geschwungene Laufstege führten zu ihr hinauf und von ihr herab – mitten in den Publikumsraum und über die Reihen hinweg. Auch hierzu gab es Diskussionen: Baubehördliche Argumente und solche, die mit den 100 Plätzen zu tun hatten, die durch dieses Bühnenbild verloren gingen.

Wenn die Laufstege Straßen gewesen wären, dann wäre ihr Treffpunkt der Kreisverkehr in der Saalmitte. Jenissej hatte Sequenzen vorgesehen, in denen Tänzer sich dort begegneten, unterstützt durch holografische Projektionen. Was fehlte, war ein tänzerisches Finale. Nicht einmal eine Grundidee war vorhanden. In vier Tagen war Premiere. Mit solchem Druck kalkulierte Jenissej; Druck war mit den Jahren zu einem seiner besten Freunde geworden, ein Kumpel, mit dem man Ideen stehlen konnte.

Am Nachmittag hatte er in einem Café aus dem Fenster gesehen und auf die kleinen Berliner Pflastersteine gestarrt. Als seine Hand den Porzellangriff der Kaffeetasse ertastete, erzeugten seine Synapsen das Aroma von Heu in einem sonnenheißen Schober. Das wiederum löste jenen Gedanken aus, der ihn veranlasste, die Mannschaft zusammenzutrommeln.

Die meisten waren vorbereitet, die Generalprobe stand ohnehin an. Wie bei seiner Pantomime der U-Bahn-Fahrt brauchte er nur den einen Begriff oder Satz: *Sei ein ignoranter U-Bahn-Passagier*. Daraus machte er seine Improvisation, und aus ihr entwickelte sich bei jeder Übung die Sequenz. Je größer das Publikum, desto schwerer die Last – aber desto sprühender seine Ideen. Das, so dachte er nicht zum ersten Mal, das nennt man wohl Talent.

Eine Generalprobe bei Jenissej war kein fließender Durchgang eines Stückes. Ständig machte jemand eine Bemerkung oder probierte Neues. Jenissej lief, wie ein ignoranter Geist, durch die Szenen und sprach in sein Headset zu den Beleuchterinnen oder den Tonleuten, zur Dirigentin oder zu seinem Caller. Er gab keine Regieanweisungen. Ab und an spielte er die Bewegung eines Darstellers nach, so wie er es machen würde. Manchmal bemühte sich der Betroffene, etwas von Jenissej zu übernehmen, manchmal variierte er es aber auch, damit es zu ihm passte. Alles Grundlegende, was die Choreographie anging, war gelaufen. Die Leute um ihn herum brauchten keinen Lehrer, der ihnen Details beibrachte. Die meisten waren selbst Tanzlehrer, oder sie inszenierten eigene Choreographien oder suchten in Fernsehshows angebliche Talente.

Inzwischen klappte auch eine der schwierigsten Passagen: Jeweils ein Dutzend Darsteller sollte auf den Laufstegen zum Kreisel laufen, dort sollten sie so tun, als wären sie allein auf der Welt. Wer von ihnen dabei ohne Zusammenprall davonkam und wer mit wem kollidierte, war unvorhersehbar. Die Aktion erforderte höchste Körperbeherrschung, denn niemand sollte einer Kollision ausweichen; es sollte echt aussehen. Und natürlich niemanden verletzen – auch nicht im Publikum, wenn ein Schauspieler vom Steg stürzte.

Sobald die Laufwege leer waren, tauchte Jenissej unter einem der Sitze hervor. Es gab Spontanapplaus, denn der Moment, in dem Jenissej einem Stück das Sahnehäubchen aufsetzte, wurde von Insidern als Highlight jeder Probe herbeigefiebert.

Jenissej stand nun in der Mitte des Rondells und sah sich um. Nach Sekunden kam von irgendwo ein kleiner, erwartungsvoller Lacher, ein Husten. Es wurde so still, dass man eine Feuerwehrsirene von der Straße hörte. Jenissej machte Anstalten, sich zu bewegen, sah sich aber nur um.

Ignoriert er uns?, fragten sich die Ersten.

Fang an, dachte er. Mach schon. Natürlich wusste er, dass er für sein Stück *Ignoranz* nach der Schlussszene suchte. Er wusste, dass er die Idee am Nachmittag gefunden hatte und dass er sie testen wollte. Deshalb hatte er alle einberufen. In vier Tagen haben wir Premiere, sagte er sich. Ein Scheinwerfer wurde direkt auf ihn gerichtet. Die Idee vom Nachmittag war plastisch in seinem Geist, dass er nur die Hände danach ausstrecken musste. Sie entfernte sich so schnell, dass er sie nur noch schemenhaft erkannte. Ein vertrautes Gefühl, aber woher vertraut? Vom Träumen, dachte er. Wenn ich aufwache und bei einem Traum bleiben, ihn erinnern will. Wenn er dann doch schwindet, weil mein Verstand einsetzt und ihn mit seiner Ordnungslogik in die Flucht treibt … Dann denkst du, du könntest dich noch immer an den Traum erinnern, aber er ist weg.

Genau das war mit seiner Nachmittagsidee geschehen. Sie hatte sich ins Unkenntliche verzogen.

Er hatte nichts notiert, wie immer. Er hatte die Idee nicht durchgespielt, weder im Geist noch mit dem Körper. Nichts in ihm konnte helfen, den Gedanken wieder einzufangen. Vielleicht müsste er in das Café zurückgehen, auf die Steine starren. Oder wenigstens eine Tasse mit schwarzem Kaffee in die Hand nehmen und das Heu riechen.

Gegen die Strahler sah er das Gesicht von Laetitia Forbes, der besten Jazztänzerin des amerikanischen Kontinents, wie er fand. Sie wartete wie alle anderen. Und wie er. Aber nichts kam zurück.

»Ja, an dieser Stelle bauen wir noch etwas ein«, sagte er mit lauter, belegter Stimme.

Eine Art Lachen raunte durch den Saal, gutwillig, als sei der Satz die erwartete Pointe. Aber es war ein Witz, dessen Pointe ausblieb. Jenissej lobte die Erfolge und stachelte alle an. Die üblichen Sprüche, die üblichen kleinen Scherze. »In vier Tagen geht es los. Bitte seien Sie pünktlich!«

Gelöstes Lachen.

Nur Laetitia Forbes' Gesichtszüge gefroren.

Jenissej stöberte noch einmal nach der Idee vom Nachmittag. Aber da war nichts mehr. Also griff er zu seinem Bonmot, das alle als sein Schlusswort jeder Generalprobe kannten: »Und jetzt, meine Schwestern und Brüder: Sauft und hurt, was das Zeug hält! In vier Tagen ist alles vorbei!«

Der Geräuschpegel stieg, langsam gingen die 308 auseinander. Noch immer angeschlagen und irritiert, weil die erwartete, furiose Schlussszene ausgeblieben war.

»Irgendwas stimmt nicht mit ihm«, sagte Laetitia Forbes zu Marc, einem jungen Tänzer aus Utah.

»Wieso? Du sagst doch, manchmal ist ein Stück bei ihm erst am Tag der Premiere fertig.«

»Er hat uns gesiezt«, sagte sie. »Das hat er noch nie gemacht.«

9

Friedrichstraße 108, Berlin-Mitte
Dienstag, 15. Juli 2014

Es war 6 Uhr 20, als Alexander Mehrow auf der Weidendammerbrücke zu Fuß die Spree überquerte. Der Blick auf das Wasser erinnerte ihn allmorgendlich an seinen heimlichen Beweggrund, die Stelle im Ministerium anzunehmen: Er stellte sich vor, wie er jeden Morgen mit dem *Boot* zur Arbeit fahren würde. Vorbei an allen Staus, wie im Urlaub, sich durch die Hauptstadt schlängeln, auf der schmalen und gemütlichen Spree anderen Kapitänen zuwinken und am Wellenschlag die Befindlichkeit der Stadt ablesen. Dann hatte man ihm vom generellen Anlegeverbot erzählt, und auch die Berechnung der Fahrzeiten entmutigte ihn. Aber nur vorerst – das gab er sich selbst zu Protokoll.

Seine Freunde zogen ihn damit auf, dass seine Dienststelle unmittelbar neben dem Friedrichstadtpalast lag. Sie unterstellten ihm, er würde gelegentlich die eine mit der anderen Bühne verwechseln und dorthin gehen, wo die längeren weiblichen Beine zu erwarten waren. Chauvi-Sprüche.

Es gab noch immer Tage, an denen er es für unwahrscheinlich oder wenigstens wundersam hielt, dass sein Bundesministerium in Berlin residierte. Aufgewachsen war er mit Bonn als Bundeshauptstadt. Dort hatte er seine journalistische Laufbahn begonnen. Bonn mochte auf manche Menschen etwas kleinbürgerlich wirken, vielleicht war es das auch. Alexander Mehrow verband mit der Stadt am Rhein nicht nur den *Bonner Generalanzeiger*, das schwarze Holz des alten Bundestages oder die Parteizentralen an der Adenauerallee. Bonn war die Epoche seines Lebens, in der er sich am laufenden Band verliebt hatte. Da waren die Refugien im international wirkenden Bonn-Tannenbusch oder in der Redoute von Bad Godesberg mit ihren exotischen Bäumen, da war die Diplomatin, mit der er des Öfteren in der Kantine des Auswärtigen Amtes gegessen hatte, während sie aus der obersten Etage über den Rhein schauten, auf einen *wahren* Fluss – im Vergleich zur Spree. Da waren die heimlichen Treffen im etwas abgestandenen *Café* an der Adenauerallee, die Abende in der Taverne, das Sonnenbad am See im Siebengebirge, das Glück in den Bonner Antiquariaten und in den Studentenkneipen. Und natürlich die Straßenbahnfahrten vom Juridicum nach Köln, wenn ihn Heimweh nach einer richtigen Stadt packte oder nach Sandra, der Frau vor Bea.

Er betrat das Ministerium und war gerade so ganz in Bonn und im rheinischen Singsang, den er schätzen gelernt hatte. Plötzlich, im Foyer der Friedrichstraße, ereignete sich noch einmal die Entscheidung für Berlin als Bundeshauptstadt. Er hatte wirklich gejubelt, damals, weil es folgerichtig war und weil eine Wunde geschlossen wurde. Hatte er nicht sogar Tränen in den Augen, als der Bundestag applaudierte? Und als man die Nationalhymne sang, die er früher gehasst hatte?

Alexander Mehrow war unter den wenigen gewesen, die eine Bewerbung Berlins als Olympiastandort ablehnten und die meinten, man solle dieses Privileg, nun, da Berlin als neue Hauptstadt obsiegt hatte, Bonn und dem Rheinland gönnen – einfach als Geste. Kaum einer hatte für seine Haltung Verständnis. Na gut, dachte er, als er den Lift betrat, heute weiß keiner mehr, dass wir im Größenwahn Olympia nach Berlin holen wollten. Als hätte es Berlin 1936 und München 1972 nie gegeben.

Die Gänge des Ministeriums waren unwirklich, und das nicht nur des frühen Sommermorgens wegen. Jetzt, 2014, befand sich der erste Dienstsitz des Bundesgesundheitsministeriums noch immer in Bonn. Das Haus in der Berliner Friedrichstraße war der zweite Dienstsitz. Ein Anachronismus, den die Mehrheit der Deutschen nicht wahrnahm, und der Rest hätte ihn kaum gutgeheißen, wenn er sich dafür interessiert hätte. Zwar kam es im Internet-Zeitalter kaum noch auf den geografischen Ort an, aber es gab sie noch, die »physische Anwesenheitspflicht«. Das nun seit fast zwei Jahrzehnten erforderliche Pendeln vieler Beamter zwischen Bonn und Berlin war nicht nur teuer, sondern für die Betroffenen auch nervenzehrend.

So in seinen springenden Gedanken versunken, nahm er den Mann vor seiner Bürotür zunächst nur wie durch einen Realitätsfilter wahr. Es war ein bestimmt zwei Meter langer, schmaler Mensch mit blonden, wuscheligen Haaren. Alexander wünschte ihm einen schönen Morgen und wunderte sich nicht über den frühen Besuch. Ein Referatsleiter vielleicht, der jetzt erst aus dem Urlaub zurückgekehrt war. Oder ein Journalist. »Kann ich Ihnen helfen?«

Der Mann lächelte freundlich, wenn auch unsicher. »Sie sind für die Öffentlichkeitsarbeit zuständig?«, fragte er und deutete auf das Türschild.

»Ich und andere«, entgegnete Alexander Mehrow, während er die Tür mit einem Kartenleser öffnete. »Kommen Sie herein, ich muss nur ablegen.« Abzulegen war nur eine Laptoptasche, eine Jacke brauchte er bei den Temperaturen nicht. »Trauen Sie sich rein! Entschuldigen Sie die Unordnung. Ich bin erst kürzlich eingezogen.«

Das Büro war ein Schlauch mit modernen Fenstern. Entgegen allen Prophezeiungen vom *papierlosen* Büro war der

Mehrow'sche Schreibtisch im Jahr 14 des 21. Jahrhunderts ein Berg aus Blättern und Aktenmappen. Davor stand ein langer Besprechungstisch mit acht Stühlen. An die Wand hatte er eine gewaltige Karte gepinnt, auf der die Wasserstraße eingezeichnet war, die seine Heimatstadt Hannover mit Berlin verband. »Verkehrsprojekt Deutsche Einheit Nr. 17« war darüber getitelt. Zwar gab es diese Verbindung über Magdeburg längst, aber sie sollte endlich komplett für große Schiffe ausgebaut werden.

Der Mann stand immer noch in der Tür.

Irgendwas stimmt mit dem nicht, dachte Alexander und nahm sich vor, ihm endlich seine volle Aufmerksamkeit zu widmen. Er *zog* ihn regelrecht in sein Büro, schloss die Tür und führte ihn an die Längsseite des Tisches. »Nehmen Sie Platz«, sagte er bestimmt und setzte sich ihm gegenüber. Ein Getränk wollte er ihm erst anbieten, wenn er wusste, wen er vor sich hatte. »Also?«

Der Blonde griff in die Innentasche seines Jacketts und schob Alexander eine Visitenkarte über den Tisch. »Hansjörg Thieme, mein Name«, sagte er.

»Fördertechnik-Ingenieur?« Reflexartig antwortete er mit seiner offiziellen Visitenkarte des Ministeriums. »Fördertechnik – was fördern Sie denn?«

»Öl. Erdöl, meine ich. Wir bohren auch nach Erdgas. Und ich habe die Technik dafür an den Mann gebracht, sozusagen. Als Vertriebsleiter für Lateinamerika und den Sudan.«

»Interessante Kombination«, scherzte Alexander, aber Thieme reagierte nicht. Sein Blick flatterte einmal zur Tür. »Jedenfalls, Sie sind die Öffentlichkeitsarbeit, Herr Mehrow?«

»Ja, gewissermaßen.«

»Und ich bin die Öffentlichkeit.« Zum ersten Mal lächelte er charmant und selbstsicher.

»Worum geht es, Herr Thieme?«

»Tja, das ist … nicht leicht zu sagen.« Er raufte sich die Haare und blinzelte. »Sie müssen wissen, ich habe zwei Kinder, eine Tochter, Julia. Und einen Jungen, Tobi. Und wenn wir es mit jemandem zu tun haben, den wir nicht gut kennen, dann sagen meine Kinder, Julia und Tobi: *Vati hat die Vergess-Krankheit*. Das ist dann … nicht zu ertragen. Aber sie haben recht. Ich vergesse Dinge. Und zwar immer mehr. Es ist, wie sagt man? Progressiv? Das Problem ist, dass mein Hausarzt, zu dem ich regelmäßig gehe, die Sache nicht ernst nimmt. Er glaubt, dass ich nervös bin. Burn-out. Gestresst, unkonzentriert. Er schickt mich nach Hause.« Ihm schien etwas einzufallen. »Fragen Sie mich etwas! Irgendeine Alltagsfrage, dann kann ich Ihnen meine Situation, äh, sagen wir: dokumentieren.«

»Irgendeine …? Welchen Tag wir haben, meinen Sie so etwas?«

Thieme lächelte: »Dienstag, 15. Juli 2014. Das ist zu leicht, so schlimm bin ich noch nicht dran. Sie haben da eine Landkarte hängen. Fragen Sie mich nach Städten.«

»Gut …« Es kam ihm seltsam vor, aber warum sollte er nicht? »Nennen Sie mir einfach ein paar Hauptstädte der deutschen Länder.«

»Ja, das ist gut! Sie müssen wissen, Erdkunde und Physik waren meine Lieblingsfächer. Also: Berlin, München in Bayern, Potsdam in Brandenburg, Stuttgart in … ja. Bayern. Nein, Baden-Württemberg. Ach ja, Hamburg, Schwerin, Frankfurt …«

»Frankfurt ist keine Hauptstadt«, sagte Alexander lachend. »Es ist Wiesbaden, aber das wissen wenige.«

»Okay. Wiesbaden. Kiel, Bremen, Düsseldorf. Dresden, Erfurt, Magdeburg.«

»Ist doch gut!«, lobte er. »Wenn ich richtig mitgezählt habe, fehlen nur zwei. Guter Durchschnitt!«

»Ach, ja, Saarland. Tja, das vergisst man leicht. Hatte ich Hamburg?«

»Ja.«

»Und Berlin? Ah, ich weiß: München.«

»Auch schon.«

»Stuttgart.«

Alexander war sich nicht sicher, ob der Mann ihn veralbern wollte. »Wic heißt der Bundespräsident?«, fragte er schnell wie ein Duellant.

»Weizsäcker!«, kam die ebenso schnelle Antwort.

»Denken Sie nach. Weizsäcker, und dann?«

Thieme schüttelte den Kopf. »Weizsäcker ist schon 'ne Weile her. Da waren noch andere. Rau und Köhler. Ich weiß aber nicht mehr, wer nach wem.«

»Herr Thieme, was wollen Sie mir zeigen?«

»Ich bin überzeugt, ich leide an Alzheimer. Die Ärzte glauben mir nicht, sie wollen mich nicht untersuchen, weil ich erst 39 bin.«

»Und was kann das Gesundheitsministerium da Ihrer Meinung nach tun?«

Es klopfte, gefolgt von einem Frauenkopf. Schwarze Haare, Zopf. »Hier bist du! – Verzeihung, darf ich kurz reinkommen? Das ist mein Mann!«

Alexander Mehrow erhob sich und bat die Frau herein. Als sie den Kopf zur Tür hineinsteckte, hatte er angenommen, sie hätte sich dabei gebückt, nun sah er, dass sie wirklich erheblich kleiner war als ihr Mann. *Pat und Patachon*, blitzte es in seinem Kopf. Die Frau war nicht unbedingt eine Kugel, aber gut genährt, wobei sich die Kilos durchaus nicht übel verteilt hatten. Nur dass diese beiden Thiemes eigentlich nicht zueinander passten.

Als sie Platz genommen hatte, sprach sie mit ihrem Mann: »Du gehst einfach in ein Zimmer und sagst mir nicht Bescheid.« Es klang nicht vorwurfsvoll, Alexander sah, dass sie ihre Hand auf seine legte. »Hat er Ihnen schon von seiner Krankheit berichtet?«

Alexander rutschte auf dem Stuhl herum. »Ja. Und dass Sie keinen Arzt finden, der die Krankheit diagnostiziert.«

Sie schaute auf dem leeren Tisch herum und dachte einen Moment nach. »Der Arzt hat Alzheimer vom Typ PS1 diagnostiziert. Das ist eine seltene Variante von Alzheimer, die auch jüngere Menschen wie Hansjörg betrifft.«

Hansjörg Thieme runzelte die Stirn, sagte aber nichts.

Alexander vermied Nachfragen, weshalb die beiden unterschiedliche Aussagen machten. Er tippte auf die Visitenkarte: »Und arbeiten Sie weiter als Vertriebsleiter?«

»Nein, ich bin beurlaubt. Nicht?« Die Frage richtete er an seine Frau.

»Sie haben dich entlassen.«

»Wirklich?«, fragte der Mann entsetzt. »Oje.«

»Mögen Sie einen Kaffee?« Alexander kümmerte sich darum, während Frau Thieme ihren Mann auf den neuesten Stand brachte.

Als er das Getränk servierte, sagte Hansjörg Thieme, so als hätte sein Erinnerungsvermögen nicht die Spur eines Knackses: »Ich kann Ihnen jede Formel berechnen, die ich für meine Arbeit gebraucht habe. Das geht im Schlaf. Ich mache da keine Fehler.«

Seine Frau nickte.

»Bisher komme ich im Alltag gut zurecht. Ich verstehe zum

Beispiel, dass wir unsere Kinder nicht testen lassen. Mein Alzheimer kommt von einem Gendefekt auf einem bestimmten Chromosom, Nummer 14. Stimmt doch? Man vererbt diesen Defekt, und die Wahrscheinlichkeit, dass meine Kinder dann auch so früh wie ich verblöden, liegt bei 50 Prozent. Wir können es testen lassen. Aber … Haben wir uns schon entschieden, Liebling?«

Sie drückte seinen Arm. »Ja, wir haben gesagt, dass sie sich entscheiden sollen, wenn sie älter sind. Wir haben einen Brief an unsere Kinder geschrieben, den will ich ihnen geben, wenn … wenn sie eben älter sind. Im Moment ist es ja nur schrecklich, wenn man erfährt, dass man diesen Gendefekt hat. Denn es gibt keine Impfung und keine Therapie.«

»Keine Medikamente?«, fragte Alexander.

Sie nahm einen Schluck Kaffee, und er spürte ihre Anstrengung, wacker zu bleiben.

»Unser Hausarzt wollte es nicht wahrhaben. Er hat uns aber schließlich einen Spezialisten empfohlen. Und als der mit der Diagnose rausrückte und wir wissen wollten, was wir tun können, um den Verfall aufzuhalten oder wenigstens zu lindern, da hat er uns gefragt, ob wir nicht schon immer eine Weltreise machen wollten. So aus der Überraschung heraus sagte ich: Ja, mein Mann wollte mir schon immer Patagonien zeigen. *Dann tun Sie es jetzt sofort*, empfahl uns der Arzt. Das war alles.« Sie schluckte, und nun war es Hansjörg Thieme, der seine Frau streichelte.

Was für ein Morgen!, dachte Alexander Mehrow. »Aber Sie wirken geistig recht gut beieinander«, sagte er. Um irgendetwas zu sagen.

»Er beherrscht Spanisch und Portugiesisch, brasilianischen Dialekt. Englisch. Französisch … Noch was? Und die Vokabeln gehen verloren, er ... Du bekommst kaum noch einen Satz hin in einer dieser Sprachen, nicht wahr?«

Er schlenkerte leicht mit dem Kopf. »Wobei: Vieles ist noch intuitiv bei mir vorhanden.«

»Dann sag was auf Portugiesisch!«, forderte sie, für Alexander eine Spur zu aggressiv.

»Na, jetzt nicht.«

»Doch!«

»Da fällt mir nichts ein.«

»Dann übersetze: *Da fällt mir jetzt nichts ein.*«

Der blonde Mann suchte verzweifelt nach Vokabeln.

Alexander konnte das nicht mit ansehen. »Sagen Sie mir bitte, Frau Thieme, mit welchem Anliegen Sie heute zu mir kommen. Wie meinen Sie, kann das Bundesgesundheitsministerium Sie und Ihre Familie in Ihrer nicht einfachen Situation unterstützen?« Er merkte, dass er wie das personifizierte Weihnachtsoratorium klang.

Weil die Frau nicht so schnell umschwenken konnte, ergänzte er: »Ich meine, ich bin der stellvertretende Pressesprecher des Ministeriums, nicht direkt ein Fachmann für medizinische Behandlung.«

»Ach, der Pressesprecher?«

»Stellvertretender.«

»Wir haben nur das Schild *Öffentlichkeitsarbeit* gesehen. Wahrscheinlich sind wir bei Ihnen ganz falsch. Sehen Sie, wir können über das Thema praktisch nur mit Ärzten sprechen. Unsere Verwandtschaft, unsere ach so guten Freunde und Bekannten, die glauben uns entweder nicht oder sie gehen sofort auf Tauchstation. Alzheimer ist schon erschreckend genug, aber wenn ein 39-Jähriger das bekommt, dann ist das wie vom Teufel. Wir dachten, es muss noch andere Betroffene geben. Es muss möglich sein, das Thema in die Öffentlichkeit zu bringen, es zu enttabuisieren, es zu diskutieren. Bei anderen Krankheiten geht es doch auch.«

Alexander dachte an Krebs und an Aids. Richtig, allmählich waren die Tabus gefallen, aber langsam und nicht vollständig. »Haben Sie an eine Selbsthilfegruppe gedacht, Herr und Frau Thieme?«

Die Frau sah ihn freundlich an, aber nicht ohne Spott. »Mein Mann verliert jeden Tag einen Teil seiner Persönlichkeit. Wir wissen nicht, wie viel Zeit uns bleibt. Wochen und Monate damit zuzubringen, mit anderen zu reden und ihre Schicksale zu hören – nichts für ungut. Dann lieber Patagonien.«

»Richtig«, sagte ihr Mann.

»Wir hätten gern«, fuhr sie fort, »dass die Politik die Initiative ergreift. Wenn sich zum Beispiel Ihre Ministerin an die Spitze einer Initiative stellt, wie damals Mildred Scheel mit dem Krebs-Thema. Damit endlich aufgeklärt und geforscht wird.«

Bei Alexander Mehrow blinkte innerlich eine Alarmleuchte. Die Frau hatte das Zeug, eine Szene zu machen. Er bewunderte ihren Willen und ihre Energie, aber er wollte nicht, dass sie sich bei ihm austobte.

»Das ist eine gute Idee«, sagte er, »ich werde es der Ministerin vorschlagen. Kann ich sonst noch etwas für Sie tun?«

»Als Pressesprecher verfolgen Sie die Presse«, sagte sie. »Dann kennen Sie auch die Berichte von zunehmenden Alzheimerfällen.«

»Carlo Glasmacher«, sagte er. »Der Schweizer Nachrichtensprecher.«

Hansjörg Thieme nickte nachdenklich.

Seine Frau hatte eine These: »Der Defekt auf Chromosom 14 ist per Geburt da, das ist klar. Aber die Frage ist: Was löst so einen Defekt aus, zu welchem Zeitpunkt? Irgendeine Umweltverschmutzung vielleicht, eine Substanz im Wasser, die erhöhte Strahlung? Und wenn ich die Berichte und Meinungen im Internet verfolge, dann denke ich, das Gesundheitsministerium sollte warnen.«

»Warnen?« Mehrow schaute von einem Ehepartner zum anderen. »Was meinen Sie mit warnen?«

»Na, davor, dass es einen unbekannten Auslöser für diese … Seuche oder Epidemie gibt. Oder wissen Sie, wie viele Menschen dieses fehlerhafte Chromosom für PS1 in sich tragen?«

»Aber vor einem unbekannten Auslöser kann man nicht warnen.«

»Dann forschen Sie.«

10

Friedrichstraße 108, Berlin-Mitte
Dienstag, 15. Juli 2014

»Natürlich, Alexander! Kommen Sie rein! Meine Tür steht immer für Sie offen.«

Für die Tür mochte das zutreffen. Die Körperhaltung von Oliver Striggt-Wenger war so offen und zugänglich wie die eines paarungsunwilligen Panzernashorns. Transparent war hier nur die üppig angelegte Fensterfront. Hinter dem Schreibtisch des Pressesprechers hing – neben dem Porträt der huldvollen Gesundheitsministerin – ein Großfoto mit einem jungen Willy Brandt. Beim Bierzapfen.

Alexander Mehrow schilderte in ein paar knappen Sätzen den Besuch des Ehepaares Thieme.

»Dazu ist zweierlei zu sagen.« Striggt-Wenger strich sich über seinen haarlosen Schädel. Von der Stirn bis zur Nase wirkte der Kopf auf Alexander Mehrow durchaus markig. Dazu passte allerdings nicht das mit Bartstoppeln gespickte Kinn. Auch das Kinn alleine war kein ästhetisches Problem, aber es hätte sich besser an einem anderen Gesicht gemacht. So fühlte sich Alexander an ein aus zwei Köpfen zusammengesetztes Gesicht erinnert.

»Erstens: Wir sind *nicht zuständig*. Was haben wir als Bundesministerium mit den Gesundheitsproblemen von individuellen Patienten zu tun? *Ministerium*, Alexander! Wofür gibt es Ärzte und Krankenhäuser?« Er lachte tonlos, weil das, was er sagte, ihm selbst so wahr schien. »Sie sind jetzt in einer Behörde, nicht mehr bei der Zeitung. Wenn Sie sich für jede Auskunft hergeben, dann *sind* Sie morgen die Auskunft!

Und können Ihren Job vergessen. Wir sind *nicht zuständig* für die Probleme eines dementen Menschen. Punkt.«

»Stimmt, ja. Ich will auch nur den richtigen Ansprechpartner nennen, wenn Leute verzweifelt von Pontius zu Pilatus geschickt wurden.«

»Ja, Ansprechpartner ist sein Arzt. Fertig, aus. Wir sollten lieber klären, wie jemand morgens um 6 Uhr am Pförtnerdienst vorbeikommen und Ihnen vor Ihrem Büro auflauern kann. – Und das Zweite müssen Sie sich auch merken: Niemals gehen wir Verschwörungstheorien nach. Wir sind ein Magnet für jede Art von Schwachköpfen, die uns in die Spur schicken wollen: *Auf meinen Gurken sind EHEC-Erreger. – In meiner Currywurst ist Pferdefleisch. – In meinem Pferdefleisch sind Dopingmedikamente. – Mein Rheumamedikament ist vergiftet.* – Und so weiter. Wenn's gar nicht anders geht: Zuhören, nicken, vergessen.«

Alexander betrachtete Willy Brandt am Zapfhahn. »Mal angenommen, Alzheimer würde tatsächlich durch einen unbekannten Faktor massenhaft ausgelöst. Dann wäre es kein Einzelfall. Als Ministerium wären wir zuständig.«

Oliver Striggt-Wenger zog die Augenbrauen hoch und schien über eine Funktion zu verfügen, sie dort einrasten zu lassen. »Sie kennen hoffentlich das Tschernobyl-Axiom, Alexander? Unverzichtbar für unsere Arbeit.«

»Tschernobyl-Axiom … Nein. Gut, ich weiß: 1986, Kernschmelze, Panik im Westen …«

»Richtig, *Panik* ist das Stichwort! Millionen Deutsche waren überzeugt, dass sie nie wieder Regen auf ihre Haut lassen dürfen, weil der sie verstrahlen würde. Und dass sie kein Freilandgemüse mehr essen dürften, bis ans Ende ihrer Tage. Die Frage aller Fragen lautet: Wie verhält sich ein Bundesgesundheitsminister in einer derartigen Situation? Was weiß er, unmittelbar nach einer Katastrophe? Die Sowjets haben damals zu Tschernobyl so gut wie keine Information rausgegeben, wir hatten keine Erfahrungswerte. Was täten Sie?«

Alexander zögerte. »Kommunizieren, dass es zu früh sei für eine Bewertung. Man prüfe und teste und werde weiter informieren.«

Striggt-Wenger grinste. »Hübsch. Hunderttausende Mütter holen ihre Kinder vom Spielplatz und zerren sie nach Hause, unters Dach, Fenster zu. Die Leute wissen nicht, wo Tschernobyl liegt. Aber sie holen ihre vergammelten Schulatlanten aus dem Regal und sehen nach, wo Kiew liegt, weil es heißt, das sei die nächstgrößte Stadt. Die Bürger wissen 1986 noch nicht, was *Globalisierung* heißt, aber sie kapieren, dass die Wolken bei Wind aus dem Osten in ein paar Stunden radioaktive Teilchen nach Deutschland überführen. Also? Was sagt die Bundesregierung? Sollen die Deutschen ihre Sachen packen und nach Spanien flüchten? Dürfen die Berliner in West-Berlin bleiben? Muss man sie evakuieren? Berlin der DDR und den Russen überlassen? Soll man die Menschen aufgeben? Los, Sie sind Pressesprecher! Welche Wahrheit verkünden Sie?«

»Ich denke, das hat die Bundesregierung zu entscheiden. Wir verkünden, was entschieden wurde.«

Striggt-Wenger ließ theatralisch seinen Kugelschreiber auf den Tisch fallen. Er starrte Alexander an. »*Die* entscheiden?« Er richtete den Kugelschreiber auf Alexander aus. »In so einer Lage entscheiden die *gar nichts*. Da muss man denen eine Entscheidung vorlegen. Und auf gar keinen Fall darf eine Pressemeldung so aussehen: *Liebe Mitbürger, die Strahlung in Kiew ist tödlich. Alle drei Minuten stirbt ein Arbeiter. Tschernobyl darf zehntausend Jahre lang nicht mehr betreten werden. Die Wolke kommt auf uns zu. Bringen Sie sich in Sicher-*

heit. Gott schütze Sie!« Er lachte. Es klang verkrampft und gewollt.

»Na, so würde ich es auch nicht aufschreiben.«

»Sie würden es … *netter* ausdrücken?«

»Sie wollen darauf hinaus, dass wir gar nichts sagen. Beziehungsweise nur Beruhigendes.«

»Aber selbstverständlich«, platzte es aus dem Pressesprecher heraus. »Überlegen Sie, was auf den Autobahnen oder auf den Bahnhöfen los ist, wenn Sie einen nationalen Alarm auslösen. Mit einem Schlag haben Sie 5000 Kilometer Stau! Und auf den Bahnhöfen stürzen die Menschen auf die Gleise, weil die Massen nachdrängen. Mord und Totschlag bei Hamsterkäufen. Das Tschernobyl-Axiom lautet: Leugnen, leugnen, leugnen.«

»Dann wird es so peinlich wie in Fukushima. Da haben die Behörden zuerst geleugnet, dass es eine Gefahr gibt, obwohl live im Fernsehen zu sehen war, wie das Atomkraftwerk Stück für Stück in die Luft fliegt. Danach haben sie die Evakuierungszone peu à peu erweitern müssen.«

Striggt-Wenger schüttelte den Kopf. »Peinlich oder nicht. Das ist zweitrangig. Die Japaner haben genau richtig gehandelt. Phase 1: dementieren. Damit beruhigt man die Leute, und nur die Paniker hauen ab. Phase 2: Aufklärung in Maßen, Konzentration auf das unbedingt Erforderliche. Evakuieren des direkten Umfelds. Und dann Schritt für Schritt vorgehen, damit Sie den Prozess kontrollieren.«

»Inzwischen werden Menschen verstrahlt.«

»Alexander, wenn Sie den Prozess nicht kontrollieren, trampeln sich Tausende tot. – Wie gefällt Ihnen das Poster? Willy Brandt in den sechziger Jahren in Bonn. Heute würde sich kein Kanzler so ablichten lassen. Beim Bier-Ausschank. Es gibt einen bestimmten Grund, weshalb ich große Stücke auf

Willy halte: Seine beste Leistung fiel in die Zeit als Regierender Bürgermeister von Berlin. Da zieht die DDR plötzlich eine Mauer hoch! Es gibt keine Information, die man zurückhalten könnte, alle Berliner sehen schließlich mit eigenen Augen, was in ihrer Stadt gespielt wird. Die West-Berliner spüren Stunde um Stunde, wie sie eingemauert werden. Abgeschnitten von der restlichen Bundesrepublik. Brandt muss handeln. Was macht er?«

Alexander suchte in seinem Gedächtnis nach einer Rede des Bürgermeisters. Brandt hatte sich doch irgendwie empört geäußert.

Striggt-Wenger wollte mit der Auflösung nicht warten. »Willy hätte eine Brandrede halten können. Er hätte dazu aufrufen können, sich zu wehren. Die DDR-Arbeiter und die Truppen mit Steinen zu bewerfen. Er hätte Massen vor dem Reichstag versammeln können, so wie Ernst Reuter, und die Alliierten auffordern, die Freiheit der Berliner zu verteidigen. Früher oder später wäre geschossen worden. Vielleicht wäre es zu einem Bürgerkrieg gekommen, womöglich zum Dritten Weltkrieg. Also hat Brandt mit den Zähnen geknirscht und im Wesentlichen die Klappe gehalten. Und ehrlich gesagt: Das hat meinen Respekt!«

Alexanders Blick ging unweigerlich noch einmal zum gutgelaunten Willy Brandt. »Das heißt: Wenn sich eine Krankheit wie Alzheimer wirklich rasend verbreitet, sagen wir nichts?«

»Wenn ich nicht zugegen bin und Sie als mein Stellvertreter agieren, Alexander, dann denken Sie an Brandt, an Tschernobyl und an Fukushima. Ein Pressesprecher ist kein Informationsschalter, ein Pressesprecher geht strategisch mit seinem Schweigen um.«

Sie durchforsteten die anstehenden Themen. Wie würden die Länder im Bundesrat bei den 47 Gesetzesinitiativen abstimmen?

Mit dem Kontrollgriff über die Glatze fragte Alexanders Gegenüber: »Sehen Sie einen besonders kritischen Punkt, abgesehen von der Änderung bei der Pflegeversicherung?« Es klang nicht so, als sei Striggt-Wenger nicht informiert oder als wolle er Alexander vorschicken, die Arbeit zu erledigen. Sie beide kannten die Unterlagenstapel bestens. Und da Alexander annahm, sein Vorgesetzter würde ihn nicht wirklich nach seiner Meinung fragen, hielt er es für eine Prüfung.

»Die Hochspannungsleitungen«, begann Alexander. »Die neuen Stromtrassen von Nord- nach Süddeutschland werden über bewohnte Gebiete führen. Manche fürchten sich vor den Leitungen. Da soll ein Dauersummen in der Luft liegen, im Winter fallen Eisklumpen auf die Kinder, und vor allem haben Menschen Angst vor Krebs.«

»Umweltministerium«, bemerkte Striggt-Wenger. »Nicht unser Ding.«

»Aber die Gesundheit der Bevölkerung ist tangiert. Die Presse wird *uns* fragen.«

»Ich habe mit Wolfstaler gesprochen.« Pressesprecher im Bundeskanzleramt. »Er sagt: Falls das Thema aufkommt, schieben sie es zu Umwelt. Kleine Rache am Koalitionspartner, weil der sich nicht auf die Bundesstraßen-Maut einlassen will.«

»Verstehe.«

Oliver Striggt-Wenger klappte seinen Laptop zu und lehnte sich zurück. »Da ich Sie schon mal hier habe, Alexander … Mir sind da ein paar besorgte Stimmen zu Ohren gekommen. *Beschwerden* will ich sie nicht nennen. Ich spreche von Einzelabstimmungen mit Führungskräften des Ministeriums.

Soll das eine Art Geheimdiplomatie sein, die Sie da entspinnen?« Er ließ Alexander nicht antworten. »Sie verursachen eine gehörige Unruhe im Haus, mein Lieber. Und ich war – gelinde gesagt – überrascht. Selbstverständlich habe ich geleugnet. Kein böser Wille, habe ich gesagt, der Mehrow muss sich noch zurechtfinden im neuen Beritt. Aber was, in Gottes Namen, sollte das denn? Sie treffen sich mit Referatsleitern, teilweise außerhalb des Büros und außerhalb der Dienstzeit, schließen die anderen Kollegen von diesen Gesprächen aus und informieren nicht mal mich …«

Alexander nahm sich vor, sich nicht zu verteidigen, weil es nichts zu verteidigen gab. Das war leicht gedacht. »Ich wollte alle Referatsleiter kennenlernen, Oliver. Mein Eindruck ist, dass die meisten es begrüßt haben. Wir haben die Eckpunkte ihrer Arbeit besprochen, und nur mit einem habe ich mich – auf seinen Wunsch – im *Positron* getroffen, weil er schnell zum Flughafen wollte und es auf seinem Weg lag.«

Striggt-Wenger versuchte sich an einem milden Lächeln. »Sie sehen aber, wie die Aktion ankommt. Als intelligenter Mensch werden Sie einen Weg finden, sich angemessener zu verhalten, ja? – Gut, dann haben wir wohl alles.«

Alexander stand auf, Striggt-Wenger sah ihn an. »Schöne Anzüge tragen Sie.«

»Danke.«

»Vielleicht etwas zu hell für unsere Arbeit. Sie sehen, ich trage sehr dunkel. Kommt bei den Leuten als Seriosität rüber.«

»Ich mag dunkle Anzüge lieber«, sagte Alexander. »Aber ich wollte nicht, dass wir wie Zwillinge aussehen, wenn wir bei Pressekonferenzen nebeneinandersitzen.«

Striggt-Wenger lächelte und deutete auf sein Gesicht. »Das werden wir schon nicht. Sprechen Sie mal mit Ihrer lieben Frau über die Kleidungssache. Ansonsten noch irgendwas?«

11

Hausarztpraxis Dr. Bea Mehrow, Berlin-Reinickendorf
Dienstag, 15. Juli 2014

Bea kehrte von ihrem Spaziergang am Tegeler Hafen zurück. »Herrlich heute«, rief sie den beiden Sprechstundenhilfen zu. »Angenehm kühl, erst jetzt wird es etwas zu warm. Und, wie ist die Lage?« Sie legte Ina und Magdalena zwei Päckchen Eiskonfekt auf den Tresen.

»Volle Hütte«, sagte Ina. »Hui, danke!«

»Endlich ein Dickmacher«, stellte die kräftig gebaute Magdalena fest. »Durchweg Stammkundschaft. Eine schwere Sommergrippe mit Fieber, den Mann habe ich nach Hause geschickt. Die Rezepte für ihn habe ich fertig. Wenn Sie sie unterschreiben, bringe ich ihm die Sachen, falls Sie keinen Hausbesuch machen wollen. Ansonsten haben wir noch ein quengeliges Kind.«

»Aha. Wer ist es?«

»Neuzugang. Mit seinem Papa das erste Mal hier. Ziemlich süß. Also, der Papa.«

Bea tippte auf das Eiskonfekt: »Das einzig Süße für dich ist das hier! Was soll denn Bodo sagen? Ich sehe mir das an.«

»Der Papa ist der mit den schwarzen Haaren«, schickte Magdalena hinterher. »Wir haben übrigens sechs *vor* ihm.« Bei dem Wort *sechs* hob sie einen Daumen – das interne Zeichen für Privatpatienten.

Bea schritt schnell den Gang hinunter und bog ins Wartezimmer ein, wobei sich ihr dunkler Haarschopf im Gegenwind bauschte. »Schönen Tag, alle miteinander!«

Aufwachendes Gemurmel.

Sie sah zum Fenster, ging durch den Raum zur Balkontür, zog die Jalousie hoch und öffnete beide Flügel. »Schauen Sie, was für ein Wetterchen! Mit kühler Brise!« Die Sonne stand nicht mehr auf dem Haus, und die tiefgrünen Kastanienblätter sorgten dafür, dass das Licht nicht zu grell war. Bea drehte sich einmal um sich selbst. »Ich will von niemandem heute was Schlechtes hören, ist das klar?«

Zwei alte Damen kicherten, ein paar Gesichter verzogen sich zu einem zynischen Lächeln.

Wo ist denn das Kind?, fragte sie sich. Da sah sie den tatsächlich nicht sonderlich alten Mann mit den fast schwarzen Haaren. Doch inzwischen hatte sich Maximilian Drahs mit seinen Krücken vom Sitz erhoben, ehemaliger Filialleiter eines Supermarktes, inzwischen um die 80 Jahre alt.

»Frau Doktor, wenn ich Sie nur sehe, geht's mir schon wieder blendend.«

»Na, das will ich doch nicht hoffen, Herr Drahs. Wie soll ich meinen Lebensunterhalt finanzieren, wenn meine Patienten allein von meinem Anblick gesund werden?« Sie sprach so laut, dass er es verstehen konnte.

»Wenn wir zwei heiraten, Frau Doktor, dann brauchen Sie nicht mehr zu arbeiten. Dann machen wir nur noch Kreuzfahrten und überlassen die ollen Zausel hier ihrem Schicksal.«

»Kreuzfahrten? Sie meinen, auf Ihrer Jolle? Na, ich glaub, das wär mir doch zu stürmisch.«

Drahs Knie zitterten, er musste sich setzen. »*Ein* Anruf und ich hole Sie ab, meine Schöne!«, tönte er, und sie bedankte sich mit einem Lächeln.

Unter dem Sitz des jungen Schwarzhaarigen bewegte sich etwas. Bea sah verängstigte Augen.

»Ich habe ein kleines Eis«, sagte sie. »Das ist für ein Kind.

Aber wenn natürlich kein Kind hier ist, dann muss ich es allein essen.«

Einige Patienten suchten jetzt Blickkontakt mit dem Wesen unter dem Stuhl. Der Mann war verunsichert. Nachdem sich nichts rührte, sprach sie ihn an und bat ihn, im ersten Behandlungszimmer Platz zu nehmen. »Frau Bachmann, ich glaube, Sie sind die Nächste, nicht wahr? Wenn Sie schon mal in Zimmer 2 warten möchten?«

Draußen wandte sie sich an ihre beiden Frauen. »Habt ihr noch ein Stück Eis übrig?«

Die beiden schüttelten schuldbewusst den Kopf.

»Na gut, egal.«

Karol war sieben. Für sein Alter war er recht klein, aber sich unter einem Stuhl zu verstecken – und das nicht, um zu spielen, sondern um sich vor der Welt zu schützen –, war ungewöhnlich, fand Bea. Der Vater bezeichnete das als eine neue Marotte von dem Jungen. Er sprach zärtlich und besorgt über Karol. Sein Erziehungsurlaub sei längst zu Ende, er habe seit zwei Wochen Jahresurlaub genommen, weil das Verhalten immer schwieriger werde.

Nachdem Bea das Behandlungszimmer betreten hatte und damit Karol allen Patienten vorzog, kauerte der Junge in der Ecke des Raumes, in der auch die Patientenliege stand. Sobald sie sich ihm auf mehr als zwei Meter näherte, begann er laut zu wimmern. Genauso habe er sich schon im Wartezimmer verhalten, erklärte der Vater. Bis er sich unter dem Sitz zusammengerollt habe wie ein Hündchen und so tat, als gäbe es ihn nicht. Daheim sitze er apathisch auf dem Bett, manchmal auch unter einem der Tische. Beim Besuch von Bekannten, Freunden der Familie und sogar bei seinen beiden Omas, erschrecke er regelmäßig, wenn er sie zu Gesicht bekommt, und versuche zu flüchten. Meist beruhige er sich nach einer Weile, starre dann aber nur vor sich hin.

Bea ging zu ihren Frauen hinaus und kramte in einer Schublade, in der ein paar Stoff- und Gummitiere lagen. Sie entschied sich für ein schwarz-rotes Teufelchen mit einem Eselsgesicht. Der Eselsteufel grinste von einem Pinselohr zum anderen. »Es wird eine Weile dauern«, sagte sie.

»Alles klar«, entgegnete Magdalena, und Bea war einmal mehr froh über die beiden zupackenden Frauen an der Front.

Der kleine Teufel musste minutenlang albern in der Luft herumhüpfen und lustige Dinge erzählen, bis sich Karol hervortraute und mit dem Teufel schließlich Aug in Aug war. Das Teufelchen wusste eine Menge über Karol, zum Beispiel, dass es eine gute Idee wäre, sich mal auszuziehen. Bea half dem Tierchen, den Jungen zu untersuchen.

»Ich weiß, dass Sie nach Missbrauchsspuren suchen«, sagte der Vater.

»Das muss ich. Aber nicht nur. Hatte Karol in letzter Zeit einen Zeckenbiss?«

»Nein. Nein, und wir schauen schon immer sehr genau hin, wissen Sie. Wir sind keine Familie, in der ein Kind vernachlässigt wird – körperlich nicht und psychisch auch nicht. Jedenfalls, soweit wir das beurteilen können.« Er fuchtelte hilflos mit den Armen.

Karol griff nach dem Teufel und freundete sich mit ihm an, Bea nahm er kaum noch wahr. Sie freute sich darüber, aber dann fiel ihr ein, dass der Junge für diese Art Verhalten ein paar Jahre zu alt war.

»Waren Sie beim Kinderarzt?«

»Ja, aber der hat auch nur nach blauen Flecken gesucht und uns an einen Kinderpsychologen verwiesen. Da gehen wir hin, aber der Termin ist erst in zwei Wochen. Wir haben das Gefühl, es wird von Tag zu Tag schlimmer, und deshalb wollten wir nicht warten. Wir wohnen direkt um die Ecke, und da dachten wir ...«

»Schon okay. Zum Psychologen sollte er trotzdem. Ich schreibe Ihnen einen Kontakt auf, das geht schneller. Und ansonsten – was ist Ihre Idee, in welche Richtung es gehen könnte?«

»Meine?« Er stöhnte. »Ich bin Systemtechniker. Heizung, Klimaanlagen und so. Ich denke eher, dass mit seinem Körper was nicht stimmt. Vielleicht sogar mit seinem Kopf. Kann man ihn nicht zum MRT schicken?«

»Denkbar.« Sie sah, dass Karols Haut auf der Längsseite des Oberkörpers leicht gerötet war. »Wissen Sie, was das ist?«

»Nein.«

»Hatte Karol Krankheiten in letzter Zeit? Masern? Röteln?«

»Nein, das ist eine Weile her.«

Sie fragte eine Reihe Erkrankungen ab. »Gibt es in Ihrer Familie jemanden mit HIV?«

Er erschrak. »Glauben Sie, er hat Aids? Nein, niemanden.«

»Und wie ist sein Essverhalten?«

»Er isst alles. Allerdings in letzter Zeit weniger. Er hatte drei Kilo zu viel. Wir waren ganz froh, dass sich das normalisiert hat. Wenn Sie so fragen – eigentlich hat er ab und an nicht weitergegessen.«

»Was meinen Sie? Einfach aufgehört? Oder wollte er weg vom Tisch?«

»Er ist sitzen geblieben und hat vor sich hin gegrübelt.«

»Konnten Sie ihn dann ansprechen?«

»Er scheint in solchen Augenblicken auf einem anderen Planeten zu sein. Aber wenn meine Frau oder ich ihn antippen, dann isst er manchmal weiter. Wenn das Essen noch nicht kalt ist. Manchmal mag er es dann nicht und wird wütend.«

»Aggressiver als vorher?«

Er nickte. »Richtig schlimm, manchmal. Einmal hat er meine Frau ernsthaft getreten, und auch gegen mich wütet er. Wir versuchen ihn zu beruhigen und zwingen ihn zu nichts, aber im Grunde sind wir hilflos.«

»Geht er in die Schule?«

»Seit vierzehn Tagen nicht. Zuerst ist er beim Frühstück erstarrt. An anderen Tagen verlässt er das Bett ums Verrecken nicht. Und heute war es beim Wecken so, als wäre ich ein Monster, das ihn im Schlaf überfällt. Er hat sich vor mir weggeduckt. Man muss ihm stundenlang zureden. Das Schlimmste ist, dass er einfach nicht mehr mit uns spricht.«

»Leidet jemand in Ihrem Umfeld an Depression?«

»Auch das nicht, Frau Doktor.«

»Hm. Ich bin keine Kinderärztin, wie Sie wissen. Wir sollten auf jeden Fall noch einmal einen Kinderarzt konsultieren, womöglich gibt es eine spezielle Erkrankung, die ein Experte auf diesem Gebiet schneller deuten kann als ich. Ganz ausschließen würde ich auch ein traumatisches Erlebnis nicht, zum Beispiel auf seinem Schulweg.«

»Wir bringen ihn immer und holen ihn ab.«

»Gut, aber Sie wissen, was ich meine. Es gibt unbeobachtete Momente. Eine Minute Fernsehen oder ein Autounfall oder in der Schule etwas, das ihm querliegt. Das sollten Psychologen abklopfen. Ich würde jetzt einen Labortest machen, vielleicht brütet er etwas aus, das wir mit Antibiotika in den Griff bekommen.« Sie ging langsam zu Karol und sprach mit der Teufelsstimme, bewegte den Teufel und nahm ihn sanft aus der Hand des Kindes. Dann flog der Teufel auf die andere Seite des Besprechungszimmers und forderte von dem Jungen frech, er solle zu ihm kommen, das traue er sich ja doch nicht.

Karol mühte sich auf und stakste durch den Raum. Dabei knickte er wiederholt einseitig weg, als würde er Blödsinn machen wollen. Er war aber ganz auf die Spielzeugpuppe fixiert.

Er läuft wie der alte Drahs nach seiner Hüft-OP, dachte sie, gab ihm den Teufel als Pfand und tastete seine Hüfte ab. »Seit wann läuft er so?«

Der Vater war den Tränen nah. »Das habe ich noch nie gesehen. Manchmal humpelt er ein wenig. Glauben Sie, es ist etwas mit seinem Gehirn?«

Sie unterdrückte den Impuls, sofort nein zu sagen. Stattdessen lächelte sie: »Sie sind ganz der Systemtechniker, was?«

Seine Miene klarte sich nur kurz auf. »Ich habe richtig Angst um ihn«, sagte er leise. »Ach ja …« Er zottelte zwei zusammengefaltete A4-Blätter aus der Jackett-Tasche. »Das ist eine Zeichnung von Karol. Etwa aus dem vorigen Jahr.« Der Junge hatte eine Wiese mit Sonnenhimmel gemalt, Buntstifte und Filzer im interessanten Wechsel eingesetzt. Zwischen Vögeln und Flugzeugen schwebten Raumschiffe über die Wiese, beobachtet von zwei Häschen – oder Ameisen, so richtig war das nicht zu entscheiden.

»Und das ist von letzter Woche.« Alles war mit einem braunen Filzstift gemalt. Die Sonne hatte ein Smiley-Gesicht und war ansonsten recht derangiert. Ob die unegalen Formen in der Bildmitte Häuser oder Autos sein sollten, war nicht zu erkennen. Bea dachte an das Bild eines Dreijährigen.

»Wir haben ihn gefragt, was das sein soll. Keine Antwort. Und seitdem malt er nicht mehr.«

Bea sprach wieder als Teufelchen und bemühte sich, Karol

einen Satz zu entlocken. Ab und zu nickte er oder schüttelte den Kopf.

»Vorsichtshalber werden wir röntgen. Beim Tasten finde ich nichts, weder bei den Knochen und Gelenken, noch bei den Organen. Ich teste das Blut, dann wissen wir, ob wir eine Infektion haben – Bakterien oder Viren. Urin, Abstriche und so weiter.«

»Und MRT?«

»Ja, klar. Das sowieso. Können Sie oder Ihre Frau noch Urlaub nehmen?«

»Wir sind am Limit.«

Adrenalin schoss in ihr Blut. »Das war keine Frage, wissen Sie!« Sofort tat ihr der Tonfall leid. Sie wusste ja, warum sie nicht Kinderärztin geworden war – der Eltern wegen. »Vielleicht können Sie jemanden organisieren, der bei Karol bleibt? Vermutlich ist es etwas Harmloses, aber so wie er sich verhält, sollte er die nächste Zeit nicht allein sein.«

Als Vater, Sohn und Teufel gegangen waren, diktierte sie Ina die Liste: »Wir brauchen eine komplette Liquordiagnostik. Und zwar das erweiterte Programm: mikrobiologische Erregernachweise, Antikörperindizes, Polymerase-Kettenreaktion.«

»MRT auch?«

»Was ihr immer alle mit dem MRT habt! Bitte erst zum Schluss.«

Ina sah auf: »Wieso?«

»Weil wir uns schon zu sehr auf diese Bilder verlassen. Wenn Sie unerträgliche Schmerzen wegen Blähungen haben oder einfach verliebt sind, wird Ihnen die MRT das nicht sagen. Man könnte zwar Anzeichen dafür sehen, aber dazu müsste man sie gezielt suchen. – So, und ich brauche sofort eine Verbindung zu Judith Lewin.«

Am Telefon schilderte Bea der Psychologin Judith Lewin den Fall des kleinen Karol, der so klein gar nicht mehr war.

»Und was nimmst du an?«, fragte ihre Studienkumpanin.

»Ich sag mal nichts. Untersuche ihn unvoreingenommen.«

»Ich *bin* unvoreingenommen. Sag schon!«

»Bei Kindern kenne ich mich zu wenig aus. Die Anzeichen sprechen für eine Depression. Aber sie geht mit einer Infantilisierung einher, das müsstest du beurteilen. Mein Bauchgefühl ist – aber das wollte ich dem Vater nicht zumuten …«

»Na?«

»Die Zeichnung und dieses hampelnde, einknickende Gehen. Hinzu kommt möglicherweise eine organische Störung beim Essen. Oder der Junge vergisst einfach zu essen. – Weißt du, wenn ich so einen Test gemacht hätte, dazu ist der Vater zu intelligent. Der hätte sofort gemerkt, dass ich darauf hinauswill, dass der Junge massiv vergisst. Er vergisst, wer seine Oma ist, und erschrickt sich am Morgen sogar vor seinen Eltern. Stell dir vor, du bist nur noch von Fremden umgeben, und das als Kind! Deine Fähigkeiten schwinden, du vergisst Wörter. Würdest du nicht auch schweigen und dich verkriechen?«

»Und das deutet …?«

»Auf Demenz.«

»Demenz? Ausgelöst durch die Depression, meinst du? Wäre möglich.«

»Judith, es ist ein *Kind!* Wenn es eine Demenz sein sollte, könnte sie nur infektiös ausgelöst worden sein. Die Depression und die Gehstörung wären Begleiterscheinungen.«

»Kann der Junge morgen Nachmittag bei mir sein? Ich möchte das mit der Demenz gern ausschließen, Bea.«

12

Uhlandstraße Ecke Kudamm,
Berlin, Charlottenburg-Wilmersdorf
Mittwoch, 16. Juli 2014

Gabi Kien sah auf ihre Armbanduhr und hatte Hunger. Es war 16 Uhr 18, und sie hatte seit dem Frühstück nichts gegessen. Sie schob Umschläge in den öffentlichen Briefkasten, die sie aus der Kanzlei mitgenommen hatte. Trotz aller elektronischen Vernetzung und trotz des privaten Postdienstes, den sie hatten, war das immer noch ein notwendiger Weg.

Der Doppeldecker jagte über die Kreuzung, und sie rannte ihm zur Haltestelle hinterher. Sie war sowieso schon zu spät dran. Während sie lief und schwer atmete, ärgerte sie sich mal wieder über die Pfunde an ihrem Körper, die sich in der Bewegung bemerkbar machten und an ihrem Selbstwertgefühl nagten.

»Die bist die schönste Frau der Welt«, hatte Guido gesagt, während er ihren nackten Körper betrachtete. Das war wohl der einzige Mann, mit dem sie in den letzten zwei, drei Jahren geschlafen hatte, aber er stand auch auf »Rubensfrauen« und animierte Gabi zu allem Unglück auch noch, *mehr* zu essen.

Trotz allem schleppte sie sich und die große Handtasche aufs Oberdeck. Dick war sie eigentlich gar nicht, aber alles war falsch verteilt, fand sie. Am meisten ärgerte sie sich darüber, dass ihr das Thema jeden Tag aufs Neue einfiel. Dass jeden Tag der BH irgendwo zwackte, ganz zu schweigen vom Hosenbund, mit dem man einfach machen konnte, was man wollte, es änderte nichts. Wenn ich nicht abnehmen kann, dachte sie, muss ich wenigstens einen Psychokurs machen.

An der nächsten Haltestelle flatschten Ahornzweige gegen die obere Windschutzscheibe des Busses. Der Fahrer ließ Wasser darauf spritzen, und die Scheibenwischer spielten mit ein paar harmlosen Schmutzteilchen. Immer wieder gingen die Scheibenwischer an. Ihr Rhythmus verband sich mit dem pfeifenden Motorengeräusch.

Als sie erwachte, war sie schon fast am Ziel. Demnächst penne ich noch beim Laufen ein, schimpfte ihre innere Stimme.

In der *Klinik am Landwehrkanal* kannte man Gabi Kien, die Pförtnerin hob lässig die Hand zum Gruß. Wer nicht wusste, dass die blonde, neununddreißigjährige Frau Rechtsanwalts- und Notariatsgehilfin war, hätte sie vermutlich für eine Krankenschwester gehalten. Manchmal bei ihren drei bis sieben Besuchen in der Woche hatte sie sich das auch überlegt. Schließlich war das ihr Kleinmädchenwunsch, und selbst an der Realschule hatte man ihr das empfohlen. Aber sie merkte, wie erleichtert sie war, wenn sie die Klinik wieder verließ. Und dass sie sich nicht um all die Menschen hier kümmern musste, sondern nur um einen. Und das längst nicht mehr rund um die Uhr, von Tag zu Tag und von Nacht zu Nacht.

Sie betrat den Trakt 4 und öffnete routiniert die erste Tür. Der Gang war durch eine Glasscheibe vom Bettenraum getrennt, die einzelnen Betten waren mit weißen Vorhängen separiert. Vom Gang aus konnte man die Patienten sehen.

In Bett 4.6 sah sie den zusammengerollten Körper. Ein Embryo mit fünfzig Zentimeter langen weißgrauen Haaren. Kein Laken. Ein winziges, faltiges Gerippe. Gabi Kien fragte sich, wie dieser Körper die robuste, nein fette, Gabi Kien zur Welt gebracht hatte. Ihre Mutter war das Häufchen Elend, das in ihren Träumen mal schrumpfte und mal aufgeblasen schwebte und übermächtig wurde. Mit Schläuchen in der Nase und Drähten an den Händen.

Als Schwester Dagmar den Gang entlangkam, wandte Gabi sich an sie: »Hallo Dagmar. Meine Mutter liegt ohne Bettdecke da.«

»Ich gehe jede Viertelstunde zu ihr rein und ziehe die Decke über sie. Sie strampelt sich immer wieder frei. Und fixieren wollen wir sie ja nicht.«

War der letzte Satz eine Drohung? Gabi schloss für einige Sekunden die Augen. Sie wusste gar nichts mehr.

Es war an einem regnerischen Sonntag im Jahr 2002. Mit ihrem damaligen Freund Curd – sie erinnerte sich einen Moment lang an seine Stimme und seine Hände und seine edlen Teile und musste grinsen –, mit Curd hatte sie ihre Mutter besucht. Nach dem Kuchen halfen sie ihr beim Abwasch. »Wohin stelle ich die Zuckerdose?«, hatte Gabi bloß gefragt.

»Weiß ich nicht«, hatte ihre Mutter gesagt, mit 90 Kilo am Leib. »Da oben wahrscheinlich.« Sie hatte auf die Mikrowelle gezeigt.

Gabi wollte sich aufregen, aber Curd beschwichtigte und öffnete einen Hängeschrank in der Küche nach dem anderen. »Hier steht das Kaffeeservice«, sagte er. »Hierher passt die Zuckerdose kongenial – mein Zuckerdöschen.« Dann zögerte er. »Was ist das denn?« Er zog eine Packung aus der Ecke mit den Kuchentellern. Es tropfte rote Flecken.

Was er da in der Hand hielt, war eine Tiefkühllasagne. Offenbar seit Tagen nicht gekühlt, und wenn man in ihre Nähe kam, stank sie zum Himmel.

»Mutter, was ist das?«

»Eine Lasagne, siehst du das nicht?«

Es war ein barscher Ton, den sie von ihrer bescheidenen Mutter nicht kannte. Gerade wenn andere Menschen anwesend waren, ihr geliebter Schwiegersohn in spe, gab sie sich stets besondere Mühe. »Was schnüffelt ihr da überhaupt herum?«

Damals, vor zwölf Jahren, dauerte es an die zwei Wochen, bis Gabi Kien kapierte, dass ihre Mutter deutliche Anzeichen von Demenz zeigte. Die Ärzte erklärten ihr, dass Demenz eine tödliche Krankheit sei, die in der statistischen Regel binnen zehn Jahren zum Tod führt.

Einige Monate später rief die Mutter sie an, schnaubte erst vor Wut und dann weinend vor Verzweiflung: Ihr Mann sei nicht nach Hause gekommen, der Eduard.

»Mama, der Eduard ist seit achtzehn Jahren tot. Und der Peter auch.«

»Das weiß ich alles«, herrschte die Frau am Telefon zurück. Es war eine Minute lang still gewesen in der Leitung. Totenstill. Dann hatte die Mutter mit kleiner Stimme gefragt: »War ich zweimal verheiratet?«

»Aber ja.«

»Das müsste ich doch wissen, mit wem ich das Bett …« Sie unterbrach sich, schluchzte und legte auf.

Nach drei Jahren, viel schneller als von den Ärzten befürchtet, wollte die Mutter Gabi Kien nicht in ihre Wohnung lassen. »Können Sie sich überhaupt ausweisen?«

Gabi war wütend gegangen. Zu Hause brach sie zusammen.

»Das erste Mal ist es für Angehörige ein Schock, wenn ein geliebter Mensch einen plötzlich nicht mehr erkennt«, erklärte ihr eine Ärztin. »Die meisten denken, sie hätten etwas falsch gemacht.«

Es folgte ein Auf und Ab. Tage der Hoffnung, Tage des Zorns und der Trauer. Und immer wieder starb ihre Mutter.

Gabis Gedanken wurden unterbrochen, als sie durch die Glaswand sah, wie eine Schwester und ein Pfleger zu ihrer Mutter ans Bett traten. Sie versuchten, sie aus der Embryonalhaltung zu lösen. Die Mutter schrie und wehrte sich mit all ihren restlichen Kräften.

Gabi rannte zur nächsten Tür, durch den Bettenraum zum Bett 4.6: »Warten Sie«, rief sie. »Lassen Sie meine Mutter in Ruhe!« In dem Moment traf sie etwas Nasses im Gesicht. Die Mutter hatte ausgespuckt und sie getroffen. Und sie freute sich offenbar darüber.

Die Schwester gab dem Pfleger ein Zeichen, sich zurückzuhalten, und reichte Gabi ein Tuch. »Liebe Frau Kien, ganz ruhig. Wir tun ihr nichts an, keine Sorge. Wir bereiten sie zum Essen vor.«

Gabi Kien hörte sich höhnisch auflachen.

»Solange es möglich ist, wollen wir darauf verzichten, Ihre Mutter medikamentös zu sedieren. Wenn wir das täten, sähe alles friedvoller aus. Aber wir wollen respektieren, dass sie in einer Phase ist, in der sie trotzt und Angst hat. Das ist … momentan der letzte Rest ihrer Persönlichkeit … Es ist eine Gratwanderung: Wir wollen sie nicht ängstigen, aber auch nicht ihre Gefühle wegdrücken.«

Schwester Dagmar war hinzugekommen. »Während der PEG wird sie zu ihrer Sicherheit kurzfristig fixiert. Damit sie sich nichts rausreißt.«

»PEG?«, fragte Gabi. »Was ist das noch mal?« Sie schüttelte verwirrt den Kopf.

»Künstliche Ernährung«, erläuterte Schwester Dagmar geduldig. »Perkutane endoskopische Gastrostomie. Deine Mutter lässt sich nicht mehr füttern. Sie verbittet es sich.« Sie grinste, um Gabi aufzubauen. »Solange sie noch diesen starken Willen hat, ist es gut. Aber sie macht uns das Leben schwer. Wenn wir sie füttern, glaubt sie, dass wir sie vergiften wollen. Du musst dir vorstellen: Du wachst auf, und jedes Mal sind fremde Menschen bei dir, die dir einen Löffel in den

Mund schieben. Das würde ich mir ja auch nicht gefallen lassen. Beim letzten Versuch des Fütterns hatte sie so panische Angst, dass sie sich verletzt hat beim Ankämpfen. Die PEG ist letztlich schonender. Und Deine Mutter unternimmt nichts gegen die Magensonde, das ist gut. Nur wenn wir alle Schläuche anschließen, befürchtet sie wer weiß was.«

Gabi ließ sich von Schwester Dagmar auf den Flur hinausbringen. »Ich weiß nicht mehr, was richtig ist.«

»Wir glauben, die PEG ist momentan das Beste für sie. Das wird, nebenbei gesagt, auch von der Krankenkasse bezahlt.«

Gabi Kien starrte vor sich hin und begann zu weinen. »Das Geld … Das ist doch nicht meine Sorge! Ich verzichte schon auf alles, auf meinen Urlaub. Curd ist abgehauen, weil ich nur noch meine kranke Mutter im Kopf habe. Das Geld …«

Dagmar tröstete sie. »Ich wollte es ja auch nur sagen, damit es keine zusätzliche Last ist: Die PEG ist finanziert. Eine andere Frage wird sein, wie lange wir das machen sollen. Keine Sorge, das musst du nicht jetzt entscheiden. Aber in nächster Zeit sollten wir darüber sprechen. Ich bin dabei, wenn du möchtest. Außerdem unser Chefarzt und ein Psychologe, der sich um die Patienten kümmert.«

»Und worum geht's da?«

»Deine Mutter hat die PEG nicht angefordert, als sie noch konnte, nicht wahr?«

»Nein, sie hat nur gesagt, dass sie nie an Schläuche und Maschinen angeschlossen sein will.«

»Das ist das Problem. Sie hat es gesagt und sogar geschrieben. Aber die Patientenverfügung ist schon etwas älter. Trotzdem möchten wir den Willen deiner Mutter so gut es geht akzeptieren. Für uns ist die Frage: Wenn sie sich hier wehrt gegen die PEG – tut sie das einfach nur, weil sie sich auch gegen eine Leberwurststulle wehren würde? Weil sie also nicht begreift, dass man ihr Gutes tun möchte? Oder rebelliert ihr Körper überhaupt dagegen, am Leben erhalten zu werden? Offenbar kann sie uns das nicht mehr sagen. Du könntest …«

Gabi ließ den Kopf sinken. »Ich weiß im Augenblick nichts. Ich bin so leer. Ich kapiere nicht mal, was ihr von mir wollt.« Dagmar streichelte ihr über den Kopf.

In einem plötzlichen Ruck erhob sich Gabi. »Warte mal«, sagte sie und ging zurück in den Bettenraum. Vor dem Bett ihrer Mutter ging sie langsamer, fast nur noch auf Zehenspitzen. »Mama«, flüsterte sie und nahm alle Kraft zusammen, um zu lächeln. Der Pfleger stand hinter dem Kopfende des Bettes und nickte ihr zu. Gabi versuchte in dem Gesicht die liebevolle Mutter wiederzuerkennen.

Bratäpfel im Winter.

Vorlesen aus einem Märchenbuch.

Wie sie sie auf dem Pony festhielt. Fest im Rücken hielt sie sie, fest, besorgt und stolz.

Sie streichelte sanft die runzelige Stirn.

Die Frau öffnete ihre fischig-trüben Augen.

Der Blick verzerrte sich.

Sie versuchte, sich im Laken wegzuducken, als sei Gabi eine gedungene Mörderin.

Die Frau bäumte sich auf, und der Pfleger brauchte alle seine Kräfte.

Am Ausgang blieb sie stehen. Auf die Glastür war der Name des Hauses geklebt, es sollte aussehen wie eingeschliffene Buchstaben, war aber nur eine aufgezogene Folie:

KLINIK AM LANDWEHRKANAL
– HOSPITAL UND HOSPIZ –

Die Unterzeile ist neu, dachte sie. Was stand vorher da? Vermutlich so etwas wie GmbH & Co. KG. Aber niemals *Hospital und Hospiz.* Das hätte sie doch gewusst, wenn sie ihre Mutter in ein Hospiz gesteckt hätte.

Auf dem Weg zur Haltestelle meldete sich ihre Stimme, und Gabi stöhnte. Es war keine richtige Stimme, Gabi Kien hatte keine Halluzinationen. Aber seit einiger Zeit fiel ihr auf, dass ihr Denken hin und wieder diese schrille Stimme annahm und mit ihr schimpfte. Wenn ich jetzt anfangen würde zu trinken, grübelte sie, würde ich ganz schnell anfangen zu spinnen. Mich stresst einfach die Situation mit Mutter. Wenn ich das abbaue, wird alles wieder gut.

»Nein, wird es nicht, du dumme Sau!«, keifte die Stimme.

»Ich habe Mutter nicht in ein Hospiz gebracht«, hörte sie sich denken. »Sie ist schwach und erkennt mich nicht, aber sie stirbt nicht.«

»Die Alte verreckt, und du lässt sie vertrocknen und sich einkoten, du undankbares Gör!«

Gabi Kien war empfindlich gegen rüde Worte. Sie bog vor der Haltestelle ab, lief entgegen ihrer Gewohnheit quer über eine Rasenfläche und setzte sich auf eine Bank.

»Das ist eine palliativmedizinische Klinik«, stichelte die Stimme. »Du weißt, was das heißt: Der Job dieser Leute besteht darin, deine Mutter sterben zu lassen. Je schneller, desto besser für die Bilanz.«

»Das ist nicht wahr«, sagte Gabi auf der Parkbank vor sich hin. Eine Taube äugte fragend.

»Und sie sind mit dir im Bunde! Lass sie doch endlich sterben. Die Hexe!«

Gabi hätte sich am liebsten auf der Bank zusammengerollt und geheult.

Endlich hatte sie ein anderes Bild vor sich. Den Mann, um

den sie ihre Arme legen konnte und der sie tröstete. Nicht Curd, sondern ihr letzter Liebhaber. Irgendwie konnte er es, sie immer trösten, mit seinen starken Armen und seinem Rhythmus im Bett, mit seiner Stimme und den manchmal unsicheren Sätzen.

Ein Blitz durchfuhr Gabi Kien: Wie hieß er?

Ich habe doch vorhin noch an ihn gedacht!

Ich muss doch wissen, wie der Lover hieß, mit dem ich – wie lange? – zwei Jahre oder so zusammen war.

Irgendwas mit O?

Herrgott!

13

Uhlandstraße Ecke Kudamm,
Berlin, Charlottenburg-Wilmersdorf
Freitag, 18. Juli 2014

Gabi Kien sah auf ihre Armbanduhr und hatte Hunger. Es war 16 Uhr 06, und sie hatte seit dem Frühstück nichts gegessen. Sie schob Umschläge in den öffentlichen Briefkasten, die sie aus der Kanzlei mitgenommen hatte. Trotz aller elektronischen Vernetzung und trotz des privaten Postdienstes, den sie hatten, war das immer noch ein notwendiger Weg. Der Doppeldecker jagte über die Kreuzung, und sie rannte ihm zur Haltestelle hinterher …

Gabi Kien fuhr nach der Arbeit nicht an den Landwehrkanal und stieg in einen einstöckigen Bus Richtung Tegel um. In Gartenfeld fand sie den Businesspark, dessen Lageplan sie sich ausgedruckt hatte. Die Tintenpatrone hatte ihr Letztes gegeben. Ich hab seit dem Frühjahr vergessen, sie zu wechseln, dachte Gabi Kien mit einer Selbstironie, die sie an diesem Abend selbst überraschte.

In den vergangenen beiden Nächten hatte sie kaum geschlafen. Um ihre innere Stimme und die Bilder aus dem Hospiz zu verdrängen, hatte sie zum ersten Mal in ihrem Leben beschlossen, sich zu betrinken. Aber schon nach dem zweiten Gläschen Likör war ihr schlecht geworden. Dieser Plan war gescheitert.

Dann dachte sie eine Zeitlang an Guido. Doch jedes Mal, wenn sie sich nun in Gedanken an ihn schmiegen wollte, tauchte die bohrende Frage auf, wie sie seinen Namen hatte vergessen können. Sie hatte tatsächlich zu Hause in die alten

Mails schauen müssen, um wieder auf *Guido* zu kommen. Der Mann mit O.

Schließlich landete sie im Internet. Sie war ein bisschen stolz darauf, dass sie in der Kanzlei als gute Rechercheurin galt. Suchmaschinen benutzten alle, aber dort musste man die richtigen Suchbegriffe eingeben, und dabei war sie meist die Treffsicherste. Die Kunst bestand ihrer Ansicht nach darin, zwischen zugespitzten, eindeutigen Begriffen einerseits und unscharfen, allgemeinen Worthülsen andererseits zu wechseln und zu wissen, in welchem Moment welche Technik erforderlich war.

Wenn sie etwas über Demenz erfahren wollte, musste sie Fenster unterdrücken, die ihr nur weitere Definitionen über diese Krankheit liefern wollten. Oder die sie mit Hinweisen auf Medikamente überschütteten. Es dauerte keine drei Minuten, dann hatte sie, was sie sich wünschte: Die vertrauensvoll aussehende Website einer Beratungsstelle. Mit Sitz in Berlin!

Gartenfeld war ein ehemaliges Industriegelände, und das Verwaltungsgebäude sah nicht so gut aus wie auf dem Foto im Netz.

Doch alles, was danach kam, sagte ihr zu: Neben dem Eingang des Bürohauses war eine schlanke, blankpolierte Rauchglassäule mit goldenen Buchstaben aufgestellt, die den Namen der Stiftung wiedergab: ICH VERGESSE NICHT – IVN. Im vierten Stock knieten zwei Männer auf dem Boden und schnitten Laminat. Hier war offenbar der Aufbau im Gang. Jana Elztal, die Geschäftsführerin, empfing sie zwar nicht im Überschwang, aber es war professionell, wie sie Gabi verbindlich begrüßte und um Verzeihung bat, dass sie noch drei bis sechs Minuten warten sollte.

Im Wartezimmer hing die Satzung der Stiftung, gemeinsam mit einigen Diplomen und einem Foto, auf dem Jana Elztal auf einem Kongress mit einer Gruppe von Männern stand. Einer von ihnen war der Bundeskanzler, die anderen Leute kannte sie nicht. Elztal trug offenbar stets enge, schwarze Kostüme. Ihre grauen Haare waren symmetrisch zu beiden Seiten des Gesichts frisiert und bedeckten gerade so die Ohren.

Das persönliche Gespräch war vielversprechend. Gabi Kien nahm wie die Geschäftsführerin in einem weißen Sessel Platz, beide waren in einem 150-Grad-Winkel zueinander ausgerichtet. Doktor Elztal verlor keine großen Worte, sondern bat Gabi Kien, ohne Umschweife zu erzählen, was sie belastete. Und tatsächlich war Gabi sogleich bei ihrer Mutter, der PEG und dem stechenden Gefühl, nicht zu wissen, was sie tun soll.

Sie mochte an die zwanzig Minuten erzählt und geklagt haben, als sie innehielt: »Ich weiß, Sie sind nicht auf Angehörigenprobleme spezialisiert.«

Elztal lächelte ausdauernd. »*Sie* sitzen vor mir, Frau Kien. Deshalb geht es um Ihre Probleme und um *Sie*.«

Dankbar sprach Gabi Kien weiter. Sie erzählte, was sie neben dem Schicksal ihrer Mutter noch bewegte. Mit niemandem hatte sie darüber bislang geredet, sogar mit sich selbst hatte sie nicht darüber diskutieren wollen. Zu groß war die Angst vor der hässlichen Stimme. »Ich weiß, dass Alzheimer vererbt werden kann«, sagte sie. »In letzter Zeit habe ich das Gefühl, dass ich Dinge vergesse. Namen. Termine. Etwas auf der Einkaufsliste.«

Jana Elztal war nicht irritiert oder überrascht. Sie wirkte ernst – mit einem sehr feinen, hintergründigen Lächeln um die Lippen, das Gabi Vertrauen einflößte.

»Zuerst habe ich es dem Stress mit meiner Mutter zugeschrieben. Und dem Chaos bei uns im Büro. Inzwischen bin ich mir nicht mehr sicher. Auf Ihrer Website werben Sie mit kostenlosen Demenz-Tests.«

»Kostenlos und anonym«, entgegnete die Frau.

»Anonym, ja … Das ist ein wichtiger Punkt für mich, wissen Sie. Vergesslich werden wir vielleicht alle irgendwann. Aber wenn mein Chef Wind davon bekommt, ist es aus. Er hat Kolleginnen entlassen wegen eines Autounfalls. Oder weil sie schwanger waren.«

»Das ist unzulässig.«

»Er ist Anwalt.«

»Bei uns müssen Sie keine Sorge haben. Wir geben keine Daten weiter. Das bedeutet allerdings auch, dass Sie sich im Bedarfsfall selbst an Ärzte wenden müssen. Wir beraten und unterstützen Sie bei allem, was Sie möchten und was wir können, aber wir werden grundsätzlich nicht selbst tätig.« Es gäbe Ausnahmen, fuhr sie fort, aber für diese müsste es ausdrückliche Vollmachten geben.

Das stärkte nur Gabi Kiens Vertrauen in die neue Organisation. Sie wollte schnell Gewissheit über den eigenen Geisteszustand erlangen. Hatte sie das löchrige Gehirn ihrer Mutter geerbt?

»Gentests führen wir nicht durch. Wir verfügen auch nicht über bildgebende Verfahren wie MRT. Auf Wunsch können wir Labors empfehlen, aber in vielen Fällen ist die teure Technik nicht erforderlich. Wenn Sie sich gern in so eine Röhre legen, hindern wir Sie nicht. Es kostet Ihre Kasse jedes Mal 1000 oder 2000 Euro, und am Ende sagen die Spezialisten meist: Wir können nichts finden.«

Es klang unkompliziert. Jana Elztal erläuterte in drei, vier Sätzen die Gründung der gemeinnützigen Stiftung zum Jahresbeginn.

»Im Januar 2014 erst?«, staunte Gabi.

»Deshalb sind wir noch beim Einrichten der Räume. Und ich führe die Gespräche noch alle selbst. Ich erwarte aber einen ganzen Stab von Mitarbeitern, meine Auswahlgespräche waren sehr vielversprechend. Es gibt unendlich gute Leute da draußen, man muss sie nur holen. Aber auch mein kleines Stammteam beginnt nicht bei null. Als Mediziner haben wir jahrelange Erfahrung. In Deutschland, Niederlande, Frankreich, Südafrika und Kalifornien. Neu ist, dass wir uns jetzt hier assoziieren. Ich hoffe, es stört Sie nicht, dass wir neben der Schulmedizin auch Kräfte vereinen, die asiatische und heilpraktische Methoden kennen. Wir wollen niemanden von einer bestimmten Linie überzeugen, aber wir wollen durch Vielfalt stark sein.«

»Oh, das klingt für mich genial. Oder ideal, wie sagt man?«

»Falls Sie mehr über unsere Stifterinnen und Stifter erfahren möchten, kann ich Ihnen eine Broschüre geben.«

»Ich hab's im Internet gesehen. Zugegebenermaßen kenne ich fast nur die Schauspieler unter ihnen.«

»Das geht vielen so, glauben Sie mir. Das meiste nehmen wir durch Spenden ein. Und vor einem muss ich Sie noch warnen. Neben den Tests, Grundberatungen und therapeutischen Unterstützungen bieten wir auch Kurse an, die dann allerdings einen Selbstkostenbeitrag erfordern. Bei aufwendigen Veranstaltungen kann das einige hundert Euro kosten, aber wir weisen rechtzeitig darauf hin, und Sie sind nicht zur Teilnahme verpflichtet.«

Sie unterhielten sich über die letzten beiden Tage und über Gabis innere Stimme.

»Ich schlage Ihnen einen Kurztest im Anschluss an unser Gespräch vor, Gabi. Ich darf Sie Gabi nennen? Ich bin Jana für Sie, wenn Sie mögen. – Nur eines vorab, weil ich mich da immer persönlich aufrege: Sie sagen, Ihre Mutter wird einer PEG unterzogen? Dann gebe ich Ihnen auch dazu eine Broschüre mit. Die Stiftung ist gegen die massenhafte Anwendung von PEG. Sie können das in Ruhe zu Hause lesen.«

Gabi war irritiert. »Warum? Was ist das Problem?«

Elztal zögerte: »Ich möchte Sie nicht indoktrinieren. Es ist nur so, dass ich meine Meinungsbildung dazu abgeschlossen habe und deshalb eine dezidierte Auffassung vertrete. Die Nahrung, die Geräte, die Schläuche – wissen Sie, was das kostet? Eine Milliarde Euro im Jahr! Niemand hat etwas dagegen, wenn die Technik angewandt wird bei Menschen, die ein paar Tage lang nicht essen können. Nach einer Operation ist es obligatorisch. Aber mittlerweile sind in Deutschland an die hunderttausend Menschen *dauerhaft* daran angeschlossen. Das Problem ist, dass die Sonden oftmals Infektionen verursachen. Und die Patienten müssen an ihren Betten festgebunden werden, weil sie sich sonst die Sonden herausreißen. Die meisten haben niemals zugestimmt, dass sie *jahrelang* künstlich auf diese Weise ernährt und fixiert werden.«

»Aber wenn man sie nicht mehr füttern kann?«

»Die meisten könnte man aber füttern, Gabi. Nur, Sie wissen sicherlich aus eigener Erfahrung, dass das bei einem Dementen sehr lange dauern kann. Er wird wütend oder vergisst zu essen. Er schreit herum und wirft Ihnen sein Lieblingsessen vor die Füße, das Sie ihm mit Liebe zubereitet haben. Die PEG wird in den Krankenhäusern aus zwei Gründen massenhaft eingesetzt: Sie erspart Zeit und Personalkosten. Und die Krankenkassen finanzieren die PEG, nicht aber die normale Nahrung.«

»Wie bitte?«

»Tja, das sind so die Wahrheiten, die niemand hören möchte.«

Für den Test waren sie ins Nebenzimmer gegangen, in dem es noch nach Farbe roch. Das Licht war gedimmt, im Hintergrund verbreitete ein Aquarium Gelassenheit. Nach einleitenden Worten gab Jana Elztal Gabi zwei DIN-A4-Blätter.

»Legen Sie die beiden Seiten exakt übereinander. – Gut. – Jetzt nehmen Sie eine Seite auf und falten Sie sie zweimal. Einmal längs, einmal quer. – Danke. – Was haben Sie gestern zum Mittag gegessen?«

»Nichts. Abends eine … Currywurst.« Sie lächelte entschuldigend.

»Gut. Und am Tag zuvor?«

»Ich esse nie mittags. Da habe ich … Oje. Ach ja, Eintopf. Tiefgefrorenes von letzter Woche. Erbsen und so.«

»Schön, Gabi. Und am Tag davor?«

Sie stöhnte. »Weiß man das? Da habe ich abends … Ja, da habe ich gar nichts mehr gegessen, es ging mir nicht gut.«

»In Ordnung. Erinnern Sie sich noch an den Tag davor?«

»Ich … Davor … Da könnten, nein, ich glaube, ich weiß es nicht. Im Zweifel eine Pizza, aber …«

»Welcher Tag war das dann?«

»Welcher Tag? Na, vor vier Tagen, das wäre, ähm, das ist …« Sie bewegte die Hände vor ihrem Gesicht. »Ich bin ganz wuschig. Wahrscheinlich aufgeregt. Heute haben wir Freitag, dann hätten wir Dienstag, nein, Montag, wenn wir heute nicht mitrechnen.«

»Gut. Nehmen Sie diesen Stift und zeichnen Sie eine runde Uhr ein, lassen Sie aber die Zeiger fort.«

»Eine Uhr? So etwa? Mit Zahlen?«

»Wie Sie mögen. Und nun zeichnen Sie Zeiger ein, und zwar für *sechs Minuten vor sieben*.«

»Sechs vor sieben? Das ist … Also sechs, nein … Der kleine steht auf der sechs und der große auf sechs Minuten vor. So. Oder?«

»Danke, Gabi. Jetzt noch einige Zahlenreihen. Wenn ich

1–2 sage, dann sagen Sie mir die Kette rückwärts, also 2–1. Haben Sie das verstanden?«

»Ja, alles klar.«

»3–7–2–9–5.«

»5–9–7–2–3.«

»Versuchen wir es noch mal: 3–7–2–9–5.«

»5–9–2–7–3.«

»Sehr gut. 9–3–3–2–0–4–7–5«

»5–7–4 … am Ende ist 3–3–5 und …«

»Verknoten Sie nichts«, sagte Jana Elztal milde. »Eine andere Reihe: 8–0–1–4–5–2–9–3–7.«

»7–3–9–2 … Ich, ich …«

»Gut, Gabi, lassen Sie mich mal die Punkte zählen. Inzwischen schreiben Sie bitte diese Zahl als Wort.« Sie hielt ihr die Zahl 67482 hin.

Gabi Kien schrieb: *Siebenundsechzigtausendvierhundertzweiundachtzig.*

»Das Ergebnis ist folgendes, Gabi: Bei den Aufgaben mit den Blättern ist es gut gelaufen.« Sie betrachtete das lange Zahlenwort. »Das ist auch richtig. Beim Essen und bei den Zahlen waren Sie, na, vielleicht ein wenig aufgeregt.«

»Kann man wohl sagen. Es hängt ja doch einiges an dem Test.«

Jana Elztal presste die Lippen zusammen. »Wenn Sie die Uhr sehen, fällt Ihnen etwas auf?«

»Nein, ich … Ach so, der kleine Zeiger steht genau auf der 6. Wenn es aber sechs vor 7 ist, müsste er ja auch schon auf die 7 vorgerückt sein.«

»Na, das nehmen wir nicht so genau. Und sonst?«

Sie zuckte mit den Achseln.

»Schauen Sie, Sie haben nur acht Stunden eingezeichnet. In die runde Fläche haben Sie vier Striche für 12, 3, 6 und 9 gezeichnet, danach zwischen jeden jeweils einen. Es müssten natürlich 12 Stunden sein.«

»Das habe ich gemacht, weil es nur eine Skizze sein sollte«, sagte Gabi Kien.

»Gut, also im Ergebnis … Ich kann Sie beruhigen, da ist keine schwere Demenz erkennbar. Es gibt Patienten, die bekommen nicht einmal den Kreis für die Uhr hin. Allerdings sind es die kleinen Dinge, die den Anfang ausmachen. Bei den Zahlenreihen komme ich auf wenige Punkte, und bei der Erinnerung an das Essen in dieser Woche … Sie haben es selbst ein bisschen gemerkt, nicht wahr?«

»Schon, ich …«

»Ich schlage vor, Sie schauen in Ihren Terminkalender. Nächste Woche treffen wir uns zu einem ausführlichen Test. Dafür sollten Sie sich drei Stunden Zeit nehmen. Wir wollen sichergehen. Keine Sorge, es ist kein schlimmer Eingriff. Wir machen ein EEG, einen ausführlicheren, genaueren Test, bei dem Sie mehr Zeit bekommen, und dann gibt es ein psychologisches Tiefengespräch. Das ist ebenfalls kostenlos.«

»Das heißt, ich habe eine beginnende Demenz?«

»Langsam! Das eben war ein Schnelltest, wie ihn jede Hausärztin machen kann. Aber anders als manche von denen fällen wir kein abschließendes Urteil. Kann sein, dass Sie einen schlechten Tag haben. Und es ist auch nur der Anfangsverdacht. Wir gehen der Sache sorgfältig nach.«

Gabi Kien legte eine Hand auf ihre Augen. »Ich habe Demenz, wie meine Mutter. Und jetzt? Zehn Jahre? Zwölf? Bis ich so bin wie sie, zusammengekauert und zwangsernährt? Nur ohne Tochter, weil ich keine Zeit hatte, mein Leben …«

Jana Elztal bot ihr an, sich hinzulegen und über alles zu sprechen. Man schicke niemanden mit so einer Diagnose nach Hause.

14

Friedrichstraße 108, Berlin-Mitte
Freitag, 18. Juli 2014

Alexander saß mit Thery am Beratungstisch seines Büros. Wenn ein Außenstehender sie hätte sehen können, wäre er neidisch geworden: Thery hatte ähnlich dunkle Haare wie Bea und auch fast ihre Frisur, aber sie war einen Kopf länger als die große Bea, im Gegenzug nur halb so alt. Hübsch, langbeinig, schlagfertig, witzig. Eine Referendarin, die über das, was Alexander von sich gab, gern und oft lachte.

Alexander schätzte ihre Erscheinung und ihr Lachen, vor allem aber war Thery für ihn wertvoll, weil sie als eine der wenigen im Ministerium auf seine Argumente einging. Und das, ohne ihm nach dem Mund zu reden. Über seine Scherze lachte sie vielleicht hin und wieder ein wenig zu freigiebig, aber recht gab sie ihm deshalb noch lange nicht so schnell.

Thery zeigte am Laptop Landkarten, auf denen die spektakulärsten Unfälle eingezeichnet waren, über die die Medien seit Wochen berichtet hatten. Außerdem las sie ihm den Entwurf einer Presseerklärung vor. Kern der Aussage: *Alzheimer ist keine ansteckende Krankheit.*

»Das wissen wir nicht«, sagte Alexander.

»Aber der Schaden, der angerichtet werden würde durch Panik, der wäre viel größer als ein Schaden durch falsche Information.«

Er sah nachdenklich in ihre Augen. »Das ist noch nicht griffig formuliert. Aber inhaltlich nicht abwegig. Was haben Sie studiert, Thery?«

Sie lachte. »Jura.«

Er drückte sich die Finger in die Augenhöhlen. »Ach ja, stimmt, Entschuldigung! Das ist logisch. Jedenfalls … Sie haben sich nicht intensiv mit Medienwissenschaften befasst?«

»Wohl wahr.«

»Deshalb ein Wort von Opa Mehrow, liebe Thery: Meiner Ansicht nach muss man bei allem, was in der Welt geschieht und zum öffentlichen Thema wird, drei Phasen unterscheiden. Ich will es Ihnen kurz skizzieren, damit Sie verstehen, weshalb ich Ihre Presseerklärung gut finde, sie aber trotzdem nicht verwenden kann.«

Die junge Frau wirkte nicht eingeschnappt, nur neugierig.

»Die erste Phase nenne ich die *Zeit der Unschuld*. Wenn irgendwo in der Savanne Familien in ihren Häusern überfallen und getötet werden, interessiert das niemanden. Bei uns. Eine Berichterstattung kann noch so gut sein, die Zeitungen und Sender werden die Nachricht nicht bringen. Und zwar mit dem paradoxen Hinweis, dass es die Menschen nicht beschäftigen würde, wenn sie es brächten, und dass es genügend andere Problemthemen gibt. Die *Zeit der Unschuld* wird bewahrt. Das Gleiche gilt für schöne Großprojekte: Für einen Windpark im Meer, für einen Flughafen in Berlin, für einen Bahnhof in Stuttgart. Niemand hat in der ersten Phase ein Interesse daran, die wunderschönen Ideen zu vernichten. Alle wollen Teil des Traumes sein. Wenn Sie die Berichterstattung aus diesen Anfangsphasen verfolgen, entdecken sie Zeitungsberichte, die den neuen Stuttgarter Bahnhof über den Klee gelobt haben. Man will die Utopien der Planer und Architekten im Fernsehen zeigen, an 3-D-Modellen und in den Sonntagsbeilagen in Farbe drucken und damit die Auflage steigern und die Zuschauerquote nach oben treiben. Wenn nun Miesmacher daherkommen, mit so nervigen Anmerkungen, ob das Projekt nicht zu teuer wird oder ob dadurch eine Gefahr entsteht, wird sich jede Redaktion weigern, eine Plattform zu bieten.«

»Aber Stuttgart 21 ist mächtig in die Kritik gekommen.«

»Richtig, und wie. Irgendwann scheint ein Quantensprung einzutreten. Das Wasser ist nicht mehr 99,9 °C warm – sondern 100 °C. Es kocht, ganz plötzlich. Heutzutage wird der Begriff vom *Quantensprung* meist falsch verwendet. Die Metapher beschreibt gerade keinen *großen* Sprung. Es ist ein *winziges* Ereignis, nicht sichtbar und kaum messbar, das eine gewaltige Wirkung hat! Von 99,9 auf 100 °C. – Wie genau der Übergang von Phase 1 zu Phase 2 erfolgt, durch welches winzige Ereignis, das ist unerschlossen.« Er grinste. »Phase 2 nenne ich die *Zeit des Erwachens*. Jetzt kommt tatsächlich die Kritik, und zwar von allen Seiten. Bei Stuttgart 21 war plötzlich alles mies. Jeder Bauarbeiter ein Verbrecher. Übertragen auf das Beispiel mit der Savanne: Plötzlich erkennt man, dass es nicht nur um einzelne Überfälle geht, sondern dass es dort seit Monaten einen Bürgerkrieg gibt, einen unterdrückenden Staat, eine internationale Krise. Gefordert werden Interventionen. Alle berichten, alle fragen, warum nicht längst jemand eingeschritten ist, um das Leid zu verhindern.«

Sie nickte. »Ja. Aber immerhin: Dann ist die Welt aufgewacht.«

»Ja und nein. Nur weil man *aufgewacht* ist, tut man ja noch nicht automatisch das Richtige, oder? Wie ist das bei Ihnen, morgens?«

»Das wollen Sie nicht wirklich wissen«, kicherte sie.

»Hm. – Die Medien kapieren in dieser Phase, dass sie sich alle schönfärberischen oder beschwichtigenden Beiträge sparen können. Sie stoßen ins Horn der Kritiker, denn jetzt kommt nur noch *Kritik* an beim Leser und Zuschauer. Niemand – das ist ganz wichtig – erinnert sich in dieser Phase daran, dass er in der *Zeit der Unschuld* einmal eine andere Haltung hatte als die der Kritik. – Das Hauptproblem ist, dass jetzt alle so sehr damit beschäftigt sind draufzuschlagen, dass kaum jemand die Notwendigkeit erfasst, Konsequenzen zu ziehen und *aktiv* zu werden.«

»Ist das so? Bei Gaddafi in Libyen sind doch auch endlich viele wach geworden, und dann hat die NATO ihn bombardiert.«

»Gutes Beispiel, Thery. Die *Zeit der Unschuld* währte in seinem Fall viele Jahre. Man wollte inzwischen in ihm nur noch den altersmilden Diktator sehen. Keiner hätte sich für Menschenrechte seines Volkes eingesetzt. In der *Zeit des Erwachens* wusste jeder bei uns, dass man ihm eigentlich nie hätte trauen dürfen. Wenn Sie genau hinschauen, hat es dann noch eine Weile gedauert, bevor er militärisch in die Knie gezwungen wurde. Das ist eine wichtige Lektion, die wir bei unserer Arbeit beherzigen müssen.« Er deutete mit dem Finger auf den Besprechungstisch. »In der Phase 2 wollen alle ihre Kritik anbringen, sie sind aber noch nicht so weit zu handeln. Deshalb wartet eine geschickte Kriegsführung ab, bis die Phase 2 in die Phase 3 übergeht.«

»Und die heißt?«, fragte sie erwartungsfroh.

»*Das Jüngste Gericht!* Gut, ich übertreibe. Ich nenne es deshalb so, weil es nun eine klare Trennung zweier Wege gibt: Entweder ebbt die Kritik augenblicklich ab und das Thema wird wieder komplett vergessen wie in Phase 1. *Kollektiv* vergessen! Das trifft schätzungsweise 85 % aller Themen. Oder: Wir bombardieren Libyen, setzen den Diktator ab, feiern die Demokratie.«

»Die Welt ist voller vergessener Themen«, sinnierte sie.

»Jetzt aber zu uns! Die *Zeit der Unschuld* in Sachen Demenz?«

Sie überlegte. »Gut, die Krankheit ist seit Jahrzehnten bekannt. Die teuerste Krankheit, volkswirtschaftlich gesehen. Wenig Forschung. So gut wie keine öffentliche Aufmerksamkeit. Meinen Sie das?«

»Genau, Thery. Im Moment erleben wir den Beginn von Phase 2: Die *Zeit des Erwachens*, denn überall wird berichtet. Haben Sie in den vergangenen Tagen eine Zeitung gesehen, die nicht irgendwas dazu beigetragen hat, und zwar auf der Titelseite? Sehen Sie! Aber denken Sie daran, dass diese Phase der allgemeinen Kritik zwar nützlich sein kann, aber noch lange nicht automatisch ein Handeln auslöst. Noch dazu ein vernünftiges.«

»Ja«, sagte sie, »die Beiträge wollen fast alle nur noch eins oben draufpacken. Eine noch schlimmere Seite von Alzheimer ans Licht bringen. Man kann den Eindruck bekommen, viele *wünschten* sich, dass Alzheimer ansteckend ist, weil das die Katastrophe garantiert.«

Alexander Mehrow lehnte sich zurück. »In dieser Phase können wir so viele Richtigstellungen und Verlautbarungen schreiben, wie wir wollen. Niemand will sie hören und lesen. Und leider liegen da fast alle auf einer Linie: Die Öffentlichkeit, die Medien, die Politik, selbst die Wissenschaft, denn sie steht nun auch im Rampenlicht. Wer relativiert und zur Vernunft aufruft, tritt aus dem Rampenlicht heraus.«

»Aber was können wir dann heute tun, als Ministerium?«

Er beugte sich wieder vor. »Ich habe eingewilligt, dass unsere Ministerin am Sonntag in den *Grill* geht.«

Der *Grill* war eine neue Primetime-Talkshow, die aus einem ehemaligen Flughafen-Hangar gesendet wurde. Ein Politiker saß in der Mitte und wurde von sieben Journalisten zerlegt. Ein Moderator übernahm die Rolle des Staatsanwalts und klagte mit klugen Einspielfilmen den Politiker an. Der durfte drei Verteidiger benennen, die ihm bei seiner Argumentation halfen. Wirklich neu war an dem Konzept nichts. Es war zugespitzter als frühere Formate und hatte ein noch aufwendigeres Bühnenbild.

»Ich hasse diese Show«, sagte Alexander. »Aber für Phase-2-Probleme ist sie eine Chance. Wir können auf der Welle der Empörung und der Angst reiten und vielleicht doch ein paar Punkte anbringen, die die Leute nachdenklich stimmen. Denn irgendetwas muss man unternehmen, um den Quantensprung zu Phase 3 zu initiieren.«

»Gut, das heißt, wir müssen die Ministerin präparieren.«

»Exakt. Ich schlage ein Brainstorming vor, mit dem wir …«

Plötzlich stand Oliver Striggt-Wenger in der Tür, mit einer Flasche Champagner und zwei Gläsern. »Hallo, Thery, noch nicht im Bettchen?«

»So gut gelaunt?«, fragte sie zurück.

»Lässt du uns mal kurz allein, Thery? Ich muss Alexander einen Herrenwitz erzählen und möchte nicht, dass du dich belästigt fühlst.«

»Sehr aufmerksam«, sagte sie lächelnd und sortierte ihre Unterlagen. »Ihr findet mich in meiner Kemenate, falls wir doch noch etwas für die Nachrichten brauchen.«

»Was gibt es zu feiern?«, fragte Alexander. »Ich weiß nicht, ob ich jetzt mit Ihnen Champus trinken kann, Oliver …«

»Nicht mit mir, der ist für Sie! Öffnen Sie ihn mit der Bienenprinzessin oder mit Ihrer Frau, wie immer Sie wollen. – Darf ich?« Er setzte sich und schob die restlichen Unterlagen beiseite, ohne sie eines Blickes zu würdigen. »Was ich sage, bleibt unter uns, bis Ende des Monats, klar? – Es geht um Wolfstaler. Er wird in den Vorstand der EASA wechseln – Europäische Flugsicherheitsagentur. Ganz große Sache für ihn. Er hüpft vor Freude.«

»Was hat er ausgefressen?«, fragte Alexander trocken.

Striggt-Wenger amüsierte sich und schob die Gläser zurecht. »Theoretisch gesehen – nichts. Sicherlich ist es nicht sonderlich karrierefördernd, wenn der Pressesprecher des Bundeskanzlers eine großangelegte Steuersenkung persönlich verkündet. So was lässt man den Kanzler selbst ausrufen. Aber das war nicht der ausschlaggebende Punkt. Der Werner Wolfstaler, ich hab ja selbst mit ihm gesprochen, der ist *wirklich* interessiert an dieser Luftfahrtdüserei. Da verdient er ein Mehrfaches, wird ständig ins Ausland eingeladen und hat es viel ruhiger.«

Alexander überlegte: »Man hat es dem Kanzler hoch angerechnet, dass er mit Wolfstaler einen Sprecher eingestellt hat, der aus der anderen Partei stammt.«

»Stimmt ja auch. Das hat sich zweieinhalb Jahre ausgezahlt, aber nun ist der Effekt verpufft. Er wird sagen: Schade, dass das Wolferl gehen muss, aber ich mag seiner Karriere nicht im Weg stehen. Es ist gut für die europäische Sache! Wenn er jetzt wieder einen aus der eigenen Partei nimmt, hat das zwei Vorteile: Erstens signalisiert er damit vor der Wahl, dass er sich nicht in einer Vasallentreue zu dieser einen Koalitionskonstellation angekettet sieht. Und zweitens ist es ein Zeichen an seine Partei: Ich nehme euch wieder ernst.«

»Aber Wechsel sind riskant. Wen hat er denn …« Er ahnte, was jetzt kam.

Striggt-Wenger strahlte. »Genau! Mit hoher Wahrscheinlichkeit! Es ist ja bekannt, dass ich einen guten Draht zum Kanzler habe und zur Partei.«

»Ja, das ist bekannt.«

»Sticheln Sie ruhig. Ich werde einen anderen Stil aufziehen, das können sich manche hinter die Ohren schreiben. Die Zeit der Wolfseierei ist vorbei. – Aber nun ist es ja nicht so, dass ich nur in meiner eigenen Angelegenheit tätig werde. Ich tue was für meine Leute.«

»Ich hoffe, ich muss nicht mitkommen.«

»Nein, Alexander … Sollen wir uns nicht eigentlich duzen? Ich bin der Oliver. – Also, mitkommen ins Kanzleramt … Die jetzigen Stellvertreter dort müssen bleiben, aus Proporzgründen. Damit die nicht sauer werden, dass ich ihnen vor die Nase gesetzt werde, werden sie in den Rang von Staatssekretären versetzt. Mal sehen. Jedenfalls, du, Alexander, wirst hier mein Nachfolger. Mann, was für eine steile Karriere! Keine zwei Monate hier, davon einen Monat im Urlaub, was wirklich mutig war … Und schon bist du Pressesprecher im Gesundheitsministerium!«

»Muss das nicht erst alles offiziell ausgeschrieben und …«

Sein neuer Kumpel Oliver schlug ihm über den Tisch auf die Schulter. »Der Kanzler hat mir die Hand gegeben. Mehr geht nicht.«

Alexander ging zu seinem kleinen Fenster. Er dachte an das große Fenster von Striggt-Wenger, an Willy Brandt und an Tschernobyl. »Ende des Monats schon?«

»Einen schwarzen Anzug hast du ja immerhin schon. Ich würde zwar nicht mitten im Hochsommer eine silber-hellgrüne Krawatte tragen – das ist eher was für den Frühling –, aber gut, eigener Stil soll sein.«

»Ich habe kein Parteibuch«, grübelte Alexander.

»Dieser Mangel lässt sich beheben«, sagte Striggt-Wenger launig. »Ich lass dir ein Formular zukommen.«

»Für wen ist das zweite Glas, wenn ich es nicht verraten darf?«

»Da musst du dir was ausdenken. – Apropos: Ich mag nicht altklug daherschwätzen. Amtsübergabe brauchen wir nicht zu machen. Ich habe dir in den letzten Tagen genügend

Tipps eingebläut, im Schnellverfahren, weil ich die Entwicklung habe kommen sehen. Aber eins lass dir noch gesagt sein, mein Freund: Falls du es bei der kleinen Thery krachen lassen willst, dann solltest du dich mit Abteilungsleiter II gutstellen.«

»Ich … Bitte, was? Abteilungsleiter II? Was hat der Kieling …?«

»Er ist ihr Stiefvater, du Ignorant!«

Paul Kieling war neben Referatsleiter Frank Burggraf der Einzige, der Alexander Mehrows Fragen zum Thema Demenz ernst genommen hatte. Und so einer bringt also seine Stieftochter in der eigenen Verwaltung als Referendarin unter, dachte er. Ouagadougou ist überall.

15

Berlin-Pankow
Samstag, 19. Juli 2014

Ins Dunkel schoss eine Stichflamme. Sie näherte sich dem ersten Docht, bis er Feuer fing. Mit jeder brennenden Kerze war mehr zu sehen von dem langen Tisch mit den Weinkaraffen und von den Gesichtern um den Tisch. Die Gesichter gehörten zu den wichtigsten Kulturredaktionen Berlins. Wenn eine Zeitung keine Kulturredaktion mehr hatte, weil sie dem Herausgeber zu schwer auf der Etattasche gelegen hatte, dann entsandte sie als Ersatz wenigstens den Chefredakteur. Das Licht der Kerzenleuchter strahlte ein gutes Stück, die Bühnenbretter waren in einem Kreis um den Tisch in den flackernden Schein einbezogen.

In das von der Tafel ausgehende Licht tauchte ein weiteres Gesicht ein: Jenissej grüßte stumm und feierlich in die Runde und nahm dann Platz. Er dankte den anwesenden Frauen und Männern für ihr Erscheinen und lud sie ein, sich vom Wein einzuschenken und die Berge von Laugengebäck gehörig abzubauen.

»Ich hatte eine Einladung nach Rom«, sagte einer der weißhaarigen Fahrensmänner mit Fliege. »Geheimsache, wisst ihr? *Der Papst heiratet!* Aber als ich hörte, dass Jenissej zur Pressekonferenz lädt, mein Lieber, da habe ich im Vatikan absagen lassen.«

Jenissejs strenger, stechender Blick war bekannt. Wenn er sich aber amüsierte, wie jetzt, war er gelöst und herzlich. Er entblößte die hellen Zähne und lachte aus tiefstem Herzen. Diesmal war er allerdings der Erste, der wieder ernst wurde, ganz wie ein Schauspieler, der weiß, dass er das Publikum auf den Umschwung zur Tragödie vorbereiten muss.

»Offenes Feuer auf der Bühne?«, fragte eine Grande Dame des Feuilletons spitzbübisch.

»Keine Sorge«, rief der mit Fliege bewaffnete Redakteur launig, »wenn auf der Bühne irgendwas passiert, dann wird unser guter Fritz hier dafür sorgen, dass alles im Keim erstickt wird! Wenn's keine Feuerdecken gibt, dann schlägt Fritz mit seinen Kritiken jedes Kulturflämmchen tot!«

Jemand zeigte auf Jenissej, und es wurde ruhig im Theater.

An der Längsseite des Tisches konnte ein Chefredakteur sich nicht zurückhalten: »Also los, präsentieren Sie uns die – *Ignoranz*!«

Jenissej sprach leise. »Das Stück ist abgesagt.« Er griff nach einer Weintraube. »Ich habe dreieinhalb Jahre daran gearbeitet. Aber wir werden es nicht machen.«

Ein jüngerer Klüngel am Tisch hätte sofort Fragen über Fragen gestellt. Die alten Hasen und Häsinnen hingegen verharrten in ihren Bewegungen. Sie beobachteten den Mann. Versuchten, in seinen Augen zu lesen, in seinen Grübchen, in seiner leicht zitternden Hand.

Sie waren Journalisten, keine Reporter.

Sie schauten und warteten und schrieben im Geist schon ihre Geschichten.

»Ich habe das beste Ensemble zusammengestellt, das ich je hatte. *Ignoranz* sollte – etwas bewegen. Seit einigen Tagen weiß ich, dass ich nicht in der Lage bin, diese wunderbaren Menschen in meinen nächsten Traum zu führen. Nicht einmal 48 Stunden ist es her, dass meine Ahnung zur Gewissheit geworden ist. Ich bin krank. Man nennt es: *Demenz*. Es tut mir leid um die vielen Hoffnungen und Anstrengungen in meinem Ensemble, das ich wirklich liebe.«

Wer jetzt Wein trank, kippte ihn hinunter wie ein Betäubungsmittel.

Die Kerzenflammen schienen sich in Zeitlupe zu bewegen, träge wie Flaggen in der Flaute.

Der weißhaarige Fliegenträger erhob sich und wollte etwas sagen.

Jenissej lächelte ihm zu: »Warte, mein Lieber, warte!«

Da stand dieser muskulöse Jenissej mit dem Körper eines durchtrainierten Dreißigjährigen. Da waren die vielen Premieren und Überraschungen der letzten Jahrzehnte, die unterhaltsamen Skandale, seine Ideen, die die Routine von Festspielen durchbrochen hatten. In einigen Köpfen ging es herum: Wie drücke ich es anders aus, dass er eine *Institution* ist? Oder war?

»Bevor ihr mich mit euren Fragen durchbohrt«, sprach Jenissej kraftvoll auf der Bühne, »habe ich euch noch eine andere, gleichwohl kreativere Ankündigung zu machen. Es wird eine Premiere geben. Und zwar in genau zwei Wochen. Hier auf dieser Bühne. An diesem Punkt. Ihr wisst nun, ich habe nicht mehr viel Zeit … Momentan habe ich erst die Grundzüge des Stücks. Aber der Titel steht fest, ihr könnt und ihr sollt ihn verbreiten: *Demenz.*«

Er führte aus, dass er der Einzige auf der Bühne sein werde. Intensives Tanztheater, anders als sonst wolle er auf alle technischen Medien verzichten. Konzentrierte 45 oder 50 Minuten. Von seiner Idee, den Saal mit überdimensionalen Hängeleuchten auszustatten, die von Szene zu Szene verändert oder ausgetauscht würden, sagte er noch nichts. Er wollte, dass sich in der Presse die einfache Botschaft ausbreitete: *Jenissej verzichtet auf das große Tamtam, er tanzt wieder – und das ganz allein.*

Einer am Tisch, wahrscheinlich der Jüngste, wollte wissen,

weshalb er die Form des Einzeltanzes wähle. »Fühlen Sie sich schon einsam, allein gelassen, weil Sie unter dieser Krankheit leiden?« Und beim Sprechen fiel ihm noch etwas ein: »Ein Ensemble-Tänzer könnte sich an den anderen um ihn herum orientieren, falls er mal – was vergisst. Aber ganz allein auf der Bühne …?«

»Witziger Hinweis«, entgegnete Jenissej. »Vielleicht hole ich mir einen überdimensionalen Souffleur-Kasten und setze zwei Tänzer hinein, die mich stützen und antreiben können, falls ich was vergesse … Weshalb der Einzeltanz? Weil das die Form ist, die ich am schnellsten realisieren kann. Dabei kann ich improvisieren, ich kann unmittelbar ausdrücken, was mich bewegt – auch wenn mich plötzlich Verzweiflung auf der Bühne erreichen sollte. Vergesst nicht, es ist ein Experiment. Das Tanzen hat noch einen Vorteil: Ich beherrsche es ohne nachzudenken. Soweit ich weiß, erinnern sich selbst Schwerstdemente an Melodien und Lieder aus ihrer Kindheit. Selbst wenn sie nicht mehr wissen, was die Texte bedeuten, fühlen sie sich beim Singen gut und geborgen. Anderen geht es beim Malen so. Mir, so hoffe ich, wird das Tanzen so lange wie möglich die letzte Bastion sein.«

Wie man denn Demenz tänzerisch darstellen könne, wollte einer der schon leicht angetrunkenen Kulturschreiber wissen.

»Das zeige ich euch gleich. Wir belassen jedenfalls die Konstruktion mit den Stegen, die ins Publikum führen. Ich werde das ebenfalls ins neue Stück einbeziehen. Niemand soll erwarten, dass ich die Demenz abstrakt darstelle. Nein, es ist mein Kampf mit der Erinnerung, um den es mir geht. Meine Angst, mein Versuch, alles festzuhalten, was ich noch habe, um nicht auseinanderzufallen. Ich werde mich an einige Situationen meines Lebens andocken und versuchen, sie zu verteidigen.«

Die Grande Dame aß nichts. Sie beschrieb mit dem Kugelschreiber Kreise in der Luft. »Jenissej, das heißt, wir werden eine tänzerische Biografie präsentiert bekommen? Ich erinnere mich an Ihren Erfolg mit *Hesther*.«

In *Hesther* hatte Jenissej das Schicksal seiner britischen Ehefrau und der Mutter seiner Tochter verarbeitet. Hesther war in einer Klinik bei schwerster Schizophrenie gestorben.

»Auf diese Episode werde ich nicht noch einmal eingehen. Ich denke an etwas, das man von mir noch nicht weiß. Ein Teil meines Lebens, den ich bislang in mir verborgen habe. Aber da Gefahr besteht, dass ich meine Erinnerung daran verliere, will ich sie in die Öffentlichkeit hinein speichern – in die *Cloud*, wenn Sie so wollen.«

Die Dame lächelte. »Dürfen wir mehr erfahren?«

»Meine Mutter war Tanzlehrerin«, begann Jenissej. »Im August 1961 war sie schwanger mit mir – im neunten Monat. Sie hatte einige Stunden vor anderen gehört, dass eine Mauer durch Berlin gezogen werden soll. Mein Vater war nicht nur Pianist, er arbeitete ganz oben bei der Stasi. Sie ging allein über die Grenze in den Westen und hoffte, er werde uns eines Tages folgen. Aber die Jahre vergingen, und nun verbot sie mir, Kontakt zu meinem Vater aufzunehmen, mit diesem Teufel. Daran hielt ich mich zwar, aber in der Pubertät fand ich demonstrativ alles cool, was mit dem Osten zu tun hatte. Ich lernte Russisch in West-Berlin. Meine Mutter bekam nie einen Job als ledige Tanzlehrerin – sie leugnete die Ehe und die Existenz meines Vaters. Zwei Tage nach meinem achtzehnten Geburtstag war die Polizei bei uns. Meine Mutter war tot. Sie war ungebremst gegen die Berliner Mauer gerast. Kein Abschiedsbrief. Mein Vater kam tatsächlich zu ihrer Beerdigung in den Westen. Als wir nebeneinander am Grab standen, sagte er, wie stolz er auf mich sei. Er habe mein Leben verfolgt, dass ich Russisch lerne und dass ich zu jeder Anti-AKW-Demo gehe. Und dann fragte er mich, ob ich mit ihm gemeinsam für seinen Arbeiter- und Bauernstaat arbeiten will. – Ich habe ihn stehen lassen, wir haben uns nie mehr gesehen.«

Den meisten Journalisten am Tisch entging nicht, dass Jenissej ein Blatt mit Stichworten vor sich hatte, auf das er bei seinen Ausführungen gelegentlich schaute. Er war noch unsicher, zum richtigen Moment die richtige Notiz zu finden, denn so etwas wie einen Spickzettel hatte er nie gebraucht. Höchstens zum Einkaufen.

Das Licht war auf die Stege ausgerichtet, die von der Bühne ins Publikum ragten. Jenissej begann sich zu einem stampfenden, fast afrikanischen Rhythmus zu bewegen.

»Etwas übertrieben«, sagte die Grande Dame leise zum Mann mit der Fliege.

»Wie? Sein Stil?«

»Nein, das mit dem Tisch auf der Bühne. Sein *Letztes Abendmahl.*«

16

Deutsches Fernsehen
Sonntag, 20. Juli 2014

Sie machten es tatsächlich wahr. Mit einer aufwendigen Filmanimation ließen sie die Welle der Demenz in Madagaskar und Südafrika beginnen, die Länder des Arabischen Frühlings überschwemmen und einen Tsunami über den gesamten Kontinent Europa hereinbrechen.

Mit einem Auge verfolgte Alexander Mehrow die Uhr, er musste mit der Lasagne fertig werden, bevor die Sendung begann. Bea war zum Hausboot gefahren, um Klarschiff zu machen. Lasagne, selbst wenn sie selbst zubereitet war, zählte für ihn zum Fast Food, eine etwas peinliche Angelegenheit. Er machte sie auch nur für sich selbst. Noch peinlicher, dass er *vorgefertigte* Lasagneplatten verwendete. Die Béchamelsauce war ihm zu flüssig geraten, aber das ließ sich nun, eine Minute vor Sendungsbeginn, nicht mehr regeln. Für den Bruchteil einer Sekunde kam ihm der Gedanke, dass er als Pressesprecher womöglich nicht mehr dazu kam, für sie beide oder für sich allein jeden Tag zu kochen. Wären sie ihre eigenen Großeltern gewesen, dann hätten die Mehrows sich diesen Satz gestickt und gerahmt: *Fürs Kochen und für die Liebe sei immer Zeit.*

Die Sendung hatte drei Minuten früher begonnen als angekündigt, Alexander fluchte und schaltete den Ton lauter. Er hatte die Vorstellungsrunde mit der Ministerin verpasst. In solchen Runden war es gut zu wissen, wie die Anmoderation einen Gast einführte, vor allem wenn es erklärtes Konzept war, die Person in der Mitte des Studios – genauer: des ehemaligen Flughafenhangars – zu »grillen«.

Gerade schien im Kalaharibecken ein Meteor eingeschlagen zu sein. Er waberte wie ein radioaktiv verstrahltes Etwas vor sich hin und sorgte dafür, dass in ganz Südafrika bis hoch nach Sambia das Licht ausging, begleitet von einem Geräusch, das teils nach Windzug, teils nach einer zugeschlagenen Tür klang. Das Gleiche geschah bei Kenia, in Mauretanien und in Algerien. Die Trickfilmkamera raste über den Kontinent und zweigte zur Arabischen Halbinsel ab, wo weitere Einschläge die Nacht der Demenz einläuteten. Bevor die Katastrophenkette in Richtung Asien verfolgt werden konnte, hastete die Kamera zurück zum Mittelmeer. Der Maßstab zeigte Europa viel detaillierter als Afrika. An den Küsten von Spanien, Portugal, Frankreich, Italien, Kroatien und Griechenland schien eine schwarze Invasion stattzufinden, die offenbar nichts anderes im Sinn hatte, als auf direktem Weg Berlin zu erreichen.

»Doch wie sieht es mit den Zahlen aus?«, fragte eine Donnerstimme. Damit man sie verstand, wurde die Frage gleichzeitig als Text eingeblendet, mit brennenden Buchstaben.

Noch einmal war ganz Afrika zu sehen – unverdunkelt. Die bekannten Demenzfälle, so der Sprecher, würden als Punkte dargestellt. So viele waren es gar nicht. »Aber was, wenn die Informationspolitik auf diesem Kontinent so gut wäre wie in Europa? Was, wenn die Afrikaner im Durchschnitt genauso alt werden würden wie wir? Wie sähen dann die wirklichen, sachlich verlässlichen Zahlen aus?«

Aus jedem einzelnen Punkt erhoben sich nun Balken, die in ihrer Dreidimensionalität von innen durch die Fernsehbildschirme zu brechen drohten. Afrika wurde von Süd nach Nord zu einem Stachelschwein.

»Sachliche Zahlen …«, murmelte Alexander und überlegte, ob er die Uhr des Backofens gestellt hatte.

Es gab Applaus für den Katastrophenfilm und nebenbei auch für die Ministerin. Der Moderator überschlug sich in Lob, wie mutig sie sei, sich dem *Grill* zu stellen. »Frau Ministerin – ist Europa noch zu retten?«

Alexander schätzte ihre Art, sich nicht auf Provokation einzulassen und auch nicht mit komplizierten politischen Korrektheiten herumzulaborieren. »Nein«, konterte sie trocken. »Wenn wir Ihrem Film Glauben schenken, geht morgen bei uns das Licht aus, und Ihre Sendung wird für immer *vergessen* sein.«

Sie hatte die Lacher auf ihrer Seite. Eins zu null für uns, zählte Alexander.

Nun hatte sie etwa dreißig Sekunden Zeit, um ihre Besorgnis auszudrücken und festzustellen, dass Demenz eine entsetzliche Krankheit sei und dass sie nicht abstreite, einen leichten Anstieg bei den Fallzahlen festzustellen.

Da hakte der Moderator ein. Ob sie denn wisse, wie die moderne Technik dazu beitrage, die Seuche anzufachen. Antworten konnte sie nicht, weil bereits der nächste Einspieler lief.

»Bislang gingen wir davon aus«, röhrte die Sprecherstimme, »dass sich die Demenz-Epidemie wellenartig über die Kontinente verbreitet. Aber betrachten wir die *tatsächlichen* Bewegungen der Eisenbahnen, Schiffe und Flugzeuge.« Eingeblendet wurden hunderte Linien, die aus den Orten der Demenz in die gesamte Welt führten. Flüge von Afrika nach Brasilien, nach New York, nach Alaska. Schiffscontainer nach Australien und Japan. Und von allen diesen Punkten mit einem Schlag allesamt zurück nach: Berlin, Germany.

Nun bekamen die sieben Journalisten das Wort, die sich in der Rolle der Kettenhunde nicht schlecht machten. »Der Sicherheitsrat der UNO hat heute morgen über die Verschleppung eines Industriellen auf den Antillen *debattiert*«, sagte einer von ihnen und strich sich durch seinen fast bildschirmfüllenden Scheitel. »Nichts dagegen, aber wie wäre es …« – er beugte sich aufreizend in die Kamera – »… wenn die UNO endlich einmal zur Kenntnis nimmt, dass uns eine *Seuche* heimsucht, die wir mit den Pocken oder mit der Pest vergleichen müssen?!«

Eine Kollegin schien das zu relativieren und die Weltorganisation in Schutz nehmen zu wollen. Ein Trugschluss. »Die UNO kann nichts dafür, sie ist so gut und so wach wie die Staatschefs dieser Welt, Hans-Peter! Und da sehen wir, dass die Saudis gerade die Berichterstattung über Demenzfälle komplett verbieten. In Russland hat man einen kritischen Journalisten verhaftet, der einen dementen Politiker interviewt hat. In den USA weigert sich der Präsident, einen offenbar dementen Spitzenbeamten des Wirtschaftsrates zu entlassen. Was erwarten wir noch von der Politik?« Sie lächelte maliziös.

Nicht die Ministerin in der Mitte erhielt das Wort, sondern ihre »Bank der Verteidiger«. Alexander hatte sich die Finger wund gewählt, um zu verhindern, dass dort ein Parteivize und ein Gewerkschafter saßen, die immerhin Talkshowerprobt waren. Stattdessen konnte er einen Epidemiologen gewinnen und einen Biologen, der über Demenzursachen forschte. Nur der Dritte im Bunde war nicht zu verhindern, ein EU-Parlamentarier, der im Fernsehen kompetent für praktisch jedes Thema war. Er erklärte, der angegriffenen Ministerin beizuspringen. Den Machern des reißerischen Films sprach er jegliche Kompetenz ab, und die Spielregeln der *Grill*-Show würden gegen die Menschenwürde verstoßen.

Alexander schüttelte den Kopf. Es gab vereinzelt Applaus, aber taktisch klug war die Bemerkung nicht.

Nun war das Siebengestirn der Journalisten an der Reihe. »Ich wüsste gern von der Ministerin, was sie dazu sagt: Zigtausende pflegen bei sich zu Hause Angehörige, die unter Alzheimer leiden. Diese pflegenden Angehörigen haben nun Angst, dass sie sich anstecken.«

Der Scheitel sekundierte: »Wie viele Familienmitglieder werden nun Kranke in Heime abschieben?«

Der Epidemiologe konnte nicht an sich halten: »Alzheimer ist *nicht* ansteckend!«

»Oh«, flötete der Moderator zynisch, »dann ist alles, was wir hier heute gesehen haben, Mumpitz?«

»Es ist ein Animationsfilm, kein wissenschaftliches Resultat.«

Buhrufe.

»Darf ich das versachlichen?« Die Ministerin war zum ersten Mal allein im Bild.

Gut, dachte Alexander. Eine Angeklagte, die vernünftiger wirkt als ihre Verteidiger. Das müsste ankommen.

In zwei ganzen Sätzen konnte sie sich zum Thema *Plaque* und Forschungsstand äußern.

Der Scheitel war wieder im Bild: »Frau Ministerin, klipp und klar: Wie stehen Sie zur häuslichen Gewalt?«

Einige Millisekunden lang war sie irritiert. »Ich lehne sie ab. Was meinen Sie genau?«

»Ich halte fest: Die Ministerin hat keine Ahnung davon, was zurzeit in Deutschland passiert! Dann darf ich Sie aufklären, verehrte Angeklagte? Die Angst vieler Angehöriger schlägt in Hass um! Die Leute sagen sich: Der Typ will mich nicht mehr erkennen, er brüllt mich jeden Tag an, beschwert sich über mich, trotzdem pflege ich ihn. Und jetzt steckt er mich und meine Kinder auch noch an, damit wir dasselbe Schicksal wie er erleiden!«

Die Kamera sah, dass der Epidemiologe nickte und fuhr nah an ihn heran. Der Moderator bekam einen Wink aus der Regie und hakte bei dem Mann nach: »Die Gewalt von Angehörigen gegen demenzkranke Familienmitglieder ist als Problem bekannt und nicht neu.«

Der Moderator schnappte nach Luft: »Sie nehmen also hin, dass Demente grün und blau geprügelt werden? Dass man sie totschlägt?«

»Also, bitte …«

Die Journalistenbank war sich einig, dass sich nun die Ministerin zu erklären habe: Sieht die Bundesregierung der Lynchjustiz tatenlos zu?

»Vielleicht sollten wir über angemessene Begriffe sprechen«, sagte die Ministerin ruhig. »*Lynchjustiz* gegenüber Kranken ist weder als Wort noch als Tat angemessen und akzeptabel. Worum es gehen muss, ist individuelle Hilfe für die Betroffenen. Also für die Kranken und für die sie pflegenden Angehörigen. Und übrigens auch für die beruflichen Pflegekräfte.«

»Wir sollten einmal die Zuschauer zu Wort kommen lassen«, freute sich der Moderator. Allerdings ließ er sie nicht zu Wort kommen, sondern präsentierte Diagramme, die veranschaulichten, wie viel Prozent der Anruferinnen und Anrufer sich wie geäußert hatten. »Alle haben Angst vor der Seuche Demenz. Tja, das schreiben wir mal der Ministerin ins Stammbuch. *Alle*, verehrte Angeklagte!«

»Wissen Sie«, sagte sie, »wenn Sie über eine angebliche Seuchengefahr sprechen wollen, eine Gefahr, die ich nicht sehe, dann müssten Sie einen Vertreter des Bundesinnenministeriums einladen und nicht mich.«

Alexander verzog das Gesicht, verschränkte die Arme und stöhnte in sich hinein.

Offenbar war die Aussage aber niemandem im Studio besonders aufgefallen.

Jeder auf der Journalistenbank durfte einen abschließenden Anklagepunkt vortragen. Es reichte von der Behauptung, »gerade wir als Deutsche« würden unverantwortlich mit unseren Nachbarländern umgehen, die wir unserer tatenlosen Gesundheitspolitik unterwerfen, bis hin zu unschuldigen Kindergartenkindern, in deren Hirnen dank der Regierung noch vor dem Schulbesuch das Licht ausginge.

»Unterste Schublade«, sprach Alexander vor sich hin. »Die Sache stinkt …«

Aus der Küche kamen verdächtige Gerüche.

Er sprang auf und holte die Lasagne aus dem qualmenden Ofen. Jeder Steiger hätte sich gefreut über ein solch prachtvolles Stück Kohle.

»Das letzte Wort hat die Ministerin, unsere tapfere Angeklagte!«

Sie hatte kaum begonnen, über die konkrete Hilfe für Betroffene zu sprechen, da rollte der Abspann über ihr Gesicht. Sie sah das im Monitor und zögerte.

Der Moderator grätschte in diese Pause, der Abspann war durchgerast. Im Studio wurde es dunkel, auf die Ministerin fiel ein Spot. Außerdem wurden nach und nach die Journalisten angestrahlt. »Wie lautet Ihr Urteil, liebe Jury?«

»Schuldig«, sagte der Scheitel.

»Schuldig«, sagte der nächste. Niemand wich davon ab.

Der Moderator feixte ins Bild. »Meine Stimme könnte das Urteil der Großen Jury nicht mehr beeinflussen. Aber auch ich sage: Schuldig! Wir haben uns gefreut, dass Sie dabei waren. Nächste Woche sind wir wieder für Sie da!« Er blinzelte in die Kamera: »Vergessen Sie uns nicht!«

Alexander brauchte zwanzig Minuten zum Haus der Ministerin. Dort musste er allerdings eine Dreiviertelstunde warten, bis sie samt Begleitfahrzeug eintraf. Die Jungs vom BKA waren nervös.

»Eine unfaire Sendung!«, rief Alexander ihr zu.

Sie schulterte ihre Handtasche. »Ach ja? Ich fand, es ist prima gelaufen. Ich bin bestimmt das Thema Nummer 1 heute Nacht.«

»Es tut mir leid. Wir hätten Sie besser briefen müssen.« Ihm schwebte vor, beim nächsten Mal doch einen Parteivize oder den Gewerkschafter ins Boot zu holen – als Rammbock. Damit er eine Schneise für die Ministerin legt.

»Ich bin müde, Herr Mehrow, können wir das morgen besprechen?«

»Selbstverständlich. Ich wollte Ihnen nur sagen, dass Sie sich gut geschlagen haben und dass wir die Sache nicht auf uns sitzen lassen.«

»Wir sollten es unter *Erfahrung* abhaken, Herr Mehrow, und es ganz schnell … na, Sie wissen schon.«

Die Haustür öffnete sich. Ein Bilderbuch-Ehemann mit silbernem Kraushaar und im Pullunder stand in der Tür. Zwei Cockerspaniel überschlugen sich auf dem Parkettboden.

Die Ministerin blieb stehen und wandte sich an Alexander. »Ich habe mir überlegt, dass ich einen Artikel für seriöse Zeitungen schreibe. In Gesundheitsmagazinen, populären Wissenschaftszeitschriften. Um zur Versachlichung beizutragen und um unser Programm rüberzubringen.«

»Eine gute Idee. Wir werden Sie außerdem in Kürze in anderen Sendungen einsetzen, in denen Sie mehr Zeit haben und die Moderatoren ausgewogener sind. – Niedliche Hunde!«

»Unmodern! Cocker sind out, Herr Mehrow. Aber ich liebe sie, meine beiden Mädchen.«

»Ich wünsche Ihnen einen guten Abend. Und noch einmal: Es tut mir leid, dass es zu dieser Situation gekommen ist.«

Sie wirkte entspannt. »Grämen Sie sich nicht. Sie haben mir ja alles aufgeschrieben, was ich wissen musste. Meine Performance war schlecht. Egal, jeder Sonnenaufgang ist ein Neustart.«

»Gute Nacht«, rief Alexander Mehrow in Richtung des Ehemanns und der Hunde.

Der Gatte grüßte wie ein alter Kapitän und strahlte übers Gesicht, beugte sich zu seiner Frau zum Kuss und verharrte in der typischen Wer-ist-denn-der-Mann?-Geste.

17

Berlin-Reinickendorf
Montag, 21. Juli 2014

Guter Schlaf war etwas anderes. Alexander ärgerte sich über die Uhr, weil sie schon 06:00 anzeigte. Aufkeimende Gedanken an den Zustand der Küche verdrängend, schaltete er das Frühstücksfernsehen ein.

Der Kanzler in der Videoschalte. Untertitel: *Demenzkatastrophe – Hilflose Regierung?* Wacher konnte man nicht sein als Alexander Mehrow, stellvertretender Pressesprecher.

»Wie bewerten Sie den Auftritt Ihrer Bundesgesundheitsministerin gestern Abend in der Faktensendung *Grill?*«

»Ach wissen Sie, Klaus-Peter, ich denke, es ist nicht die wichtigste Aufgabe des Bundeskanzlers der Bundesrepublik Deutschland, in einem sicherlich heiklen Augenblick der Gesundheitspolitik eine Wertung zu einer bestimmten Fernsehsendung abzugeben. Man …«

»Nein, sicherlich nicht. Aber die Frage ist, wie Sie die Haltung Ihrer Ministerin einstufen. Sie hat sich gestern eindeutig gegen die Mehrheit der Fernsehzuschauer gestellt.«

»Das sehe ich naturgemäß ein bisschen anders«, grinselte der Kanzler. Dann wechselte er in einen ernsteren Modus: »Die Menschen in unserem Land machen sich wirklich Sorgen. Sie fragen sich, wie es weitergeht mit der Gesundheit ihrer Lieben und was aus ihnen selbst wird. Das soll man und darf man und muss man auch aufgreifen. Es verdient – ganz aufrichtig – eine ernsthafte und gewissenhafte Auseinandersetzung.«

»Und das hat die Ministerin gestern Abend nicht getan?!«

»Wenn Sie mich unbedingt festnageln wollen, Klaus-Peter: Natürlich war das am gestrigen Abend in einigen Punkten eine zuweilen suboptimale Performance, die da von der Frau Ministerin gegeben wurde. In der Sache allerdings, das darf und möchte ich ausdrücklich betonen, hat sie nun wirklich meinen vollsten Respekt.«

»Es gibt Stimmen aus der Opposition, die einen Rücktritt fordern. Sogar aus Ihrer eigenen Partei soll es ein solches Drängen geben.«

Der Kanzler lachte. »Ich wusste ja gar nicht, dass ihr hier am frühen Morgen eine knallharte Politsendung machen wollt! Ich dachte, es geht nur darum, Kaffeebecher zu gewinnen! Aber noch mal in aller gebotenen Sachlichkeit: Sie ist eine kompetente Frau, schon von Hause aus. Eine Chemikerin, eine anerkannte Naturwissenschaftlerin.«

»Und sie bleibt im Amt, egal, was kommt?«

»Sie ist und bleibt unsere Bundesgesundheitsministerin.«

Scheiße, dachte Alexander. *Ludwig Erhard ist und bleibt unser Bundeskanzler*. Ein paar Tage später war er gestürzt worden. Jeder Journalist kannte diesen Satz aus der Urgeschichte der Bundesrepublik.

»Kommen wir zur Finanzkrise, Herr Bundeskanzler. Auch da haben Sie in …«

Alexander Mehrow griff zum Telefon und tippte die Kurzwahl für den noch amtierenden Pressesprecher. »Striggt-Wenger.«

»Oliver! Alexander Mehrow hier … Ich habe den Kanzler gesehen. Was machen wir?«

Striggt-Wenger reagierte verhalten. »Wo stecken Sie?«

»Ich bin auf dem Weg.«

»Aha. Das können Sie sich sparen.«

»Wieso, was soll ich machen?«

»Das weiß ich nicht, was Sie machen sollen. Jedenfalls bei uns hier machen Sie gar nichts mehr. Keine Ahnung, was Sie heute Nacht getrieben haben, Mehrow. Ich habe versucht, die Bauklötzchen wieder aufzuschichten, die Sie umgestoßen haben. Die Ministerin steht vor dem Rücktritt, falls Ihnen das nicht aufgefallen sein sollte.«

»Nein, sie hat …«

Striggt-Wenger ging eine Oktave tiefer: »Holen Sie Ihre persönlichen Sachen aus dem Büro. Und laufen Sie mir dabei möglichst nicht über den Weg.« Dann drehte er wieder hoch: »Falls Sie erwägen, zu Ihrer Zeitung zurückzukehren – ich habe heute Nacht auch mit Ihrem ehemaligen Chefredakteur gesprochen. Diesem Geladi. Er findet, dass Sie der Ministerin den Dolchstoß verpasst haben, und wird dem Versagen einen Leitartikel widmen. Ich würde ihn in den nächsten ein bis dreihundert Wochen lieber nicht anrufen.«

Alexander überlegte, was genau sein Fehler gewesen sein sollte. »Sie werfen mich raus, Oliver? Das … kommt aber nicht von der Ministerin. Sie hat gestern noch …«

»Nein, Alexander Mehrow, das kommt ausdrücklich und mit den allerbesten Grüßen von mir persönlich *und* von der Ministerin. Sie lässt Sie herzlich grüßen und hat mir angetragen, was Sie mit Ihrem Arsch machen sollen, aber ich habe es nicht mehr so genau in Erinnerung.« Er legte auf.

18

Berlin-Spandau
Montag, 21. Juli 2014

Alexander folgte einem Tanklastwagen, der in der Rhenaniastraße mehrfach unvermittelt vor ihm bremste.

»Nein, Thery, packen Sie meinen Kram in eine Kiste, ich hole das alles später ab.« Er telefonierte über die Freisprechanlage.

»Das werde ich auf keinen Fall tun«, entgegnete die Referendarin. »Lassen Sie zwei, drei Tage vergehen, dann ist der Pulverdampf verzogen.«

»Hm. Was ist mit Oliver? Denken Sie, dass er wie geplant ins Kanzleramt wechselt?«

»So, wie er herumtobt?«, war ihre rhetorische Frage. »Vermutlich macht man ihn verantwortlich für den Auftritt der Ministerin. *Er* ist der verantwortliche Pressesprecher, also wird das Kanzleramt sich hüten, ihn gerade jetzt als neuen Sprecher zu übernehmen.«

»Sein Karriereknick. Und mich nimmt er als Bauernopfer.« Auf der Spandauer Seebrücke schaltete der Tanklastwagen seine Warnblinkanlage ein, Alexander hatte Mühe, beim starken Gegenverkehr zu überholen. »Thery, ich fahre erst mal zu meiner Frau auf unser Hausboot. Falls sich etwas im Ministerium tut, das ich wissen sollte, lassen Sie es mich wissen. Binnen einer halben Stunde bin ich jederzeit bei Ihnen.«

»Selbstverständlich.«

»Und räumen Sie freundlicherweise ein paar symbolische Dinge von meinem Schreibtisch. Ich will zeigen, dass ich nicht an meinem Stuhl klebe.«

»Gut. Grüßen Sie Ihre Frau!«

In der Hugo-Cassirer-Straße staute sich der Verkehr. In der Rauchstraße, umgeben von Industrieanlagen, begann er die Parkplatzsuche. Wegen der Kisten wollte er nicht zu weit vom Maselakekanal entfernt parken.

Für ihren Plan, die nächsten Wochen auf dem namenlosen Hausboot zu leben, hatte er Lebensmittel in Kisten verfrachtet. Eine frische Lasagne für die Mikrowelle an Bord war nicht darunter.

»Guten Morgen, Chéri!«, rief er ihr zu. »Kannst du mir bei den Kisten helfen?« Zwischen dem Ufer und dem Boot lag ein deutliches Gefälle.

Bea Mehrow legte ihren Putzlappen widerwillig beiseite und nahm die Kartons entgegen. Fenster zu putzen war die Tätigkeit im Haus oder auf dem Hausboot, die sie am meisten hasste. Alexander hatte sich bereit erklärt, das zu übernehmen, wenn sie dafür die Festmacheseile entknotete und das Chemieklo übernahm.

»Bitte, an Bord kommen zu dürfen«, scherzte er und wunderte sich über seine Laune.

Bea wrang den Lappen aus und machte sich erneut an eine der schmalen Fensterscheiben. Alexander konnte keinen Dreck mehr an den Fenstern erkennen.

»Können wir uns einen Moment auf einen Kaffee zusammensetzen?«, fragte er.

»Im Grund habe ich keine Zeit«, sagte sie und feuerte den Lappen in den seifigen Wassereimer. »Gleich werden die Gasflaschen geliefert, und um zehn hat sich so ein Heini von der Wasserbehörde angekündigt. Bis dahin sollte das Schiff halbwegs ordentlich aussehen.«

Er sagte nichts. Das einzig Unordentliche am Hausboot waren die eben gebrachten Kisten, die im Weg herumstanden. Er beobachtete, wie Bea trotzig den Kaffeeautomaten bestückte. Was genau sie nervte, war ihm nicht klar. Er beschloss, sich erst einmal zu setzen.

Bea beendete eisern die Zeremonie der Kaffeezubereitung. Als sie Platz nahm, wirkte sie mehr erschöpft als wütend. »Prost. Also gut, was ist los?«

Er trank und ließ beschwichtigende Sekunden vergehen.

Was ist zu beschwichtigen?, fragte er sich.

»Bea, es gibt ein Problem. Die Sendung mit der Ministerin gestern Abend ist danebengegangen. Sie war katastrophal, um genau zu sein. Offenbar wackelt sie. Man macht in solchen Fällen gern die Pressesprecher verantwortlich. Oliver Striggt-Wenger steht unter Druck, und da hat er als erstes mich – gefeuert. Das heißt: Kaum angefangen, schon bin ich wieder draußen.«

»Arbeitslos?«

Er lächelte. »Ich habe noch nichts offiziell in der Hand. Thery meint, ich sollte ein paar Tage warten, vielleicht überlegen sie es sich noch mal. Die Ministerin scheint es mir nicht zu verübeln, sie war mir gegenüber freundlich, gestern Abend.«

»Solltest du nicht der Nachfolger von diesem Stricke-Wencker werden? Das hat sich erledigt?« Sie trank.

Sonderlich berührt ist sie nicht, dachte er.

»Schade«, sagte sie. »Was machst du, wenn es bei der Entlassung bleibt?«

Er zuckte die Achseln. »Ich habe es vor zwei Stunden erst erfahren. Ich weiß noch nicht.«

»Gut, während du dir einen Plan B ausdenkst, kannst du mir helfen, diese Pinne seefähig zu machen, für die Behörden.« Sie stand auf, wusch ihre Tasse und trocknete sie ab.

»Chéri …«

Sie war bereits draußen und machte sich noch einmal an die Fensterrahmen. Das Hausboot hatte keine Bullaugen, sondern richtige Fenster. Alexander beobachtete sie. Sie war noch nie eine zartbesaitete Frau gewesen, die in Ohnmacht fiel, wenn sie eine schlechte Nachricht hörte. Aber dass sie seine Entlassung beiläufig aufnahm, ihn nicht umarmte oder wenigstens küsste, etwas Aufmunterndes sagte, auch wenn es noch so platt wäre, das fand er ungewöhnlich.

»Ich habe den Laptop dabei«, sagte er. »Wenn es mit dem WiFi klappt, suche ich mir gleich was Neues. Vielleicht nicht gerade bei Jupiter Geladi, da hat Oliver schon die Erde verbrannt, eine Rückkehr ist nicht denkbar. Aber ich kann mich bei anderen Redaktionen umhören, da hab ich Kontakte. In der Politik – muss man sehen, wie das weitergeht. Bei den Verbänden sehe ich gute Möglichkeiten. Ich denke, Sorgen müssen wir uns nicht machen. Notfalls haben wir das Hausboot als Sicherheit.«

Es sollte ein Scherz sein. Der aber offenbar ins Wasser platschte.

In Alexanders Besorgnis, was Bea umtrieb, strömte peu à peu auch ein wenig Ärger. Was wollte sie eigentlich? Sie ist eine Ärztin mit erfolgreicher Praxis. Wenn sie wollte, könnte sie uns beide ernähren, und einen ganzen Kindergarten samt Bootsflotte dazu. Bloß weil ihr Mann einmal keinen Erfolg hat, schnappt die edle Dame ein?

Nein, dachte er, das ist nicht Bea.

Sie machte sich daran, auf einem Tritt stehend das Laub aus der Dachrinne zu entfernen. Es mochten ein, zwei Blätter sein, vom Brachgelände herübergewehte Spuren des letzten Herbstes, die in der Bootshalle überwintert hatten.

»Sag mal, Schatz, neulich hast du mir von dem Jungen erzählt. Du hattest angenommen, dass er unter schweren Depressionen leidet. Ist da was Neues herausgekommen?« Er hoffte auf einen Volltreffer.

»Schweigepflicht«, sagte sie in die winzige Aluminiumregenrinne.

»Aber neulich …« Er bremste sich. Oder doch nicht. »Es ist anonym, ich kenne das Kind nicht. Du wolltest deine Freundin um Rat fragen.«

»Ich wollte, dass sie ihn untersucht, und das hat sie«, sagte Bea auf dem Tritt. »Das Ergebnis ist, sie kann meine Befürchtungen nicht widerlegen. Es ist eine eindeutige und saftige Demenz.«

»Bei einem Siebenjährigen? Er war doch erst sieben, oder? – Schatz, kannst du bitte mal von dem Ding runterkommen?«

Sie seufzte, warf die Blätter neben den Wassereimer und stellte sich vor Alexander, mit bebenden Nasenflügeln. »Und? Was ist? Willst du irgendwas dagegen machen?«

Er zögerte, sie zu umarmen. So allmählich begann es, in ihm selbst zu brodeln. »Bist du deshalb so …? Das ist eine schreckliche Sache. Ich meine, erst haben wir einen Vierzigjährigen, der schon demenzkrank ist, und jetzt ein Kind? Gibt es Vergleichsfälle – in der Literatur oder in der Praxis?«

»Was soll ich denn noch alles wissen?«, rief sie und stieß den Eimer um. Es war nicht schwer, sich zu sagen, dass er, Alexander, nicht der Auslöser ihres Anfalls war. Aber das war ein Argument für die Verstandesebene. Er war eben erst entlassen worden. Gekränkt. Fühlte sich unschuldig. Unsicher. Und jetzt das vielleicht berechtigte, hilflose Aufbrausen von Bea. Er versuchte, dem Zwiespalt zu entgehen, indem er sich in die Kabine zurückzog und den kalten Kaffee trank.

Schon stand sie im Aluminiumtürrahmen. »Und was ist das jetzt?«, stachelte sie. »Hast du nicht kapiert, dass gleich die Heinis von der Wasserbehörde kommen und darüber entscheiden, ob wir mit diesem Ding im Kanal bleiben können?«

»Doch, Bea, das habe ich!« Er fand, es war viel zu früh für seine Kehle, diese Dezibelrate zu erreichen.

»Räum die Sachen weg, Alexander! Und wenn du schon nichts tust, dann halt mich wenigstens nicht von der Arbeit ab.«

»Weißt du was, Bea?« Er erinnerte sich, dass er seine Frau manchmal bändigen konnte, indem er frech wurde. Schließlich hatte er sie so kennengelernt. Bei dem einen oder anderen berechtigten oder unberechtigten Ausraster konnte er sie einfangen mit diesem Trick. Wenn sie plötzlich lachen musste.

»Hey, ich schubse dich ins Wasser. Du spuckst dreckiges Kanalwasser, musst unter die Dusche, fluchst, pöbelst mich an und schubst mich auch rein. Dann schubsen wir uns gegenseitig in die Maselakebrühe, tauchen uns unter und versöhnen uns in der Dusche. Alles klar, können wir das alles überspringen? Vielleicht bis auf den letzten Teil?«

Sie schaute ihn an. Lachen oder ausrasten? Das war nun die Frage.

Sie ging.

Er lief hinterher. Sie räumte nicht die Putzsachen weg, sie packte ihre Sachen.

»Was machst du?«

»Ich vertrödele hier meine Zeit«, sagte sie. »Ich habe Patienten, und um die werde ich mich jetzt kümmern.«

»Du meinst, um den Jungen.«

»Für den Jungen kann ich nichts tun. Da kann ich nichts mehr machen. Und für eure ganzen Theorien von ansteckenden Demenzen habe ich nichts übrig.«

»Halt, halt, halt! Das sind nicht *unsere* Theorien. *Meine* schon gar nicht. Das solltest du wissen! Und ich nehme dir nicht ab, dass dir das Schicksal des Jungen plötzlich egal ist. Wenn du ihm helfen willst, ist es in Ordnung, ich habe Verständnis dafür. Lassen wir das mit dem Hausboot, verschieben wir es! Kümmere dich um den Jungen, das ist doch kein Thema!«

»Es geht nicht um den Jungen«, rief sie mehr als laut über Deck. »Einer von uns beiden muss jetzt das Geld nach Hause bringen!«

»Unter die Gürtellinie musst du nicht gehen«, sagte er beherrscht.

Sie stritten sich wie seit Jahren nicht mehr. Und sie zielten sehr wohl unter ihre Gürtellinien. Persönliche Fähigkeiten. Urängste. Vertrauensmissbrauch. Die Mutter. Das Versagen.

Alexander deutete noch einmal an, wie glücklich sie im Urlaub gewesen waren, auf der *Retraite* in Antibes. Bea schüttete den Dreck der Pestilenz darüber aus, und er mochte ihr plötzlich recht geben.

Als sie mit ihren Taschen schon eine Weile weg war, stand sie plötzlich wieder am Ufer.

Ein Augenblick des Hoffens.

Sie ist zur Vernunft gekommen, dachte er. Aber will ich das jetzt?

»Gibst du mir die Autoschlüssel?«, fragte sie distanziert.

Er warf sie zu ihr hoch.

»Danke«, stellte sie voller Gift fest. Und war weg.

19

Maselakekanal, Berlin-Spandau
Montag, 21. Juli 2014

Es war eine heiße Sommernacht. Am Ende des Kanals, wo Terrassen in einen kleinen Park übergingen – mit dem Blick auf die Silbertanks der chemischen Industrie –, saßen Jugendliche mit Bierflaschen und übten sich im Weitwurf von Steinen. Enten und Schwäne hatten sich in Sicherheit gebracht, aber Alexander fand die Vorstellung nicht angenehm, dass sein Aluminiumdach getroffen werden könnte – und seien es nur harmlose Steinchen.

Er spazierte das Nordufer entlang, wo der Weg von Büschen überwuchert wurde, die von der Brache her herüberquollen. In der Hand hielt er noch immer das Mobiltelefon – für den Fall, dass sich Bea doch noch meldete. Mehrfach hatte er eine SMS an Ina geschickt und mit ihr telefoniert, Beas Sprechstundenhilfe. Ina war bis 20 Uhr in der Praxis geblieben, weil sie sich Sorgen um ihre Chefin machte. Sie wirke aufgekratzt, erklärte sie Alexander. »Sie überprüft Testergebnisse, will aber nicht mit mir darüber sprechen. Ich soll nach Hause gehen, ein weiteres Mal möchte ich mich nicht von ihr anfahren lassen.«

Für Alexander war Bea die Idealbesetzung einer jungen Hausärztin. Unter Patienten blühte sie auf, selbst wenn sie schlechter Laune war. In der Rolle der medizinischen Forscherin, die allein in ihrem Labor vor sich hin pusselt, sah er sie eigentlich nie. Vermutlich nagte das Schicksal des siebenjährigen Jungen an ihr.

Mit Ina vereinbarte er, dass sie in den nächsten Stunden

noch einmal in der Praxis anrufen sollte. Er selbst wollte das auf keinen Fall tun. Dafür war sie zu eruptiv gewesen. Er kannte sie schließlich ganz gut. Gegenüber Ina würde sie sich immerhin noch ein wenig zusammennehmen. Um 22 Uhr 30 teilte ihm die junge Frau mit, dass Bea vorhabe, in der Praxis zu übernachten. Sie sitze tatsächlich über Testreihen.

Er unterdrückte den Impuls, in ein Taxi zu steigen und in die Praxis zu fahren. Zwar wollte er bei ihr sein und machte sich Sorgen, aber es war klar, dass sie ausrasten würde, wenn er sie jetzt nicht wenigstens einige Tage in Ruhe ließ. Langsam näherte er sich den Terrassen und versuchte in dem gedämpften Licht der Industrielaternen und des Lagerfeuers auszumachen, was das für Jugendliche waren. Er sah, dass sie sich eine kleine Steinsammlung zurechtgelegt hatten.

»Kann ich es auch mal versuchen?«, fragte er. Schon bekam er zwei Steine in die Hand gedrückt. »Worum geht's? Versucht ihr, die Blechbüchse da hinten zu treffen?« Er deutete auf sein Hausboot.

»Klar, Alter, wenn de das Ding auf Anhieb triffst, geb ich dir alle meine Bierflaschen.«

Er holte aus, so gut es ging, kugelte sich beinahe den Arm aus und – hörte nur ein trauriges Gluckern.

»Netter Versuch.«

»Wer ist denn der Herr? Kripo?«, fragte eine weibliche Stimme.

»Nee. Alex. Wohne hier in der Gegend. Verkauft ihr mir 'ne Flasche?« Für einen Zehner bekam er drei. Aus der Nähe zählte er fünf Jugendliche. Aus der Entfernung hatte er sie noch für ein Dutzend gehalten. »Und, was geht so ab?«

»Was geht so ab?«, fragte das Mädel zurück. »Nüscht. Bisschen vorglühen.«

»Und dann?«

»Club. So inner Stunde.«

»Hier in Spandau?«

»Wohl kaum.«

Die zweite Flasche schmeckte besser. Er sah zu, wie die Steine übers Wasser flogen. Manche sprangen über die Oberfläche, andere knallten gegen eine Uferwand.

»Wenn du uns den ganzen Stoff wegsäufst, müssen wir noch 'ne Schippe holen«, sagte einer.

»Wo besorgt ihr das Zeug?«

»Er hat einen Lastwagen«, sagte das Mädchen. »Von der Tanke in der Streitstraße.«

»Könnt ihr mir … einen Kasten davon mitbringen?«

»Einen Kasten? Wow. Aber nur gegen Vorkasse, Señor!«

Tatsächlich stellten sie ihm einen Kasten Bier neben die Stufen vor dem Kanal und rechneten auf den Cent genau ab. »Keine Trinkgelder«, verfügte das Mädchen. »Und trink nicht alles auf einmal, morgen ist auch noch 'n Tag.«

»Viel Spaß im Club!«

Das kleine Lagerfeuer war erloschen. Langgezogene Dreiecke auf dem Wasser zeigten an, dass Enten aus ihren Verstecken hervorkamen und darauf lauerten, von Alexander gefüttert zu werden. Verwöhnte Vögel, dachte er grinsend, nicht mal im Hochsommer können sie für sich selbst sorgen. Aber sie paddelten im Becken und kamen nicht an Land, sondern zogen weiter ihre Bahnen.

Die Stufen waren noch warm vom Tag. Das dritte Bier angenehm kühl. Er fühlte sich nicht betrunken. Der nur leicht brackige Geruch vom Wasser mischte sich mit dem Nachttau des Rasens. Inzwischen zwar es zwei Uhr. Alexander hatte das sonderbare Gefühl, es ginge ihm gut.

Entlassen und von der Frau versetzt, dachte er. Wie kann es mir da gutgehen. Dieser Striggt-Wenger ist ein Idiot. Das blöde Getue und seine Behauptung … Er stockte, trank einen Schluck und schaute suchend über den Kanal. Es war aber die Suche nach einem Gedanken. Wie hatte Oliver das formuliert?

Er stellte die Bierflasche ab und versuchte sich zu erinnern. Der genaue Wortlaut. Irgendwas mit: Du bist raus. Nein, aber das komplette Gespräch, was hatte er gesagt?

Alexanders Magen fühlte sich wie ein Abgrund an. Wie in der Schule, wenn er dasaß und merkte, dass er in einer Klausur versagen würde. Nichts wissen.

»Wie hat er das noch mal gesagt?«

Er erhob sich und ging auf und ab. Er konnte sich nicht mehr an die Sätze erinnern, mit denen Striggt-Wenger ihn vor die Tür gesetzt hatte.

Erstaunlich, wie das Gehirn unangenehme Erinnerungen verdrängt. Dachte er. Vielleicht zündet es sogar noch mehr Nebelkerzen, wenn ich verbittert und verbiestert versuche, alles zu rekonstruieren. Es ist ja auch egal, er hat mich in der Probezeit gefeuert und mich bei meinen Zeitungsleuten unmöglich gemacht. Die Details spielen keine Rolle.

Er griff nach dem Bierkasten und wollte ihn zum Hausboot bringen. Mit einer Hand oder mit beiden, das ist hier die Frage. Doch er setzte ihn gleich wieder ab. Hat das denn wirklich so stattgefunden, wie ich mir das ausmale? Wann war das, heute Morgen, nach dem Aufstehen? Ist ja fast schon einen ganzen Tag her. Hat er das überhaupt so gesagt? Und so gemeint?

Er suchte nach dem Handy in der Hemdtasche und wählte Therys Nummer.

Sie war sofort dran. »Alexander Mehrow, aha! Ist was passiert?«

Ihm fiel ein, wie spät es war. »Ich hoffe, ich störe Sie nicht.«

»Nein, ich sitze mit ein paar Freundinnen bei mir auf dem Balkon. – Geht es Ihnen gut? Ich meine, den Umständen entsprechend?«

»Welche Umstände meinen Sie?«, fragte er vorsichtig.

»Na, das war ja nicht der beste Tag für Sie.«

»Sie haben es auch so verstanden, dass er mich definitiv entlassen hat, oder?«

»Was? – Wartet mal, Mädels. Augenblick, ich gehe kurz rein. – So, was sagten Sie?«

»Er hat mich entlassen. Definitiv, nicht wahr?«

»Ja. Er hat sogar die Papiere veranlasst und damit – tut mir leid – im Büro herumgetönt.«

»Okay, dann weiß ich ...« Er lachte. »Ich bin eingedöst und war mir plötzlich nicht mehr sicher, ob es nur ein Alptraum war. Deshalb habe ich auch nicht auf die Uhr gesehen.«

»Das macht nichts. Sie können mich jederzeit anrufen. Aber ich befürchte, dieser Alptraum war real.«

»Ich möchte Sie nicht stören, Thery. Grüßen Sie Ihre Freundinnen und haben sie noch einen schönen ... eine schöne Nacht!«

Ein Streifenwagen fuhr langsam am Park entlang, hielt aber nicht. Offenbar gehörten entlassene Pressesprecher mit einem Bierkasten zum üblichen Stadtbild am Spandauer Maselakekanal.

An Bord legte er drei Flaschen im Kühlschrank kalt und verstaute den Bierkasten unter der Spüle. Dann riss er einen Notizzettel vom Block und notierte alles, was ihm vom Gespräch mit Oliver Striggt-Wenger noch einfiel. Nach zehn Minuten stand da noch immer nicht mehr als: *Du bist raus.*

Alexander Mehrow setzte sich auf die Außenbank und starrte ins Wasser. Der Kontrollblick auf die Armbanduhr zeigte 3 Uhr 10. Er stand auf, holte sich von drinnen die Taschenlampe und ging ans Ufer, um die Knoten zu lösen. Die Seile wickelte er ordentlich auf und hievte den langen Stecken vom Dach, der am Ende leicht auseinanderging, so dass man ihn als Notpaddel verwenden konnte. Damit stieß er sich von der Spundwand ab und wartete, welche Drift das Hausboot nehmen würde. Langsam drehte es sich zur Kanalmitte hin.

Er führte den Zündschlüssel so leise ins Schloss, als könnte er allein mit der Bedienung der Startarmatur jemanden wecken. Der Elektromotor wirbelte braunes Wasser auf, Alexander richtete sein Gefährt so aus, dass es auf die Mündung des Kanals gerichtet war – und ging auf Schleichfahrt.

Enten paddelten in die Flucht, eine leichte Böe ging durch die Bäume am Schrägufer. Hier und da leuchtete eine Laterne am Ufer. Auf Höhe der Fußgängerbrücke stellte er den Motor ab und ließ das Boot treiben. Der Kanal beschrieb eine Rechtskurve, wobei auf der rechten Seite ein Wohnhaus direkt an das Ufer heranreichte und ebenso gebogen war. Als der Schwung nachließ, half Alexander mit dem Notpaddel nach. Vor sich hatte er die Wasserstadtbrücke. Kein Auto, kein Mensch waren zu sehen.

Als er ein Stück aus der Bucht herausgepaddelt und herausgetrieben war, startete er den Motor wieder. Er wusste vom Nachtfahrverbot und hatte keinen Plan. Trotzdem setzte er Kurs nach Norden, hielt am Großen Wall vorbei, einer Insel in der Havel, und überlegte, an Valentinswerder entlangzufahren, einer bedeutend größeren Insel. Dann sah er am Westufer das Schild der Wasserschutzpolizei.

Die Leute von der Behörde waren den Tag über nicht erschienen. Er spürte einen gewissen Trotz in sich, womöglich den Trotz des Betrunkenen. Wie viele Flaschen waren es? Er zählte in Gedanken vier. Aber konnte er sich auf seine Gedanken verlassen?

Steuerbord kam die Fähranlegestelle von Valentinswerder in Sicht. Dorthin wollte er es schaffen.

Ich weiß, was Steuerbord ist und was Backbord. Ich kenne meinen Namen, ich erinnere mich an den Streit mit Bea, ich kann alle von mir geleerten Flaschen zählen, ich erinnere mich an Thery und an das Gefühl, wie es war, als ich heute Morgen von Oliver, dem Doppelkopf, niedergemacht und entlassen wurde. Aber ich kann mich, Herrgott noch mal, nicht an seine Formulierungen erinnern.

Er hatte Angst, die Dinge zu artikulieren. Im besten Fall war es Verdrängung, dass er nicht mehr wusste, wie die Kündigung abgelaufen war. Im schlimmsten Fall gab es – ja, was? Eine Verbindung zu dem, was sie in letzter Zeit erfahren hatten. Der Vater mit der »Vergess-Krankheit«. Der siebenjährige Junge mit der Depression, die irgendwie zur Demenz geführt hatte.

Er ging in die Kabine, knüllte den Notizzettel zusammen und hatte die Idee, ihn zu verbrennen. Er war sich sicher in dieser einen Sache: Ob seine Zweifel nun berechtigt waren oder nicht, niemand durfte davon erfahren.

20

Berlin-Pankow
Dienstag, 22. Juli 2014

Auf der Bühne hielt er es nicht mehr aus. Sein Bemühen, die Ideen für das neue Stück allein durch experimentelles Tanzen entstehen zu lassen, brach in diesem Moment in sich zusammen. Nicht dass Jenissej keine Idee gehabt hätte für *Demenz*. Bei jeder Bewegung, jeder Körperdrehung schienen sich neue Wege zu öffnen. Doch letztlich saß er allein auf den Brettern, starrte vor sich hin und fühlte, wie die Energie aus seinen Poren sickerte. Als hätte ein einziger Tanz ihn zwanzig Jahre altern lassen.

Während er durch die Gänge seines Theaters schlurfte, wurde ihm Schritt für Schritt klar, dass er *nichts* hatte. Seine Hoffnung, das alte Stück beiseitezuschieben, die *Ignoranz*, und es durch ein neues zu ersetzen, das seiner *Demenz* den Kampf ansagte, schien zu verpuffen. Verpufft zu sein. Bevor es entstand.

Puff, puff, dachte er, kopfschüttelnd, und wusste für einen Moment nicht mehr, was er eigentlich denken wollte. Die Routine führte ihn in den Wohntrakt.

Ein Wohnzimmer gab es da nicht, nur den verwaisten Raum seiner Tochter Lena, inzwischen mit Umzugs- und Materialkisten zugebaut, das Schlafzimmer mit der offenen Küche und den *Turm*. Der Turm war eine nur drei mal drei Meter große Bibliothek, in der man die Tür auflassen musste, wenn einem nicht beim Lesen die Luft ausgehen sollte. In den Turm zog er sich zurück, wenn er von allem die Nase voll hatte, was mit modernen Medien und Theater in Verbindung stand.

Er schloss die Tür hinter sich. Da war wieder diese Episode mit Lena, die ihm oft einfiel, wenn er herkam: Als sie fünf oder sechs war, wollte sie ihm zum Geburtstag eine Überraschung bereiten. In mühseliger und körperlich anstrengender Arbeit hatte sie tagelang und geheim ganz allein alle Bücher neu sortiert. Und zwar ausschließlich nach ihren Farben.

Als lasse er den Zufall walten, zog er einen Bildband aus dem Regal, blätterte und fand ein gemaltes Kirchenfenster von Odilon Redon. Er schlug die Seite um, kam aber auf dieses Gemälde zurück. Wenn seine Finger über das Papier glitten, glaubte er wie immer den Geruch von Glas zu vernehmen. Nicht von Glasreiniger, sondern tatsächlich von *Glas*. Auch wenn er wusste, dass Glas keinen Geruch hat, war er sich sicher, dass es stimmte. Oft störte es ihn beim Lesen von Büchern, und scherzhaft bezeichnete er sich deshalb als *Schwerbehinderten*.

Das nächste Buch zeigte nur Fotos von Ismael Ivo, einem der Tänzer, die Jenissej bewunderte.

Er schlug einen Roman auf und legte ihn beiseite. Er ließ die Seiten eines Sachbuchs über Lichtregie durch seine Finger gleiten wie ein Daumenkino und griff sogar nach einem uralten Reiseführer von Ecuador, in dem viele Seiten fehlten. Es genügte, die brackigen Seiten anzusehen, um an die Reisen mit Andreas zu denken und unverschämt zu grinsen. War 'ne geile Zeit.

Was nützt es mir, fragte er sich plötzlich. Die Bücher stehen hier und bleiben hier. Ich könnte mich immer an sie erinnern, an die Bilder und an die Geschichten. Aber wie lange werde ich noch wissen, welche von ihnen ich gemocht habe?

Er zerrte noch einmal den Band mit dem Bild von Odilon Redon hervor, riss aus dem Ecuador-Reiseführer eine halbwegs leere Seite und schrieb: »Lieblingsbild. Jenissej, 22 | 7 | 2014«.

Die Seite ließ er halb aus dem Buch herausragen, als er es ins Regal zurückschob, knickte sie und malte ein so dickes Ausrufezeichen darauf, wie es der Kugelschreiber und seine aufwallende Angst zuließen.

Mein letzter Seufzer. Die Autobiografie des Regisseurs Luis Buñuel. Daneben stand *Mon dernier soupir*, die Originalausgabe aus dem Jahr 1981, mit einer Widmung von Oskar Schroeter, Jenissejs späterem Cutter: *Damit du weißt, was richtig und was falsch ist.* Schroeter und er waren dem Spiel der Surrealisten gefolgt und hatten monatelang Listen mit Dingen erstellt, die sie liebten oder hassten. Entweder – oder. Nichts dazwischen, keine Grautöne. Buñuel zum Beispiel liebte Spinnen und Bars, Ratten und Stockdegen, Beethoven und de Sade, Buster Keaton und Sternberg, den frühen Fritz Lang und Stanley Kubricks *Paths of Glory*. Er hasste Reklame, Politik, Informationsflut und Hemingway. Jenissej liebte … Er ließ es, wollte sich nicht erinnern.

Aber Buñuel hatte ihm den Weg gewiesen. Jenissej versuchte, sich an alle Filme des Regisseurs zu erinnern. Er kam auf 33, zählte danach die Filmografie im Anhang durch: 37. »Nicht schlecht für einen verblödeten Deppen!«, sagte er zufrieden.

Er ging die Liste noch einmal durch, blieb hier und da hängen. Welcher Film war gut, welcher weniger? – Doch wieder schien sein Magen in seine Beine zu sacken. Denn die Frage, die er sich stellte, war:

Was ist das für eine Liste?

Warum habe ich Buñuels Filme aufgelistet?

Es fiel ihm nicht mehr ein. Er erinnerte sich an Odilon Redon und den Zettel, an Schroeter und die Widmung. Aber was die Liste sollte … Wollte ich vielleicht testen, ob ich sie noch zusammenbekomme?

Jenissej blätterte, las sich hin und wieder fest, ließ sich dabei in seinen Sessel sinken und stolperte über das Zitat mit den Orgien. Ihm, Buñuel, zu Ehren hätte Charles Chaplin eine Orgie organisiert, aber die drei Mädchen seien in Streit geraten, weil jede von ihnen lieber Chaplin haben wollte.

Der Surrealismus ist heute völlig verstaubt, überlegte er. Andererseits müsste ihn jemand entstauben. Vielleicht genau das richtige für *Demenz?* Ein surrealistisches Tanzstück – wie könnte das aussehen? Er hatte das Buch nie von vorn nach hinten gelesen, sondern war – wie jetzt – darin gesprungen. Doch nun ging er feierlich zu den Anfangsseiten der deutschen Ausgabe. *Das Gedächtnis.*

Das Gedächtnis? – Gleich im ersten Absatz beschrieb Buñuel, wie er seine Mutter in Saragossa besuchte. Er gab ihr mit seinen Brüdern eine Zeitschrift, die sie von vorn bis hinten durchblätterte. Dann nahmen die Söhne sie ihr fort und legten sie ihr gleich noch einmal vor. Sie blätterte sie erneut so interessiert durch, als habe sie sie nie zuvor gesehen. Und so machten sie es auch mit den Besuchen. Sie gingen zur Tür hinaus und kamen gleich wieder herein – damit ihre Mutter sie noch einmal begrüßte wie einen lang nicht mehr gesehenen Sohn.

Schon im vierten Absatz schilderte der Regisseur, wie er selbst erst einzelne Wörter und Namen vergaß und nun zunehmend auf eine »retrograde Amnesie« zusteuerte.

Buñuel war demenzkrank? Jenissej konnte es nicht fassen. Zum einen, weil er es nie realisiert hatte und es ihn offenbar auch nie interessiert hatte. Zum anderen, weil sich unglaubliche Möglichkeiten und künstlerische Doppelbödigkeiten ergeben würden, wenn er sich für *Demenz* weiter mit Luis Buñuel beschäftigte. Also mit dem Mann, der bald gestorben war, 1983, nachdem er diese Autobiografie seinem künstlerischen Freund Jean-Claude Carrière diktiert hatte.

21

Tegeler See, Berlin-Reinickendorf
Dienstag, 22. Juli 2014

In den vergangenen Stunden hatte sich Alexander Mehrow mit seinem Hausboot im Tegeler See aufgehalten, einer ausladenden Seitenbucht der Havel. Er mochte sich nicht allzu viele Kilometer von Bea entfernen, die er weiterhin in ihrer Praxis wähnte. Alle Anrufversuche quittierte sie mit Auflegen. Er wollte ihr eine SMS schreiben, wusste aber nicht, welche Worte er wählen sollte. Was sollte er schreiben? *Liebling, ich werde dement*?

Vom Freibad Tegelsee hatte er sich so gut wie möglich ferngehalten. Es konnte ja immer sein, dass sich jemand von dem Hausboot gestört fühlte und sich bei den Behörden beschwerte. So blieb er die meiste Zeit in gehörigem Abstand zum Ufer des Tegeler Forstes, konnte aber das Schreien springender und planschender Kinder hören, und immer wieder Bootsmotoren und Möwen. Bis eben hatte er sich mit der Taschenrechnerfunktion seines Handys befasst. Hatte blind Zahlenreihen eingegeben, sie auswendig gelernt und getestet, ob er sie nach einigen Minuten noch im Kopf hatte. Das lief nicht schlecht und machte ihm Hoffnung.

Jetzt bereitete die Sonne ihr Schauspiel am Himmel vor, während er in Schleichfahrt die schmale Insel Hasselwerder umrundete, von deren Nordostufer aus er die Einfahrt des Tegeler Hafens sehen konnte. Er schrieb einen Einkaufszettel. Mit dem Proviant an Bord könnte er drei Wochen auskommen, nahm er an, aber es fehlten einige Dinge: Rasierzeug, Brot und ausgerechnet Grundgewürze wie Salz und

Pfeffer. Außerdem hatte er nach den Biernächten Appetit auf einen gut gekühlten Weißwein oder auf einen Rosé.

Weit war es nicht zur Anlegestelle an der Greenwich-Promenade. Allerdings gab es dort wenig Platz und zu viele Menschen für seinen Geschmack. Am liebsten hätte er nur eine einzige Leine geworfen und das Hausboot nicht abgeschlossen. Aber die neugierigen Blicke der Möwenfütterer und Skater veranlassten ihn, so viel abzuschließen wie möglich.

In einem Zeitungsladen, der auch die wichtigsten Nahrungsmittel führte, konnte er sich mit allem versorgen, sogar mit dem Rasierzeug. Im Gang stand eine Drehsäule mit Büchern, ungefähr dic Hälfte davon mit Titeln wie *Gehirn-Jogging* oder *Fit fürs Alter – Rechnen oder Spielen gegen das Vergessen*. An der Kasse las er die Schlagzeile in Schwarz, rot unterstrichen:

ALLE SENIOREN IN ISOLATIONSHAFT

Beinahe hätte er die Zeitung aus einem Impuls heraus gekauft. Als Journalist und erst recht als Pressesprecher. Als freier Mann durfte er sich dem Spiel entziehen: Halbwegs intelligente Redakteure, dachte er, stellen sich doof und schreiben Sachen, die die Doofen für halbwegs intelligent halten.

»Noch 'ne Zeitung, Skipper?«, fragte der Verkäufer. Weißer Schnurbart, Hochdeutsch, türkische Gesichtszüge.

»Das ist alles«, sagte Alexander und legte vorsichtshalber noch eine Dose Halspastillen dazu.

»Ich habe auch noch 'ne richtige Zeitung über. Wenn es Sie nicht stört, dass ich einmal drin geblättert habe.« Ein seriöses Blatt. »Gibt's umsonst dazu.«

»Oh, vielen Dank.« Umso spendabler war er beim Trinkgeld.

Der Mann an der Kasse packte ihm sogar die Tüten. Alexander meinte, irgendwo im Ausland zu sein und nicht in Berlin, wo man derartiges als Schleimerei am Kunden verpönte und wo sich die Kunden nette Worte von Verkäufern als Einmischung in ihre Privatsphäre für gewöhnlich verbaten.

Alexander nahm sich kaum Zeit, die Lebensmittel zu verstauen, nur den Rosé sicherte er im Kühlschrank. Er machte die Leinen los, achtete auf eine freie Fahrrinne und legte so zügig wie möglich ab – mit imaginärem Kurs auf Valentinswerder.

Bin ich eigentlich auf der Flucht?, fragte er sich.

»Ja, definitiv!«, donnerte eine innere Stimme zurück.

Er wagte nicht weiterzudenken, verlangsamte die Fahrt, um die aufgekratzten Segler passieren zu lassen, und zog die Zeitung aus der Tüte. Er ließ Valentinswerder rechterhand liegen und stoppte ein Stück vor Reiswerder. Das Wasser war ruhig und reflektierte den immer bunter werdenden Himmel.

Er setzte sich auf die Außenbank und nutzte das verbleibende Sonnenlicht zum Lesen. Die Gesundheitsministerin wurde namentlich erwähnt, also war sie noch im Amt. Über seinen eigenen Rauswurf fand er nichts, aber das hatte er auch nicht erwartet. Der Name Striggt-Wenger tauchte ebenfalls nicht auf. »Isolationshaft für Senioren« war in diesem Blatt nicht einmal ansatzweise ein Thema.

Dafür überraschte es Alexander mit einer Doppelseite ausschließlich mit Schwarzweißfotos und einigen Bildunterschriften. Da war ganz oben Ronald Reagan – mit weißem Schal, schwarzem Mantelaufschlag und der berühmten Haartolle. Er sei einer der ersten Prominenten gewesen, hieß es, der sich öffentlich bekannte, unter Demenz zu leiden. In einem Brief hatte sich der Ex-US-Präsident und ehemalige

Schauspieler von seinen Landsleuten verabschiedet – zu einem »Ritt in den Sonnenuntergang«.

Gleich darunter: die Eiserne Lady. Margaret Thatcher mit zwei ihrer Lieblingsaccessoires: Handtasche und Ehemann. Auch sie verschwand weitgehend von der Bildfläche, aus ähnlichen Gründen. Ihre Biografie verkaufe sich in der akuten Demenzkrise wie warme Semmeln. Für Bücher über Reagan gelte das Gleiche.

Harold Wilson hatte es schon früher getroffen, er interessierte aber nur noch wenige Menschen. Zwei deutsche Politiker auf der Foto-Doppelseite waren zu sehen: Herbert Wehner und Ernst Albrecht. Von Peter Falk, Charles Bronson und Charlton Heston wusste Alexander, dass sie am Ende dement waren, bei Inge Meysel war er sich nicht mehr sicher, und über Rita Hayworth war er überrascht. Man habe ihr Alkoholismus unterstellt, hieß es in den Unterzeilen, doch in Wirklichkeit sei Alzheimer die Ursache ihres Niedergangs gewesen. Da waren Heidi Kabel, Karlheinz Böhm und Harald Juhnke abgebildet. Helmut Schön mit der Mütze. Rudi Assauer rauchte Zigarre auf dem letzten Foto der Doppelseite.

Er faltete die Zeitung zusammen und hatte keine Lust mehr, Details dazu zu lesen, außerdem wurde es nun zügig dunkler und er musste sich konzentrieren, um zu erkennen, was alles auf dem Wasser herumfuhr und vielleicht nicht beleuchtet war.

Auffallend ist doch, dachte er, dass keine neuen Prominenten darunter sind. Wenn es wirklich eine Pandemie wäre, müssten wir schon von ersten bekannten Köpfen hören, die es erwischt hat. Eine Brise schlug ihm ins Gesicht, gefolgt von Gischt. Er war sich nicht sicher, ob sein Gedanke ziemlich schlau war oder ziemlich bescheuert.

22

Blaues Wunder, Dresden-Blasewitz
Mittwoch, 23. Juli 2014

Waldmeistereis schmolz und rann in der Sonne an der Waffeltüte entlang. Das Ehepaar Schmalenberg aus Berlin gönnte sich nach einem zünftigen Lammbraten mit Kroketten das Eis als Nachtisch und absolvierte zur Beruhigung des Gewissens einen Verdauungsspaziergang über die Loschwitzer Brücke, Dresdens »Blaues Wunder«.

Sie schwärmte, wie zuvor im Biergarten, von einem Konzert, das ihnen am Abend bevorstand, und *er* trat schnell an die Brüstung, weil plötzlich der Bug eines Dampfers unter ihnen hervorschoss. Die Videokamera brauchte einen Moment, bis sie die Aufbauten des Schiffes scharf erfasste. Schon hatte das Heck die Loschwitzer Brücke passiert: Bildfüllend die Schrift unter der Heckflagge: *Kurfürst von Sachsen*. Schmalenberg hielt auf das weiß aufgewühlte Wasser hinter dem Schiff und nahm nach drei Sekunden zufrieden den Finger vom Auslöser.

Das neueste und prachtvollste Ausflugsschiff der Elbreederei hielt auf das rechte Ufer zu und riss einen Steg mit. Zwei Leute, die dort warteten, sprangen auf die Promenade.

Die Kamera lief wieder an.

»Dein Eis läuft weg, ich kann es nicht mehr halten«, klagte *sie*, und *er* dachte: Prima, jetzt muss ich ihre Stimme aus dem Film rausschneiden.

Schlingernd näherte sich die *Kurfürst von Sachsen* der Uferböschung. Im Sucher der Kamera waren Leute zu erkennen, die zwischen den modernen Aufbauten aus Chrom und

Glas herumrannten. Das war kein spießiger Dampfer, eher schien das Gefährt im Windkanal gestaltet worden zu sein.

»Tolles Schiff«, hörte er sie schwärmen.

Jetzt ist definitiv ein Tonschnitt angesagt!

Schließlich wollte er das Video zu Hause zeigen und es ins Internet stellen.

»Da brennt's doch«, rief *sie*, und bevor *er* sich in dritter Runde ärgern konnte, sah er es auch.

Sie sahen das Schiff nur von hinten, offenbar brannte es weiter vorn. Ab jetzt wurde durchgehend gefilmt. Menschen drängten von Bord, sprangen auf der Landseite ab – was durch das schrägliegende Schiff nur zu ahnen, nicht genau zu sehen war.

Ein durchdringender, kurzer Signalton. Gefolgt von einem langen. Es klang wie: *Runter jetzt!*

»Soll ich die Feuerwehr rufen?«, fragte sie.

»Die Polizei ist schon da«, sagte er, und der Ton war ihm nun völlig egal. Er zeigte auf ein blaues Boot der Wasserschutzpolizei.

Wieder der kurze, gefolgt von einem langen Signalton.

Jetzt waren im Kamerasucher die Spitzen heller gelber Flammen zu sehen. Sie verursachten keinen Rauch und wirkten wie ein Feierabend-Spaß. Wenn man die Panik der Passagiere beiseiteließ.

Das Schiffshorn gab fortwährend das gleiche Kurz-Lang von sich. Das Wasser hinter dem Heck schäumte explosionsartig auf und stieß die *Kurfürst von Sachsen* vom Ufer ab. Sie nahm Fahrt auf. Mit einer sportlichen Wende folgte die Wasserschutzpolizei.

Kameraschwenk auf die Gruppen am Ufer. Männer mit weißen, kurzärmeligen Hemden und weißen Hosen standen zwischen den geschockten Fahrgästen – hatte die *Kur-*

fürst neben den Passagieren auch ihr eigenes Personal evakuiert?

Die Biergärten an der Loschwitzer Brücke waren plötzlich wie leergefegt. Deren Gäste kamen vom *Schillergarten*, vom *Elbegarten* und vom *Körnergarten* ans Ufer und auch auf die Brücke, wo es schon Ärger mit Autofahrern gab.

»Das Schiff dreht!«, rief sie.

»Ich filme es«, stellte er fest.

Oft hatten sie von den Biergärten aus gesehen, wie Dampfer der Elbreederei gleich nach der Brücke wendeten. Die Kapitäne benötigten Erfahrung, denn ihre Schiffe waren beinahe so lang wie die Elbe an dieser Stelle breit war.

Die 180-Grad-Wende der *Kurfürst von Sachsen* war ganz anders. Das Schiff war so schnell, dass es regelrecht aus der Bahn geschleudert wurde. Seitenwellen. Schräglage. Das Schiff drohte bei hohem Tempo mit dem Bug in die Uferböschung zu laufen. Das kleine Boot der Wasserschutzpolizei musste sich kurzerhand unter Vollgas aus dem gewalttätigen Radius in Sicherheit bringen.

Nun hielt das Schiff auf die Loschwitzer Brücke zu.

Das Feuer wurde vom Fahrtwind angefacht, Schwaden stiegen schwarz in den Himmel auf.

Langsamer wurde es nicht. Im Gegenteil.

»Rammt der die Brücke?«, erkundigte *sie* sich.

»Quatsch«, sagte *er*. »Was brennt denn da, ich kriege es nicht …«

»Du, der rammt unsere Brücke!«

Die Details im Sucher wurden größer und klarer. Ein Offizier rannte an Deck zum Bug, auf das Feuer zu – er war die einzige sichtbare Person an Bord.

Fast kläglich jaulte das Polizeiboot und fuhr dem Ausflugsschiff in die Quere.

Schmalenberg ließ die Kamera weiterlaufen, riskierte aber mit einem Auge einen Blick ans Ufer. Die Leute winkten und riefen, zur Brücke hin.

»Runter hier!«, japste ein Jugendlicher hinter ihnen und stolperte quer über die Fahrbahn.

»Du«, sagte *sie*, »der hält doch auf den Brückenpfeiler zu!«

»Eher unwahrscheinlich«, entgegnete *er* im Tonfall des unverwundbaren Dokumentarfilmers.

»Verlassen Sie die Loschwitzer Brücke!«, quäkte es aus einem Lautsprecher.

Vermutlich kam es vom Boot der Wasserschutzpolizei, aber die kleine Tonwolke wurde über die Brücke getragen und von einem Lkw erfasst und mitgerissen. Ans Ohr der Schmalenbergs drang sie nicht.

Das Schiff hielt nicht geraden Kurs, es fuhr leicht nach links. In der Kamera sah es so aus, als wollte das Heck das Bug überholen.

»In bin skeptisch, ob er das schafft«, rief *sie*. »Guck mal, der fährt doch direkt auf den Pfeiler zu.«

Er verfolgte das Polizeiboot, das sich offenbar zwischen den Pfeiler und das qualmende, quertreibende Schiff legen wollte, dann aber flüchtete.

Hinter ihnen war die Loschwitzer Brücke leer. Fußgänger, die noch an den Brüstungen gestanden hatten, waren geflüchtet. Mutige Passanten hatten den Autoverkehr angehalten.

Sirenen, Lautsprecherstimmen, Chorrufe von den Ufern.

Schmalenberg versuchte, das brennende Etwas zu fokussieren. Das Schiff hatte volle Fahrt drauf.

Ein Schwall Rauch stieg in die Schmalenberg'schen Nasen, als der Bug des Schiffes direkt unter ihnen hindurchschoss.

Es klang nach einer übellaunigen Bohrmaschine. Die alte Brücke bebte, als würden zehn Straßenbahnen Walzer tanzen.

Dann schrie Metall, weißes Blech wurde über die Wasserfläche geschleudert.

Sie klammerte sich an die Brüstung, *er* nahm den Finger vom Auslöser, weil das Schiff nicht mehr zu sehen war.

Auf der anderen Seite der Brücke stieg ein schwarzer Rauchpilz auf. Zweimal splitterte Glas.

Der Film zeigte, wie jemand mit der Kamera quer über die Brücke rannte und wackelnd auf die *Kurfürst von Sa…* hielt. Mehr war von der Schrift nicht zu lesen, weil das Schiff aufgerissen war und mit einem so paradoxen Geräusch wie einem dumpfen Crescendo auf das Ufer auflief.

»Was ist das denn bloß?« Der junge Sanitäter starrte entsetzt auf die Bluse der Frau.

»Waldmeister«, grinste sie.

»Sie haben gefilmt?«, fragte ein Wasserschutzpolizist mit blutunterlaufenen Augen. »Ja, dann kommen Sie an Bord! Verletzt? Schock? Gut. Kann ich den Film haben?«

»Es ist ein Chip.«

»Dann eben den.«

Sie einigten sich darauf, nur die entsprechenden Szenen auf den Laptop zu überspielen. Der Polizist hantierte ununterbrochen mit Funkgerät, Handy und Computer. »So, dann starten Sie mal den Film, und während wir das sehen, schaut gleichzeitig das LKA drauf, die sind schon unterwegs und können das parallel mitsehen. – Na los, Herr Schmalenberg, drücken Se drauf.«

Auf dem Bildschirm erschienen Lichtblitze und so etwas wie eine Explosion.

»Was ist das?«, fragte forsch eine Stimme aus dem Funkgerät.

»Keine Ahnung«, sagte der Wasserschutzpolizist und wandte sich an das Ehepaar aus Berlin.

»Das ist noch der Vorlauf. Ein Konzert«, erklärte *er*, und *sie* fügte hinzu: »Gestern war Generalprobe, wir durften mit dabei sein …«

»Bühnenshow«, erklärte der Wasserschutzpolizist über Funk. »Aber gleich geht's los.«

Ein Typ am Mikrofon, johlendes Publikum. Dann die Schmalenbergs beim Frühstück. *Er* köpft ein Ei, *sie* zupft den Teig eines aufgeschnittenen Brötchens. Waldmeistereiskauf. Und endlich der Bug der *Kurfürst von Sachsen.*

Nachdem das gesamte Bildmaterial der Havarie durchgelaufen und kopiert war, dankte der Polizist. »Sie haben großes Glück gehabt. Wenn das Schiff einen anderen Winkel gehabt hätte … Ich will nicht sagen, dass die Loschwitzer Brücke so schnell aus ihren Widerlagern zu reißen ist, aber … Mann, Mann. Und großes Glück auch, dass wir nun Ihre Aufnahmen haben.«

»Was ist denn aber eigentlich passiert?«, wollte *sie* wissen, während *er* seine Kamera vom Laptopkabel entfesselte.

Da kamen zwei Zivilisten an Bord gepoltert, die sehr polizeilich wirkten. Der forschere der beiden Männer grüßte in die Runde und gab Schmalenberg die Hand. »Lombardi, LKA.«

»Schmalenberg. Das ist meine …«

»Aha … Und Sie …«

»Haben Sie die Filmaufnahmen verfolgt?«, fragte der Wasserschutzpolizist.

»Während der Autofahrt, ja.« Irritiert wandte sich Lombardi noch einmal an Schmalenberg. »Und Sie kommen …?«

»Aus Berlin.«

»Oh, so schnell …? Respekt. Übernehmen Sie das hier, oder sollen wir?«

Schmalenberg packte die Kamera in die Kameratasche. »Ich? Nein, nein.«

»Na gut. Und was halten Sie von der Sache?«

»Glimpflich ausgegangen, nicht wahr?«

»Allerdings. Einiges spricht für Brandstiftung«, sagte Lombardi. »Wir müssten die Bilder noch mal groß sehen. Für mich war das eine Tonne, in der es brannte. Ein fingierter Brand. Irgendwelche Kampfmittel gesichert?«

Der Wasserschutzpolizist schüttelte den Kopf.

»Sie auch nicht?«, fragte Lombardi die Schmalenbergs.

Beide Eheleute verneinten.

»Gut, wir sehen uns das an. Keiner geht dort an Bord, bis das nicht durch ist. – Und Sie haben nur einen Toten? Den Kapitän?«

»Er war vorn, am Bug. Wurde zwischen Brückenpfeiler und Reling zerdrückt. Kein schöner Anblick. Wenn ich es ohne Netz und doppelten Boden einschätzen soll, würde ich sagen: Der Kapitän hat ein Feuer fingiert, seine Passagiere samt Crew von Bord geschubst und sich dann an die Reling gestellt, um sich auf diese Weise umzubringen. Uns hat er vorher über Funk angebellt, dass wir uns ver … dingsen sollen. Spektakulärer Selbstmord. Wahrscheinlich wollte er, dass es für die Nachwelt aussieht wie ein Unfall. Das wird das Videomaterial aber nun widerlegen.«

Lombardi nickte. »Es wird ein paar Stunden dauern, wir haben die Fachleute aus unserer Zentrale angefordert …« Er wandte sich an die Schmalenbergs: »Möchten Sie dabei sein oder sollen wir Ihnen den Bericht schicken?«

»Och«, sagte *er*. »Der Bericht … das wäre natürlich schön.«

Und *sie* sah auf die Uhr und erinnerte ihn daran, dass sie womöglich zu spät zum Konzert kämen.

Der Wasserschutzpolizist lachte. »Es ist nicht komisch, wir haben einen Toten. Aber … Die Herrschaften sind touristisch in Dresden, sie sind Augenzeugen, Lombardi.«

»Aber Sie sagten: Sie kommen extra aus Berlin?! BKA?«

»Wir kommen aus Berlin, aber wir sind hauptsächlich hier wegen des Konzerts von …«

»Herzlichen Dank, Ihnen beiden«, sagte der Wasserschutzpolizist und hatte Mühe mit der unterdrückten Atmung, sein Zwerchfell drohte trampolinartig zu hüpfen. »Und viel Vergnügen beim Konzert von diesen … Erholen Sie sich von dem Schock. Sie waren ausgesprochen hilfreich. Und hier, ein paar feuchte Tücher für die Bluse.«

23

Krienicke, Berlin-Reinickendorf
Mittwoch, 23. Juli 2014

Berlin verfügt im Vergleich zu Paris, London, Wien, Budapest oder New York City nur über lächerlich schmale Flüsschen. Aber immerhin bietet die Stadt zweiundfünfzig Quadratkilometer Wasser, das sind nahezu sieben Prozent ihrer Fläche. Ein großer Teil davon sind Seen, die miteinander verbunden und in Wälder eingebettet sind. Dennoch ist der Aktionsradius auf dem Wasser beschränkt, wenn man jede Schleusendurchfahrt vermeiden und auch nicht durch einen Kanal schippern will, um nicht aufzufallen.

Alexander Mehrow war zunächst weiter die Havel hinaufgefahren und hatte im Bereich des Niederneuendorfer Sees mehrfach die Stadtgrenze überfahren. Es machte dort keinen Unterschied, ob er sich auf Berliner oder auf Brandenburger Seite bewegte. Dann hatte er das ungelenke Hausboot, dessen Fahreigenschaften er verfluchte, gen Süden gelenkt und eine Bucht vor der Spandauer Zitadelle als angenehm empfunden. Die Burganlage war ein Vierzack im Wasser. Wenn man nicht zu nah ans Schilf heranfuhr, womit man Ärger mit Naturfreunden und Behörden riskierte, mochte diese kleine Bucht namens Krienicke ein Platz der Abgeschiedenheit sein. Für die Nacht warf er den Anker, amüsierte sich einmal mehr über die Wassertiefen in Berlin, die mindestens so lächerlich waren wie die Breite der Spree, und setzte Positionslichter. Die Nacht schien kühl zu werden, und das Aluminiumhaus hüpfte nervös auf den Wellen.

Am Mittag erlebte Alexander Mehrow den Schreck seines

Lebens. Ein Außenstehender hätte es für eine Petitesse gehalten, für einen Zufall: Er überlegte, ob es nicht Zeit sei, an Land zu gehen, den Streit mit seiner Frau zu begraben und sie notfalls aus der Praxis zu zerren und sie zur Vernunft zu bringen. Dabei jedoch – fiel ihm der Name seiner Frau nicht mehr ein.

Es waren nur zwei Sekunden. Dann war der Name wieder da. Jemand, der seine Gedanken nicht laufend kontrollierte und nach Spuren beginnenden Abbaus suchte, hätte es nicht bemerkt, hätte es für mangelnde Konzentration gehalten, es auf die Hitze und auf die Nervosität geschoben. Ihm aber war die Panik durch den Körper geschossen wie ein Starkstromschlag.

Bea.

Bea!

Okay, sagte er sich, geh die Sache ruhig an. Atme durch, analysiere. Was ist das Problem? Die Angst. Wie sieht sie aus, die Angst? Wenn früher eine Story mit kompliziertem Hintergrund zu recherchieren gewesen war, war er ähnlich vorgegangen. Er brachte seine Gedanken in Stichworten zu Papier. Zunächst fand er zwei, drei Punkte, die ihm zum *Vergessen* einfielen. Dann drehte sich alles nur noch um die Frage, wie die Menschen in seinem Umfeld reagieren würden. Über die Mächtigkeit dieses zweiten Punktes war er überrascht.

Einfach zu *vergessen*, war eine schreckliche Vorstellung, aber die Angst davor war noch recht abstrakt. Aber was, wenn er Menschen vergaß? Er schrieb Namen seiner Freunde und sah bei ihnen allen sogleich das Entsetzen in ihren Gesichtern, wenn er ihnen seine Diagnose *Demenz* vorlegen würde. Er sah in die Zukunft, wie Misstrauen aufkeimte – bis zu dem Moment, in dem aus einem Freund ein Fremder geworden sein würde.

Alexander Mehrow strich die Liste der Freundesnamen. Versuchte, sie unkenntlich zu machen. Ihm war zum Heulen – ein neues Gefühl in seinem Leben. Wäre noch Bier da gewesen, hätte er danach gegriffen. So legte er sich einfach auf die Pritsche und sehnte die Nacht und den Schlaf herbei.

Der Schlaf ist einer der Engel des Todes.

Ihm fiel ein, dass die Zeitung vorgestern einen prominenten Demenzkranken auf ihrer Schwarzweißfoto-Doppelseite vergessen hatte, und zwar diesen Rhetorik-Professor. Er kam nicht sofort auf den Namen, aber er wusste, dass dessen Sohn ein Buch über die Krankheit des Vaters geschrieben hatte. Jens!, dachte Alexander. Walter Jens! Erst im vergangenen Jahr gestorben. Er erinnerte sich an die häufigen Auftritte des Professors für Rhetorik, einen kritischen Mann, der zu allen gesellschaftlichen und politischen Themen befragt worden war. Manchmal hatte Walter Jens für Alexanders Geschmack zu kompliziert formuliert, aber im Grunde war es eine Freude, ihm bei seinen Gedanken zuzusehen und zuzuhören und zu erleben, wie einer die uralte Tugend des römischen Rednertums aufleben ließ. Und das in einer Zeit, in der sogar in den Parlamenten, die ja nach dem Reden, dem Parlieren, benannt waren, fast nur noch schlecht abgelesene »Redebeiträge« in den Äther geblasen wurden.

Und plötzlich hieß es, Walter Jens, einer der intelligentesten Menschen seiner Zeit, sei dement. Man wollte es nicht glauben.

Nicht nur, weil Jens sympathisch war und weil es so schwer vorstellbar war, dass dieser konzentrierte Mann, dem man das Denken ansah, genau jene Fähigkeit verlor.

Sondern auch, weil es mit einem Schlag die Hoffnung zunichtemachte, man könnte sich mit geistiger Übung und lebenslangem Beherrschen des Organs, das man im Kopf trägt, über die Klippen der Demenz schwingen, sich durch Lernen und Denken immun machen gegen die Krankheit und den Tod, den sie unweigerlich bringt.

Konnte Walter Jens nicht einfach seine eigenen Bücher lesen?, fragte sich Alexander. Konnten sie ihm nicht den Weg zu seinen Gedanken zurück bahnen? Wie ist das, wenn man nicht mehr kapiert, dass man die Bücher selbst geschrieben hat?

Zu Walter Jens war noch etwas anderes durch die Presse gegangen. Alexander mühte sich, die Puzzleteile zusammenzusetzen. Richtig, das war es: Bei klarem Verstand hatte der Professor gesagt, wenn das Alter käme und er merken würde, dass ihn sein Verstand verließe, dann wäre dies der richtige Zeitpunkt, sich das Leben zu nehmen. Alexander konnte das verstehen. Aber offenbar hatte Walter Jens gezögert. Und war dann nicht mehr in der Lage, es zu tun.

Demente bringen sich nicht um. Sie leiden und können sich nicht mehr entscheiden, Schluss zu machen.

Die Pritsche schwankte mit jeder Böe und jeder Welle. Alexander Mehrow hatte das Bild des Bücherständers vor Augen, der in dem Zeitungskiosk Gehirnjogging-Titel anbot. Mag sein, dass diese Trainings nicht helfen, überlegte er. Aber was, wenn man damit die Krankheit verzögern kann? Ich bin ein Idiot, ich hätte mich mit solchen Büchern eindecken sollen. Vielleicht gibt es Techniken. Irgendwo hatte er gelesen, dass das Gehirn kein Muskel sei, den man durch Bewegungen dazu bringt, stärker zu werden und zu wachsen. Er hatte aber auch aufgeschnappt, dass konzentriertes Denken – regelmäßiges analysierendes Arbeiten – die Synapsen fördert und somit eine Art Datenautobahn ausbaut, während Nervenleitungen, die nicht benutzt werden, mit der Zeit verkümmern.

Berlin lag direkt am Mittelmeer, gegenüber von Marokko. In dieser Form war es Alexander noch nie aufgefallen, aber Portugal grenzte wirklich direkt an Spandau. Im Westen gab es eine Grenze zu Frankreich, aber das verwunderte ihn weniger, schließlich kannte er die Anwesenheit der Franzosen in Berlin aus der Zeit der alliierten Besatzung. Reinickendorf war französisch.

Das Fernsehen hatte recht mit seiner Vorahnung einer gewaltigen Pandemiewelle, die von Südafrika und Madagaskar aus immer mehr an Größe und Gewalt zunahm und auf Europa zurollte. Die Viren wurden verdichtet und trieben wie Wüstensand über das Meer. Auf der anderen Seite, am Nordufer des Mittelmeeres, gleich hinter dem Felsen von Gibraltar, lagen die südlichen Bezirke Berlins.

Das Wasser nahm die afrikanische Sandfarbe an, es wurde rot und ockerfarben, trieb in einer Zangenbewegung vom Templiner See her an Potsdam vorbei und verfärbte den Wannsee. Im Südosten Berlins vergiftete die Dahme bei Rauchfangwerder das Wasser. Schmöckwitz und Treptow hatten der Flut nichts entgegenzusetzen, in einem einzigen Schwall war der gesamte Große Müggelsee verockert und von Demenzviren durchsetzt.

Ein Teil der schwereren Partikel blieb in der Erde, wenn das Oberflächenwasser zum Grundwasser hin durchsickerte, aber die Krankheitserreger waren so winzig, dass keine Erde sie filtern konnte.

Sobald der erste Wasserhahn aufgedreht wurde, drang die Pestilenz durch die Rohre. Es waren hunderttausende Wasserhähne. Die Demenz kam mit dem Zähneputzen. Sie wurde in Babynahrung gemischt und über Obst verteilt, bevor es gegessen wurde.

Der rötliche Ockerton jagte durch den schmalen Treptowkanal wie in einem Fieberthermometer. Von der Pfaueninsel bis zum Pichelsdorfer Gmünd war schon alles verseucht, nun schoss die Brühe den Landwehrkanal entlang, erreichte über die Spree das Ufer am Reichstag und fast gleichzeitig über die offenen Schleusentore die nördliche Havel und den Tegeler See.

Hunde schlabberten Wasser am Ufer und aus den braunen Pfützen. Fische schwammen darin, und nicht alle Angler ließen von einer Minute zur anderen von ihrem Hobby ab.

Die tropische Hitze des Juli verdunstete einen Teil und färbte die Wolken Berlins erst beige, dann zunehmend braun. Als mit dem Westwind das nächste Sommergewitter über den Horizont zuckte, wusch sich der Himmel und goss Tonnen über Tonnen an braunen Demenzviren über die gesamte Stadt.

Was Bäume, Pflanzen und Kinder nicht auffingen, ging in den Rinnstein und sickerte ins Grundwasser oder floss zurück in die Seen und Kanäle.

Als die Ratten kapierten, dass etwas mit dem Wasser nicht stimmte, war es schon zu spät. Wenn eine von ihnen Rattengift fraß und starb, saßen die anderen immer noch daneben, aber anders als früher lernten sie aus dem Tod des Artgenossen nichts mehr, sondern sie versuchten sich ebenfalls an dem Gift. Andere liefen orientierungslos umher oder griffen ihre Sippengenossen an, bis ihr Blut das hellbraune Wasser rötete.

Bald schwammen drei Millionen Ratten in Berlin, drei weitere Millionen starben in den Kellern und Gängen oder mitten auf den Plätzen, wo sie Kinder und Erwachsene in einem letzten Blutrausch angriffen oder einfach nur zusammenbrachen, weil sie vergaßen, zu fressen und zu trinken.

Alexander fuhr zusammen. Träumte er? Jetzt war ihm auch klar, dass das Hausboot nicht wegen der kleinen Wellen wippte und hüpfte, sondern weil er sich eingeschlossen hatte. Draußen hämmerte und tobte Bea.

Sie war aufs Dach geklettert und hatte die Kollektoren abgerissen, um sich durch das Dach zu arbeiten. Als sie dort nicht *weiterkam, versuchte sie es wieder an der Tür. Ab und zu konnte er sie durch das schmale Fenster neben der Tür sehen. Beas Haare waren aufgelöst im Sommerregen. Schwarze Mascara verschwamm unter ihren Augen. Ihre Kleidung war durchweicht und ihr Gesicht von der Angst verzerrt.*

Aber es hatte keinen Zweck. Er durfte ihr nicht öffnen. Sie hatte den Verstand verloren, von ihrer Persönlichkeit würde nichts bleiben. Wahrscheinlich wusste sie schon nicht mehr, wer er eigentlich war. Sie wollte nur in das schützende Boot – und hätte doch nur auch ihn infiziert.

Er erinnerte sich an seine eigenen Erinnerungslücken, aber die wären mit der Zeit auszugleichen. Und sie waren nichts im Gegensatz zu dem, was mit der braunen Welle unter den Ratten und den Menschen da draußen angerichtet worden war.

Bea schien die Kraft zu verlassen. Doch dann sah er, wie sich von den Ufern Menschen auf sein Hausboot zubewegten in der Dunkelheit, in der ab und an die Blitze zuckten. Sie schwammen auf ihn zu, weil Bea ihnen stumme Signale schickte. Auch Hunde waren darunter. All die Köpfe der Menschen und Tiere mit den kranken Hirnen schwammen auf dem Wasser wie Myriaden von nachtbraunen Styroporkügelchen. Langsam, aber stetig kamen sie auf ihn zu, und Bea löste lautlos die Verkleidung des Aluminiumhausbootes.

Teil III

24

GEHEIMNISVOLLE TOTE IDENTIFIZIERT

Friedrichshain-Kreuzberg (tkg), Berlin,
Donnerstag, 24. Juli 2014

Die am Mittwoch im Landwehrkanal aufgefundene Frauenleiche konnte inzwischen mutmaßlich identifiziert werden, gab eine Sprecherin des Polizeipräsidenten in Berlin bekannt. Demnach handelt es sich bei der 39-jährigen Person um die Rechtsanwalts- und Notariatsgehilfin Gabi Kien aus Charlottenburg.

Die blonde, vollschlanke Frau hatte nach Ansicht der Polizei mindestens 48 Stunden lang bekleidet im Wasser getrieben. Weshalb der Leichnam nicht früher aufgefallen war, ist derzeit ebenso wenig zu beantworten wie die Frage, ob ein Fremdverschulden vorliegt. »Derzeit ist eine suizidale Handlung nicht auszuschließen. Das Gleiche gilt aber für Totschlag und Mord«, verlautete dazu aus der ermittelnden Dienststelle.

Obwohl Gabi Kien keine Papiere bei sich trug, konnte die Identifizierung zügig erfolgen. Der Grund: Arbeitskollegen hatten die Frau als vermisst gemeldet. »Normalerweise wären wir nicht sofort zur Polizei gegangen«, sagt eine befreundete Kollegin aus der Kanzlei. »Aber gerade war in ihrer Wohnung eingebrochen worden, und niemand hatte Gabi seitdem gesehen.« Die Kollegen mussten die tote Frau identifizieren, Familienangehörige konnten bislang nicht benachrichtigt werden.

Die renommierte Anwaltskanzlei Olbertshagen, Mörchinger & Johnson, bei der Gabi Kien seit acht Jahren tätig war, hatte sich nach dem Wohnungseinbruch in der Charlottenburger Behaimstraße sofort bereit erklärt, ihre Kollegin auch als Mandantin zu vertreten. Nach Polizeiangaben können zu den näheren Umständen des Einbruchs aus ermittlungstaktischen Gründen noch keine Angaben veröffentlicht werden.

Eine Gruppe von Kindern im Alter zwischen sieben und neun Jahren hatte am Mittwochabend nach einem Besuch beim Zirkus Frosch den leblos im Landwehrkanal treibenden Körper Gabi Kiens auf Höhe des Urbanhafens entdeckt. Die Kinder hielten die Leiche zunächst für eine Puppe. Sie wurden psychologisch behandelt. (Meinung Seite 8)

Vier Wochen lang war Dezernatsleiter Schrödlinger durch Vietnam und Laos gereist. »Mausi, so lange hatte ich noch nie Urlaub, seit ich im höheren Dienst bin.« Mausi war begeistert und fotografierte viel. Weniger begeistert war sie, dass ihr Mann gleich am ersten Tag nach der Rückkehr in Berlin wieder in die Wache fahren wollte. »Da werden sich deine Kollegen freuen, wenn du sie vorfristig mit deinem Erscheinen überraschst, Spatzl!« Spatzl Schrödlinger fuhr nicht direkt vom Flughafen zur Polizei, er half seiner Gattin beim Abladen der Koffer und beim Hochziehen der Jalousien im verwaisten Haus. »Siehst du, keiner hat was geklaut, Mausi!«

Nun ging er mit der Zeitung unterm Arm, die er im Flugzeug bekommen hatte, den Gang hinunter und klopfte bei der 202. Nichts. Verschlossen. Ebenso die 204 gegenüber. Auch keine Reaktion nebenan, in 203. Er sah auf die Uhr. Die können nicht alle gleichzeitig zur Mittagspause sein, dachte er. Bei 205 und 206 hatte er noch Hoffnung, von da an war er nur noch wütend, klopfte nicht mehr, sondern klinkte von Bürotür zu Bürotür – vergebens. Bis er in der 212 stand und ein Polizeianwärter auffuhr, als hätte man ihn bei etwas Unziemlichem erwischt. Das einzig Unziemliche war der Dienstplan vor seiner Nase.

»Ach, äh … Sie sind der Neue, richtig? Willkommen dann auch. Schrödlinger, Leiter hier. Wo sind denn alle?«

Der schmalschultrige Jüngling wusste nicht recht und brachte das durch Körperhaltung auch wirklich gut nonverbal rüber.

»Sind die alle ausgerückt?«

»Nein, überhaupt nicht.«

»Mittagspause?«

»Nein, eigentlich ist nur Herr Hauptkommissar Melchmer zur Mittagspause gegangen, er …«

»Ah, Melchmer! Wenigstens einer, der im Haus ist!«

In der Kantine im sechsten Stock blieb Schrödlinger fast das Herz stehen. Er sah zur Uhr: 13 Uhr 14. »Was ist denn hier los?«, rief er den beiden einzigen traurigen Gestalten zu, die noch nicht mal zu seinem Beritt gehörten. Eine löffelte Erbsen, der andere kaute auf gummiartigen Pommes. Keine Antwort. Er wiederholte seine Frage an der Theke.

»Ja, wüsste ich auch gern. Schon letzte Woche lief hier nix mehr, Chef! Ich dacht, Sie hätt's auch erwischt?«

»Erwischt? Haben sich meine Leute von Ihrem Zeugs hier« – er deutete auf die halbvollen Schalen mit Essen – »den Tod geholt?«

»Klar, ein terroristischer Anschlach meinerseits. Al Kai-Ida oder wie das heißt.«

Schrödlinger gab auf und stellte den Anwärter in der zweiten Etage zur Rede.

»Nein, ich meinte bloß: Herr Melchmer ist zur Mittagspause gegangen. Ich weiß nicht, wohin. Es ist sein letzter Arbeitstag vor dem Urlaub, und vielleicht ist er etwas früher gegangen. Also, ich meine, er lässt die Mittagspause aus und zieht den Feierabend vor, also …«

Schrödlinger zog einen Stuhl heran und setzte sich seufzend. »Ich kapituliere. Zeigen Sie mir den Dienstplan.« Seine Ruhe währte nur kurz. »Sehe ich das richtig, die haben sich *alle* krankgemeldet?«

»Im Grunde … Also, Frau Forsthoff und Herr Böhse haben sich nicht gemeldet. Vielleicht haben die es vergessen.«

»Vergessen? Ver-gessen? Mann, wir sind die Polizei!«

»Na ja, Sie wissen schon.«

»Nein, weiß ich nicht. Was meinen Sie?«

»Diese Sache mit der Demo … Damo … diese, diese Erkrankung, bei der man vergesslich wird.«

»Deshalb melden die sich krank?«

»Nein, sondern wegen Grippe, Fieber, Rücken … Aber es könnte ja sein, dass sie verunsichert …«

»Also, ist irgendjemand im Dienst in diesem Puff?«

»Na ja, *ich* …«

»Ich will Sie nicht beleidigen, Kollege … Von der Stamm-Mannschaft, meine ich.«

»Ich denke, wenn ich niemanden vergessen habe, eigentlich nur Hauptkommissar Melchmer. Falls er nicht bereits auf dem Weg in den Urlaub ist.«

Schrödlinger schloss die Augen, er drohte zu explodieren und sprach leise und gepresst: »Sie rufen jetzt Melchmer her. Egal, ob der mit 'ner Nutte im Bett tanzt oder nach Trüffeln in Timbuktu gräbt. Und zwar auf sämtlichen Kanälen, notfalls kapern Sie einen Satelliten und beschlagnahmen das deutsche Funknetz. Diese Dienststelle ist in *fünfzehn* Minuten personell besetzt! Und damit meine ich nicht uns zwei Schlümpfe, sondern einen richtigen, lebendigen Kriminalbeamten! Klar?«

25

Krienicke, Berlin-Reinickendorf
Donnerstag, 24. Juli 2014

Das Hausboot schaukelte nicht mehr, es lag ruhig wie eine Scheibe Käse in einem Kühlschrank. Alexander Mehrow streckte sich auf der Pritsche und bemühte sich, im Dunkeln aufzustehen, ohne auf irgendetwas zu treten oder sich zu stoßen. Für den Augenblick hatte er keine Vorstellung, wo er sich mit dem Boot befand und wie spät es war. Nur in einem war er sich sicher, nämlich darin, dass Bea sich kaum wie eine Furie ans Hausboot geklammert hatte, um es aufzureißen wie eine Fischkonserve oder um einen herbeischwimmenden Mob an Bord zu lassen.

Er ging auf seine kleine Veranda hinaus und lehnte sich an die Heckreling. Eigentlich wollte er den Blick zur Zitadelle und dann hinauf in den Nachthimmel lenken, doch auf den Wellen war etwas. An einer Stelle gab es keine Reflexionen, und das beunruhigte ihn instinktiv.

Es ist ein Boot, dachte er. Jemand schleicht um mich herum.

Alexander hielt Ausschau nach Positionslichtern, aber er schien mit dem Besucher aus dem Nichts allein in der Bucht zu sein.

Wenn er sich nicht täuschte, glimmte etwas auf. Rauchst du etwa und beobachtest mich?

Langsam zog er sich ins Innere zurück, versuchte aber weiter, durch die schmalen Fenster das langsame Etwas im Blick zu behalten. Auf dem Meer würde ich ja vielleicht an einen Wal denken, aber hier kann es nur ein Boot sein.

Ihm wurde klar, weshalb er die Schubladen aufzog. Er suchte einen geeigneten Gegenstand. Das Brotmesser? Die Waffe mit den Leuchtkugeln, die Bea für Antibes gekauft hatte – die sie aber nicht auf dem Flug dorthin mitnehmen konnten? Das Stahlrohr, das er gelegentlich zum Abstoßen nutzte, wenn er das Paddel schonen wollte? Oder lieber gleich die Nuklearwaffen? Er grinste zwar vor sich hin, gestand sich aber ein, dass dieses Grinsen in etwa so überzeugend war wie das eines Äffchens, das damit seinem Gegner Unterwerfung signalisierte.

Das Boot glitt nun nah an seinem vorbei. Er konnte die Umrisse eines Indianerbootes erkennen. Und eine Gestalt. Wie der Fährmann des Todes stand da jemand unbeweglich und musterte ihn.

Fährmann des Todes! Mach dich mal nicht lächerlich! Er entschied sich für den Hammer und trat hinaus. Als schlüpfte er in die Rolle eines anderen, sorgloseren Mannes, rief er: »Heda! Kann ich Ihnen helfen? Zum Beispiel mit etwas Licht am Bug?«

Die Gestalt schrumpfte. Erneut glimmte etwas auf. Dann wurde ein Licht geschwenkt. Offenbar eine schwache Petroleumleuchte.

Das Boot fuhr in einen Bereich, in dem sich die beleuchteten Mauern der Zitadelle spiegelten, so dass Bewegungen und Umrisse klarer zu erkennen waren. Alexander hielt es für einen Kanadier, ein langes, offenes Holzboot, wie es in der Wildnis benutzt wird. Bei der Gestalt handelte es sich um einen massigen Mann. Er paddelte mit Bedacht und setzte zu einer Kehre an.

Alexander Mehrow hielt den Arm auf dem Rücken, der Hammer gab ihm eine gewisse Sicherheit.

Der Fremde nahm direkten Kurs auf Alexanders Heckreling. Knapp davor drehte er bei und lag nun längsseits ganz dicht. »Was treiben Sie hier?«, fragte eine raue Stimme.

»Das müsste ich Sie fragen!«

»Wollen Sie den Hammer nach mir werfen?«

»Den Hammer? Nein. Habe ihn mit der Taschenlampe verwechselt.«

Der Mann hielt die Petroleumleuchte auf die Höhe seines Gesichts. Es war breit, die Haare grau und struppig, ebenso der Bart. Alexander nahm wahr, dass sich im hinteren Teil des Kanadiers etwas bewegte, er konnte es aber nicht erkennen. »Ich wiederhole: Was treiben Sie hier?«

»Ich ankere mit meinem Hausboot, wie Sie inzwischen beobachtet haben.«

»Ohne Positionslichter?«

»Sie fahren ja auch ohne«, sagte Alexander und versuchte, das flackernde Gesicht einzuschätzen.

»Ich *hab* ja ooch keine. Aber Sie, Sie schalten se nich an, und das seit zwei Nächten schon nich!«

Der Mann sah nicht aus, als käme er vom Ordnungsamt. Von der Wasserschutzpolizei schon gar nicht. Wasser- und Schifffahrtsamt? Nein. Im Schatten war es ein verwahrlostes Gesicht. Die Bewegung um den Kanadier wurde mehr, ein Bündel schien herumgeschleudert zu werden, dann kam ein Etwas an den Rand des Bootes und steckte Alexander eine Art Kopf entgegen.

Als Alexander den wischmoppähnlichen Hund sah, atmete er auf. Das Tier gab kein Geräusch von sich, es beobachtete nur und begann zu schnüffeln.

»Das ist *meine* Bucht«, sagte der Mann und musste husten.

»Das war mir nicht bewusst«, entgegnete Alexander Mehrow – entschieden, den Deeskalationskurs zu fahren.

»Ich habe was gegen Schettsett.«

»Gegen … was, bitte?«

»Schettsett, Schickimicki.«

»Jetset? – Ja, nein, also, das bin ich eigentlich auch nicht.« Er dachte an die *Retraite* und Antibes, an Bea auf dem Sonnendeck und an den Champagner. Irgendwas in ihm plauderte drauflos: »Im Gegenteil. Ich habe meinen Job verloren und versuche, hier draußen zurechtzukommen.«

»Wann fahren Sie wieder weg?«

»Ich habe keinen Plan. Ich kann jederzeit verlegen. Falls es notwendig ist.«

»Keinen Plan, eh?« Er hängte die Petroleumlampe an eine eigenwillige Drahtkonstruktion. »Sind Sie allein?«

Alexander war sich nicht sicher, ob es klug war, dazu Stellung zu nehmen. Doch sein Plauder-Ich hatte längst den ehemaligen Pressesprecher in ihm ausgestochen: »Ich bin die Ein-Mann-Besatzung, und so was da habe ich auch nicht.« Er zeigte in die Richtung des Wollhundes, ob der andere es nun sah oder nicht.

»Wir sollten ma miteinander parlieren. Von Käpt'n zu Käpt'n. Ich würd Sie auf meine *Freiheit* einladen, aber ich fürchte, *Beißer* hier toleriert keine Fremden.«

»Kommen Sie zu mir, Käpt'n. Aber denken Sie dran, ich habe einen Hammer.«

»Geschenkt. Besser wäre, Sie hätten auch geistige Getränke.«

Mit geübter Hand knotete der Mann seinen Kanadier am Hausboot fest. Er brachte die Leuchte mit und hielt unter dem anderen Arm ein Sixpack Bierdosen.

Nach gut zehn Minuten waren die wichtigsten Personalien ausgetauscht, auch wenn kein Name gefallen war. Der Mann wollte nur »der Fischer« genannt werden. Er behauptete, seit

Jahren auf dem Wasser zu leben – und der sauberste Obdachlose Berlins zu sein. »Macht zwangsläufig die Wassernähe. – Und weshalb nu genau können Sie mit Ihrer Ollen nich mehr sprechen?«

»Meine Olle … Ich weiß nicht, ob ich darüber etwas sagen will.«

»Bei Gott, was seid Ihr alle für eitle Fatzkes, Ihr Lackaffen! Brechen Sie sich bloß keinen aus der Krone, Käpt'n Schweigemarsch.«

Alexander musste lachen. »Also, an den Metaphern feilen wir noch, ja?«

Der Fischer schluckte Bier.

»Ich fürchte, ich verliere den Verstand«, hörte sich Alexander sagen.

Der Mann nickte. »Das iss 'n Argument, das ich gelten lassen kann.« Er prostete Alexander zu. »Weiße Mäuse? Oder mehr so: Stimmen aus dem Spind?«

»Nichts davon.« Er dachte an die verzerrte Fratze von Bea, die am Hausboot rüttelte. »Ich vergesse Dinge. – Jetzt sind Sie dran mit einem Witz.«

Doch der Fischer sprach ruhig und sonor. »Vergessen? In Ihrem Alter? Das ist übel.«

»Ich fürchte, es hat etwas mit der Demenzwelle zu tun.«

»Demenzwelle? Nie gehört davon. Und wieso können Sie nicht mit Ihrer Ollen?«

Alexander wandte sich ihm überrascht zu. »Meinen Sie die Frage ernst? Ich werde doch nicht meine Frau mit der Diagnose ängstigen, dass ich demenzkrank bin! Wo ich mir selbst nicht sicher bin.«

»Ach ja«, sagte der Fischer, »Sie sagten ja schon, dass Sie 'n bisschen plemplem sind.«

»He, das habe ich nicht gesagt! Wir haben uns gestritten.

Sie hat es nicht mal richtig zur Kenntnis genommen, dass ich gefeuert wurde. Und ich will sie nicht ängstigen.«

Der andere Biertrinker überlegte. »Also, wenn ich eine Frau hätte, die sich mit mir streitet und die kein Feingefühl hat, dann hätte ich schon Lust, sie zu ängstigen.«

Alexander ging in die Kombüse und kam mit einer Flasche Grappa zurück.

»Wo haben Sie das denn her? Sieht ja scheußlich aus!«

»Es ist das Einzige, was ich im letzten Kiosk bekommen konnte. Die anderen Flaschen waren noch viel schlimmer. Whiskey für zwei Euro.« Er setzte die Flasche an, trank und gab sie weiter. Dann beugte er sich vor und stützte sein Kinn in die Hände. »Im Moment weiß ich gar nichts mehr. Mich widert es schon an, auf dieser Jauche rumzugondeln. Ich kriege auch das Bild nicht aus dem Kopf, wie die Demenz sich übers Wasser verteilt und die ganze Stadt verseucht.« Er schüttelte sich. »Ach, das ist ein Traum gewesen, aber … Es ist in meinem Kopf.«

»An dem liegt's«, sagte der Fischer. »An Ihrem Kopf. Am Berliner Wasser jedenfalls nicht.«

»Na, schwimmen wollte ich nicht drin.«

»Weshalb nich? Es is halbwegs in Ordnung. Ich mein, aus den Kanälen würde ich nicht trinken. Aber es ist gutes Süßwasser, Kollege! Ich bin mal auf Containerschiffen gefahr'n. Vorwiegend Australien und Indonesien, die Route. Irgendwann begreift man, dass das Wasser um einen herum giftig ist. So salzich, dass man stirbt, wenn man es trinkt. Nur zwei Prozent vom Wasser auf dem Globus sind süß. Wissen die wenigsten. Und davon fließt hier so viel mitten durch die Stadt. In solchen Massen, dass wir beide darauf sogar mit Booten herumgondeln können. Wenn das nicht das Paradies ist, Kollege, dann ist Ihnen nicht mehr zu helfen.«

Sie beschlossen, nicht über Demenz, Jobs und Ehefrauen zu sprechen. Der Fischer zeigte Alexander, wie man ohne Angel und im Dunkeln Fische aus der Havel fängt, wie man sie mit einem Brotmesser ausnimmt und wie sie schmecken, wenn man sie über einem Propanbrenner grillt – mit etwas Öl und Salz –, und wie man sie isst mit etwas Zitrone und Bier. Im Gegenzug zeigte Alexander, wie man sich an einer Gräte verschlucken kann und wie man eine Grappaflasche für eine Flaschenpost präparieren kann.

»Und was wollen Sie schreiben?«, fragte der Fischer, der sich die Finger im Havelwasser säuberte.

»Hilfe!«, sagte Alexander. Und sackte in sich zusammen. Die gute Stimmung war dahin. »Hilfe!«, murmelte er.

26

Konradshöhe, Berlin-Reinickendorf
Freitag, 25. Juli 2014

Wenn er auf dem Stuhl die Augen schloss, schien der Boden unter ihm zu schwanken. Nach den Tagen und Nächten auf dem Wasser – er hatte keine Freude daran, sie zu zählen – vermisste er auf dem Festland das ständige, sanfte Auf und Ab. Vom Hausboot hatte er sich gerade mal 600 Meter entfernt und verspürte doch bereits eine leichte Unruhe. Alexander Mehrow saß in einem Behandlungszimmer mit fünf Meter hohen Altbaufenstern und wartete auf den Arzt.

»So, dann nur noch ein Rezept ausdrucken … Gleich bin ich ganz bei Ihnen.«

Der Arzt mit den wenigen und kurzen weißen Haaren saß plötzlich vor ihm, als wäre er wie in einem Film in die Szenerie eingeblendet worden. Alexander konnte sich nicht erinnern, wann genau der Mann das Behandlungszimmer betreten hatte.

Gesehen hatte er ihn ohnehin noch nie. Seine Praxis in Konradshöhe hatte er über das Internet ausfindig gemacht. Ihm ging es nur darum, eine Praxis nicht weit vom Wasser zu finden, um einen kurzen Weg zu haben; außerdem sollte es ein Arzt sein, der ihn nicht kannte. Irgendwie war die Anmeldung über das Telefon und heute Morgen bei der Sprechstundenhilfe unangenehm gewesen, aber er wollte sich nicht weiter damit belasten.

»Herr Mehrow«, sagte der Arzt – und er wunderte sich, dass er seinen Namen kannte, denn hatte er nicht anonym bleiben wollen? »Sie sind also der Patient, der mit 200 Euro

Vorkasse zahlen wollte, ja? Seien Sie mir nicht böse, aber so was mache ich nicht. Sie überweisen das einfach später, in Ordnung?« Er nahm ungefragt Alexanders Handgelenk und maß den Puls. »Und weshalb machen Sie es so geheimnisvoll? Eine Geschlechtskrankheit? Glauben Sie mal, nach dreißig Dienstjahren gibt es nichts Peinliches für einen ollen Landarzt mehr. – Bisschen aufgeregt, hm?«

»Meine Befürchtung ist, dass mein Erinnerungsvermögen nachlässt.« Es war leichter zu sagen, als er angenommen hatte.

»Ihr Erinnerungsvermögen? Hm. Woran bemerken Sie das?«

Alexander gab einige harmlose Beispiele aus dem Alltag.

»Und seit wann beobachten Sie das an sich?«

»Ungefähr seit vierzehn Tagen, denke ich.«

»Irgendwelche besonderen Herausforderungen oder Krisen in letzter Zeit? Ärger mit dem Vermieter? Schulden?« Er schickte sich an, Alexanders Blutdruck zu messen.

»Ich bin entlassen worden. Ich arbeite in einem politischen Bereich. *Habe* gearbeitet. Die Umstände waren – nicht gut.«

»Und wie hat Ihre Frau reagiert?«

Woher weiß er, dass ich verheiratet bin? Habe ich das angegeben oder ihm schon gesagt? »Wir haben uns gestritten. Und jetzt verbringe ich die Zeit vorwiegend … getrennt von ihr. Insbesondere, weil ich sie nicht mit der Situation um meine Erinnerungsprobleme belasten will.«

Der Arzt schaute besorgt auf die Anzeige des Blutdruckmessgerätes. »Sie sind buchstäblich auf 180, junger Mann! Waren Sie schon mal in Behandlung deswegen?«

»Nein, eigentlich war ich gesundheitlich fit.«

Während er die Manschette löste, sagte er: »Extreme Stress-Situationen wirken sich negativ auf die Konzentrationsfähigkeit aus. Arbeitslos und Ehekrise … Ich hoffe, Sie wundern sich nicht, dass Ihr Körper verrücktspielt. Und der Kasten da oben …« – er tippte sich an den Kopf – »… der gehört nun mal zum *Körper*, auch wenn viele das anders sehen möchten. Ich kann Ihnen erst mal etwas Blutdrucksenkendes geben und ein Aufbaupräparat mit Vitaminen und Mineralien, um Ihre Konzentration zu stärken. Aber empfehlen würde ich Ihnen eine Auszeit. Können Sie ein paar Tage aufs Land fahren?«

»Ich habe ein Hausboot …«

Das Gesicht des alten Arztes erhellte sich. »Na, sehen Sie! Das ist ideal! Raus nach Wannsee, bisschen planschen, Angelrute raus und Ausschau halten nach dem einen oder anderen Bikini, das kann sehr heilsam sein. Allerdings …« Er tat sehr geschäftig, während er in der neu angelegten Krankenakte von Alexander Mehrow blätterte. »Allerdings sollten Sie dabei Tabak und vor allem Alkohol, aber natürlich auch andere Drogen meiden.«

»Das ist kein Problem.« Alexander lächelte.

»Hm. Aber Ihre letzte Nacht war recht kurz, oder? Entweder, Ihr Gesicht ist das Opfer einer üblen Zecherei geworden, oder ich muss eine ernsthafte Erkrankung annehmen.« Er blinzelte listig.

»Ja, die letzte Nacht … Ich habe einen Kater, das ist wahr.«

»Kommt vor.« Sein Lächeln verschwand, und er fasste Alexander besorgt an die Stirn. »Einerseits ängstigen Sie sich vor Erinnerungsproblemen. Wahrscheinlich sind Sie auch einer von denen, die sich vom Presserummel anstecken lassen. Demenz und so weiter. Andererseits sprechen Sie aber nicht zu knapp dem Alkohol zu. Wissen Sie, wir Mediziner kennen das Phänomen, dass Alkohol-Abusus die Leistungen des Kopfes reduziert. *Saufen macht blöd*, um es plastischer auszudrücken. In dem Gehirn eines langjährigen Alkoholikers können Sie Verstecken spielen.«

»Abusus … Ich habe mich einmal betrunken, das ist es.«

»Schön. Noch was?«

Alexander dachte nach – vor allem über die Formulierung. »Ehrlich gesagt, befürchte ich schon, dass es sich um eine Demenz handelt, Herr Doktor. Könnten Sie einen Test machen?«

»Es gibt keinen Test. So einen Schnelltest, mit dem ich mir Ihr Blut anschaue und dann sage: Alzheimer ja oder nein. Im Grunde gibt es bei Ihnen auch keinen Anlass, einen ausgewachsenen Alzheimer anzunehmen. Haben Sie irgendwelche anderen gesundheitlichen Probleme? Laufen Sie normal – ich mein, wenn Sie nüchtern sind und keinen Kater haben?« Er lachte. »Haben Sie Halluzinationen?«

»Nein.« Er dachte an die braunen Wellen, die sich von Afrika aus über Berlin ergossen, und an Bea, wie sie das Hausboot aufzureißen drohte wie eine Fischkonserve.

Nach einigem Hin und Her zog der Arzt ein Buch aus dem Regal, fand einen Fragenkatalog und stellte Alexanders Gedächtnisleistungen auf die Probe. Währenddessen beruhigte sich Alexanders Puls, die Leistungen fühlten sich gut an. Zum Schluss sollte er das Ziffernblatt einer Uhr zeichnen. »Sagen wir: Drei Uhr. Unterscheiden Sie zwischen großem und kleinem Zeiger, bitte. Oder besser: Drei Minuten vor drei.«

Auch das stellte kaum ein Problem dar für Alexander Mehrow.

»Es bleibt dabei: Vitamine, Mineralien, Obst, Bewegung, Ruhe. Lassen Sie Ihre Probleme mal ein, zwei Wochen im Nirwana lagern. Dann wird das schon wieder, auch mit Ihrer Frau.«

»Also sehen Sie keine Anzeichen, die besorgniserregend sind?«

»Alzheimer-Patienten sehen ganz anders aus, junger Mann.«

»Und eine andere Form von Demenz? Sollte ich nicht einen Gentest machen lassen?«

»Sie müssen vor allem von dieser Aufregung runter. Das ist das Wichtigste. Wenn man zu viel von sich verlangt, kommt es zu Kurzschlüssen.«

Alexander Mehrow verabschiedete sich, einigermaßen beruhigt.

»Herr Mehrow! Hier, Ihr Rezept.«

»Oh, das hätte ich … fast vergessen.«

Die Schwester kam noch einmal mit der Krankenakte. »Darf ich …? Herr Doktor, Sie schreiben: Keine Demenz.«

»Genau. Nervosität und leichte Mangelerscheinungen, Stresssymptomatik. Entschuldigung, meine Schrift ist grausam. Aber bald ist ja Ihr geliebter Doktor Baltmeyer wieder da.«

»Ihre Schrift ist in Ordnung, kein Problem für mich. Ich frage mich nur … Dieser Herr Mehrow … Ich habe ihn bei der Anmeldung erlebt. Wir achten natürlich vor allem bei alten Patienten verstärkt auf gewisse Eigenheiten. Hier ist mir aber auch etwas aufgefallen. Und das erinnert mich doch stark an Anfangssymptome von Demenz. Liege ich da falsch?«

Der alte Arzt lehnte sich zurück: »Mann, Mann, Mann … Der Baltmeyer kann froh sein, dass er so eine wie Sie abbekommen hat, was? Der muss sich gar nicht mehr um die Diagnose kümmern, er braucht nur Sie zu fragen.«

Sie wurde rot. »Entschuldigung, ich wollte mich nicht einmischen, es ist nur so, dass ich bei Doktor Baltmeyer … Er fragt mich oft nach meiner Meinung.«

»Zu Recht. Sie haben mit den Patienten im Wartezimmer

länger zu tun als wir Ärzte in unseren kurzen Gesprächen.« Er stöhnte und suchte mit den Augen im Raum herum. »Es ist richtig. Der Patient zeigt unverkennbare Anzeichen. Mindestens dreimal war er kaum ansprechbar, ich musste meine Fragen wiederholen. Das Erinnerungsvermögen bei den Zahlen und Begriffen ist nur mäßig gut ausgefallen. Beim Uhrentest hat er statt drei vor drei den Minutenzeiger auf drei nach drei gesetzt. Aber wenn ich dem armen Kerl jetzt so eine Diagnose auftische, die ich ja noch nicht mal beweisen kann, dann geht es ihm noch schlechter. So hat er wenigstens die Chance, sich aufzurappeln und Mut zu fassen.«

Sie lächelte, aber sie war froh, dass ihr Doktor Baltmeyer kein alter Arzt war und dass die Vertretungszeit in einer Woche endete.

Alexander sah auf der gegenüberliegenden Seite des Falkenplatzes eine hellblaue Tonne zwischen den Passanten stehen. Zwei Männer in hellblauen Shirts verteilten Handzettel und bemühten sich, Vorbeigehende anzusprechen. Er hatte solche Tonnen schon einmal gesehen. Als er die Kreuzung fast hinter sich gelassen hatte, erwachte der Journalist in ihm und animierte ihn zu einer Kehrtwende, in der er zurück auf die andere Straßenseite wechselte.

Die Männer verteilten in Wirklichkeit keine Handzettel, sie hielten den Fußgängern lediglich kleine Plakate vor, um sie anzulocken. Was Alexander neugierig machte, war die Tatsache, dass nirgends ein Firmenschild zu sehen war.

»Und was habe ich davon?«, maulte ein Passant, der in prallen Tüten seine Beute schleppte.

»Sie werden Sicherheit haben«, hörte Alexander einen der Hellblauen sagen. Im Himmelblau auf den Bäuchen und der Tonne zeichneten sich zarte Blüten mit gelben Umrissen ab.

Aus dem Augenwinkel las er eines der kleinen, hingehaltenen Plakate:

KOSTENLOSER DEMENZTEST!

Er zuckte zusammen und ging zügig weiter.

Während er sich dem Ufer näherte, arbeitete in ihm die Frage, ob er die gelbe Blüte auf himmelblauem Grund von irgendwoher kannte. Erst als er das Kajüthaus seines Hausboots aufschloss, wurde es ihm klar: Einem Unternehmen konnte er das Motiv nicht zuordnen, aber er wusste, welche Blume es sein sollte.

Ein Vergissmeinnicht.

27

Anruf aus dem Polizeipräsidium, Berlin-Tempelhof
Freitag, 25. Juli 2014

»Wunderbar, dass ich Sie erreiche, mein lieber Melchmer. Gestern hieß es, Sie wären womöglich bereits vorfristig in den Urlaub abgedüst.«

»*Vorfristig?*« Hauptkommissar Lothar Melchmer hatte Mühe, auf dem Rand des Doppelbettes zwischen den Stapeln von T-Shirts, kurzen und langen Hosen, Badeanzügen und Jacken für den eventuell frischen Sommerabend einen Platz zu finden. Seine Frau hatte gerade das Haus verlassen. Sie vertrat die Theorie, dass der Schutzfaktor der Sonnenmilch wegen zunehmender Empfindlichkeit der Haut dem Lebensalter der Gecremten entsprechen müsse. Und die Melchmers besaßen nur noch Flaschen mit den Faktoren 30 und 35. Da halfen auch falsche Komplimente nichts, der Einkauf war fällig.

»Ich gehe doch nicht *vor* meinem Urlaub in den Urlaub!«, sagte Melchmer. »Nein, ich saß im Dienstwagen, wie mir geheißen war. Lag sechs Stunden auf der Lauer, um die Laserpointer-Gang ausfindig zu machen, die in Tegel die landenden Flugzeuge anstrahlt. Es war ein Schlag ins Wasser, wie ich es prophezeit hatte. Hatten *Sie* nicht gewettet, die Gang wäre *so gut wie* eingekreist? In den sechs Stunden haben die jedenfalls kein Flugzeug angelasert. Die Deutsche Flugsicherung meldet aber zwei Laserattacken aus anderen Richtungen. Ich fürchte, die Wette haben Sie verloren.«

»Ich, ich war im Urlaub!«

Melchmer stöhnte. »Ab heute bin *ich* im Urlaub. Weil ich mit Melanie packen muss. Und morgen haben wir Taufe.«

»Melanie? Von der Staatsanwaltschaft?«

»Nein, ich packe die Koffer mit Melanie von der anderen Seite meines Bettes! Meine Frau, Chef.«

Schrödlinger schüttete seinem letzten Mitarbeiter das Herz aus. Es ging um leere Büros, abtrünnige Kollegen, menschliche Enttäuschungen im Allgemeinen, politischen Druck und nicht zuletzt um das einzig wirklich relevante Thema in Berlin derzeit: den Mord an der Rechtsanwalts- und Notariatsgehilfin Gabi Kien. »Wenn Sie es nicht gelesen haben – ich habe es Ihnen mal faxen lassen.«

Melchmer bekam einen Hustenanfall. Wahrscheinlich wegen der Federn. Er vermutete, die neuen antiallergischen Biofedern in den Kissen bekamen ihm nicht.

»*Faxen* lassen, ja? Nach Hause? Prima. Am besten faxen Sie mir noch ein Faxgerät hinterher, so was haben wir nämlich nicht.«

»Na ja, oder wie das heißt mit dem Internet und der Post da im Outlog und mit diesen Webadressen.«

»Okay, eine Mail. Ich schaue nach.«

»Gut.«

»Ja. – Dazu müssen Sie aus der Leitung gehen, Herr Schrödlinger. Ich habe noch Analoganschluss, da kann ich nicht gleichzeitig Mails lesen und mit Ihnen plaudern.«

»Schön, dann gehe ich aus der … Sehen Sie es sich mal an. Und ich wäre Ihnen für eine Expertise dankbar. Irgendjemand aus unserem Büro muss mit den Ermittlungen begonnen und das Präsidium informiert haben. Jedenfalls wurde deren Pressestelle eingeschaltet. – Wann reisen Sie ab?«

»Sonntag«, knurrte Melchmer und begann bereits, sich im Geiste als *Deppen* zu bezeichnen.

Verehrter Herr Schrödlinger,
der Zeitungsartikel sagt so gut wie nichts aus. Fragen Sie nach der Obduktion. Entscheidend ist, ob die Identität (Gabi Kien, 39) bestätigt werden kann. Außerdem natürlich, auf welche Todesursache die Leiche deutet. Spekulationen helfen nicht weiter. Suizid führt jedenfalls für gewöhnlich nicht dazu, dass man im Landwehrkanal treibt. Es sei denn, man heißt Rosa Luxemburg.

Stutzig macht mich, dass angeblich noch keine Familienangehörigen benachrichtigt werden konnten, da brauchen wir den neuesten Stand.

Setzen Sie sich mit dem Einbruchsdezernat in Verbindung und gehen Sie den zeitlichen Ablauf durch. Mir leuchtet nicht ein, welchen Zusammenhang es gibt zwischen dem Einbruch in ihrer Wohnung und ihrem Tod, aber dass es eine Verbindung gibt, ist anzunehmen. Fragen Sie mal, ob die Staatsanwaltschaft das auch so sieht.

Melchmer – nach Diktat verreist.

Der Hinweis auf seine Reise half nicht viel. Schrödlinger musste die Mail sofort gelesen und nahezu zeitgleich wieder zum Hörer gegriffen haben.

»Ich bin mir ja nicht zu fein, da überall anzurufen«, behauptete er. »Aber wenn jemand bei uns schon mit den Ermittlungen begonnen hat und womöglich auch schon das Plazet der Staatsanwaltschaft hat, dann blamieren wir uns bis auf die Knochen. Haben Sie nicht eine Idee, wo der Vorgang sein könnte?«

»Charlottenburg beginnt mit Ch. Demnach wäre Frau Forsthoff zuständig. So hatten Sie es jedenfalls mal festgelegt, Herr Schrödlinger. Verena Forsthoff ist eine ordentliche Oberkommissarin. Wenn sie die Sache bearbeitet hat, liegt sie in einem der Stapel hinter ihrem Schreibtisch.«

»Und Sie selbst waren mit dem Fall gar nicht befasst, lieber Melchmer?«

»Nein! Der liebe Melchmer hat in der vergangenen Woche ausschließlich Parlamentarische Anfragen bearbeitet, Statistiken für die Verwaltungsreform erstellt und sich von unserer Personalberatungsagentur *Goldmann & Panzerknacker* – oder wie immer die heißen – beraten lassen, wie wir noch effektiver mit noch weniger Personal arbeiten können.«

»Ach je, Sie Ärmster. Ja … Gut, also, ich hole mir mal den Schlüssel von Frau Forst … Wenn ich da nichts finde, frage ich wegen der Obduktion und …«

»Die werden noch nichts haben. Fangen Sie lieber mit dem Einbruchsdezernat an.«

»Okay. Haben Sie da eine Nummer im Kopf?«

»Klar: 6950 …« Seine Gedanken stotterten. »Nein, 69 … Ach, das steht drauf, auf der Akte. Sie finden's im E-Mail-Verzeichnis.«

»Tatsächlich? Lieber Melchmer, dürfte ich Sie *unter Umständen* noch einmal kontaktieren, wenn etwas Spektakuläres herauskommt?«

Er wollte einen flapsigen Spruch bringen, aber es irritierte Lothar Melchmer, dass er die Telefonnummer des Einbruchsdezernats nicht mehr im Kopf hatte, bei dem er jahrelang gearbeitet hatte. Es heißt ja, man verblödet im Urlaub, dachte er.

28

Gartenfeld, Berlin-Spandau
Freitag, 25. Juli 2014

Unangenehme Zahnarzttermine werden gern hinausgeschoben. Wird der Schmerz unerträglich, fügt sich das Opfer hingegen meist in sein Schicksal und bittet um einen schnellstmöglichen Termin. Ähnlich ging es Alexander Mehrow, der sich in den vergangenen Stunden eingeredet hatte, der alte Vertretungsarzt in Konradshöhe habe recht: Ein paar Vitamine, schon würde er sich konzentrieren können. Er mied die Fernseh- und Radionachrichten, wollte sich aber im Internet über verschiedene Anzeichen von Demenz informieren.

Doch als er vor seinem Laptop saß und auf das vertraute Klicken und Surren hörte, fiel ihm sein Passwort nicht ein. Da er es täglich mehrfach verwendete, hatte er es sich nirgendwo notiert.

Aus dem tiefen Bauchraum stieg ein Schluchzen herauf, als käme es aus Alexanders Kindertagen – wie ein Schluchzen nach mehreren verzweifelten Stunden des Weinens. Jetzt war es ein Krampf. Er wollte ihn nicht zulassen, diesen Kloß aus Trauer und Verzweiflung und Wut und Angst vor dem Ungewissen.

Ohne weiterzugrübeln, fuhr er nach Gartenfeld. Die ganze Zeit über ging er das Gespräch mit dem Arzt durch. Hatte der Mann recht – war er lediglich unkonzentriert und panisch?

Als er den Leihwagen abgestellt hatte und ihn mit einem Druck auf den Autoschlüssel verriegelte, fiel ihm auf, dass er beinahe im »Blindflug« durch die Stadt gefahren war. Mein Gehirn wird schon aufmerksam gewesen sein, hoffte er. Aber er hätte nichts Konkretes benennen können, das unterwegs passiert war.

IVN – Ich Vergesse Nicht. *Vergissmeinnicht* wäre ein schönerer Name, dachte er, aber vielleicht sind die Rechte dafür vergeben. Im Treppenhaus hingen einige der himmelblauen Plakate mit den gelben Blüten, nur befestigt mit Klebeband, so als sei die Stiftung auf der Durchreise. Der Eingangsbereich wirkte hingegen professionell und dauerhaft: Ein verglaster Vorraum, ein Summer, der die Tür freigab, und ein Mann in Bügelfalten, Krawatte und Weste, der hinter seinem kleinen Stehtresen hervorkam und auf Alexander zuging. Er war mit einem Headset ausgestattet und hatte einen Bart mit schmalen, tiefschwarzen Linien – ein Kunstwerk, das nach vielen täglichen Pflegestunden aussah. An jeder Hand blitzten zwei schwere Goldringe. Die Finger waren nicht übermäßig manikürt, wie man es bei einem Mann erwartet hätte, der außer Cremedosen und gelegentlich einer Seite aus einer Hochglanzzeitschrift nichts anfasst. Vielmehr hatte er die kräftigen Hände eines Handwerkers; eines Handwerkers allerdings, der wusste, mit welchem Werkzeug er nach der Arbeit seine Finger und seine Nägel zu bearbeiten hatte. Er hatte wache Augen, und er erinnerte sich an Alexanders Namen, weil sie telefoniert hatten. Daraufhin bat er Alexander, im Wartezimmer Platz zu nehmen, in dem sich außer ihm nur mehrere Skalare aufhielten – auf Patrouille im Zierfischaquarium.

Während Alexander Mehrow den Bewegungen der silbernen, vertikal gestreiften Fische folgte und zusah, wie die weit abstehenden Flossen der schmalen Tiere fließende Bewegungen vollführten, dachte er weiter an den Mann mit dem Headset und den streng zurückgekämmten, schwarzgefärbten Haaren und dem Florida-Teint. Woran erinnert er mich, fragte er sich. Dann fielen ihm die Sicherheitsbeamten des Ministeriums ein. Oder Türsteher vor einem Club. Fluggastkontrolleure. Jedenfalls Menschen, die aus einfachen Dienstleistungsverhältnissen kamen, womöglich lange arbeitslos waren, sogar eine Drogen- oder Gaunerkarriere hinter sich hatten, es nun aber wissen wollten und mit Bedacht ihr Äußeres pflegten, aber auch ihr Verhalten kontrollierten und gut sein wollten. Viele von ihnen mögen sich selbst neu erfunden haben und über mehr Schatten gesprungen sein – womit sie mehr Bewegungsfähigkeit bewiesen haben als sogenannte Leistungsträger. Doch man sah keinem von ihnen an, ob er es wirklich geschafft hatte oder ob er ins Lager der Zuhälter gewechselt war. Alexander Mehrow lächelte vor sich hin.

Jana Elztal begrüßte ihn. Graue Haare, schwarzes Kostüm, Verbindlichkeit. Einfühlsam absolvierte sie mit ihm den Test. Auf das Zeichnen einer Uhr hatte er sich vorbereitet. Das klappte sehr gut. Auch bei den Zahlenreihen fühlte er sich sicher. Ein Problem war es, das Mittagessen der letzten Woche rückwärts aufzuzählen. Die Tage auf dem Hausboot waren gleichförmig verlaufen. An welchem Tag er zu welcher Konserve gegriffen hatte oder ans Ufer gegangen war, auf eine Frikadelle, eine Suppe, ein Brötchen, bekam er nicht ohne Stocken auf die Reihe.

Einen schrecklichen Moment lang hatte Alexander den Eindruck, Jana Elztal reiße sich zusammen, ihm nicht die Wahrheit zu sagen. Sie übergab ihn an den Mann mit dem Bartkunstwerk, der das Headset abgelegt hatte und sich stattdessen mit Kabeln für das Elektroenzephalogramm beschäftigte. Ihm war nicht ganz wohl, sich von dem Mann am Kopf und im Genick berühren zu lassen.

Jana Elztal spannte ihn nicht lange auf die Folter: »Wir suchen beim EEG vor allem nach periodischen Sharp-Wave-

Komplexen. Davon ist aber nichts zu sehen bei Ihnen. Damit können wir bestimmte Formen von Demenz ausschließen, insbesondere die Creutzfeldt-Jakob-Krankheit. Das freut mich!«

Alexander Mehrow hatte das Bild von zuckenden Rindern vor Augen, die zusammenbrechen. Creutzfeldt-Jakob beim Menschen. Eine Demenz-Krankheit. Daran hatte er gar nicht gedacht.

Sie fragte nach einer Reihe weiterer Daten. Er gab an, ledig zu sein und nicht in einer festen Beziehung zu leben. Manche Dinge gehen eine derartige Stiftung nichts an, fand er. Zumal dann, wenn ich nicht weiß, ob ich bei denen irgendetwas unterschreiben will. Auch sein Verhalten mit dem Hausboot thematisierte er nicht. Warum soll ich es komplizierter machen als notwendig?

Als Beruf gab er gewohnheitsmäßig *Beamter* an. *Journalist* nannte er sich nie, das machte die Menschen nervös oder bösgläubig. *Pressesprecher* war er nicht mehr, und er hätte es auch nicht erwähnen wollen. Da die meisten Menschen keinen Unterschied zwischen Angestellten und Beamten eines Ministeriums erkannten, traf er mit *Beamter* die Wahrheit recht gut, fand er. Sie fragte nicht nach.

Hinsichtlich seiner gelegentlichen Vergesslichkeit bemühte er sich hingegen, offen zu antworten. Da hoffte er auf Beratung.

Hellhörig wurde die Elztal, als er von dem am Morgen vergeblich gesuchten Passwort berichtete. Sie schloss die Befragung ab und bot ihm an, die Räume zu besichtigen, und zwar insbesondere den Therapieraum, der nur durch das Schild *Bitte Stille!* gekennzeichnet war.

»Ich biete Ihnen ein ausführliches Gespräch mit unserem Psychologen an«, sagte sie, während das Licht anging – aus indirekten Quellen. Anstelle der legendären Psychiatercouch befand sich eine Wohnzimmer-Gammellandschaft, in der man sitzen und wohl auf jede erdenkliche Weise liegen konnte. Davon mit einem hellen Paravent abgetrennt: ein Sessel für den Therapeuten. »Wir haben gute Erfahrungen gemacht, dass unsere Klienten das Gesicht des Psychologen nicht sehen – und umgekehrt. Es mag paradox klingen, aber diese Anonymität hilft den meisten, schnell und tief zu entspannen.«

»Und was nehmen Sie die Stunde?«

»Nichts. – Wundert Sie das? – Wir sind eine Stiftung, wir beziehen unser Geld auf andere Weise. Hier bei der Therapie wollen wir keinen Kostendruck. Und übrigens auch keinen Zeitdruck. Es gibt bei uns keinen Psychiater, der nach 45 Minuten auf die Uhr schaut und sagt: *Egal, wie mies es dir gerade geht, wir sehen uns in einer Woche wieder.* Die Sitzungen dauern so lange, wie sie eben dauern. Manche 30 Minuten, andere drei Stunden. Wenn Sie ein Gespräch wünschen, kann ich Ihnen für morgen einen Termin anbieten. Eben weil die Länge einer Sitzung nicht begrenzt ist, haben wir den Mitarbeiter auch nicht ständig vor Ort, er muss sich ja vorbereiten können.« Sie näherte sich Alexander und schaute irgendwohin auf sein Hemd. »Ich würde Ihnen das Gespräch anempfehlen. Gerade in dieser Phase, in der alles unklar ist für Sie, würde Sie das vermutlich entlasten und Ihnen ein Stück weit Orientierung und Sicherheit geben.«

Er war überrascht, wie schnell er sich darauf einließ. Jana Elztal bot ihm an, im Stiftungsgebäude der IVN zu übernachten. Er sei wesentlich entspannter, wenn er nicht noch einmal nach Hause fahren müsse und in einem eigenen Zimmer Musik hören oder schlichtweg schlafen könne.

Der Raum war frisch mit dunklem Laminat ausgelegt. Es roch neu. Bett, Sessel, Tisch und Stühle waren unbenutzt.

Eine Stereoanlage stand bereit, aber kein Fernseher und kein Telefon.

»Gemütliche Mönchszelle«, sagte er lächelnd.

»Man kann meditieren«, schlug sie vor. »Am Fenster sind keine Gitter, Sie können jederzeit gehen. Und es ist auch kein Krankenhaus, Sie sind hier Gast. Vom dritten Tag an berechnen wir ein Selbstkostenentgelt, aber vielleicht wollen Sie das erst mal gar nicht. Ach ja, das Handy dürfen Sie benutzen. Aber ich empfehle, es ganz auszuschalten.« Wenn er etwas zu essen wünsche, solle er *Herrn Seiler* Bescheid geben. Die Stiftung habe die geplante Küche noch nicht eingerichtet, deshalb würde man ganz profan Pizza oder Pasta bestellen und ihn bezahlen lassen. »Ach ja, benötigen Sie Schlafkleidung? Wir halten ein paar Standardgrößen vor.«

»Nein, nicht nötig.«

»Nichts?« Ein unwillkürlicher Blick fiel auf seinen Körper, dann wünschte sie ihm einen guten Abend und eine gute Nacht.

Das war nicht ganz professionell, dachte er belustigt. Aber besser, sie sieht mich so an als der nette Herr Seiler. Er zog die beigefarbenen Vorhänge zur Seite – den neuen, schweren Stoff – und öffnete das Fenster. Abgesehen von einem vollbeladenen Schrottanhänger im Hof war fast alles grün. In kaum hundert Meter Entfernung rahmten Büsche und Bäume einen Kanal ein. Alexander sah zwei Angler auf Klappstühlen.

Urlaub – dachte er. Mitten in Berlin, mitten im Jahr.

Man muss die wenigen glücklichen Momente im Leben wahrnehmen und auskosten.

Und nichts wird so heiß gegessen …

Mehr abgedroschene Floskeln fielen ihm nicht ein, aber er fühlte sich trotzdem wohl.

29

Sitzung des Bundessicherheitsrats
Samstag, 26. Juli 2014, 0 Uhr 10 bis 1 Uhr 40 – Streng geheim

TOP 0
Beratende Teilnahme des *Bundesministeriums der Gesundheit* → wird akzeptiert. (Der Koalitionspartner zieht seine ursprünglichen Bedenken gegen die Teilnahme von *BM Gesundheit* zurück, nachdem *Bundeskanzler* klarstellt, dass dies ein Einzelfall bleibt.)

TOP 1
Rumänien bittet ohne nähere Spezifizierung, jedoch in beträchtlichen Ausmaßen, um Lieferung militärischer Ausrüstung. → Das Kabinett befürchtet, dass mit Hilfe der Fahrzeuge Einsätze gegen die Zivilbevölkerung in Sachen »Demenz-Aufstände« durchgeführt werden könnten – vergleichbar mit den Eskalationen vergangene Woche in Weißrussland. *BM Verteidigung, BM Justiz* und *Bundespräsidialamt* verweisen auf NATO-Partnerschaft und EU-Mitgliedschaft Rumäniens. *Bundeskanzler* lehnt die Lieferungen dennoch strikt ab. *BM Außen* äußert die Besorgnis, Russland könne Rumäniens Rüstungsbedarf decken und damit einen Keil ins Westbündnis und in die EU treiben. Rechtliche Prüfung durch *BM Justiz* zugesagt.

TOP 2
Erörterung des aktuellen CIA-Berichts hinsichtlich Pakistans. Fraglich ist, inwieweit sich die *EU* an Spekulationen über den Geisteszustand eines Regierungs- oder Staatschefs außerhalb

der EU beteiligen sollte. → *BM Außen* hält eine Propagandaoffensive Indiens als Hintergrund für denkbar. In diesen Konflikt dürfe sich die Bundesrepublik nicht involvieren lassen. *Bundeskanzler* informiert aus einem Dienste-Bericht über ein bevorstehendes Meeting zwischen dem US-Außenministerium und dem UN-Generalsekretär. Er schlägt deutsche Teilnahme vor, falls EU nicht mehrheitsfähig sein sollte. Die mögliche Demenz des pakistanischen Premiers beschäftige bereits die deutsche Öffentlichkeit, zumal Pakistan Atommacht sei. Prüfung durch *BM Außen* zugesagt. *Bundeskanzler* insistiert auf den Schwerpunkt »informelle deutsch-pakistanische Direktkontakte«.

TOP 3

Bundeskanzler informiert über ein Telefonat mit dem US-Präsidenten von gestern Nacht. Es treffe zu, dass die Nrn. 1 bis 4 des Weißen Hauses wöchentlich auf Demenzerscheinungen hin medizinisch untersucht werden. Man verstehe dies als vertrauensbildende Maßnahme, habe die engsten Verbündeten sowie Russland, nicht jedoch VR China informiert. *Bundeskanzler* erinnert in diesem Zusammenhang an die äußerste Geheimhaltungsstufe. → Für Deutschland bietet sich ein vergleichbares medizinisches Prüfverfahren nicht an.

TOP 4

Bericht des *BM Gesundheit* im Bundessicherheitsrat, wobei (erneut) der Einwurf des *BM Inneres* zurückgewiesen wird, die Thematik überschreite die Kompetenzen des Bundessicherheitsrates.

a) Zur Bitte des *Bundeskanzlers*, Stellung zu nehmen zu den angeblichen Lynchmorden in südamerikanischen Kliniken (hunderte Opfer unter Demenz-Patienten, ausgeführt durch Bevölkerungskreise und ggf. Angehörige), können diese vom *BM Gesundheit* nicht bestätigt werden. → *BM wirtschaftliche Zusammenarbeit* hält die Berichte für interessengesteuert. *BM Außen* sagt Prüfung zu.

b) Die Menschenketten in Skandinavien unter dem Motto »Millionen Taschentuchknoten gegen die Demenz« werden vom *BM Gesundheit* begrüßt, eine offizielle Teilnahme der *BMin Gesundheit* an den Abschlusskundgebungen in Stockholm (Alfred-Nobel-Stadt) werde erwogen. → *Bundeskanzler* bittet unter Hinweis auf die Diskussionslage in Deutschland, darauf zu verzichten. Dem schließen sich alle ständigen Mitglieder an.

c) *BM Gesundheit* sieht die Gesundheitssysteme in Deutschland gut aufgestellt, eine Notlage hinsichtlich vermehrter Demenzfälle sei unwahrscheinlich. Das *BM Wiss/Forsch* habe eine Expertise angekündigt und plädiere dafür, offen mit allen Forschungsträgern umzugehen. → Diskussion: *BM Inneres* setzt sich für die interne Vorbereitung einer Notfallgesetzgebung speziell für die Demenzsituation ein – um ggf. kurzfristig zu reagieren. *BM Justiz* lehnt dies entschieden ab. *Bundeskanzler* sieht keinen Handlungsbedarf, die Expertise von *BM Wiss/Forsch* ist abzuwarten.

d) *BM Gesundheit* plädiert dafür, die Empfehlungen der Weltgesundheitsorganisation zu unterstützen, die aktuelle Zunahme von Demenzfällen als Pandemie einzustufen. → *BM Außen* steht dem grundsätzlich offen gegenüber, verweist aber auf die – auch finanziellen – Konsequenzen. Ausdrückliche Ablehnung der Pandemie-Einstufung durch die *BM*

Wirtschaft, wirtschaftliche Zusammenarbeit, Finanzen, Inneres, Justiz. Bundeskanzler schlägt vor, alle Schritte zu unterlassen, die eine destruktive Beeinflussung der deutschen Öffentlichkeit forcieren könnten.

TOP 5
Generalinspekteur Bundeswehr verweist auf seinen Bericht zur Problemlage »Demenzerscheinungen unter Bundeswehrangehörigen«. → *BM Verteidigung* erklärt, die vorgelegte Fassung des Berichts sei mit dem *BM Verteidigung* nicht abgestimmt. *Bundeskanzler* bittet um interne Klärung unter Beteiligung des *Wehrbeauftragten*.

TOP 6
Lieferung von 85 Panzerfahrzeugen Kategorie XIII C an Saudi-Arabien. → Fürsprache des *BM wirtschaftliche Zusammenarbeit*. Einstimmig angenommen.

TOP 7
Bundeskanzler lobt – im Vorgriff auf Kabinettssitzung und Pressekonferenz – die jahrelange, exzellente Arbeit der *BMin wirtschaftliche Zusammenarbeit*, bedauert das Ausscheiden der Ministerin aus gesundheitlichen Gründen und wünscht ihr für die Zukunft alles erdenklich Gute sowie Gottes Segen. Beifall.

30

Gartenfeld, Berlin-Spandau
Samstag, 26. Juli 2014, 8 Uhr 30

Das Frühstück kam nicht vom Pizzaservice. Jemand im Haus hatte sich erbarmt, ein Müsli mit Trockenobst, Rosinen und Nüssen zusammenzurühren und ein mit Käse belegtes Brötchen sowie einen Apfel beizulegen. Dazu gab es ein großes Glas Ginkgotee. Gebracht wurde das Tablett nicht von Herrn Seiler, sondern von einem schmaleren Seiler-Klon. Dessen Bart war nicht ganz so aufgeprotzt, der Pferdeschwanz hingegen länger als der des Originals. Brüder vielleicht, dachte Alexander Mehrow und bedauerte die verregnete Samstagmorgenaussicht auf den Kanal.

Gegen kurz nach 9 Uhr klopfte Jana Elztal, erkundigte sich nach seiner Nacht und bat ihn, um 11 Uhr in den Therapieraum zu gehen. Am Vorabend hatte er zunächst über sich und Bea gegrübelt, sich dann aber Gedanken über die Stiftung gemacht. Auf seine Fragen schlug sie vor, er möge in zehn Minuten in ihr Büro kommen. Zwei weitere Klienten seien angekommen, und so könne sie die Fragen aller drei auf einmal beantworten.

»Mögen Sie noch Ginkgotee, Herr Mehrow?«

»Hilft er denn?«

»Das ist nicht nachgewiesen. Auf jeden Fall schadet er nicht.«

Alexander mochte die pragmatische Art der Frau. Sie tat nicht so, als hätte sie die Weisheit gepachtet.

Bei den Neuankömmlingen handelte es sich um einen Mann um die siebzig – Buchhaltertyp, verhärmt und steif –

und eine vielleicht zehn Jahre jüngere, gutgenährte Frau mit teigigem Gesicht und der Gelassenheit einer Ratte auf Kokain. Während des kurzen Vortrages von Jana Elztal war Alexander eine Zeitlang abgelenkt durch die beiden. Dieser außerhalb des Lebens stehende Mann. Und diese Frau, die auf ihrem Stuhl rutschte, sich immer wieder umsah, ihre Haare sortierte und auch Alexander prüfend fixierte, alle zehn Sekunden. Er fühlte sich nicht als Mitpatient, eher als Besucher an einem Tag der offenen Tür. Bislang schien es um Dinge zu gehen, die er ohnehin wusste oder die er schon erlebt hatte: die Tests, die Befragung, das EEG, die Übernachtungsmöglichkeit … Nun ging es um die Kernziele der Stiftung, und er nahm sich vor, sich auf Jana Elztal zu konzentrieren.

»In der Schweiz gibt es die *Memory Clinic*«, erklärte sie gerade, »das ist eine ambulante Versorgungseinrichtung für Demenzkranke. In Schweden gibt es spezialisierte Krankenschwestern, die sich vom Moment der Diagnose an um die Kranken und um die Angehörigen kümmern. In Deutschland sind wir rückschrittlich, was das betrifft. Hier soll der Hausarzt alles regeln. Wenn der Arzt nicht sehr fit ist, sind die Angehörigen alleingelassen. Sie müssen sich mit den Zweifeln und der Ablehnung herumplagen, und die Jahre, bis jemand endgültig in ein Heim muss oder gar in stationäre Behandlung, können für beide Seiten zur Hölle werden. Ganz abgesehen von Menschen wie Ihnen, denen keine Angehörigen zur Seite stehen.«

Der Mann nahm es stoisch auf, die Frau wurde noch nervöser.

»Und über die Heime können wir auch nicht viel Gutes sagen«, gab Jana Elztal zu bedenken. »Ich spreche nicht von den schwarzen Schafen, von Vernachlässigung und fehlender

Hilfeleistung. Ich rede von der alltäglichen Problematik in guten Heimen. Wie soll *eine* Pflegekraft für zwanzig oder auch nur für zehn Patienten da sein, die eigentlich eine Rund-um-die-Uhr-Begleitung benötigen, weil ihnen alle paar Minuten entfällt, wo sie sind oder wer sie sind? Und wie soll man dort individuell auf die Menschen eingehen, die sich in ihren Demenzphasen, in ihren Krankheiten, früheren Vorlieben und Herkünften stark unterscheiden? Woher soll eine Pflegeschwester wissen, dass Patient A einmal ein Akademiker war, der es liebte, in Büchern über die Antike zu blättern und Pfälzer Kerner-Wein zu trinken? Der Patient kann es ihr nicht mehr sagen. Patient B hat sich vielleicht noch nie für etwas Intellektuelles interessiert, er hasst sogar die Musik und das Singen, aber eine Massage macht ihn zum glücklichsten Menschen der Welt. Das heißt: Diese Heimbetriebe können gar nicht auf die ganz spezifische Demenz von jemandem reagieren, weil sie *zu wenig wissen*. Ich habe selbst in solchen Heimen gearbeitet, und ich weiß, wie froh ich oft war, wenn ich wenigstens wusste: Herr C hat früher gern Fußball gesehen. Dann haben wir ihn mit Fußballsprüchen aufgezogen oder ihn als *Champion* bezeichnet. Aber stellen Sie sich vor, dass er in Wirklichkeit seit fünfzehn Jahren den Fußball hasst! Und ich komme ihm immer noch mit *Tor* und *Ecke* und *Halbzeit* und *Spielstand* …«

Alexander lächelte ihr zu. Die beiden anderen schienen nicht präsent zu sein.

»Die Verpflegung eines fortgeschrittenen Demenzkranken kostet im Durchschnitt 50 000 Euro im Jahr. Ein richtig gutes Heim kostet 6000 Euro im Monat. Und dennoch haben diese Pflegeeinrichtungen ihre Grenzen. Ein Beispiel: Stellen Sie sich vor, Sie fotografieren viel in ihrer Freizeit und vor allem im Urlaub. Oder Sie filmen. Das sind Ihre Erinnerungen.

Nur ein Teil Ihrer Vergangenheit und Ihres Erinnerns, aber ein wichtiger, weil sie die Fotos ja immer wieder anschauen, sie mit Freunden betrachten und daraus wiederum neue Gefühle der Zufriedenheit oder der Sehnsucht entwickeln. Wenn Sie ins Heim gehen – wie viel davon nehmen Sie mit? Ein kleines Album? Ein gerahmtes Foto? Und selbst wenn Sie einen Stick oder Laptop haben, wer von den Pflegekräften wird Sie auf den Gedanken bringen, nach diesen Dateien zu suchen, sich die Fotos anzusehen und mit Ihnen zu versuchen, wenigstens bei jedem hundertsten oder tausendsten Foto eine Spur der Erinnerung wachzurufen? Aber genau das müsste doch geschehen, um das Leben eines Menschen trotz Demenz so lange wie möglich in Würde zu bewahren, oder? – Wie gesagt, ich klage die Heime nicht an, jedenfalls die guten nicht. Aber unsere Aufgabe sehe ich darin, Brücken zu bauen. Erinnerungsbrücken in die eigene Vergangenheit. Aber auch Erinnerungsbrücken zwischen den Patienten, den Angehörigen und den Pflegebediensteten.«

Dr. Elztal hielt ein Plakat hoch. Zu sehen waren als Symbole: ein Koffer, ein Bett mit einem Himmel, ein Haus und so etwas wie eine Bibliothek. Sie erläuterte, wie wichtig es sei, rechtzeitig mit einem Menschen an einer *Erinnerungskapsel* zu arbeiten. Dabei handele es sich um einen Sammelbegriff. Man könne zum Beispiel mit dem Patienten gemeinsam einen Koffer packen, in dem er alle ihm wichtigen Gegenstände der Erinnerung aufbewahren und mitnehmen möchte. Für andere biete es sich an, um das Bett herum all diese Gegenstände aufzubauen – vom Stofftier der Kindheit über die Sammlung der Lieblings-CDs bis zu den Lieblingsfilmen. Andere, die noch lange gut mit Büchern umgehen könnten, fühlten sich eher in einer kleinen, gutsortierten Bibliothek wohl. Man könne sogar ein ganzes Haus zur individuellen

Erinnerungskapsel ausbauen, in der ein Mensch sich nicht – wie sonst in der Demenz – allein und verlassen fühle.

»Bedenken Sie: Viele Demente leben seit Jahrzehnten in ihrem Haus. Als Angehörige glauben Sie vielleicht, dass dem Patienten das guttun müsste. Es ist persönlicher als ein Heimzimmer, denken Sie. Aber plötzlich wird der Patient todtraurig, er jammert nur noch und sucht unablässig die Zimmer ab. Warum? Weil er sich an das Haus erinnert, und zwar zu der Zeit, als seine Eltern noch darin lebten. Sie sind tot, aber er vermisst sie jetzt, denn er denkt, er sei noch ein Kind, und plötzlich haben Vater und Mutter ihn alleingelassen. Sehen Sie, in diesem Moment müsste jemand intervenieren und die Präsenz der Eltern durch Erinnerung gezielt ansprechen.«

»Das ist ein großer Aufwand«, sagte Alexander. Und die nervöse Frau neben ihm schaute sich irritiert zu ihm um.

»Natürlich ist es das, Herr Mehrow. Allein, so einen Koffer für die Erinnerung an Ihr gesamtes Leben packen Sie ja nicht an einem einzigen Abend. Welche Düfte wollen Sie konservieren? Welche Geräusche? Welche Bücher nehmen Sie mit? – Die meisten Menschen überlegen, welche drei Bücher sie auf eine einsame Insel mitnehmen würden. Aber hier stellt sich die Frage: Welche drei Bücher sollen mich *ins Vergessen* begleiten? Welches Buch ist so stark, dass es mich womöglich noch mal aus dem Nebel zurückholen kann, mich aufrüttelt, mir Gefühle vermittelt, die längst abhandengekommen sind? Welcher Text wird mich berühren, weil meine Mutter ihn mir vorlas – und den mir nun ein wildfremder Pfleger vorliest? Ja, so etwas dauert und ist aufwendig und daher mit Kosten verbunden. Aber denken Sie an die 6000 Euro im Monat. Das sind in zehn Jahren 720 000 Euro. Mit ein bisschen Taschengeld und Zusatzaufwand – sagen wir für einen Masseur oder einen kleinen Liebesdienst – ist man bei einer Million. Im

Vergleich dazu kann eine Erinnerungskapsel schon für ein- bis zweitausend Euro zusammengestellt werden, kann aber auch zehntausend kosten. Wir denken aber, dass sich das lohnt. Denn die Kapsel wird auch in nicht so hundertprozentigen Heimen dafür sorgen, dass sich die Dienstkräfte orientieren können. Sie wissen plötzlich, wen sie vor sich haben. Selbst wenn der Patient über nichts mehr aus seinem Leben verfügen kann, können andere ihm dabei noch helfen.«

Sie brachte weitere Beispiele und betonte, dass die Stiftung IVN kein eigenes Heim gründen, sondern Grundlagen legen und sich auf punktuelle Interventionen konzentrieren wolle. »Manche Leute kommen zu uns und sagen von vornherein: Ich möchte, dass ihr mit meiner Vollmacht alle meine Angelegenheiten regelt, weil niemand sonst das für mich tut. Dann schließen wir mit ihm einen Vertrag, der alle Rechte und Pflichten genau regelt. Als gemeinnützige Stiftung nehmen wir eine Aufwandsentschädigung, erzielen aber keine Gewinne. Andere Klienten wollen sofort an die Planung ihrer Erinnerungskapsel gehen, so als würden sie ein Haus bauen oder den nächsten Urlaub planen. Wieder andere suchen uns nur gelegentlich auf, weil sie psychologischen Halt suchen in der Phase, in der sie sich mit der Diagnose noch nicht abfinden können.«

Um 11 Uhr begann Alexanders Sitzung. Er war sich nicht sicher, wie er sich auf der Couchanlage flegeln und ob er die Schuhe ausziehen sollte. Eine Psychotherapie hatte er schon dutzende Male erlebt – und auch wieder nicht. Denn nur als Journalist war er zu Psychiatern gegangen. Damals ging es um eine Serie über *Freud, Jung & Co. heute*. Der Ansatz, sich als jemand anderes auszugeben, funktionierte nicht und verstieß gegen Alexanders Berufsethos. Es mochte auch in der

Branche der Psychotherapeuten Hallodris geben, aber das rechtfertigte für ihn nicht, sich bei allen einzuschleichen und ihre Gutgläubigkeit auszunutzen. Also stellte er sich als Reporter Alexander Mehrow vor. Das erschwerte die Gespräche zwar, und er bekam keine »echten« Sitzungen mehr, aber es war ehrlich.

Dies hier im Raum der Stille war die erste Sitzung, die ihn persönlich anging. Bald begrüßte ihn jemand hinter dem Paravent. Der Mann hatte eine angenehme, wache und nicht einlullende Stimme. Die Fragen waren harmlos und allgemein: Wie es ihm ginge, wie er die Nacht verbracht habe, welche ersten Eindrücke er von der Stiftung habe. Als die Fragen nach einer Weile nicht spezifischer wurden, wollte Alexander das Thema Demenz selbst ansprechen. Wahrscheinlich läuft es darauf hinaus, dachte er. Er will, dass ich es bin, der das Thema anschneidet. Er wird noch übers Wetter sprechen und über Fußball, damit ich endlich mit der Sache anfange.

Sobald er die ersten Sätze dazu formuliert hatte, spürte er schon eine erste Entlastung. Hier konnte er so etwas einfach sagen, was er zuvor kaum zu denken gewagt hatte: »Wem soll ich von meiner Angst vor Demenz erzählen? Wie wird meine Umwelt reagieren? Was ist mein Selbstbild?«

Alexander Mehrow sah sich selbst für einen Moment auf dieser ausladenden Couch liegen und dachte: Der Mann ist in guten Händen.

Die therapeutische Stimme begann, die Fragen und Aussagen vorzusortieren. Sie reflektierte, was Alexander gesagt hatte, so dass er noch einmal überprüfen konnte, ob seine Formulierungen mit seinen Empfindungen übereinstimmten.

Alexander sprach von den Momenten, in denen er Dinge vergaß, sich aber nicht sicher war, ob es wirklich wichtig war. Er sprach von seinen Alpträumen, die an jedem Morgen, beim Aufwachen, noch schlimmer wurden, weil er sich dann erinnerte, dass er wahrscheinlich an Demenz erkrankt war.

Sie kamen an den Punkt seiner Unsicherheit und zu der Frage, ob es an der Zeit wäre, einen umfangreichen medizinischen Test machen zu lassen, um eine handfeste Diagnose zu bekommen.

»Was würde die klare Diagnose, dass es Demenz ist, verändern?«, fragte der Therapeut.

Die Antwort formulierte Alexander schneller, als er sie denken konnte: »Vielleicht ermöglicht es mir, endlich mit meiner Frau darüber sprechen zu können. Ich bin ja praktisch auf der Flucht vor ihr. Um Bea nicht zu ängstigen. Beziehungsweise, um mich nicht mit ihrer Unsicherheit auch noch auseinandersetzen zu müssen. Dann bin wenigstens ich sicherer … – Ach, es macht eigentlich keinen Sinn. Ich handle auch vollkommen paradox.«

»Sie haben – mit Ihrer Frau – noch nicht darüber gesprochen?«

»Nein, wir haben uns gestritten. Normalerweise wäre das kein Anlass für mich, ihr tage- und nächtelang aus dem Weg zu gehen.«

Papier raschelte. Der Therapeut antwortete nicht, so dass Alexander noch einiges zu Bea ausführte. Dass sie Ärztin sei und einen Jungen als Patienten habe, der auch derartige Probleme habe und …

»Sie haben eine Frau? Das heißt, Sie sind verheiratet?«

»Ja, wie gesagt … Bea.«

»Einen Moment bitte, ich werde unser Gespräch kurz … Sagen Sie: Weshalb haben Sie angegeben, dass Sie nicht verheiratet sind? Bei der Aufnahme war Ihre Aussage: *Ich habe keine Angehörigen.*«

Herr Seiler mit dem Headset forderte ihn ein weiteres Mal auf, das Gebäude zu verlassen.

»Bitte richten Sie Frau Dr. Elztal aus, dass ich Journalist bin. Ich werde nicht negativ über die IVN berichten. Im Gegenteil, ich werde nur Positives veröffentlichen, es dürfte eine gute Werbung für die Stiftung sein.«

»Bitte …« Der Mann wies zur Tür.

»Ich wollte kein Vertrauen missbrauchen, vielleicht war es ein Fehler. Ich würde gern noch ein letztes Mal mit ihr sprechen.«

»Frau Dr. Elztal ist für Sie nicht mehr zu sprechen. Ich fordere Sie jetzt ultimativ zum letzten Mal auf, das Gebäude und unser Gelände zu verlassen. Anderenfalls rufe ich die Polizei.«

Also doch: Türsteher.

Er fand den Autoschlüssel nicht.

War das jetzt gut, mich als Journalist auszugeben? Schützt mich das als Privatperson? Jedenfalls habe ich mir eine Chance verbaut, Hilfe von ihnen zu erhalten.

Er hielt den Autoschlüssel in der Hand. Zum Glück wusste er noch, was man mit so einem Ding macht.

31

Friedrichstraße 108, Berlin-Mitte
Samstag, 26. Juli 2014

»Weshalb haben Sie nicht angerufen?«, fragte Thery.

Das konnte er unmöglich beantworten. Hätte sie ihm abgenommen, dass er sich nicht mehr sicher war, ob er abgehört wird? Genauer: Er hatte gar nicht in erster Linie die Sorge, dass jemand seine Leitung abhörte. Seine Sorge war, ob er *vergessen* hatte, dass er sich dieser Tatsache schon einmal sicher war.

Nicht einmal das Handy wollte er benutzen.

Er wusste noch, wie man am Pförtner vorbei in Therys Büro im Gesundheitsministerium kam. Und zum Glück war sie da.

»Beinahe wäre ich weg gewesen«, sagte die Referendarin.

Er hatte sie gebeten, niemandem Bescheid zu sagen. Schließlich hatte man ihn entlassen. Thery machte keine große Sache daraus. Sie schloss einfach die Bürotür ab, so dass niemand sie stören konnte, und bot ihm Mineralwasser an.

»Wie ist die Lage?«, fragte er, als sei Thery schon immer seine heimliche Informantin gewesen. »An der Demenz-Front, meine ich.«

Sie grinste. »Ich bin bestimmt nicht am besten informiert. Soweit ich es mitbekomme, soll das Thema unter den Teppich gekehrt werden. Und das bei dem Aufruhr überall in den Medien. Gibt es überhaupt noch ein anderes Thema? Allerdings existiert eine Gruppe, die als allerletzte bereit ist, das Thema zu vergessen.«

»Und zwar?«

»Die Pharma-Lobby. Sie hat zum Angriff geblasen und will die Ministerin in die Knie zwingen. Das Ministerium soll die Panik anfachen. Natürlich nennen sie es nicht so. Sie hoffen, dass sie ihre Demenz-Medikamente verkaufen können. Produziert wird auf Hochtouren. Da winken Milliarden.«

Er sah sie an. Diese dunklen Haare, wie Bea. Nur größer, jünger, längere Haare … »Gibt es Medikamente, die wirklich gegen Demenz wirken? Mein Stand war, es gebe sie nicht.«

»Na ja. Das kommt auf den Standpunkt an.«

»Klar, ob man Medikamente herstellt oder ob man sie kauft.«

»Nicht nur das«, sagte sie. »Wie bei allen Medikamenten gibt es Nebenwirkungen. Manche schwächen sogar die Geisteskraft. Doch, ernsthaft! Hinzu kommt der Preis. Aus meiner Sicht besteht das Problem in der zweifelhaften Erfolgsbilanz: In den Reihentests zeigen manche Medikamente durchaus beachtliche Ergebnisse. In manchen Fällen kann man von einer hundertprozentigen oder sogar zweihundertprozentigen Erfolgsquote sprechen.«

»Wirklich? Was ist das für Zeug?«

»Nein, die Frage ist, *was heißt das*, Herr Mehrow. Wenn ein Patient sich künftig doppelt so lange an etwas erinnern kann wie ohne Medikament, dann klingt das hervorragend. In der Praxis heißt es: Was ich ihm sage, hat er zuvor nach zwei Minuten vergessen. Mit der Pille hingegen vergisst er es erst nach vier Minuten. Aber: Ist das wirklich ein Erfolg?«

Alexander lachte.

Sie legte den Finger auf den Mund.

»Und ich dachte schon, endlich gäbe es ein Wundermittelchen!«, flüsterte er.

»Zwei Minuten Zeitgewinn – und das für *den* Preis und

bei *den* Nebenwirkungen. Die Nebenwirkungen verstehe ich übrigens als noch bedenklicher.«

»Ja«, sagte er, »aber das ist ja immer so bei Medizin.«

»Schon. Gestern habe ich allerdings gelernt, dass manche Medikamente dazu führen, dass die Patienten für einige Zeit wieder klar denken und sich auch ihrer Selbst bewusst werden. Das heißt dann aber: Sie erkennen plötzlich auch, wie saumäßig schlecht es ihnen geht, während zuvor der Schleier der Demenz genau das verdeckt hat.«

Alexander nickte gedankenverloren.

»Alles in Ordnung?«

»Jjja … Schon schrecklich, nicht wahr?«

Sie betrachtete ihn und fragte, was sich wohl kaum sonst jemand getraut hätte: »Es wirkt ein wenig, als seien Sie persönlich betroffen.«

Er schreckte auf. »Was? Ja, ich … ein Freund von mir, seine Frau … leidet an Demenz.«

»Furchtbar. Ich dachte an die Praxis Ihrer Frau. Aber wenn es sogar enge Freunde und Bekannte trifft …«

Er goss sich selbst Wasser nach und dachte dann auch an sie. »Was ist mit Striggt-Wenger? Schon im Kanzleramt?«

»Ach was. Der sitzt immer noch hier und tobt rum.«

»Und was ist mit Ihnen, Thery? Hat man Ihnen nicht meine Nachfolge angeboten?«

Sie tippte sich an die Stirn. »Ich darf Vermerke schreiben und Koffer tragen. Von den andern traut mir niemand so viel zu wie Sie, Herr Mehrow.«

»Tut mir leid für Sie … Darf ich Sie um etwas bitten? Es gibt eine Stiftung namens IVN – Ich Vergesse Nicht. Die kümmern sich um Demenzkranke, unterstützen sie mit Erinnerungshilfen. Haben Sie davon gehört?«

»Nein.«

»Sie werben seit kurzem aggressiv mit hellblauen Zetteln und Plakaten. Bieten Demenztests an, die nichts kosten.«

»Ach die, ja. Ich glaube, es gibt Ärger mit der Stadt, weil sie ihre Stände ohne Erlaubnis aufbauen. So eine Art Sekte, oder? Das ist eine Sache der Senatsverwaltung, aber ich kann mich mal erkundigen. Will die Frau Ihres Freundes sich an die wenden?«

»Genau. Und ich wüsste gern, ob man denen trauen kann. Ich meine, über das hinaus, was man so im Netz liest.«

32

Polizeipräsidium, Berlin-Tempelhof
Sonntag, 27. Juli 2014

»Die Frage ist, was wir überhaupt ausrichten können.« Polizeidirektor Schrödlingers Augen waren so gerötet, als hätte er den ganzen Sonntag geraucht und sich dem Zigarettenqualm ausgesetzt. Dabei war er bekennender Nichtraucher.

»Sehr einfach«, sagte Lothar Melchmer. »Wir ziehen die Telefonkabel aus der Leitung, schalten den Fernseher an und sehen den *Tatort*. Diesmal ist es ein Kai-Sternenberg-*Tatort*, den wollte ich unbedingt sehen, allerdings in unserer Finca auf Mallorca. Sie könnten uns was Schönes zum Essen bestellen, Chef! Kühles Pils dazu?«

Das Telefon klingelte. Der Dritte im Bunde nahm ab, Kommissar Fabio Fiacco, Austauschbeamter aus Brüssel. Er sagte das Übliche, notierte sich ein, zwei Wörter und die Telefonnummer, dankte und wollte auflegen. »Wie bitte? – Nein, mit der Berliner Polizei. – Nein, nicht Brunetti. Sondern Fiacco. – Ihnen auch.« Jetzt legte er auf. »Was für Flachköpfe es in dieser Stadt gibt!«

»Vorsicht, Fabio!« Melchmer grinste und hob drohend den Zeigefinger. »Kein Rassismus gegen meine Landsleute!«

»Das Übliche«, sagte der Schweizer mit dem italienischen Akzent. »Der Mann hat seine PIN vergessen. Für den Bankautomaten. Auf die Weise kommt er natürlich nicht an sein Geld.«

»Tragisch«, sagte Melchmer abschätzig. »Aber was hat das mit der *Polizei* zu tun? Was machen wir hier? Eine *Taskforce* gegen die verblödenden Berliner, die Opfer der Demenz? Schön und gut, aber ich soll gegen Straftäter vorgehen, das steht in meiner Stellenbeschreibung. Es ist nicht meine Aufgabe, Telefonseelsorge zu spielen und mir anzuhören, was die Leute vergessen!« Er schaute zu Schrödlinger, der vornüber auf die Schreibtischunterlage gebeugt eingeschlafen war. »Schröööödlinger!«

Der Dezernatsleiter schreckte hoch. »Ein Anruf?«

»Nein, ein Anschiss!« Melchmer verschränkte die Arme vor der Brust. »Wir sind die drei letzten Mohikaner. Ich kann keinen Sinn darin erkennen, dass wir an den Telefonen sitzen und uns ein Konzept ausdenken, wie wir die Berliner vor einem Virus schützen, den es wahrscheinlich gar nicht gibt.«

Schrödlinger rieb sich die Augen. »Es tut mir leid, lieber Melchmer, dass es mit Ihrem Urlaub nicht geklappt hat. Aber das schmieren Sie mir schon den ganzen Sonntag über aufs Butterbrot ...«

»Ich? Schmiere? Nein, meine Melanie ist allein nach Mallorca abgedüst. Sie hat unsere Koffer allein getragen. Das ist doch super! Wenn ich in einer Woche hinterherfliege, muss ich kein Gepäck mitnehmen! Außerdem brauche ich mich nicht um sie zu kümmern, weil sie sich dann einen Spanier geangelt hat, der das für mich erledigt! Also, alles ist bestens!«

Schrödlinger konnte kaum die Augen aufhalten. »Ich weiß gerade nicht, wie ernst Sie das meinen, lieber ... Ich kann es nicht ändern, der Polizeipräsident will eine *Taskforce*. Dafür brauche ich erfahrene Beamte.«

»Haben Sie sich in Vietnam auch einen Virus eingefangen?«, fragte Melchmer. »Der soll ja irgendwas mit dem Gehirn machen. Müssen wir uns sorgen? Ich meine, Sie nehmen Aufträge an, die keinen Sinn machen, und Sie zitieren Beamte aus dem Urlaub, damit sie eine Demenz-Hotline bedienen. Entweder sind Sie krank, oder Sie sind zum letzten Schleimer der Nation aufgestiegen.«

Fabio im Hintergrund muckte. Er versuchte es mit beschwichtigenden Gesten.

»Und du als Schweizer hältst dich gefälligst raus!«, plärrte Lothar Melchmer ihn an. »Du hast neutral zu sein.«

Das Telefon klingelte.

»Die Weisungslage verhält sich nun mal so«, stammelte Schrödlinger. »Berlin steckt in einer Krise. Es weiß derzeit keiner, wie die Lage ist. Bevor die Wissenschaftler nicht …«

Melchmers Aufmerksamkeit schwenkte zu Fabio Fiacco. »Das weiß ich auch nicht, ob Sie beim Online-Banking Ihr Passwort bei der Bank erfragen können. Irgendwo notiert haben Sie es sich nicht?«

Melchmers Finger trommelten auf dem Schreibtisch den irischen Freiheitstanz. Plötzlich erhob er sich und griff seinerseits zum Telefon. Einen Moment dachte er nach, musste sogar in Papieren blättern. Umso entschlossener hackte er auf die Tasten. »Ja, Ihnen auch einen schönen Sonntag, Herr Präsident! Melchmer hier, einer der drei letzten Überlebenden aus Ihrem Präsidium!«

Schrödlinger hustete. »Telefoniert er mit dem …?«

»Herr Präsident, wir sind eine Truppe von drei Kriminalbeamten. Ein Experte aus Brüssel, ein Polizeidirektor mit Vietnam-Erfahrung und ich als Lakai. Wir möchten gern den Mordfall *Gabi Kien* aufklären, der Rechtsanwaltsgehilfin, die am Kudamm gearbeitet hat. – Landwehrkanal, genauer gesagt, ja. – Sie haben eine *Taskforce* ins Leben gerufen, um den Fall aufzuklären. Prachtvolle Idee übrigens, Gratulation! Respekt auch aus Brüssel für Sie! – Einige Dummköpfe haben Ihre Weisung falsch verstanden, Herr Präsident. Die glauben ernsthaft, wir sollten Rentner beruhigen, die vergesslich werden. Das wäre Unfug, selbstverständlich, und wir wissen das! Ihre Weisung lautet ja: Findet den Mörder von Gabi Kien! Polizeidirektor Schrödlinger ist extra deswegen aus Hanoi eingeflogen, und ich aus Malle! Brüssel stellt uns einen Experten. So ist das doch, nicht wahr? – Hallo? – Herr Präsident, die Leitung ist ziemlich brüchig. Ich höre Sie so gut wie gar nicht.«

Schrödlinger war weiß im Gesicht, wie das Papier, auf dem Verweise und Kündigungen geschrieben werden.

»Herr Polizeipräsident, sehen Sie gerade den *Tatort*? Wer ist der Mörder? Könnten Sie uns anrufen, wenn das geklärt ist? Wir sehen ja hier nichts.« Melchmer lebte sichtlich auf. »Also, diese *Taskforce Dusseliger Rentner* stellen wir dann sofort ein, nicht wahr? Ganze Energie auf den Todesfall Gabi Kien? – Hallo? – Leider höre ich gar nichts! Aber nichts für ungut, Herr Präsident. Danke für die klare und eindeutige Weisung!«

Fabio starrte ihn an. »Was sagt er?«

»Er ist begeistert von deinem Vorstoß«, sagte Hauptkommissar Lothar Melchmer.

»Von meinem …?«

Auch Dezernatsleiter Schrödlinger sah Klärungsbedarf, aber Melchmer schüttelte den Kopf. »So ein Mist, Chef. Jetzt war die Telefoniererei den Tag über für die Katz. Der Präsident möchte, dass wir drei uns ausschließlich dem Mord an Gabi Kien widmen.«

Aus dem weißen Gesicht war ein rotes geworden. Melchmer machte sich ernsthaft Sorgen. »Falls Ihnen das hier nach dreißig Stunden Dienst zu viel wird, Herr Schrödlinger, dann könnten Sie auch von Tegel den nächsten Flieger nach Malle nehmen und auf unserer Finca meine Frau beruhigen. Die denkt ja, dass ich hier mit unseren Politessen Samba tanze.«

»Was hat *er* gesagt?«, fragte Fabio.

»Was haben Sie gemacht?«, fragte Schrödlinger zitternd.

»Was haben wir über diese Gabi Kien?«, fragte Lothar Melchmer.

33

Falkenplatz, Berlin-Konradshöhe
Montag, 28. Juli 2014

Es sind Schüler, dachte er. Sie wechseln das Personal. Er saß im Wagen und sah zu, wie die beiden jungen Männer in hellblauen T-Shirts den Passanten Handzettel entgegenstreckten.

Eigentlich wollte er nicht hierher zurückkehren. Lieber hätte er einen anderen Standort der IVN beobachtet, doch zu seiner Überraschung hatte er keinen anderen gefunden. Hier ist viel zu wenig los, dachte er. Andererseits: Wenn es der Organisation gelänge, hunderte Interessierte am Tag anzulocken, wäre das noch nicht ganz fertige Gebäude der Stiftung in Gartenfeld sofort überlaufen.

Das Handy summte und zeigte die Nummer von Thery. Alexander Mehrow wollte den Anruf unterdrücken, aber er wusste nicht mehr, weshalb er bei Telefonaten so vorsichtig sein sollte.

»Die Senatsverwaltung für Gesundheit kümmert sich nicht um die Stiftung«, sagte Thery. »Was die Handzettel-Aktionen auf der Straße angeht, so sind die Bezirke verantwortlich. Und die scheinen höchst unterschiedlich damit umzugehen. Die einen sehen es als Werbung. In dem Fall müssten sie eingreifen, denn die aufdringliche Art und Weise ist nicht zulässig. Die Stiftung bräuchte eine Genehmigung dafür, die die meisten Bezirksämter ungern geben. Dort, wo sie als gemeinnützige Stiftung auftreten und auch so gesehen werden, duldet man sie hingegen noch.«

»Danke, Thery. Wissen Sie, ob die IVN ehrenamtliche Helfer beschäftigt?«

»Fast alle sind ehrenamtlich. Rentner, Schüler, engagierte Bürger … In Neukölln sagte mir jemand, dass dort noch niemand von der IVN aufgetaucht sei. Die glauben, die IVN konzentriere sich auf Zehlendorf, Schöneberg, Wilmersdorf und Teile von Pankow.«

»Die reichen Bezirke? Hier in Reinickendorf sind sie auch. Hat das was zu sagen?«

»Die Neuköllner glauben, dass die Organisation es auf Stiftungsgelder abgesehen hat. Reiche Leute vielleicht, die ihr Vermögen der Stiftung vermachen. Es gibt aber noch einen anderen Aspekt, den ich interessant finde.«

»Ich höre, Thery.«

»Mein Neuköllner Spion will von Beschwerden wissen. Ein Teil der Bürger fühlt sich gestört von der unterschwellig angriffslustigen Methode mit den Fragebögen. Die einen fühlen sich an Versicherungen erinnert, die anderen an Sekten. Manche glauben an eine radikale Partei.« Sie kicherte. »Ein paar haben Anzeige erstattet. Und zwar wegen Betrugs. Ernsthaft! Die Leute behaupten, die IVN habe ihnen die Kontonummer aus dem Kreuz geleiert und versucht, Geld abzuheben.«

»Oh. – Andererseits … Wenn man der IVN eine Vollmacht erteilt, sagen wir: eine Bankvollmacht, damit sie in einer Pflegesituation Angelegenheiten für einen erledigt, dann ist das nicht verwunderlich … Gut, noch etwas?«

»Dazu nicht«, sagte sie. »Wie geht es der Frau Ihres Freundes?«

»Der …« Er erinnerte sich an seine Ausrede. »Ausgezeichnet! Ich meine, immer gemessen an der Situation, in der sie steckt, natürlich.«

»Die Ministerin versucht, Striggt-Wenger loszuwerden. Ans Kanzleramt! Nach dem Motto: der Kanzler habe zugesagt, den Typen zu nehmen, jetzt soll er sein Versprechen gefälligst halten. Sie will ihn wegloben.«

»Wirklich?«

Alexander grübelte im Wagen, was er bei der IVN unterschrieben hatte. Einem Impuls folgend fuhr er einige Kreuzungen weiter und hielt Ausschau nach einer Bankfiliale. Ihn ereilte mehrfaches Glück: Eine Filiale seiner Wahl, ein freier Parkplatz und – er erinnerte sich an seine Geheimnummer.

Der Kontoauszug zeigte eine Abbuchung von 100 Euro mit dem Zahlungsgrund IVN BERLIN.

Das musste nichts heißen. Vermutlich hatte er zugestimmt, dass die Stiftung einen Mitgliedsbeitrag oder ein Aufnahmeentgelt einzieht. Vor Augen hatte er den Moment allerdings nicht, in dem er seine Bankverbindung angegeben hätte – mündlich oder schriftlich. Aber es war ja nicht das Einzige, das ihm aus der Erinnerung entglitt.

Was macht man, fragte er sich, wenn man in diesen Dingen nicht mehr trittsicher ist? Alten Menschen muss das vertraut sein. Sie fragen ihre Kinder und Enkel. Oder einen befreundeten Nachbarn. Oder sie wenden sich an eine soziale Einrichtung wie die Stiftung und bitten sie um Rat.

Er starrte durch die Windschutzscheibe auf einen parkenden schwarzen Lieferwagen vor sich in der Parklücke und konzentrierte sich auf die Frage: Was genau hast du der Elztal gesagt, was hast du unterschrieben? Er versuchte, jeden einzelnen Schritt, jedes Wort, jedes Papier zu rekonstruieren.

Als Alexander Mehrow sich umsah, war es, als hätte jemand ihn an der Schulter gerempelt.

»Bin eingeschlafen«, flüsterte er, als müsse er sich vor jemandem entschuldigen.

Er saß am Esstisch seines Hausbootes. Der Boden schwankte leicht bei einem ruhigen Seegang.

Alexander schaute träge vor sich hin, sein Blick schleppte sich von einem Gegenstand auf dem Tisch zum nächsten: Kugelschreiber, Mineralwasser im Glas, Papiere, eine Fernsehzeitschrift, ein IVN-Handzettel, eine Sonnenbrille.

Er erhob sich, schaute sich in dem kleinen Raum um, ging hinaus und atmete die warme Luft ein. Aber so sehr er sich bemühte, ruhig zu bleiben und sich an Äußerlichkeiten festzuhalten: an der Art des Wellenschlages, an der Trauerweide, die beinahe ins Wasser zu stürzen schien, an dem still gleitenden Entenpaar, an dem startenden Flugzeug zwischen Punktwolken ... Mit zunehmendem Druck, ja mit Gewalt, drängte, schubste, griff ihn die Frage an:

Wie bist du hierhergekommen?

Er hatte mit Thery telefoniert. Schnell kontrollierte er das auf dem Display, ja, der Anrufeingang war verzeichnet. Danach kein Telefonat mehr. Richtig, denn er war mit dem Auto zu einer Bank gefahren und hatte seinen Kontostand kontrolliert. Dann wollte er sich konzentrieren und herausfinden, was er bei der IVN unterschrieben hatte.

Alexander Mehrow hatte keine Erfahrung mit Filmrissen. Vielleicht hatte er mal das eine oder andere Glas zu viel getrunken. Dann waren ihm Details entfallen: Zum Beispiel, wie viel Trinkgeld er gegeben hatte. Oder ob er sich im Ton vergriffen hatte. Oder ob er auch wirklich ein Kondom verwendet hatte. Aber eine echte Lücke in der Erinnerung hatte er noch nie zu beklagen.

Er griff zum Kugelschreiber und sah auf die Armbanduhr. Er schrieb: *Seit dem Bankauszug in Reinickendorf* – er sah nach, die Uhrzeit 11:22 war daraufgestempelt – *und meinem Aufwachen auf dem Boot sind ca. 4 Stunden vergangen. Da-*

von habe ich eine Zeitlang am Tisch geschlafen. Und dazwischen?

Einerseits entlastete ihn die Notiz. Er musste sie nun nicht mehr im Kopf herumtragen und an ihr arbeiten, sie war auf dem Papier wie Ballast, den er abgeworfen hatte.

Einerseits, ja.

34

Tegeler See, Berlin-Reinickendorf
Montag, 28. Juli 2014

Doktor Jana Elztals graue Haare sind gewachsen. Wachsen sie nicht auch bei einer Leiche eine Zeitlang nach dem Tode weiter? Oder ist das ein Märchen? Elztal führt ihn in das Untergeschoss des Gebäudes auf dem Industriegelände in Gartenfeld. Dort steht, hinter mehreren Paravents, eine Zeitmaschine. Wie man sie aus dem alten Film kennt. Natürlich, sagt sie, funktioniert sie nicht so. Aber unseren Patienten hilft es, sich die Zeitreise wie in der Science-Fiction vorzustellen. Setzen Sie sich hinein! Sie sind ja noch lange nicht so weit. Bei anderen Klienten ist der Alzheimer weiter fortgeschritten, mit denen kann man nicht mehr kommunizieren wie mit Ihnen. Bequem, oder nicht? Die Demenz, sagt sie lächelnd und fährt sich durch das lange graue Haar, die Demenz ist eine Zeitmaschine. Ziehen Sie an dem Hebel, und sie versetzt Sie um Jahre zurück. Sie lacht. Selbstverständlich meine ich das im übertragenen Sinn. Aber die Patienten empfinden, dass es funktioniert. Wenn Sie die Gegenwart vergessen, sind Sie plötzlich um fünf Jahre in die Vergangenheit gereist, Ihre Eltern leben noch! Sie sind Ihnen ganz nah. Er zieht an dem Hebel, und es ist leichtgängig. Die Zahlen rattern, Monate ziehen an ihm vorbei, und die Haare der Jana Elztal werden kürzer. So reisen Sie in Ihre Jugend, sagt sie, ist das nicht ein Traum? Der Hebel lässt sich nicht zurückdrücken. Die Maschine hält nicht. Nicht doch, sagt sie, wehren Sie sich nicht. Das ist der Lauf der Dinge! Es hat Sie erwischt, also lassen Sie es laufen! Er versucht, aus dem Gefährt auszusteigen, ist aber an Seile gefesselt. Angeseilt hat er nur die Hoffnung, die Zeitmaschine als Fahrzeug zu benutzen. Es ist ja keine echte Zeitmaschine, jemand muss sie hergebracht haben. Also muss man sie auch bewegen können, vielleicht hat sie Rollen und einen Hilfsmotor. Und tatsächlich, er kann sie allein mit seinem Willen in Bewegung setzen und steuern. Nicht in der Zeit, aber durch den Kellerraum. Hinaus auf den Hof. Jana Elztal steht hilflos wie angewurzelt und kann ihm nur Drohungen hinterherrufen. Er erreicht das Gebüsch, die Maschine mäht die Vegetation nieder und passt zwischen zwei Bäume. Der Kanal ist die »Alte Fahrt«, ein Schild bringt ihm das in Erinnerung. Auf dem Wasser ist die Maschine erstaunlich wendig. Ihm scheint auch niemand von der Organisation zu folgen. Aber als er seine Hand am Steuerhebel der Zeitmaschine betrachtet, erkennt er, dass es die Hand eines Kindes ist. Interessant, nicht? – sagt Jana Elztal lächelnd auf dem Beifahrersitz. Ihr Gesicht ist gealtert, ihr Blick nervös, aber ihre Hände sind jung wie die seinen.

Alexander Mehrow sah vom Tisch auf. Es war kein Alptraum, er hatte nicht geträumt. Jedenfalls hatte er nicht geschlafen. Ein Alptraum im wachen oder halbwachen Zustand, am Tisch eines Hausbootes …

Ohne weiter nachzudenken, griff er nach dem Handy und wählte die Nummer der gemeinsamen Wohnung.

»Mehrow.«

Er stockte. »Ja. Hier auch. Hallo, Bea.«

Sie sagte eine Weile nichts. »Alexander? Wo bist du?«

»Auf dem Boot.«

»Wie geht es dir?« Ihre Stimme war leise. Er konnte die Stimmung nicht einordnen.

»Bitte lege nicht auf, Bea.«

»Nein. Wie geht es dir, Alexander?«

Seine Augen zuckten hin und her, er wusste nicht, was er sagen sollte. »Alles okay, soweit. Und bei dir?«

»Ja. Auch.«

»Bea, wir müssen sprechen, findest du nicht?«

»Ja …«

»Und wir müssen uns unterhalten über …« Er stöhnte. »Über das Vergessen.«

»Nein.«

»Doch, natürlich. Es hilft ja nichts.«

»Es geht mir gut«, sagte sie, wie aus dem Zusammenhang gerissen.

»Wir müssen uns … Ich meine, die ganze Welt faselt derzeit über Demenz. Da werden wir das Thema doch auch anschneiden können.«

»Nein, bitte. Wie lange bleibst du?«

»Ich … Wir können … Wenn du willst, komme ich zu dir.«

»Nein!«

»Was, wieso? Bea … Es tut mir sehr leid, wenn dir mein Verhalten Angst eingejagt hat, Schatz. Aber wir werden damit zurechtkommen. Wir sollten einfach darüber reden.«

»Nein!« Sie legte auf.

Die Beifahrerin in der Maschine war Bea. Ein junges Mädchen, Bea, das Kind, trotzig und ohne Ahnung davon, dass sie einmal Ärztin werden würde. Bea als Kind mit grauen Haaren.

35

Berlin-Reinickendorf
Dienstag, 29. Juli 2014

Seit 6 Uhr wusch Alexander das Geschirr an Bord, sortierte die Vorräte, putzte die Kombüse spiegelblank, machte sich an die Fenster und Aluminiumaußenwände und kümmerte sich um die Festmachleinen. Er kontrollierte den Ölstand, die Pumpen und die Wassertanks, reinigte die Schraube und sah die Papiere durch.

Einen Plan für sein Vorgehen hatte er beim Aufwachen nicht gehabt. Er folgte nur dem Gefühl, das Hausboot picobello hinterlassen zu wollen und es ordentlich festzumachen. In einer Reisetasche hatte er neben Schmutzwäsche das Wichtigste verstaut. Jetzt war ihm klar, was er wollte, und er fragte sich, weshalb er gewartet hatte. Zum Auto gehen und losfahren. Ziel: die eigene Wohnung.

Ein Stau kam dazwischen. Im Radio stritten sich Experten über die Pflegeversicherung. »Wenn Sie alles über Beiträge abdecken wollen, dann kommen wir allein mit den geschätzten Alzheimer-Fällen auf eine Verdreifachung der zu zahlenden Gelder. Wer macht das mit?« Alexander schaltete aus.

Dort, wo die Straße Am Dachsbau in die Heiligenseestraße mündet, war jemand über die Kreuzung hinausgeschossen und mit dem Wagen in den Wiesengraben gefahren. Knatternd ging ein gelber Rettungshubschrauber nieder, aber Alexander Mehrow nutzte die endlich freie Fahrbahn vor sich.

In der Wohnung war Bea nicht. Das hatte er auch nicht erwartet. Die Räume waren nicht in einem so sauberen Zustand wie sein Boot. Ohne weiter nachzudenken, räumte er die Spülmaschine aus und brachte die Mülltüten auf den Hof. Als er die Waschmaschine mit seiner Schmutzwäsche bestückte, hielt er inne.

Was machst du eigentlich? Du spielst auf Zeit, Kumpel! Willst du Bea aus dem Weg gehen?

Das wollte er sich nicht von sich bieten lassen. Schnappte sich den Autoschlüssel und fuhr hinüber zu Beas Hausarztpraxis. Eigentlich, dachte er, bin ich in letzter Zeit wieder gut drauf – mental.

Im Parterre-Fenster hing ein Schild: *Wegen Krankheit Dienstag bis Freitag geschlossen. Wenden Sie sich bitte in Notfällen an den Kassenärztlichen Notfalldienst.*

Krankheit? Er klingelte, weil er mit einer der Sprechstundenhilfen rechnete, aber niemand öffnete.

Am heimischen Schlüsselbund hatte er den Schlüssel für die Praxis. Der Schlüssel zu seiner Wohnung war zugleich der Schlüssel, mit dem man die Alarmanlage in der Praxis ausschaltete. Auf so eine Idee würde kein Einbrecher kommen, dachten die Mehrows stets. Als er die Tür öffnete, stand eine weißhaarige Dame hinter ihm.

»Sie können nicht herein«, sagte er, »die Praxis ist geschlossen.«

»Freilich kann ich rein. Hab einen Termin, junger Mann«, sagte sie mit heiserer Stimme.

»Ich sehe nur nach dem Rechten. Sie müssen nächste Woche wiederkommen. Die Ärztin ist krank.«

»Gibsjanich! Das ist alles eine einziche Ärztemaffia, junger Mann! Eine verschworene Gemeinschaft, die führen nichts Gutes im Schilde, höhlen den Staat von innen aus und schrecken auch vor Totschlach nicht zurück. Dann geh ich wieder hoch, bevor die Ärzte meine Wohnung ausplündern und meine Katzen vergiften.«

»Ja … ist wohl besser. Auf Wiedersehen!«

Er schloss die Tür und schaltete das Licht im Flur wieder aus, damit nicht noch mehr merkwürdige Patienten glaubten, der Betrieb sei wiederaufgenommen.

Wenn Bea krank ist, fährt sie nach Hause. Und wenn sie nur kurz krank ist, sind normalerweise wenigstens ihre Schwestern da – für Rezepte und Spritzen und Termine. Das Telefon klingelte, aber er ging nicht ran.

Unkonzentriert blätterte er das Dienstbuch durch. Wahrscheinlich haben die beiden so viele Überstunden, dass sie ihnen freigegeben hat. Aber wo steckt Bea?

Er hegte einen Verdacht, aber um ihn zu überprüfen, musste er noch einmal zurück in die Wohnung. In den Hausflur vor der Praxis hatte die weißhaarige Patientin eine Freundin mitgebracht, die ihr nun sekundierte.

»Siehste, den meinick!«

Die Sekundantin war zurückhaltender.

Alexander hätte sich lieber die Zunge abgebissen als diese beiden zu fragen, ob sie etwas über Bea wüssten. Aber vielleicht hatten sie etwas … Doch da saß er bereits im Auto und fuhr nach Hause.

»Ach, man hat sich ewig nicht gesehen, Herr Mehrow!« Auch hier hatte es jemand so eingerichtet, dass er Alexander rein zufällig im Treppenhaus begegnete. Üblicherweise ließ sich Alexander auf jeden noch so flachen Small Talk ein – notfalls betrachtete er das als Übung für seinen Beruf. Jetzt hingegen fand er nur ein trübes »Ja, so ist es leider manchmal« und wünschte dem Mann im Strickpulli noch einen angenehmen Tag.

In der Wohnung sah er zunächst in den großen Kleiderschrank, in dem sie die Taschen und kleinere Koffer aufbewahrten. Dann ging er Beas Schränke durch, suchte in der obersten Schreibtischschublade und schaute, ob Gebrauchsgegenstände an ihrem Platz waren: Sonnenbrille, Pass, Bootsführerscheine.

Dann startete er den großen Rechner am Schreibtisch. Ein Passwort brauchte man nicht. Außerdem fiel ihm gerade nutzloserweise auch wieder das für seinen Laptop ein. Er prüfte den Browserverlauf für die Internetnutzung. Bea hatte die Seiten einer Fluggesellschaft, des Flughafens und des Hotels in Antibes besucht. Zusammen mit den Dingen, die sie mitgenommen hatte, stand für ihn fest, dass sie nach dem gestrigen Telefonat zügig gebucht hatte und abgereist war.

Er hatte noch gar nicht entschieden, was er tun wollte, erwischte sich aber bereits dabei, wie er seine Sachen packte. Um nach Antibes zu kommen, musste man nur einen Flug von Tegel nach Nizza buchen. Das ging kurzfristig, kostete allerdings unglaubliches Geld. Von Nizza aus würde er ein Taxi nehmen.

Als er im Flugzeug über die Alpen schaute, erinnerte er sich an den Flug mit Bea vor sieben Wochen. Sie hatten über ihren nicht vorhandenen Kinderwunsch gesprochen und sich auf den Urlaub in Antibes gefreut.

Sein Sitznachbar war wie ein Sack Zement, der geräuschvoll jedes Mal auf die Zeitung einschlug, wenn er eine neue Doppelseite öffnete.

36

Antibes, Südfrankreich
Dienstag, 29. Juli 2014

Die schöne Frau an der Rezeption erkannte Alexander wieder, war aber untröstlich, ihm kein Zimmer im *Royal Antibes* anbieten zu können. Das sagte ihm, dass Bea nicht eingecheckt hatte. War die Reise umsonst? Hatte er sich geirrt? Er konnte die Koffer abstellen, und sie sicherte ihm zu, das nächste überraschend frei werdende Zimmer für ihn zu reservieren.

Von der kleinen Uferpromenade vor dem Hotel aus suchte er die Bucht mit dem Fernglas ab, aber von der *La Retraite* keine Spur. Über die Promenade Admiral Grasse lief er zum Vieux Port und suchte auch von dort, durch die Durchlässe der alten Wehrmauer der Kais, das Wasser bis zur Kimm ab. Aber die charakteristisch langgestreckte Form der weißen *Retraite* war nicht zu sehen. Gleichzeitig hielt er nach ihr im Hafenbecken Ausschau.

Er suchte das Büro der Yachtvermietung neben der Hafenmeisterei auf. Der alte Jacques verschluckte beinahe seinen Zigarrenstummel, als er Alexander in der Tür sah.

»Bonsoir Jacques, alles in Ordnung? Ist die *Retraite* verchartert?«

»Bons … Monsieur Mehrow!?« – bei ihm klang es nach *Miró* – »Wie geht es denn Ihren Beinen? Ich nahm an, Sie müssten noch einige Wochen das Bett hüten. Madame klang besorgt.«

»Die Beine? Och, ich bin eigentlich wieder ganz gut zu Fuß, ein bisschen Bewegung, und dann läuft es.«

»Bewegung? Bei so schweren Brüchen? Na, Sie müssen es wissen, Monsieur.«

»Madame übertreibt zuweilen«, sagte Alexander und beobachtete, wie Jacques nervös am kalten Zigarrenstummel fingerte. Er konnte sich nicht entscheiden, ob es sich lohnte, ihn noch einmal anzuzünden.

»Madame Mehrow hat tatsächlich die *Retraite* bekommen, obwohl ich das Schiff zum Auftakeln hier hatte. Sie bestand darauf, und sie schien es – wie soll ich sagen? – eilig zu haben.«

»Ich sehe die Yacht weit und breit nicht. Hat sie ein Ziel angegeben?«

»Nein, sie wollte in der Nähe kreuzen, maximal bis Nizza. Da war allerdings … Ich weiß nicht, ich kenne Madame und Monsieur als meine lieben Kunden … Also, sie war nicht allein!«

»Reden Sie.«

»Zwei Männer waren bei ihr. Ich würde nicht gerade sagen: Jugendliche Liebhaber …« Er amüsierte sich, sah aber gleich in Alexanders Gesicht und schaute betroffen. »Auf mich hatte es den Eindruck, als seien sie es, die Druck auf Madame ausüben würden. Vielleicht Vorgesetzte von ihr?«

Alexander erinnerte sich, dass sie bei Jacques stets angaben, wohin sie fuhren. Nicht dass er ihnen misstraute. Er wollte es aus Sicherheitsgründen wissen. Außerdem war es Vorschrift, aber das spielte nur eine Nebenrolle.

»Angegeben hat sie die Bucht vor Biot«, sagte der Franzose. »Wenn sie sich daran gehalten hat und sie dort vor Anker gegangen ist, könnte man sie von hier aus nicht sehen.«

»Gut, ich werde nach ihr sehen, lieber Jacques. Können Sie mir ein gutes Boot geben?«

Der Mann pustete Luft aus. »Wir haben Hochsaison, Monsieur. Soll ich Ihnen mein Auto leihen? Auf der Höhe von Biot haben Sie einen Blick auf die Bucht. Aber Sie wollen sie treffen, nicht wahr? Dann könnte ich Ihnen allenfalls meine alte Pinasse geben. Aber die ist nicht sauber und leckt. Sie müssten die Wasserpumpe anwerfen.«

»Das macht nichts«, sagte Alexander Mehrow, der gar nicht richtig hinhörte. »Die beiden Männer – hatten sie Gepäck dabei?«

»Für einen Monat, würde ich sagen. Es sei denn, in ihren Taschen hatten Sie noch ein paar Badenixen. Ich mein, da die *Retraite* zwölf Schlafplätze hat, kann sie …«

Alexander bat ihn, die Pinasse fertigzumachen. Jacques hatte ihren Zustand zutreffend angegeben. Als hochseetauglich konnte das alte Austernschiff kaum durchgehen. Während das Wasser ausgepumpt wurde, ging Alexander das Wort nicht aus dem Sinn: *Badenixe* hatte Jacques gesagt, nicht *Sirène.*

Viel zu schnell fand er sich allein auf der Pinasse wieder. Jacques war nur noch eine winkende Figur auf dem Steg. War das Mittelmeer heute besonders aufgewühlt, oder vermittelte ihm nur das kleine Holzboot diesen Eindruck? Die Holzpinasse wäre auf der Havel dekorativ gewesen. Hier war die Dünung so stark, dass die See mal gegen das Bug, mal gegen die Seite schlug. Der Motor litt an Asthma, die Wasserpumpe surrte so zuverlässig wie eine betrunkene Biene.

Scheinwerfer ließen die groben Steinmauern des Grimaldi-Palastes mit dem Picasso-Museum erstrahlen. Gegenüber beleuchtete die Sonne eine graue Wolkenfront und fingerte mit rosafarbenen Strahlen in dem Naturgemälde herum.

Völlig verrückt, in der Dämmerung die *Retraite* zu suchen, dachte er und testete die Positionslichter. Sie waren trüb und unterschieden nur müde Schwachrot von Magergrün. Wenn die *Retraite* mit voller Fahrt und unbeeindruckt vom kabbeligen Wasser der Bucht in der Dunkelheit Kurs auf mich nähme, würde sie das Boot und mich wie eine Wassergurke durchschneiden und davon nicht mal etwas mitbekommen. Aber immerhin hat sie Radar, im Gegensatz zu mir.

Er sehnte sich nach seinem Hausboot. In Berlin gab es nicht eine einzige Welle, alles war seicht und ruhig. Jedenfalls im Vergleich zu dem Kampf, den es hier zu bestehen galt. Sein grober Kurs verlief parallel zur Küstenlinie auf die Bucht von Nizza zu. Meist sah er in den Sonnenuntergang und hoffte, die *Retraite* würde über die Kimm kommen.

Nichts.

Plötzlich erwachte er.

Erwachte? Hatte er geschlafen? Nein. War es ein Vergessen, ein Demenzschub, falls es so etwas gab? Ein Blackout? Oder doch nur Müdigkeit? Unentschlossen griff er zum Blechnapf und half der Pumpe, das Bilgenwasser loszuwerden.

Wie ein zweites Erwachen war ihm plötzlich klar, dass die hellen roten und grünen und weißen Positionslichter vor ihm zur *Retraite* gehörten. Er hatte allenfalls die Hälfte der Strecke zwischen Antibes und Nizza zurückgelegt, also hätte Jacques mit seiner »Höhe von Biot« recht gehabt.

Soweit Alexander im Dämmerlicht erkennen konnte, hatte die weiße Yacht weder die Gösch noch die Heckflagge aufgezogen. Er drosselte den Motor, stellte ihn ab und ließ die Pinasse wild im unentschlossenen Meerwasser tanzen. Mit dem Fernglas suchte er das Schiff ab. Es schwojte kräftig vor dem Anker. Das war nicht Beas Art. Sie neigte – mehr noch als Alexander an den gemeinsamen Schiffstagen – dazu, die *Retraite* auch mit dem Heckanker zu vermuren. Gern setzte sie sogar das Reitgewicht ein, um das Schiff zu stabilisieren. Das alles sprach gegen Beas Anwesenheit an Bord.

Auf dem Achterdeck erschien ein schlanker Mann mit einem merkwürdig gemusterten T-Shirt. Durch das Fernglas war es nicht leicht, ihn zu beobachten, die Pinasse schaukelte. Es war kein T-Shirt, der Mann hatte einen nackten Oberkörper – und einen starken Haarwuchs, auch auf dem Rücken.

Nicht Beas Fall. Aber wer weiß? Was hatte Jacques gesagt? Nicht der Typ jugendlicher Liebhaber?

Der Mann machte sich am Davit zu schaffen, er steuerte das Ding hin und her und schaute achtern ins Wasser, immer wieder aus Alexanders Blickfeld geratend, der sich im Luv der *Retraite* aufhielt, um nicht durch den auflandigen Wind gegen sie gedrückt zu werden.

Offenbar hievte der Mann einen schweren, dunklen Gegenstand herauf, ließ ihn über dem Wasser abtropfen, um ihn dann an Bord zu bugsieren. Alexander wunderte sich, dass der Mann nicht zu ihm Ausschau hielt.

Jetzt schaltete Alexander Mehrow auch die Positionslichter der Pinasse aus. Wenn schon unerkannt, dann richtig.

Kurz erschien der Kopf eines zweiten Mannes. Älter vielleicht, vor allem aber gewichtiger. Nichts an den beiden Gestalten erinnerte ihn an Freunde, Verwandte oder Kollegen von Bea – soweit er ihr Umfeld kannte.

Er hätte große Lust gehabt, mit seiner Pinasse auf Sehrohrtiefe abzutauchen. Stattdessen baute er darauf, dass der Typ mit dem nackten Oberkörper auch weiterhin keinen Blick auf die See werfen würde und dass er geradezu unsichtbar einmal um die *Retraite* herumschippern könnte. Es war viel weniger als Viertelfahrt, zweimal versagte der Motor sogar. Mindestens zwanzig Minuten brauchte er, um das weiße Schiff zu umrunden, manchmal schien die Pinasse von der Dünung geradezu in die Gegenrichtung geschoben zu werden. Alexander achtete darauf, nicht mit der *Retraite* oder ihrer Ankerleine zu kollidieren.

Inzwischen hatten sich die Männer wieder ins Innere zurückgezogen. Hin und wieder näherte sich eine Yacht, hielt auf Kaianlagen zu oder legte sich in voller Fahrt in die Kurve, auf dass es spritzte und sich ein paar begeisterte Mädchenstimmen hören ließen, wie aus einem kilometerweit entfernten Nachtclub.

Nichts deutet auf Bea hin, dachte er. Halten die beiden sie fest? Haben sie sie gezwungen, mit ihr hinauszufahren? Aber weshalb? Vielleicht gibt es gar keinen komplizierten Plan, nicht mal eine Entführung. Sie haben ihr aufgelauert, halten sie auf dem Schiff fest und … Können mit ihr machen, was sie wollen.

Er ärgerte sich, nicht schneller gehandelt zu haben. Ist mein Gehirn so angefressen, dass ich nicht mal akute Gefahr wahrnehme? Stattdessen stehe ich auf dem Wasser herum wie eine antike Schale in einer Museumsvitrine. Wenn ich mich über Lee herantreiben lasse, könnte ich …

In dem Moment sah er das Kopftuch. Bea trug niemals Kopftuch, aber ihr Kopf war es, ihre Bewegungen. Schon war es wieder weg.

»Bea!«, rief er.

Was soll passieren?

»Bea!«

Der Mann mit dem nackten Oberkörper tauchte auf. Er schaute in die falsche Richtung. Noch einmal. Alexander suchte nach dem Scheinwerfer, knipste ihn an und richtete ihn direkt auf den Mann auf der *Retraite*. Er erwischte ihn und blendete ihn. Die untere Hälfte des Gesichts war dunkel, vermutlich hatte er sich eine Weile nicht rasiert. Ein oder zwei Stunden lang nicht.

»Bea!«

»Qu'est-ce que tu fous?«, rief der Mann in den Lichtstrahl.

»Ich bin Alexander Mehrow! Lassen Sie mich mit meiner Frau sprechen!«

Der Mann verschwand. Und nichts weiter geschah.

»Bea!«

Lange passierte nichts.

Die ignorieren mich aber sehr auffällig, dachte er. Jetzt war die Sache für ihn klar, er ging längsseits an die *Retraite* und berührte sie an einem ihrer Seitenfender. Er gab sich keine Mühe, leise zu sein, er wollte gehört werden. Und er war entschlossen, an Bord zu gehen. Als er sich gerade nach einer Möglichkeit umsah, die Pinasse festzumachen, erschien der Kopf des schlechtrasierten schlanken Mannes über ihm.

»… vous intrusive pirate curieux … va te faire foutre …« Der Mann schien irgendetwas zu holen. Hatte er Alexander einen *Piraten* genannt?

Plötzlich kam irgendwelches nasses, vielleicht schleimiges Zeug von oben. Der Mann schüttete einen Eimer über der Pinasse aus. Müll vermutlich, vielleicht Angelreste.

Viel mehr kann mir nicht passieren, schoss es Alexander durch den Kopf. Er hatte Bilder vor Augen von Protestschiffen, die sich gegen den Walfang oder die illegale Verklappung von Giftmüll einsetzten. Bea war eine begeisterte Förderin von *Greenpeace*, und sie beide hatten sich Berichte über die Einsätze der Organisation auf offener See angesehen. In den frühen Jahren hatte der französische Geheimdienst das Flaggschiff, die *Rainbow Warrior* versenkt, später blieb es meist beim Einsatz von Wasserkanonen oder riskanten Abdrängungsmanövern.

Er schaute wieder nach oben und sah, dass der Mann eine Pistole in der Hand hielt.

Aber er empfand keine Angst. Vielleicht, weil er es nicht für möglich hielt, dass der Mann auf ihn schoss. Vielleicht, weil er die Waffe für eine Leuchtpistole hielt. Vielleicht aber auch, weil Alexanders Gehirn zu sehr angegriffen war, als dass er die wahre Gefahr hätte erkennen können.

Da war das Gesicht des älteren Typen. Dann tauchte noch ein dritter auf. Und schließlich das Kopftuch. Bea.

»Bea! Ich bin's! Halten sie dich fest?«

Es war Bea. Ihr Blick war apathisch.

Selbst wenn alles gutgeht und diese Typen uns nichts antun – wie wird sich Bea verhalten? Sind wir noch im Ehekriegszustand? Sie darf auf keinen Fall meine Demenzattacken mitbekommen.

37

La Retraite
Dienstag, 29. Juli 2014

Der schlechtrasierte, schlanke Franzose stellte sich als Gigi vor. Bea korrigierte: »Gaspard-Guillaume Ouvrard.« Er war auch kein Franzose – sondern Monegasse. Die nächste Bucht hinter Nizza gehörte schon zu Monaco. Immerhin trug Gigi inzwischen ein weiß-blau gestreiftes T-Shirt und versuchte es mit einer Art Lächeln.

»Erst habe ich gedacht, Sie wollen uns etwas verkaufen«, sagte er brüchig auf Deutsch und entblößte seine unverschämt weißen Zähne. »Wahrscheinlich habe ich zu viele Filme über Tahiti gesehen, wo die Einheimischen in ihren Bötchen angerudert kommen und ihre Kokosnüsse feilbieten.«

»Eine barbusige Schönheit ist dein Mann aber nicht«, nörgelte der gutgenährte ältere Mann und streckte Alexander die Hand entgegen: »Käpt'n, mein Name ist Victor Mahler.« Den Nachnamen sprach er mit einem klassisch französischen Akzent.

»Ich habe dir mal von Victor erzählt«, sagte Bea und sah den Mann von der Seite an. »Wir kennen uns aus der Zeit in Paris. – Und das ist Daniel. Daniel Duvernet.« Der dritte Mann hatte etwas von einem Südfranzosen oder Spanier, allerdings mit einer Glatze und rotgrauem Haarkranz. Er sah gequält auf, als hätte man ihm im Paradies aufgelauert: »Angenehm.«

»Du hast geglaubt, die Herren hätten mich gekidnappt?« In ihrer Stimme lag nicht die übliche Ironie, das Herausfordernde, das zum nächsten beherzten Lachen Drängende. Es war müde und geschäftsmäßig, eine nüchterne Feststellung. »Hat Jacques dir nichts erzählt?«

Er wollte Bea nicht in Bedrängnis bringen, schließlich hatte er keine Ahnung, was sie den Männern an Bord der *La Retraite* erzählt hatte. Deshalb schwieg er über die Geschichte mit seinen angeblich gebrochenen Beinen. »Nein, er wusste recht wenig.«

Der kleine Daniel Duvernet setzte sich grimmig mit seinen kurzen Hosen und blassen Beinen auf die weiße Couch. Sein Haarkranz schimmerte im Kontrast zum Leder deutlich rot. Alexander erinnerte sich daran, wie er und Bea sich an dieser Stelle zuletzt geliebt hatten, im Urlaub.

Victor Mahler suchte nach einem Weinglas. Er trug für sein Alter und für seinen massigen Oberkörper zu junge blaue Jeans und kramte in einer Haltung im Hängeschrank, die sonst immer Bea einnahm. Oft nackt.

Gigi Ouvrard fläzte sich ebenfalls auf der Couch. Behaarte Arme und Beine auf weißem Leder. Auf dem Leder, das für Bea und Alexander bestimmt war.

Genauso gut hätten die drei Männer in ihren Sandalen zu ihnen ins Ehebett schlüpfen können, fand Alexander. Ihm schauderte.

Bea stand, an eine Konsole gelehnt ebenso wie er, und erzählte von den vergangenen Tagen.

Unterbrochen wurde sie von Victor Mahler. Der erkundigte sich, ob Alexander mit ihnen einen Rotwein trinken wollte. »Ein *Brouilly.* Wir haben ihn eine Weile im Wasser auf Temperatur gebracht.« Das also war die Kiste, die Ouvrard mit dem Davit aus dem Meer gehievt hatte.

Der Brouilly war einzigartig. Vielleicht lag es nur an Alexanders ausgetrockneter Kehle. Aber für den Moment konnte er sich entspannen. Da war die Erinnerung an Urlaub und an Beas wehendes schwarzes Haar und die Zeit vor ihrem Streit.

Für wenige Sekunden, während er den Roten im Glas schwenkte, hatte er Zeit, sich über sein herablassendes Gefühl gegenüber den drei Männern zu wundern. Aus Eifersucht? Eigentlich war ihm Eifersucht nicht fremd, bei einer Frau wie Bea kam es vor, dass andere Männer sich ihr näherten oder sich aufplusterten. Normalerweise störte es Alexander nicht. Wenn es nicht überhand nahm, konnte es ihn sogar antörnen, seine Frau angehimmelt zu sehen. Allein wenn sie auf der *Retraite* übers Deck ging und er sich vorstellte, fremde Kerle könnten sie sehen – was durchaus hin und wieder vorkam –, fand er das nicht unangenehm. Eifersucht war etwas, das sich im Theoretischen abspielte. Er war eifersüchtig auf Beas Patienten, wenn sie nicht rechtzeitig nach Hause kam. Aber ein körperliches Eifersuchtsgefühl kannte er kaum.

Das war bei diesen dreien anders. Dass Bea von alter Freundschaft mit den Männern sprach, machte die Sache nicht besser.

Victor Mahler hatte drei Semester in Paris mit ihr verbracht, er war Assistenzarzt und betreute die Vorbereitungen ihrer Promotion. Außerdem war er Hobby-Spezialist für die Napoleonische Ära – vielleicht sogar aller Napoleonischen Ären. Und so hatte er Bea in jeder freien Minute durch Paris geschleift und sie auf Kunst und Architektur dieser Zeit hingewiesen.

In einem Telefonat dieser Tage hatte er ihr sein Leid geklagt. Als emeritierter Medizin-Professor werde er fortwährend um Gutachten gebeten. In letzter Zeit ginge es nur noch um Demenz. Beas Schilderungen steckten voller Detailinformationen und Einschübe, wie immer, wenn sie sich in Anwesenheit Dritter nicht sicher war, was genau sie sagen sollte. Das Problem bestand offenbar darin, dass es vor allem Privatinstitute waren, die sich an Mahler wandten. Diese Institute hatten selbst Aufträge angenommen, Gutachten zu erstellen, sahen sich aber erst anschließend nach Fachleuten um, die das Gewünschte zu Papier bringen würden.

Manche Gutachten sollten im Auftrag von »ganz oben« angefertigt werden – was immer Alexander darunter verstehen sollte – mit dem Tenor: *Demenz ist nicht ansteckend.* »Ich bin ein alter Medizinmann«, ergänzte Victor Mahler, »aber die Pandemieforschung oder auch die Demenz sind nie meine Spezialgebiete gewesen.«

In der Gesprächsrunde stellte sich heraus, dass Victor Mahler erst kurz zuvor mit Daniel Duvernet, dem Halbglatzenmann, über die Sache gesprochen hatte. Duvernet steckte in einem ähnlichen Dilemma. Bea schilderte ihn als das Opfer von Pharmakonzernen, die auf Forschungsergebnisse drängten. Alexanders Blick wanderte zum rotbraunen Haarkranz auf der Couch. Man habe ihm horrende Summen geboten, wenn er mit Vorschlägen für die Heilung der Demenz komme. »Die wollen nicht mal kapieren, dass Demenz nur ein Oberbegriff für *viele* Krankheiten ist«, klagte Duvernet. »Denen geht es nur darum, Medikamente auf den Markt zu werfen, so schnell wie möglich.«

»Und so teuer wie möglich«, fügte Victor Mahler hinzu.

Die beiden Leidensgenossen hatten beschlossen, dem Druck zu entgehen und weit wegzufahren, sich irgendwo an den Strand zu legen, sich kühle Getränke von hübschen Mädchen kredenzen zu lassen und vor allem: herrlich dicke Fachbücher unter der brizzelnden Sonne zu lesen. In aller Ruhe.

In ihre unfertigen, unrealistischen Reisepläne war Beas Telefonat geplatzt, in dem sie vermutlich auch über ihren Streit mit Alexander gesprochen hatte. Sie hatte die *Retraite* als Refugium vorgeschlagen, das Schiff bei Jacques reserviert und die Mär von Alexanders Unfall erfunden – einfach damit Jacques keine Gerüchte über ihre Ehe in die Welt setzte.

Daniel Duvernet, der pensionierte Genforscher aus Bordeaux, hatte sich zuerst nicht zu dem kurzfristigen Termin aufraffen wollen. Er habe gerade einen ehemaligen Mitarbeiter vor einem Untersuchungsausschuss zu verteidigen, einen gewissen Gaspard-Guillaume – Gigi – Ouvrard, der im Übrigen ein unterschätztes Nachwuchstalent am Ozeanografischen Institut von Monaco sei. Bea hatte daraufhin vorgeschlagen, diesen Gigi Ouvrard einfach mitzubringen, falls es nicht zu viele Umstände mache.

»Was für ein Untersuchungsausschuss?«, fragte Alexander.

Bea warf ihm einen Blick zu, den er kannte. Es war ein strafender Blick, und ihm war inzwischen längst aufgefallen, dass er damit vielleicht ins Fettnäpfchen getreten hatte. Eigentlich hatte er nur einen der Begriffe aus der Schilderung aufgegriffen, um Interesse zu bekunden.

Aber Gaspard-Guillaume Ouvrard wirkte nicht beleidigt, im Gegenteil.

Victor Mahler stimmte sogar ein: »Richtig, Gigi, darüber haben wir noch gar nicht gesprochen.« Erwartungsvoll streichelte er seinen Bauch.

Gigi Ouvrard rieb sich das dunkle Kinn. »Wir haben Forschungen beim Volk der *Fore* angestellt, in den Eastern Highlands von Papua-Neuguinea. Im Vorbericht wiesen wir auf Schwierigkeiten hin: Man gelangt schwerlich – sagt man: schwerlich? –, schwerlich an historisches Datenmaterial. Eine meiner Mitarbeiterinnen hat bei ihren veröffentlichten Protokollen etwas unglücklich formuliert, und dies vollkommen unabsichtlich. Es hing damit zusammen, dass das Gebiet der

Eastern Highland Province vormals zur deutschen Kolonie *Bismarck-Archipel* gehörte. Die Krankheit, an der viele *Fore* gestorben sind, war auch im späteren Tanganjika ausgebrochen, das war ebenfalls deutsch, wie Sie wissen. Mit viel bösem Willen konnte man aus dem Text meiner Mitarbeiterin zweierlei lesen: Erstens seien die Deutschen schuld an der Kuru-Epidemie auf beiden Kontinenten. Und zweitens: Die Deutschen hätten mit kruden Vererbungsexperimenten die Krankheit und damit einen frühen Völkermord verursacht. Beides haben wir so weder gemeint noch geschrieben. Aber die Sache wurde an das *Ministère des Affaires étrangères et européennes* geleitet, und der Bericht verschwand wegen angeblich deutschenfeindlicher Tendenzen in den Giftschränken des Élysée. Anno Domini 2014.«

Alexander winkte ab, als könne er für die Deutschen und für die Bundesrepublik sprechen: »Überzogene Rücksichtnahme. Und wahrscheinlich ein Phantasiegebilde, nicht wahr? – Was ist diese Kuru-Epidemie?«

»Keine schöne Sache«, sagte Gaspard-Guillaume Ouvrard grinsend. »Die befallenen Menschen leiden unter einem Muskelzittern. Manche schütteln sich, als würden sie lachen. Es wird heftiger, und nach einem halben Jahr, spätestens nach einem Jahr, sterben sie daran.«

»Eine Prionen-Krankheit, oder?«, warf Bea ein.

Die Männer nickten.

»Genau«, bestätigte Gigi Ouvrard.

»So etwas ähnliches wie BSE bei Rindern?«

»Etwa so, ja. Oder Creutzfeldt-Jakob«, sagte Ouvrard. »Es geht dabei um fehlgefaltete Eiweiße. Diese Prionen sind entzündlich, das heißt, die Krankheit ist ansteckend. Interessant ist der Inkubationsweg, der ist nämlich bei Kuru nach vielen Jahrzehnten endlich geklärt.«

Victor Mahler gab zu bedenken, dass sie vielleicht lieber erst nach dem Essen darüber sprechen sollten – sein Blick wanderte spitzbübisch zu Alexander. »Na, jedenfalls mache ich uns noch einen Brouilly auf, Kinder.«

Ouvrard fuhr fort: »Das *Fore*-Volk umfasste damals schätzungsweise zehntausend Individuen. Zweitausendeinhundert von ihnen starben an Kuru. Die Krankheit kann nicht geheilt werden. Die Infektion wird durch das Verspeisen menschlicher Organe übertragen.«

»Kannibalen?«, fragte Alexander.

»Das muss man relativieren«, sagte Ouvrard. »Es ist nicht so, wie man sich das aus Geschichten wie dem *Robinson Crusoe* vorstellt. Die *Fore* haben vor allem das Gehirn der Verstorbenen verspeist. In einer feierlichen Zeremonie. Für sie war das jeweils ein Akt der Trauer, und sie zollten auf diese Weise den Toten ihren besonderen Respekt. Sie konnten nicht wissen, dass vor allem die Hirne von der Prionenerkrankung infiziert waren.«

»Und haben tatsächlich die Deutschen etwas mit dem Ausbruch der Krankheit zu tun?«, wollte Alexander wissen.

»Die Ursprünge sind unbekannt. Ich würde, ehrlich gesagt, nicht gern an dieser Frage forschen wollen, nach allem, was wir in Frankreich erfahren haben.«

Victor Mahler lachte. »Hier, ihr zwei, nehmt noch einen Schluck. Blutroter Wein. Gut gegen Eiweißablagerungen im Hirn.«

Ouvrard wirkte ein wenig genervt von den Unterbrechungen des korpulenten Victor Mahler. »Der Zusammenhang mit den Deutschen ist unwahrscheinlich, weil Kuru zweihundert Jahre brauchte, um auszubrechen. Es könnte aber andere Zivilisationskontakte gegeben haben. In den fünfziger Jahren verbot die australische Regierung jedenfalls das Verzehren menschlicher Organe. Die Australier waren inzwischen für das Land der *Fore* verantwortlich. – Aber der für uns Genetiker spannende Teil kommt erst noch. Britische Kollegen haben 2009 den Leichen der *Fore* DNS entnommen und sie mit der DNS von dreitausend lebenden *Fore* verglichen. Unter denen waren siebenhundert, die an dem Kannibalismus noch teilgenommen hatten. Das Ergebnis war, dass fünfzig dieser lebenden *Fore* mit Kannibalismus-Erfahrung ein Anti-Gen im Blut hatten, das sie gegen Kuru resistent machte. Bei den Leichen hingegen fand man dieses Anti-Gen nicht. Das heißt: Selbst wenn Australien das Ritual nicht verboten hätte – die *Fore* hätten überlebt, weil zumindest einige unter ihnen unglaublich schnell ein Anti-Kuru-Gen entwickelt hatten.«

Alexander war schon einen Schritt weiter. »Dann ist Kuru irgendwie verwandt mit unseren heutigen Demenzen? Die haben doch auch mit Eiweißansiedlung im Hirn zu tun? Könnten wir nicht auch ein Anti-Demenz-Gen entwickeln?«

»Hey!«, rief Victor Mahler, »dein Mann ist unter die Wissenschaftler gegangen, Bea? Wusste ich gar nicht.« Er schüttelte sich, und die Falten an den Augen blieben noch lange im Amüsement-Modus.

Daniel Duvernet machte ein zerknautschtes Gesicht und sprach leise von der Couch her: »So schnell kann sich kein Gen entwickeln. Es kann nur sein, dass bestimmte Allele in bestimmten Situationen eine Dominanz entwickeln, die sie …«

Ouvrard unterbrach ihn: »Professor Duvernet hat recht, aber das spielt unterm Strich keine Rolle. Sagen wir, menschliche Körper können zuweilen überraschend schnell Resistenzen entwickeln. Und Sie liegen richtig, Monsieur Mehrow: Wenn wir das besser verstehen, dann könnten wir endlich begreifen, woher Alzheimer kommt und wie wir dagegen vorgehen können. Ich wollte in Papua-Neuguinea die Experimente, die die Briten vollzogen haben, wiederholen und ausweiten. Das macht ja Wissenschaftlichkeit aus: Experimente müssen sich wiederholen lassen; wenn nicht, sind die vorangegangenen Theorien zu falsifizieren. Das Problem ist nur, dass wir ja nicht immer wieder die Leichen der armen Leute dort ausbuddeln können.«

»Und seitdem macht er es mit Fischen«, feixte Victor Mahler, mit dem Glas vor dem Mund.

»Ja, hauptamtlich arbeite ich für ein Institut, das dem *Musée Océanographique* zugeordnet ist. Waren Sie mal dort? Dann sollten Sie vorbeischauen. Mit fast 800 000 Besuchern im Jahr ist es die Topattraktion der Côte d'Azur – noch vor unserem berühmten Casino.«

»Und … haben Ihre Fische auch Demenz?«, fragte Alexander vorsichtig.

Mahler schlug sich auf die Schenkel, sogar Duvernet grinste in sein schon wieder leeres Weinglas. Bea kümmerte sich um den Zustand aller Gläser und brachte auf ein Zeichen sogar Gigi Ouvrards Laptop, damit der eine Bildershow starten konnte.

»Das hier sind Zebrafische. Beliebt bei Leuten mit einem Heimaquarium. Ich weiß nicht, wie die bei Ihnen in Deutschland heißen.«

»Zebrabärbling«, sagte Bea.

Gaspard-Guillaume Ouvrard wirkte im Vortrag nicht mehr unrasiert, fand Alexander. Eher war er ein aufgeregter kleiner Junge, der sich beim Spielen im Dreck etwas Sand ans Kinn geschmiert hatte.

»So sehen die erwachsenen Tiere aus«, erklärte Ouvrard. »Typisch sind diese Längsstreifen, nicht wahr? Die Fische dieser Spezies haben enorme Vorteile für uns: Die gesamte

Embryonalentwicklung findet *außerhalb* der Muttertiere statt, die Genetik ist dem Menschen ähnlich, es gibt eine schnelle Generationenfolge und 300 Eier pro Muttertier. Außerdem …« Das nächste Foto zeigte die Larven. »Sie sehen: Die Larven sind *durchsichtig*! Hinzu kommt, dass die Zellhaufen sehr groß sind, gut zu erkennen und ideal zu isolieren. Deshalb benutzt man sie gern für genetische Untersuchungen. Ich habe, wie Sie hier sehen, einen Farbstoff in die Zellen der Jungtiere eingebracht. Das Grüne sind die sich verästelnden Nervenzellen. Und hier sehen Sie auf einmal einen *orangefarbenen* Klecks. Das ist der Beginn eines Prozesses von Eiweißablagerungen! Wir können anhand der Verfärbung genau verfolgen, was geschieht – und in welcher Geschwindigkeit. Es handelt sich um dieselben Entwicklungen, wie sie sich im Gehirn demenzkranker *Menschen* abspielen, nur im Zeitraffer. Hier explodiert das Orange förmlich, hier wird es tiefgelb. Wenn sie so gelb ist, stirbt die befallene Zelle ab und springt auf. Das ist das Drama, das sich auch im menschlichen Gehirn ereignet!«

»Nur ist es da nicht so hübsch bunt«, feixte Victor Mahler.

Alexander überlegte. »Können Sie schon etwas über die Übertragungswege der Demenz sagen?«

»Nein, dann säße ich – mit Verlaub – nicht mehr hier, sondern stünde in allen Zeitungen bis hin zur *New York Times* und wäre der berühmteste Monegasse der Welt. Nein, ich kann bestimmte Stoffe den Fischen injizieren, oder auch Mäusen. Die Mäuse haben anschließend einen Monat lang Karenzzeit, dann geht es bei ihnen los. Aber diese Erkenntnis bringt für sich genommen nicht viel. Das sagt uns weder, was genau – zum Beispiel – die Alzheimer-Krankheit auslöst, noch erklärt es, ob es bei bestimmten Demenzen *neue* Infektionswege gibt. Ich hatte gehofft, mehr von den Herren Mahler und Duvernet zu erfahren, aber die beiden saufen sich ja lieber die Hucke voll.« Er blieb zumindest scheinbar ernst.

Alexander fühlte so etwas wie Forscher-Neugierde aufsteigen, begleitet von dem Unverständnis, weshalb das mit dem Finden von Erkenntnissen so langsam ging. »Warum gibt es keine Aussage über die Übertragungswege?«

Victor Mahler schaltete sich ein: »Erinnern Sie sich mal dran, wie lange es beim HI-Virus gedauert hat, bis man wusste, wie er übertragen wird. Und wie nicht. Nämlich nicht durch Tröpfcheninfektion, also Küssen. Die Entdeckung des Übertragungsweges von Kuru hat mehrere Jahrzehnte gedauert. Und bei manchen Krankheiten geht man erst mal überhaupt nicht davon aus, dass sie ansteckend sind.« Er grinste. »Magengeschwüre, zum Beispiel. Was haben mir meine lieben Ärztekollegen damals für Vorwürfe gemacht, dass ich zu viel Kaffee trinken würde und alles in mich hineinfresse.«

»Das hast du damals«, sagte Bea.

»Alles Gerüchte, glauben Sie nichts davon! Magengeschwüre galten als Individualschicksal. 1982 kamen Warren und Marshall vorbei und fanden den *helicobacter pylori*, ein Bakterium. Haben sogar den Nobelpreis für Medizin überreicht bekommen, 2005, glaube ich.«

»Das heißt, Sie glauben auch an die Ansteckungsgefahr bei Alzheimer?«, fragte Alexander.

»Um den Glauben geht es nicht. Die primäre Frage ist auch nicht, *ob* eine Demenz ansteckend ist, sondern *auf welche Weise*. Sie haben von Gigi gehört, dass man einem Organismus nur spezielle Amyloide verabreichen muss, und schon entwickeln sie Demenzen. Wenn ich weiß, dass ich schon Hirne fressen muss, um angesteckt zu werden, kann ich dieses Risiko vielleicht vermeiden.« Er grinste und schaute sich nach Reaktionen um. »Ich glaube nicht, dass es irgendeine Demenz gibt, die allein durch Tröpfcheninfektion übertragen wird, also durch Husten oder durch Küsse oder durch Bakterien, wie sie auf den Bildschirmen von Bankautomaten kleben. Auch wenn uns das die Hysterie in der Presse weismachen will. Aber was zum Beispiel bei Bluttransfusionen geschieht, halte ich für richtig. – Wissen Sie nichts davon?« Er setzte sich bequemer. »Man hat kürzlich zunächst einmal gänzlich auf Transfusionen von Blut verzichtet, deren Spender über 80 waren. Dann wurde die Altersgrenze auf 68 und 60 reduziert. Derzeit sind wir bei 50, glaube ich?« Er sah fragend in die Runde.

Bea schüttelte den Kopf. »Die Empfehlung der WHO habe ich erst heute Morgen gelesen: *Keine* Transfusion ohne Demenztest. Das ist natürlich reine Illusion. Welcher Blutspender macht freiwillig einen Demenztest?«

»Jemand, der sich gratis darauf testen lässt«, sagte Duvernet. »Der Ansatz ist doch gut.«

Nun stritten sich die Mediziner, und Alexander hatte Mühe, die Diskussion zu verfolgen.

»Wir wissen nicht, in welchem Stadium Amyloid-Beta in den Körperflüssigkeiten von Menschen auftritt«, sagte Ouvrard kämpferisch. Was ist, wenn die ersten Neuronen schon mit 40 absterben, die Demenz aber erst mit 65 erkennbar wird? Was nützen da Demenztests?«

»Außerdem klebt Amyloid-Beta an Operationsbesteck«, sagte Bea. »Ich habe gehört, es übersteht Desinfektionen.«

Alexander erfuhr, dass andere Nervenkrankheiten sogar mit der Muttermilch übertragen werden – bei *Scrapie* war das der Fall. Es war anstrengend, die vielen Szenarien nachzuvollziehen. Die Männer schienen immer weniger Rücksicht auf ihn und seine begrenzten medizinischen Kenntnisse zu nehmen. Sie warfen mit Fachbegriffen und schlaglichtartigen Andeutungen um sich, und für Alexander verschwammen die Argumentationslinien rasch zu einem Wissenschaftsklumpen. Der schwere Brouilly tat sein Übriges. Alexander dachte an den Flug nach Frankreich und daran, wie er sich an die *Retraite* herangepirscht hatte. Er sah zu Bea hinüber, die in die Diskussion vertieft war. Seine Furcht, sie sei entführt worden. Von diesen Fischforschern hier … Die Augenlider wurden bleiern.

»Wir sollten das nicht verharmlosen«, hörte er diesen unrasierten Gigi Ouvrard sagen. »Prionen sind hochinfektiöse Eiweiße …«

38

La Retraite
Mittwoch, 30. Juli 2014

Alexander hatte keine Idee, wie er in diesen Raum und in dieses schmale Bett gekommen war. Sofort dachte er an einen neuen Demenzschub. Dieser vermaledeite Virus – oder was immer es war – hatte für einen ordentlichen Filmriss gesorgt.

Dann fiel ihm der unangenehme Geschmack im Mund auf, und in der Spiegelleiste neben dem Kajütbett betrachtete er seine Lippen: Sie waren dunkel verfärbt. Der Brouilly … Wahrscheinlich war das der Demenzfaktor.

Ihn irritierte weniger, dass er nicht mit Bea in einem Raum schlief. Das kam auch vor, wenn sie allein auf der *Retraite* waren. Selbst in Reinickendorf verbrachten sie vielleicht nur jede zweite Nacht miteinander. Auf diese Weise erhielten sie zumindest die Illusion aufrecht, sich jedes Mal aufs Neue zu treffen.

So war es jedenfalls vor dem großen Streit. Jetzt war alles unklar. Alexander erwischte sich sogar bei dem Gedanken, ob Bea mit einem der Männer im Bett lag … Wer weiß, wenn der Brouilly mein Bewusstsein ausknipsen kann, warum dann nicht auch das Ihre?

Er ging an Deck. Niemand war da. Aber jemand hatte den zweiten Anker gesetzt. Und die Pinasse gondelte wie ein weiteres Rettungsboot am Davit. Ich war das jedenfalls nicht. Weit entfernt, vielleicht vor Antibes, fuhr jemand in der Morgensonne Wasserski, ein sägender Ton kam mit der frischen Brise herüber.

Unter Deck sah er Victor Mahler, wie er den Tisch deckte und sich mit dem dicken Bauch um die Tischkante zwängte. Gleichzeitig fiel sein Blick auf die goldumfasste runde Uhr an der Wand der Kabine.

»Erst 6 Uhr?«

Mahler grüßte stumm mit einer angedeuteten Ehrenbezeugung und lud ihn ein, sich zu setzen. Aber Alexander zog es vor, in die Bucht zu springen, die *Retraite* zu umrunden und sich das Salzwasser sowie den Kater von der Haut zu duschen.

Victor Mahler saß immer noch allein. In der Rechten hielt er einen Apfel, mit der Linken unterstrich er Wörter in einem Buch mit Zeichnungen und Bildern.

»Haben *Sie* die Pinasse rausgeholt?«, erkundigte sich Alexander.

»Zusammen mit Bea, ja. Ihr Prachtschiff wäre beinahe untergegangen, mon capitaine. Es war halb voll Wasser gelaufen.«

»Ach ja, das hatte ich ganz … Ja, es leckt.«

»So würde ich das auch nennen. Kaffee?«

Sie unterhielten sich. Erst nur über das Funkeln des Meeres, das am Morgen seicht und harmlos war. Dann erzählte Mahler über die Zeit in Paris, von den Begegnungen und den Arbeiten mit Bea. Wahrscheinlich, dachte Alexander, waren sie ineinander verknallt gewesen. Er, der ältere Tutor. Sie, die aufgeschlossene Studentin. Während er den Geschichten lauschte, die sich neu anhörten, obwohl auch Bea schon von Paris erzählt hatte, legte Alexander die Stirn in seine Hand.

»Brummt Ihnen der Schädel?«, unterbrach sich Mahler.

»Ja, aber nicht von Ihren Erzählungen. Ich war nicht gerade zurückhaltend bei dem Wein.«

»Tja, soll ich Ihnen erläutern, was der Alkohol mit Ihrem Gehirn anstellt?«

»Nein, besser nicht!« Alexander lachte. Dann war da aber eine Idee. Sie betraf seine tiefsten Sorgen. Jetzt könnte er es ein wenig überspielen. »Was genau passiert in dem Gehirn eines Demenzkranken, Victor?«

Der Alte musterte ihn kurz. »Das wüssten wir alle gern.«

Er weicht mir aus. »Aber einiges ist doch bekannt. Da gibt es diese Plaque, die die Zellen überwuchert, nicht wahr?«

Victor Mahler lächelte und erinnerte Alexander an einen stattlichen Großwesir. »Ein bisschen anders ist es schon.« Er sah sich um und bat Alexander, ihm vorsichtig den ausgetrockneten Seestern zu geben, der neben der Schiffsuhr über dem Tisch hing. »Was wissen Sie über Nervenzellen, Alexander? – Also gut, sagen wir, dieser Seestern hier, der arme flüssigkeitslose Kerl, das wäre eine Nervenzelle im Gehirn. Die einzelnen Glieder müssen Sie sich erheblich länger vorstellen. Die Seesterne sind miteinander vernetzt und leisten die Arbeit, die das Gehirn vollbringt.« Er griff zur Dose mit den Schoko-Cornflakes und löffelte ein paar auf seine Hand. »Zwischen den Nervenzellen schwimmen diese Proteine herum.«

»Cornflakes«, sagte Alexander amüsiert.

»Diese Proteine schwimmen auf den Seestern zu und müssen irgendwie in ihn hineingelangen. Auf diese Weise wird die Nervenzelle am Leben erhalten und aufgepeppelt, die Details sind jetzt nebensächlich. Jedenfalls benötigt das Protein einen Türöffner.« Mahler schaute sich auf dem Tisch um und fand eine Rosine im Müsli, die er vorsichtig auf den Seestern legte. »Die Rosine steht für ein Enzym, die Beta-Sekretase. Dieses Enzym ist eine Art Schere. Es zerschneidet das Protein und öffnet zugleich die Zellwand.« Er zerbrach die einzelne

Cornflake. »Die eine Hälfte des Proteins gelangt in die Zellwand. Dort wird es noch einmal zerschnitten, von der Gamma-Sekretase. Entscheidend ist, dass nur ein Stück des Proteins in die Nervenzelle gelangt. Die anderen, abgeschnittenen Reste schwimmen draußen herum.« Er häufte mehr Cornflakes in seiner Hand und legte das halbe Stück dazu. »Die Proteinreste außerhalb der Zelle neigen dazu, sich alle miteinander zu verklumpen. Sie bilden die Plaque. Sie legen sich nicht nur irgendwie von außen auf die Nervenzellen, sondern sie fördern auch Entzündungsprozesse. Nervenzellen sterben ab und platzen.«

»Wie in Gigis Fischen.«

Mahler schien von dem Hinweis nicht sonderlich begeistert. »Wie die Entzündungen verlaufen und warum sie zum schnellen Absterben der Nervenzellen führen, ist noch nicht abschließend geklärt. Das macht es schwer, die richtige Gegenmethode zu entwickeln. Eine Möglichkeit wäre, die Arbeit der Beta-Sekretase zu verhindern.« Er deutete auf die Rosine auf dem Seestern. »Wenn sie die Proteine nicht zerschneidet, fallen auch keine gefährlichen Überreste an.«

»Aber dann werden die Nervenzellen auch nicht mit Protein versorgt.«

»So ist es, Monsieur Alexander. Außerdem ist die Beta-Sekretase dafür verantwortlich, die Nervenstränge mit Myelin zu ummanteln. Myelin ist der weiße Stoff, der die Nerven isoliert und leistungsfähig macht. Wenn wir die Myelinbildung stoppen, haben wir Erscheinungen, wie wir sie von der Multiplen Sklerose kennen.«

Alexander nickte.

»Man könnte allerdings das Verklumpen der Beta-Amyloide, also unserer Cornflakes, verhindern. Dann bilden sie kein Plaque, schwirren aber einzeln herum. Das Beängstigende ist: Mit einigen Medikamenten lässt sich die Plaque tatsächlich schon beseitigen. Aber die Menschen werden dadurch nicht geheilt. – Möglicherweise ist Alzheimer – und nur über diese Demenz weiß ich genug – durch einen zweiten Prozess bestimmt. Um das zu demonstrieren, müsste ich unseren armen Seestern aufschneiden. Stellen Sie sich einfach vor, in seinen Armen verlaufen viele kleine Kanäle. Durch diese Kanäle werden Zellbestandteile transportiert.«

»So ähnlich wie Blutkörperchen?«

»Von mir aus. Die Kanäle nennt man Mikrotubuli. Die Wände eines solchen Mikrotubulus werden zusammengehalten von sogenannten Tau-Proteinen. An geschädigten Nervenzellen finden sich nun bestimmte Phosphatgruppen, und die verbinden sich mit den Tau-Proteinen. Sie ziehen sie sozusagen aus den Wänden der Mikrotubuli heraus und verfilzen miteinander. Die neuen Knötchen nennt man Tangles. Durch diesen Prozess lösen sich die Kanäle auf, und die Nervenzelle zerfällt von innen. Es gibt keine Transporte lebenswichtiger Stoffe mehr.«

»Und wie hängt die Plaque mit der Verfilzung dieser Tau-Proteine zusammen?«

Mit großer Geste deutete Victor Mahler auf Alexander. »Das ist die entscheidende Frage. Genau diese Frage versuchen 25 000 Wissenschaftler in aller Welt zu beantworten, mein Freund! Wahrscheinlich sind es in den letzten Wochen 250 000 geworden. Es will ja jeder der Erste sein. Eine Zeitlang sah es regelrecht nach Krieg aus: Auf der einen Seite die Plaque-Experten, die am Beta-Amyloid herumdoktern, auf der anderen Seite die Tau-Tangles-Fraktion, die über Phosphate philosophierte. Inzwischen haben sie sich angenähert und konzentrieren sich mehr auf die Wechselwirkungen. Meines Erachtens aber ohne nennenswerten Fortschritt.«

»Das heißt, die gegenwärtige Demenzwelle ist irgendwie zu begründen durch die Wechselwirkung dieser beiden Prozesse zwischen den Nervenzellen?«

»Vorsicht, Vorsicht! Ich spreche nur über Alzheimer. Andere Demenzen haben andere Ursachen. Nein, die Demenzwelle, wie Sie es zu nennen belieben, ist ein Wahrnehmungsproblem.«

»Ein reales aber! Es gibt viele Leute, die … in letzter Zeit unter Demenzerscheinungen leiden.« Habe ich mich schon zu sehr herausgelehnt, fragte er sich, als er Mahlers prüfenden Blick sah.

Der überlegte noch. »Ich sollte vor zwei Wochen ein Gutachten schreiben über Depression. Wir haben Regierungsmitglieder, die mehr oder minder depressiv sind. Ich meine nicht irgendeine Niedergeschlagenheit, sondern eine krankhafte Depression. Mehr weiß ich nicht, ich habe die Herrschaften nicht behandelt. Ich sollte aber im Gutachten ausschließen, dass sich diese depressiven Erscheinungen zu einer Demenz auswachsen. So etwas kann ich aber nicht schreiben, weil ich es nicht weiß. Ich habe abgelehnt und mir weiteren Zorn von oben eingehandelt. Aber das kümmert mich nicht. Es gibt Fälle, in denen eine bestimmte Depression auf eine bestehende Demenz hinweist. Es kann auch sein, dass sich aus einer Depression eine Demenz entwickelt. Aber das ist alles Stochern im Nebel. Man muss viel genauer hinschauen.«

»Und was meinen Sie mit dem Wahrnehmungsproblem?«

»In der Medizin und in der Pharmazie sind wir zu sehr lösungsfixiert. Wir starren auf die Elektronenmikroskope und glauben, dass uns ein Tau-Protein in einer einsamen Nacht zuflüstert, was Demenz ist. Aber so wird das nicht laufen. Denken Sie mal an das Kindbettfieber! Da sind die Ärzte von einer Patientin zur anderen gelaufen und haben ganz genau untersucht, warum die Frauen sterben. Sie haben zwar den Krankheitsverlauf studieren können, aber keine Erklärung gefunden, weshalb immer mehr Mütter bei der Geburt starben. Da herrschte eine ähnlich hysterische Stimmung wie heute mit der ansteckenden Demenz. Die Ärzte hatten den Eindruck, dass immer mehr Frauen vor ihren Augen krepierten, je engagierter sie die Frauen untersuchten. Und das Geniale war, dass einer entdeckte: Genau das ist es! Die Tatsache, dass wir ständig zwischen den Patientinnen pendeln, die bringt uns nicht der Heilung näher, sondern es ist Teil des Problems, wenn nicht sogar eine Ursache. Man fand die tödlichen Keime an der Straßenkleidung der Ärzte! Sie schleppten sie von einer Frau zur anderen. Dann führte man den weißen Kittel ein und kochte ihn nach jedem Einsatz, damit die Keime abstarben. Die Ärzte wuschen sich erstmals die Hände und desinfizierten ihre Instrumente. Und plötzlich ging das Kindbettfieber zurück. – Wenn ich das auf die Demenz übertrage, höre ich immer wieder, ich wolle diese Krankheit verharmlosen. Ein Unfug! Am Kindbettfieber sind die Frauen gestorben, und an Demenz sterben die Leute auch. Da gibt es nichts zu verharmlosen.«

»Mit Wahrnehmungsproblem meinen Sie: Die Forscher gehen falsch an die Sache heran?«

»Die Forschungen mögen richtig sein«, sagte Mahler. »Aber vielleicht stimmen die Prämissen nicht. Ich nenne Ihnen zwei Denkmodelle, ohne dass ich sie belegen könnte. Erstens: Vielleicht ist die Demenz keine Epidemie. Vielleicht nehmen wir sie nur als solche wahr. Sie kennen das aus dem Alltagsleben: Sie haben noch nie zuvor von einer bestimmten Krankheit gehört, aber plötzlich, weil ihre Angehörigen daran leiden, haben Sie das Gefühl, es gibt immer mehr Betroffene. Oder Sie hören den Namen eines Schauspielers zum ersten Mal. Und plötzlich sehen sie ihn in immer mehr Filmen …«

Alexander lachte und griff nach einem aufgebackenen Brötchen.

»Zweitens: Was ist, wenn Demenz schon viel früher in unseren Körpern anlandet? Wir wissen, dass zwischen der ersten Plaquebildung und den Demenzerscheinungen viele Jahre vergehen können. Aber vielleicht sind die Auslöser schon viel früher in unserem Körper angekommen. Während der Pubertät. Oder mit der Muttermilch. Oder mit einem bestimmten Nahrungsmittel. Wer weiß? – Was ich mir wünsche und was ich fordere, das sind Geisteswissenschaftler, die die Naturwissenschaften begleiten. Ich möchte, dass wir Philosophen und Systemtheoretiker haben, Kybernetiker, Mathematiker, Psychologen, die sich mit in der Demenzforschung engagieren und die den notwendigen Abstand herstellen. Nur mit einem gewissen Abstand kann ich feststellen, dass das Kindbettfieber von den Ärzten selbst übertragen wird.«

»Philosophen? Kennen die sich damit aus?«

»Sie sollten sich damit auskennen. Ich halte gar nichts von der Trennung der Geistes- und Naturwissenschaften. Im Übrigen könnten sie auch einen guten Automechaniker in diesen Kreis aufnehmen. Warum nicht? Jemanden, der *systemisch* und auch mal unscharf denkt. – Noch ein letztes Beispiel: Die Medizin rät jungen Frauen vermehrt zum Kaiserschnitt. Haben Sie vielleicht gelesen? Ein Kaiserschnitt hat für die Frau zahlreiche Vorteile: weniger Schmerzen, weniger Figurprobleme. Das Risiko von Geburtsschäden lässt sich mit dem Kaiserschnitt eklatant reduzieren. Eine gute Sache also, die sich medizinisch belegen lässt. Aber was wird sich unser Automechaniker eines Tages vielleicht fragen? Oder eine Hausfrau, eine Hebamme, ein Philosoph oder eine Pfarrerin? *Hat die natür-*

liche Geburt nicht vielleicht einen besonderen Sinn? Einen Sinn, den wir noch gar nicht erfasst haben?«

»Hm. Sie meinen, dass nur die gesunden Kinder zur Welt kommen?«

»Nein. Darauf will ich nicht hinaus. Ich bin auch nicht gegen Kaiserschnitte, wenn es notwendig ist. Habe das selbst praktiziert. Nein, die Frage nach dem natürlichen Sinn der Geburt ist ein unbestimmtes, unwissenschaftliches Bauchgefühl. Bauchgefühl – im wahrsten Sinne des Wortes, nicht wahr? – Aber wenn man dieses unscharfe Gefühl zum Anlass neuer wissenschaftlicher Untersuchungen nimmt, stellt man eines fest: Die Kinder bekommen im Geburtskanal, während sie da rausgepresst werden, eine ordentliche Packung an Keimen verpasst! Schlimme, ganz üble Mikroorganismen stürmen auf den kleinen Körper ein! Also noch ein Argument gegen diese Form der Geburt? Nein! Offensichtlich lösen die Mikroorganismen im Körper des Säuglings Abwehrmechanismen aus. Wir wissen heute, dass die natürlich zur Welt gekommenen Kinder im Allgemeinen resistenter gegen Krankheiten sind als die, die klinisch sauber per Kaiserschnitt geboren wurden. Ohne es schon im Detail zu verstehen, müssen wir erkennen: Kaiserschnitt-Kinder sind anfälliger für Allergien.«

»Und bezogen auf die Demenz meinen Sie, dass es eine ganz simple Erklärung geben könnte? Und dass Philosophen oder … Automechaniker der Forschung auf die Sprünge helfen könnten?«

»Ich glaube«, sagte Victor Mahler, »in Deutschland ist es noch schlimmer. Dass sich Geisteswissenschaftler mit Medizin abgeben, ist selten. Es gibt inzwischen eine *Philosophie der Biologie* und natürlich gibt es die *Medizinethiker*. Aber im Grunde ist es verpönt, man mag nicht in Gruppen miteinander arbeiten und sich von anderen Fakultäten in die eigenen Experimente hineinquatschen lassen.«

Alexander wischte sich die Hände mit der Serviette ab. »Konkret auf die Demenz bezogen, Professor Mahler …«

»Das ist vielleicht schon das Problem«, warf Mahler ein.

»Was denn?«

»Dass wir die Demenz isoliert betrachten. Und als eine einheitliche Gruppe. Noch mal: Ich habe keine Idee und keine neue Theorie. Ich sage nur: Vielleicht hilft es, wenn wir Demenz im Zusammenhang mit anderen Krankheiten sehen. Oder wenn wir uns von der Altersgrenze lösen …«

»Bea hatte in ihrer Praxis einen Jungen, der schon Anzeichen von Demenz zeigte. Und ich habe einen jungen Mann gesprochen, der ebenfalls …«

»Von dem Jungen hat Bea mir berichtet«, sagte Mahler. »Kann ein Einzelfall sein. Aber die Biologie ist kein Wunderkabinett. Vieles wissen wir ja schon. Zum Beispiel dürfte es eine gewisse genetische Disposition geben. Nur wird sie vermutlich bislang zu eng definiert. Wenn Sie einen Hundertjährigen sezieren, finden Sie garantiert Krebszellen in ihm. Und sein Gehirn weist garantiert Demenzanzeichen auf. Was sagt uns das? Beides ist in uns allen angelegt, es kommt nur auf die auslösenden Faktoren an. Vielleicht sind Krebs und Demenz etwas, das uns Menschen von Beginn an immanent ist.«

Alexanders Kaffee war kalt. Er musste grinsen. »Ehrlich gesagt, mir raucht der Kopf …«

Victor Mahler lachte und goss ihm ungefragt frischen, dampfenden Kaffee in die Tasse. »Sie sind Journalist, nicht wahr? Oder Sie waren es. Sehen Sie, Journalisten sind eigentlich auch ideal in der Forschung. Sie stellen Fragen, sind neugierig, akzeptieren nicht alles, was gegeben ist. Jedenfalls wenn sie gut sind und nicht von ihren Redaktionen gezwungen werden, über das Familienleben der Gesundheitsminister zu schreiben, so wie ich Gutachten verfassen soll.«

Sie schweiften ab und amüsierten sich über die unterschiedlichsten Ausprägungen, wie man seinen Beruf auffassen kann. Wahrscheinlich hatte Alexander den professionellen Ernst von Gaspard-Guillaume Ouvrard im Sinn, als er dessen Experimente mit den Zebrafischen erwähnte.

»Ehrlich gesagt halte ich nichts von diesem Gigi Ouvrard, den uns Daniel hier angeschleppt hat.«

Alexander staunte über die Aussage und über die unverhohlene Lautstärke, mit der Victor Mahler sie vorbrachte.

»Engagiert scheint er zu sein«, sagte Alexander. »Und die Überlegung, Demenz bei Tieren zu untersuchen, müsste Ihren Vorstellungen von Interdisziplinarität, Abstand und ungewöhnlichen Ansätzen eigentlich entgegenkommen.«

Mahler stand auf und hängte den Seestern an seinen alten Platz. Sein Gesicht war das eines Mannes, der mit der bloßen Hand Pferdeäpfel zählen musste. »Gigi Ouvrard, Gaspard-Guillaume … Dieses Genie zeigt uns Fotos von Zebrafisch-Larven. Ein alter Hut! Ich weiß nicht mal, ob er die Fotos da auf dem Laptop selbst gemacht hat. Habe das längst woanders gesehen. Und seine angeblichen Forschungen über die *Fore* kann man bei Simon Mead nachlesen. *New England Journal of Medicine*, Jahrgang 2009. Was das Schlimmste ist: Er hält alle anderen für Idioten.«

»Ich will ihn ja nicht verteidigen …«

»Das ist gut. Bleiben Sie dabei. Gigi Ouvrard zeigt ein immenses Interesse an den genetisch-pharmakologischen Erkenntnissen unseres Freundes Daniel Duvernet, und der ist einfach zu tapsig, um es zu merken. Ich habe ihn mehrfach gewarnt. Ouvrard ist ein Karrierist, der will den Medizinnobelpreis und den Friedensnobelpreis noch dazu. Und zwar, weil beides Geld bringt.«

»Aber es ist doch gut, wenn Forscher ehrgeizig sind. Muss das nicht jeder von ihnen sein? Forschen, forschen, forschen, in der Hoffnung, endlich einen Durchbruch bei der Demenz zu vollziehen?«

Mahler sah ihn unterschwellig mitleidig an. »Solche Forscherinnen und Forscher muss es geben. In den Labors, in den Instituten, in den interdisziplinären Forschungsgruppen. Aber was hat ein solcher Forscher auf einem Bötchen vor der Côte d'Azur zu suchen, gemeinsam mit einem emeritierten Genetiker und einem ehemaligen Medizin-Professor, der sein Wissen nicht der Regierung verkaufen will?«

39

La Retraite
Mittwoch, 30. Juli 2014

Nur einmal war es ihm an diesem Vormittag gelungen, Bea direkt anzusprechen. Er hatte sie hinter der Küchentheke wie zufällig *gestellt*, sie konnte ihm nicht gleich entweichen. »Wie geht es dir?«, hatte er ihr zugeraunt, während sich im Hintergrund die drei Männer über vaskuläre Demenzen stritten. Soweit Alexander mitbekommen hatte, vertrat Gaspard-Guillaume Ouvrard die Auffassung, die exorbitante Zunahme stummer Hirninfarkte bei jüngeren Menschen könnte eine Ursache der Demenz-Katastrophe sein.

Bea hatte überrascht und ein wenig erschrocken reagiert über Alexanders plötzliche Nähe. Das stärkte seinen Eindruck, sie würde ihm gezielt ausweichen.

»Gut«, hatte sie nur geantwortet. Kurz. Mit einem flackernd-unsicheren Blick hatte sie ihm nur einmal in die Augen gesehen. »Und du? Bleibt es dabei – haben sie dich wirklich gefeuert?«

»Ja.«

Sie hatte kaum merklich seine Hand berührt, der Hauch einer tröstenden Geste. Dann hatte sie sich herausgewunden und die Männer gefragt, ob es nicht Zeit sei zum Mittagessen.

Alexander ließ sie nicht aus dem Blick, er verfolgte jede ihrer Gesten. Sie macht alles, dachte er, nur mir wendet sie sich nicht zu. Aber was ist, wenn ich sie anspreche und plötzlich fällt mir nichts mehr ein? Wenn ich ihren Namen vergesse. Sie wird sofort in Aktionismus verfallen. Wird die drei Typen auf mich hetzen, wird mit Krankenhäusern telefonieren, mich nicht davonziehen lassen.

Nun, nach dem Essen, lag sie an Deck und sonnte sich. Er konnte nicht sehen, ob sie durch die Sonnenbrille in den Himmel sah oder schlief. Über ihnen hing die Pinasse in der Luft.

»Ich muss heute Abend abreisen.«

Bea nahm die Sonnenbrille ab, hielt aber die Augen geschlossen.

»Wann geht dein Flug?«

»Zwanzig Uhr.«

»Du hast dein Gepäck noch im Hotel?«

»Ja, da habe ich es deponiert. Erstaunlich …« Er lachte ein wenig. »Ich habe nichts gebraucht. – Sag mal, Bea, soll ich hierbleiben?«

Sie neigte den Kopf und sah ihn an. »Ich komme alleine zurecht, wenn du das meinst.«

»Nein, das meine ich nicht.«

Sie fragte nicht nach.

Was ist los mit uns? Ich will wieder weg, weil mein Ticket verfällt? Wie lächerlich! Nach Berlin, wo ich keinen Job mehr habe. Nein, ich will weg, weil ich ihr nicht offenbaren will, dass es mich erwischt hat. Aber es muss ihr auffallen, dass ich mich anders als sonst verhalte. Ich würde sie doch normalerweise einfach mitnehmen. Oder einfach bleiben und die drei Komiker über Bord werfen.

»Lass mir noch etwas Zeit, ja?«

Es war ihr erster Satz, der ihn berührte, seit er an Bord der *Retraite* gekommen war. Sie sah ihn ausdruckslos an, aber auch bittend.

»Was willst du hier?« Er hörte, dass seine Stimme sich ärgerlicher anhörte, als er es beabsichtigt hatte.

Sie zuckte im Liegen mit den Achseln. »Ich wollte dir nicht weh tun, Alex.«

Er betrachtete ihre geschlossenen Lider. Seine Hand berührte zart ihre durch die Sonne heiße Schulter.

Sie zuckte zurück, als glaubte sie an einen Skorpion.

»Ist ja gut«, murmelte Alexander. Er beobachtete ihren Körper, der mit einem Mal so fremd war. Bevor sich eine Ahnung wahren Hasses auch nur nähern konnte, stand er auf, ging unter Deck und nahm ein Mineralwasser aus dem Eisfach.

Hat vielleicht immer noch mit diesem Siebenjährigen zu tun, dem sie nicht helfen kann, dachte er, während das kalte Wasser in der Brust schmerzte.

Dann fühlte er sich angezogen von dem Tisch mit den drei streitenden Männern – angezogen wie von einer Gesprächsrunde im Fernsehen. Der kleine Mann mit dem braunroten Haarkranz, Daniel Duvernet, sprach gerade leidenschaftlich über *strategische Infarkte*: »Sie sind viel kleiner, fallen kaum auf, haben aber eine verheerende Wirkung – Orientierungsstörung, Störung des kompletten Urteilsvermögens, Demenz …«

»Das meine ich doch!«, insistierte Gigi Ouvrard. »Die vaskulären Demenzen sind nicht primär altersabhängig. Wir müssen uns konzentrieren auf die Suche nach Infektionen, die Hirninfarkte auslösen. Wenn wir die Infektionen medikamentös stoppen, bremsen wir auch die Demenzepidemie.«

Alexander hörte sich die Diskussion eine Weile an. Dann wandte er sich an Victor Mahler: »Und welcher Zusammenhang besteht zwischen solchen Schlaganfällen und den Plaques?«

Mahler grinste. »Wir reden über etwas anderes, wissen Sie? Heute morgen habe ich über Alzheimer gesprochen.« Er schaute die beiden anderen Wissenschaftler spitzbübisch an: »Wir haben mit dem Seestern gespielt, mit Rosinen und Cornflakes. – Bei Alzheimer ist der Hauptauslöser ein Peptid, dieses Beta-Amyloid.«

Duvernet wollte ihm ins Wort fallen, aber Mahler sprach einfach lauter: »Die vaskuläre Demenz hingegen, die mit etwa fünfzehn Prozent die zweithäufigste Form der Demenz ist, kann durch verschiedene Arten von Schlaganfällen und anderen Hirninfarkten ausgelöst werden. Das kann sehr plötzlich und in frühen Lebensjahren passieren. Etwa bei Risikopatienten mit Diabetes oder Bluthochdruck. In manchen Fällen stellt sich danach Demenz ein. Diese Variante ist übrigens nicht sonderlich spaßig, denn die Patienten bekommen viel bewusster mit, wie ihre Erinnerungen weichen, als die Alzheimer-Erkrankten.«

Gigi Ouvrard und Daniel Duvernet fielen sich gegenseitig ins Wort, Alexander hingegen suchte innerlich nach Antworten für seine eigene Misere. Im Gehirn, im Kopf. Seine Persönlichkeit. Seine Ehe mit Bea … Er starrte auf den Tisch.

Plötzlich tropfte alles an der Tischkante herunter. All das Mineralwasser und der Rotwein vom Vortag, auch Liköre und Säfte, Cola und Bier, alles ergoss sich über den Tisch, an dem sie saßen, aber es fiel den anderen nicht auf. Die ineinanderfließenden Flüssigkeiten bildeten Ströme, der Rotwein mischte sich wie Blut mit dem hellen Wasser, bevor alles an der Kante herunterlief, so schnell und rauschend, als würde der Tisch innerhalb weniger Minuten erodieren. Schon konnte Alexander durch die Tischplatte hindurchsehen, gleich würde sie sich komplett auflösen, alles würde zusammenbrechen, auch die Männer, die sich auf den Tisch stützten.

»Was ist?«, fragte Duvernet.

Der Tisch war trocken und unbewegt. Papiere lagen herum. Die Getränke waren in ihren Flaschen und Gläsern. Cola oder Säfte und Bier gab es gar nicht auf dem Tisch.

Stumm erhob sich Alexander und ging an Deck.

Bea war mit ihm aufgestanden, kam aber nicht zu ihm an Deck.

Er setzte sich an die Bugreling und ließ die Beine übers Wasser baumeln. Die Wellen klatschten gegen den Rumpf, Böen wühlten in seinen Haaren und kühlten seinen Kopf.

Denk einfach gar nichts, denk gar nichts.

Die Reden unter Deck klangen noch verhalten, dann wieder lebhafter. Männerlachen, Streit, wieder ein Lachen. Man prostete sich zu. Von Bea nichts zu hören. Doch, da, einmal bei einem Lied. Einem Lied? Schließlich Musik.

War das ein Tango?

Er fürchtete, die Zeit zu vergessen, und ging wieder nach unten. Er sah, wie Bea mit dem dickbäuchigen aber erstaunlich beweglichen Victor Mahler Tango tanzte.

Wieder eine Phantasie? Er drehte sich um, wischte sich das Gesicht mit den Händen, öffnete den Kühlschrank und starrte hinein, ohne etwas zu nehmen. Als er wieder hinsah, tanzten die beiden noch immer. Daniel Duvernet sah ihnen versonnen zu, Gigi Ouvrard war in seine Aufzeichnungen vertieft und kritzelte mit dem Bleistift in Höchsttempo. Beas Kopf lag auf Mahlers Schulter, so gut das bei einem Tango funktionierte. Es funktionierte prächtig, ihr Kopf lag passiv da, das schwarze Haar eines deprimiert-verliebten Teenagers.

Das war keine Eifersucht. Es war Wut, wie sehr Bea sich in sich kehrte und sich von ihm abwandte. Wie ein Alptraum, aber das war keine Eifersucht, da war er sich jetzt absolut sicher.

Der Tango endete, Bea hob ihr Haupt nur unwillig und blinzelte wie ein schläfriges Reh. Victor Mahler führte sie zu Alexander. »Ihre Frau ist eine Königin beim Tango, wissen Sie das, mein Freund?«

»Königin?« Er riss sich zusammen. »Aha …«

Sobald Bea gewahr wurde, dass sie zwischen Alexander und Victor stand, wand sie sich aus der Tanzumarmung und machte wieder irgendwas mit den Mineralwasserflaschen.

»Wir haben uns unterhalten, was wir tun würden«, sagte Mahler, »wenn wir selbst erste Anzeichen von Demenz an uns spüren würden.«

»So? Und – Tango tanzen?«

»Richtig! Vorher sind wir auf kondensierte Proanthocyanidine gekommen – das sind die Tannine im Rotwein. Daniel, mein Kumpel Duvernet, meint, er würde nur noch fetten Fisch fressen, mit kiloweise Curry. Beides soll Wunder wirken, behauptet er. Der kluge Gigi verweist auf Gemüse und alles, was gesund ist und Schlaganfälle verhindert. Außerdem glaubt er an Antibiotika und ein paar andere Schnapsideen. Also, worauf ich ja schwöre …« Er knuffte Alexander leicht vor die Brust. »… sind Frauen. Die Liebe, der Sex.«

Alexander horchte auf und sah zu Bea hinüber. »Das hilft gegen Demenz?«

»Nicht im medizinischen Sinne. Aber es macht Spaß.« Er lachte sich krumm.

»Deshalb der Tango mit meiner Frau?«

»Nein«, japste Mahler. »Das mit dem Tango ist ernst. Ich würde nämlich, wenn ich mich von Demenz bedroht fühlte, sehr viel tanzen. Das stärkt die Koordinationsfähigkeiten, und man kann auch noch tanzen, wenn die Demenz bereits fortgeschritten ist.«

»Oder wenn man bekifft ist«, sagte Alexander. Er sah, dass Gigi Ouvrard den Bleistift weggelegt hatte und auf Beas Einladung die zwei Quadratmeter betreten hatte, die die eben eingeweihte Tanzfläche der *Retraite* darstellten. Es war irgendein französischer Schlager, zu dem sie sich einzeln rhythmisch bewegten.

Nach einigen weiteren Liedern und Tänzen beugte sich Victor Mahler zu Alexander hinab: »Ich bin mir sicher, Ihre kleine, große Frau würde gern mit Ihnen einen Tanz hinlegen. Kommen Sie mal aus dem Schmollwinkel, Alexander.«

»Ich schmolle nicht.«

»Gut. Tango?«

Bea und Alexander sahen sich an. Wie man das beim Tango eben macht. Sie deponierte ihren Kopf nicht auf seiner Schulter und machte auch keine kleinen Schritte, um das zu ermöglichen. Alexander kannte diesen Tango nicht, er hatte nach seinem unbestimmten Geschmack etwas sehr Argentinisches. Beas Augen wandten sich nicht ab, sie sah ihm unverwandt ins Gesicht.

Die drei anderen Männer standen eng um das Paar herum und feuerten Bea und Alexander an. »Der kann das ja!«, freute sich Victor und begann, den Takt zu klatschen.

Er konnte in ihren Augen noch kein Lächeln finden. Aber sie waren nicht kalt, sie waren auf ihn gerichtet und nicht feindlich, fragend und nicht abwehrend. Er hatte ihre Finger in seiner Hand, und sie entwand sich nicht. Er spürte weiches Fleisch und Muskeln zwischen ihrer Taille und dem Rücken, sein Bein, wie es zwischen ihre Beine ging. Und bei all dem: ihre Augen.

Meine Frau.

Gaspard-Guillaume Ouvrard stieß einen spitzen Schrei aus und ließ sich auf die Couch fallen. Dann stolperte er sich wieder zurecht, stand da und schien auf seinen Beinen zu zappeln. Seine Augen zuckten wie die eines verletzten Pferdes.

Beas Ärztinnenimpuls zündete sofort. Sie stützte ihn und fragte, was los sei. Aber er riss sich förmlich von ihr fort: »Ich kann das alleine, Sie Schlampe!« Wieder brach er zusammen.

»Ouvrard, verdammt noch mal!«, rief Victor Mahler. »Wie reden Sie denn mit …«

Ouvrard stand still und starrte in die Runde, als habe er sie alle noch nie gesehen.

»Ich habe ihm was zur Beruhigung gegeben«, sagte Bea, als sie aus dem Schlafzimmer kam.

»Hat er dich erkannt?«, fragte Alexander.

Sie sah ihn erschrocken an, antwortete aber nicht direkt. »Es wird ihm wahrscheinlich nachher bessergehen.«

Daniel Duvernet tigerte seit Ouvrards Zusammenbruch während des Tangos herum. »Schlaganfall … Kann doch nicht sein. Oder? Spricht er? Wir müssen ihn auf einen Hirninfarkt hin untersuchen! Aber es kann nicht sein, dass er die ganze Zeit von Infarkten spricht und dann selbst einen Schlaganfall erleidet …«

»Ruhig, ruhig«, brummte Mahler und bewies, dass er keine Scheu hatte, seinen alten Kollegen Daniel zu umarmen und ihm beruhigend auf den Rücken zu klopfen.

Bis zur Landung in Tegel versuchte Alexander, Beas Abschiedskuss auf der *Retraite* zu interpretieren.

Im Flugzeug wedelte ein leicht untersetzter Herr Alexander mit seiner Baskenmütze zu, um ihn beim Aussteigen vorzulassen. Sie begegneten sich dort wieder, wo die Passagierbrücke auf den Ankunftswarteraum traf.

»Und ich dachte schon, ich komme auf diesem *neuen* Flughafen an«, sagte der Mann.

Nun ließ Alexander ihn vor.

»Ich mag ja diesen kleinen Westentaschen-Airport«, bemerkte der Mann mit einem spanischen Akzent und hob die Baskenmütze an, um Luft an seine Haare zu lassen.

»Ich auch«, entgegnete Alexander. »Vor allem, weil ich in Reinickendorf wohne. Wer hat schon einen Flughafen direkt vor der Tür!« Er wunderte sich, dass sie in eine Passkontrolle gerieten.

Der Mann stellte seine beiden Handkoffer neben sich und schob seinen roten *Pasaporte* in die Durchreiche. »Ich dachte, wir Europäer sind von Passkontrollen freigestellt«, sagte er grinsend.

Der Beamte sah ihn an, als habe der Baske ihm auf die blauen Schultersterne gehustet. »Die Bundesrepublik Deutschland hat das Schengener Abkommen ausgesetzt. Aus Sicherheitsgründen. – Wie heißen Sie?«

»Das steht doch in meinem Pass!«

»Ich habe Zeit, mein Herr. Die Herrschaften hinter Ihnen aber vielleicht nicht. Also, Name, Geburtsdatum und Geburtsort.«

»Entschuldigung, aber …« Die Stimme des Mannes begann zu beben. »Das habe ich noch nie erlebt, auch nicht in Deutschland.«

»Geht's jetze ma' voran, Mensch?«, rief jemand hinter Alexander.

Der Mann am Schalter stöhnte, nannte seinen Namen, ein Datum und eine Stadt, die Alexander nicht verstand. Er holte seinen eigenen Pass hervor, klappte ihn auf und ging seine Daten rasch noch einmal durch. Für alle Fälle.

Der spanische Pass kam zurück, der Mann nahm ihn zitternd entgegen und ging zum Gepäckband durch, ohne sich noch einmal zu Alexander umzuschauen.

»Wirklich ungewöhnlich«, sagte Alexander möglichst freundlich zu dem Bundespolizisten. »Wie kann denn Deutschland einfach einen Vertrag über den Verzicht auf Grenzkontrollen ignorieren?«

Der Uniformierte griff nach einem Kärtchen neben dem Telefon und leierte einen Text herunter, der mit Klebestreifen darauf befestigt war: »*Verfahren gegen das Aussetzen des Schengen-Abkommens sind beim Bundesverfassungsgericht anhängig. Bis zu einem rechtskräftigen Urteil gilt der Erlass des Bundesinnenministeriums.* Soll ich weiterlesen?«

Alexander gab seinen Pass ab. »Ich heiße Alexander Mehrow …«

Der Polizist winkte ab: »Danke, Sie sind Deutscher! Sie können durch …«

»Das ist ja unglaublich«, murmelte Alexander, als er neben der Baskenmütze ans Gepäckband trat. »Was sollen denn diese Fragen?«

Ein Mann in einem langen, beigefarbenen Sommermantel mischte sich ein: »Ein Demenztest. Jedenfalls eine Kurzvariante davon. Man will die gänzlich Durchgeknallten identifizieren.«

»Und dann?«, fragte Alexander. »Was dann, wenn jemand angeblich dement ist?«

Der Mann im Sommermantel zuckte die Achseln.

Eine Frau neben ihm schnäuzte sich und starrte auf das noch immer stehende Gepäckband. »Ich finde es sehr gut, dass sie nicht jeden irre gewordenen Ausländer reinlassen. Warum sollen wir das Auffangbecken sein für all die Idioten von draußen?«

40

Die Wohnung der Melchmers
Donnerstag, 31. Juli 2014

Lothar Melchmer war gespannt, ob die Tageszeitung diesmal in seinem Briefkasten steckte. Aus irgendeinem Grund passierte das immer seltener. Zuerst hatte er einen diebischen Nachbarn vermutet. Doch als er seine kriminalistischen Fähigkeiten anwandte, um die Zeitung mittels Haaren, Fäden und Spezialpuder als Köder zu präparieren, geschah gar nichts.

Und heute Morgen war sie da. Kein Grund, sich aufzuspulen. Fast enttäuscht zog er den Teil heraus, der ihn am meisten interessierte. Das war nicht der Sport, wie immer alle behaupteten, die ihn offenbar nicht richtig kannten. Sportergebnisse sah er sich im Fernsehen an, notfalls im Internet. Er trabte Stufe um Stufe nach oben und überflog den Berlin-Teil. Natürlich, dachte er, die Demenzhysterie. Das ist denen wirklich jeden Tag eine Schlagzeile wert.

Wirte klagen über »vergessliche« Gäste – Zechbetrug auf dem Vormarsch. »Wie soll ein Zechbetrug marschieren?«, knurrte Melchmer. Betrügerische Hausvermieter stellen Miete gleich zweimal in Rechnung. Einmal erwischt, hieß es in dem Artikel, begründeten viele von ihnen die Doppelabbuchung als »versehentliche Schusseligkeit«.

Er legte die Zeitung neben die Kaffeetasse und freute sich auf Melanies täglichen Anruf, wenn sie ihm wieder vom Strand vorschwärmen würde. Am Dienstag war er beim Polizeipräsidenten mit seiner Forderung durchgekommen, dass sich das Dezernat in erster Linie um die Aufklärung des

Mordfalls Gabi Kien kümmern darf. Doch die Telefone standen nicht still – besorgte Bürger mit dementen Wellensittichen, Presseheinis mit haarsträubenden Räuberpistolen und dann auch noch immer wieder die eigene Pressestelle. »Und wieso können wir nichts zu den Zahlen sagen?« – »Weil ich die Bekloppten da draußen im Kiez nicht täglich persönlich zähle«, hatte Melchmer gebrüllt. – »Sie sind gereizt, kann das sein?« – »Nein, ich bin nur verklemmt und möchte Sie gern um den nächsten Tanz bitten.«

Dezernatsleiter Schrödlinger war unabkömmlich, weil er eine Gruppe politischer Repräsentanten aus dem Raum Südafrika empfangen und ihnen die Vorzüge deutscher Kriminalistik vorführen sollte. Samt Programm für die Ehegattinnen. Die Gruppe erwies sich als etwas inhomogen, neben Vertretern von Townships gab es auch solche, die schon bei ihren Hotelreservierungen Wünsche an den Rand der Faxe gekritzelt hatten, die an die Hoch-Zeit der Apartheid erinnerten. Schrödlinger war damit vollauf ausgelastet.

Darum erhielt Melchmer eine achtzehnteilige Anfrage aus dem Berliner Abgeordnetenhaus. *Prävention gegen Demenz.* Melchmer beantwortete alle Teilfragen mit einem einzigen Satz: *Die Polizei ist für Straftaten zuständig, wenden Sie sich an die Gesundheits- oder Forschungsverwaltung.* Daraufhin hatte er die Ehre eines Telefonats mit dem Staatssekretär für Inneres. Verständnis. Sachlichkeit. Die hohe Pflicht der Verwaltung zur Rechenschaft gegenüber der Legislative, also dem Volk. Die Bitte: möglichst ausführlich. Und im besten Wissen. Und Gewissen.

Den halben Mittwoch verbrachte Melchmer damit, sich schlauzumachen, von anderen Verwaltungen Informationen zu erlangen und sie in achtzehn ausführliche Antworten zu gießen. Der Staatssekretär kürzte alles auf vier Zeilen zusammen und schrieb mit roten Schnörkeln an den Rand: »Kürzer ist manchmal besser.«

Schrödlinger meldete sich krank, es hieß: irgendetwas Ernstes mit der Galle. Lothar Melchmer suchte im Internet nach einer Karte von Südafrika, Lesotho und Swasiland. Da also liegt Mafeteng, das wollte ich schon immer wissen. Er sollte den Empfang der afrikanischen Delegation übernehmen. Man muss Prioritäten setzen können.

Es war nun längst 9 Uhr, aber Melchmer brühte sich trotzig einen neuen Kaffee und lehnte sich mit der Zeitung zurück. Wenn denen egal ist, wie viel ich arbeite, kann ich auch 'ne Stunde später hingehen. Er widmete sich den Teilen der Zeitung, die manche ihm nicht zutrauten: Börse, Unternehmensnachrichten, Feuilleton, Kunstmarkt. Oft war dort mehr über Berlin und seine Umtriebe zu erfahren als im Lokalteil. »Es ist wie bei einer Vernehmung«, hatte er Melanie einmal zu erklären versucht, »da muss man auch in erster Linie das Umfeld bearbeiten.« – »Na, dann schau doch mal in den Anzeigen der Lebensmittel nach, vielleicht findest du da was Sachdienliches für unseren Kühlschrank.« Melanie halt.

Dann sah er den Artikel im Feuilleton: *Jenissej verzichtet auf »Demenz«: Der Berliner Medienchoreograph Jenissej, alias Hans-Joachim Jenisch-Issenschmidt, wird vorerst doch kein Stück über die Demenz inszenieren. Erst kürzlich hatte er angekündigt, sich in einem neuen Solo-Tanzprogramm mit der aktuellen Demenz-Problematik und auch mit seinem persönlichen Schicksal auseinanderzusetzen. Er war offen mit seinem Demenzleiden umgegangen. Gegenüber dieser Zeitung sagte er: »Ich arbeite weiter an dem Projekt. Aber ich weiß nicht, wie viel Kraft mir verbleibt.« Jenissej, der sich in den 1990er Jahren zunächst in New York, dann vor allem in London einen Namen machte, erlebte in Berlin seinen Durchbruch im Jahr 2002 mit*

»Der 12. September«. In Berlin-Pankow baute er ein großes Theater um und feierte dort zuletzt mit »Mars-Orbiter« phänomenale Erfolge. Er gilt als europäische Avantgarde der Medienchoreographie mit Schwerpunkt Tanzkunst. Freunde und Beobachter hatte er zuletzt damit überrascht, dass er die Inszenierung des mit Spannung erwarteten Stückes »Ignoranz« kurz vor der für Juli diesen Jahres geplanten Premiere absagte und damit auch hunderte Mitkreative seines Ensembles überrumpelte. Er habe noch nie zuvor die Arbeit an einer Inszenierung eingestellt, hieß es dazu aus dem Kreis seiner Vertrauten.

Vernünftig von ihm, dachte Melchmer. Er erinnerte sich an den Fall von Jenissejs verschwundener Tochter Lena. Es hatte ihn auf die Palme gebracht, wie abgebrüht dieser Vater dem Schicksal seiner Tochter gegenüber zu sein schien – jedenfalls hatte es zunächst oberflächlich so gewirkt. Er trank den Kaffee aus, schickte eine SMS an die Dienststelle – to whom it may concern – und fuhr nach Pankow.

Das Gittertor vor dem Theater hatte er als verschlossen und gut bewacht in Erinnerung. War da nicht immer so ein Haarzopf-Typ, der seinen Meister Jenissej verteidigte? Jetzt war das Tor offen und einsam. Auf Melchmers Klingeln, erst von der Straße aus, dann am Theatereingang, reagierte niemand. Er wusste noch von dem Wohntrakt, der als Anbau hinter dem Theater lag. Dort gab es keine Klingel. Auf das Klopfen ebenfalls keine Antwort. Melchmer klinkte – die Tür war nicht verschlossen.

»Gut Freund!«, rief Melchmer und, »Jenissej?«

Nichts.

Im Flur standen Bühnen-Versatzstücke in mehreren Blautönen. Bunte Bänder waren darübergeworfen. In einer Ecke lehnten Fahnen. Dazwischen abgestellte Straßenschuhe, eine Kiste mit leeren Weinflaschen und ein kniehoher Drache aus Bronze. Zwischen der Garderobe hing ein Kondomautomat.

Aus dem Raum dahinter – wegen der Fliesen nahm Melchmer an, dass es die Küche sein musste – drang ein Rauschen. »Jenissej! Hallo! Jemand da?« Er testete, ob er etwas Verdächtiges roch. Da floss kein Wasser, es war ein rumpeliges Rauschen, wie bei einem voll aufgedrehten Gashahn. Ach du je, und ich hab keine Cohiba dabei, die ich mir gerade mal anstecken könnte …

Der Suizidversuch mit dem offenen Gashahn und dem Gasherd entpuppte sich als etwas anderes: Auf dem Elektroherd stand ein Topf mit zwei inzwischen mutmaßlich recht hartgekochten Eiern. Wrasen an den Fenstern, das Wasser im Topf so gut wie verdunstet. Melchmer nahm den Topf von der Platte und machte den Herd aus.

Falls es Jenissej war, der die Eier aufgesetzt hatte, so hatte er sie offenbar vergessen. Melchmer traf in der verschachtelten Wohnung niemanden an. Von dort gab es aber Wege in eine kleine, fensterlose Bibliothek, in einen Schneideraum mit viel Technik und natürlich direkt auf die Bühne. Auditorium, Bühne, Schnürboden, Garderoben, Foyer – kein Mensch.

»Und wir sind immer alle für dich da, wenn es dir mal schlechtgeht, Jenissej«, sagte Lothar Melchmer in der Kulisse.

Anruf aus dem Präsidium: »Herr Melchmer? Hier stehen die Lesothoaner … oder Lesothoer. Die warten auf Sie.«

»Bin unterwegs.«

»Was soll ich denen sagen? Ich kann kein Lesothanisch.«

»*Sesotho* heißt das. Schicken Sie sie in die Kantine, da haben die zu Hause was zu berichten. Sagen Sie ihnen ein herzliches *Grüß Gott* von mir. Und dass ich auf direktem, ballistischem Weg zu ihnen unterwegs sei.«

41

Hausarztpraxis Dr. Bea Mehrow, Berlin-Reinickendorf
Donnerstag, 31. Juli 2014

Es war ein ungewohnter Anblick für ihn: Ina ohne Kittel. Sie trug blaue Jeans, ein weißes T-Shirt und ein schwarzes Sakko. Alexander fand, dass sie zehn Jahre reifer wirkte als in dem Schwesternkittel. Sie hatte entschieden, das Schild im Fenster auszutauschen und auch noch für die nächste Woche »Urlaub« der »Frau Dr. Mehrow« anzukündigen.

»Ich verweise die Patienten auf Dr. Ißler. Er übernimmt ja sonst auch die Vertretung für Ihre Frau. War das in Ordnung? Ich meine, dass ich einfach auch die nächste Woche geblockt habe?«

»Sicher, Ina, eine gute Entscheidung. Danke sehr. – Kommen Sie zurecht? Verschieben Sie auch Termine? Geben Sie den Leuten Spritzen?«

Sie lachte. »Das sind aber viele Fragen auf einmal, Herr Mehrow.«

»Entschuldigung …«

»Rein organisatorisch ist eine Auszeit in der Praxis gar nicht schlecht. Ich komme dazu, einige Dinge von Grund auf in Schuss zu bringen. Hier, das sind Röntgenbilder – ich bin endlich auf dem Laufenden, was die Weitersendung von Berichten angeht.« Sie sah ihn besorgt an. »Aber der Frau Doktor geht es nicht gut, stimmt's?«

»Na ja, sie ist mit Freunden auf einem Boot, das wir uns immer mieten.«

»Die *La Retraite* in Antibes? Ich weiß. Sie hat gern davon erzählt und uns Fotos gezeigt. Wunderschön. – Mich hat nur gewundert, dass sie so rasch nach dem gemeinsamen Urlaub mit Ihnen gleich wieder …« Sie wurde rot. »Ich fürchte, ich mische mich in Dinge ein, die mich nichts angehen.«

Er bemühte sich um ein offenes Lächeln. »Schon in Ordnung. Sie fühlt sich nicht gut. Ich kann es mir … ich habe auch noch keine richtige Erklärung dafür. Aber ich denke, sie ist pflichtbewusst genug, dass sie nächste Woche wieder auf der Matte steht …«

»Ja, das ist sie. Das ist sie wirklich.«

Alexander hatte das Gefühl, dass Ina vor allem *ihn* beruhigen wollte. »Gut, wenn sonst nichts ist …«

»Ach doch! Eines noch, Herr Mehrow. Sie haben den Schlüssel für die Alarmanlage der Praxis? Ich meine, ich habe auch einen, aber Frau Doktor … Ihre Frau sagte mir mal, dass es ein Spezialschlüssel ist, der auch für Ihre Wohnung passt. Also Ihrer, nicht meiner. Kann es sein, dass Sie mit Ihrem Schlüssel auch in den hinteren Laborraum kommen?«

Er verstand nicht. »Sagt mir nichts.« Er zog sein Schlüsselbund aus der Hosentasche. »Der hier! Alarmanlage Praxis und Wohnungstür bei uns. Was für ein Laborraum?«

Sie ging vor, schaltete das Neonlicht im schmalen Labor an. »Das Wichtigste befindet sich zwar alles hier …«

Alexander sah zwei Mikroskope, Regale, einen Kühlschrank und Geräte, die ihm nichts sagten.

»Aber hier hinten ist noch diese Tür. Sie ist normalerweise unverschlossen. Ich habe für sie keinen Schlüssel. Hier scheint auch keiner herumzuliegen.«

Alexander Mehrow probierte den Schlüssel, aber er passte nicht.

»Gut, dann kann man nichts machen«, sagte Ina.

»Was ist da drin?«

»Das ist unser Lagerraum für alles Mögliche. Nachschub für Verbände und Pflaster, Ersatzkanülen und so weiter. Auch Rezeptformulare. Ich meine, im Grunde brauchen wir nicht viel derzeit, aber ich hätte schön die Gelegenheit nutzen können, die Bestände durchzusehen und sie gegebenenfalls aufzufrischen.«

»Wahrscheinlich hat nur meine Frau den Schlüssel? Vermutlich hat sie versehentlich abgeschlossen. Wenn ich Sie richtig verstehe, kann es warten, oder?«

Sie biss sich auf die Unterlippe. »Da sind auch die Kühlschränke drin. Also abgesehen von dem kleinen vorn, haben wir hier die Proben und die Impfstoffe. Da ist mir ein wenig unwohl. Wenn jemand kommt und eine Tetanus braucht, würde ich natürlich gern an die Sachen herankommen und ihn nicht erst zu Dr. Ißler schicken.«

»Wenn Sie sagen, dass Sie reinmüssen, brechen wir die Tür auf.«

Sie nahm die Hand vor den Mund. »Gott, nein, an so was habe ich nicht gedacht.«

Das Telefon klingelte.

»Einen Moment …« Sie rannte nach vorn.

Alexander sah sich nach einem geeigneten Gegenstand um und versuchte, durch Klinken herauszufinden, wie viel Widerstand zu erwarten war. Was soll schon sein, dachte er, das ist praktisch auch mein Eigentum. Ich darf ja wohl beim Ehepaar Mehrow einbrechen. Es sei denn, da sind geheime Patientendaten … Das war ihm zu kompliziert. Er fand eine Mischung aus Metallstange und Bolzen, die nicht sehr empfindlich aussah, an der Spitze jedoch einen kleinen Spachtel zeigte, der dem Ende eines Schraubenziehers glich.

Beim ersten Hineinzwingen knackte es. Alexander hebelte

zwei, drei Mal, dann sprang die Tür zum dunklen Lagerraum auf. Mein erster Einbruch, registrierte er stolz.

Zuerst nahm er nur das Raunen der Kühlaggregate wahr. Grüne Dioden und rote Leuchtziffern zeigten Temperaturen an. Das Licht benötigte eine Weile, hell zu werden – alte Energiesparleuchten.

Alexander war verblüfft, weil er sich den Lagerraum anders vorgestellt hatte. Von den Regalen war kaum etwas zu sehen, alles hing voller Zettel und Fotos. Der Begriff *Kinderzimmer* ging ihm durch den Kopf, allerdings wusste er noch nicht, weshalb.

Nur einige der Fotos waren echt, andere Bilder stammten offenbar aus einem Drucker, auf normalem Schreibpapier. Er lächelte, als er die *Retraite* sah und sich selbst, wie er so tat, als würde er eine Angel auswerfen und sich auf die Hochseefischerei konzentrieren.

Er sah das Hausboot im Maselakekanal. Das Mietshaus, in dem sie wohnten. Auf einem Blatt lächelten Beas Eltern und hielten ein Buch in die Kamera. Darunter Beas Handschrift: *Vater, gestorben 2005. Mutter, gestorben 2007.*

Die Zettel – das waren Texte. Er sah Beas Lebenslauf, nicht ganz aktuell. *Urlaub mit Alex, 2014*, hatte sie mit einem kleinen Pfeil notiert.

Was ist das?

Ohne dass er hätte erklären können weshalb, öffnete er die Kühltruhen. Eine nach der anderen. Soweit er sehen konnte, waren es Impfstoffe. In einem standen beschriftete Proben. Nichts Ungewöhnliches für eine Praxis mit Labor, dachte er.

Der Raum war voller Zettel und Bilder. Das war es wohl, meinte er, was ihn an ein Kinderzimmer erinnerte. Oder an ein Poesiealbum. Mit Erinnerungssprüchen.

Ein vergilbtes Bild von Beas erstem Pferd.

Ihre Einschulung.

»Sie haben's geschafft! Können Sie …«

Alexander fuhr herum: »Raus!«

»Ja, ich …«

»Raus!« Er schloss die Tür hinter sich, die nicht richtig einrastete, sondern quietschend wieder aufging.

»Schon gut«, hörte er Ina leise. »Ich bin vorne.«

42

Gartenfeld, Berlin-Spandau
Donnerstag, 31. Juli 2014

Im Radio des Taxis klimperte ein Jazzklavier, und eine Frau sang.

You must remember this
A kiss is just a kiss
A sigh is just a sigh
The fundamental things apply
As time goes by …

»Könnten Sie das ausschalten? Bitte!«

Der Fahrer sah in den Spiegel. »Was anderes? Klassik, Pop, Gequatsche, Werbung?«

»Am besten nichts.«

»Kann man ja auch höflich sagen«, maulte der Fahrer und schaltete das Radio aus.

Alexander sah aus dem Fenster. War das vor ein paar Tagen oder gerade eben gewesen? Hatte er Ina den Schlüssel zur Praxis abgenommen und sie herauskomplimentiert, weil die Tür zum hinteren Laborraum sich nicht mehr schließen ließ und er nicht wollte, dass die Sprechstundenhilfe etwas sah von diesem … Raum mit Beas Fotos und Zetteln?

Nein, es war gerade eben passiert, er hatte die Praxis abgeschlossen und war ins Taxi gestiegen.

Das ist doch nichts anderes als ein Raum der Erinnerung! Sie hat versucht, nichts zu vergessen, hat es für sich behalten. Deshalb ihr aggressives Ausweichen. Ihre Flucht auf die *Retraite*. Es hat uns *beide* erwischt. Und anstatt gemeinsam …

Er rief sich zur Ordnung. Es war völlig undenkbar, sich

mit ihr zu solidarisieren. Denn in ihm sah sie den gesunden Teil der Ehe. Dass er an ihrer Liebe zweifeln konnte, musste sie hinnehmen, aber die Vorstellung, dass es auch ihn getroffen hatte, wäre noch zerstörerischer für sie gewesen.

So wie für mich.

Draußen lief irgendein Film über Berlin ab, Alexander hatte keine Ahnung und keine Lust, jemals wieder auszusteigen.

»Soll ich noch mal um den Block fahren, Boss?«

»Wie bitte?«

»Wir sind da. Sie müssten jetzt zahlen und aussteigen, der Herr. Oder ich kutschiere Sie noch eine Weile herum. Gern auch ganz ohne Musik.«

Er lief auf das Gebäude zu, in dem die IVN saß. Etwa hundert Meter davor bog er in einen kleinen Weg ein, der seitlich um das Gebäude herumzuführen schien. Zwischen den Bäumen standen mehr Autos als bei seinem letzten Besuch.

Vielleicht haben sie jetzt mehr Kundschaft, grübelte er.

Alexander setzte sich auf den Rand eines oben offenen Betonröhrensegments. Gras war an den Rändern heraufgewachsen, und bei Berührung flogen und hüpften gleich mehrere Insekten davon. Er schaute in die Röhre und sah zwischen Grashalmen einen kaum noch erkennbaren Vogelleichnam. Ein Marienkäfer marschierte manisch über den Betonrand seines provisorischen Sitzes.

War ihm schon früher aufgefallen, wie heruntergekommen das Gelände mit dem Verwaltungsgebäude von außen aussah? Die Büroräume drinnen, die Behandlungszimmer und das Zimmer für die Übernachtung waren hingegen aufgetakelt.

Ein Kleinlaster kam auf das Gelände und ließ die Kieselsteine unter den Reifen knirschen. Niemand achtete auf den Mann, der auf dem Betonröhrensegment saß und nichts tat, außer zu schauen. Das, was der Fahrer und der Beifahrer ausluden, sah nach leichten, weißen Särgen in transparenter Plastikfolie aus. Sie schafften sie zu einer Art Eisenbahnschuppen hinüber.

In aller Ruhe zählte Alexander Mehrow diese »Särge«, die ganz sicher keine waren. Er musste an den Begriff der *Erinnerungskapseln* denken, von denen Jana Elztal, die Leiterin von IVN, gesprochen hatte und die angeblich nur als abstrakte Projekte zu verstehen waren.

Die Plane des Kleinlasters wurde wieder verschnürt, der Kleinlaster fuhr in Richtung Gartenfelder Brücke davon. Alexander war mit dem toten Vogel und dem im Kreis krabbelnden, offenbar fluguntauglichen Marienkäfer allein.

Nach einer Weile fuhren, beinahe gleichzeitig, zwei Privatwagen vor. Aus dem ersten half eine junge Frau einer weißhaarigen, staksig gehenden und immer wieder stehen bleibenden, sich umschauenden Frau aus dem Wagen und zu ICH VERGESSE NICHT! Das Zweite war eine kleine Familie, die ihren Opa ablieferte. Die Kinder ballerten mit blinkenden Weltraumwaffen aufeinander, die Mutter hatte mit ihrem Blackberry zu tun.

Alexander sah immer wieder auf die Armbanduhr. Auf diese Weise versicherte er sich laufend, dass sein Zeitgefühl ihn nicht verließ. Das war schon am Flughafen so gewesen, dass er sich ständig gefragt hatte, ob er zwischen zwei Augenblicken eine Stunde weggedämmert war, sie schlicht vergessen hatte. Bislang war es nicht mehr vorgekommen, dass die Zeiger der Uhr überraschend vorgesprungen wären, aber die Angst, dass es passieren könnte, grollte tief in seinem Inneren wie Magma.

Wenn er auf die Uhr sah, fiel ihm der Uhrentest ein. Jedes Mal! Und jedes Mal überlegte er, ob seine Fähigkeiten, eine Uhr zu zeichnen, nachließen. Nein, bestätigte er sich, aber er traute sich auch nicht mehr, es ohne Blick auf die Uhr zu wagen.

Einerseits wusste er genau, weshalb er hier saß. Man hatte ihn hier verscheucht, rausgeworfen. Das war nicht in Ordnung. Er wollte wissen, was das für ein Laden und für ein Verein waren. Andererseits war es unlogisch. Was half es ihm, was half es Bea, dass er auf diesem Industriegelände lungerte?

Wohin soll ich denn sonst?

Er stand wieder in Beas Raum der Erinnerung, im hintersten, abgeriegelten Raum ihrer Hausarztpraxis. An die Fotos von der *Retraite* und von ihrem letzten Urlaub erinnerte er sich sehr gut.

So dement bist du also gar nicht, dachte er und grinste vor sich hin.

Der Marienkäfer versuchte es mit Freeclimbing an einem Steinchen. Er rutschte ab und landete auf dem Flügelpanzer, die Beinchen zappelnd in der Höhe. Ein, zwei Mal versuchte er, die Flügel zu entfalten und sich damit aufzurichten, aber es funktionierte nicht. Vielleicht war der Beton zu rau. Alexander bot ihm seinen Zeigefinger. Der Käfer griff danach, kletterte den Finger entlang und schien auf die Startfreigabe zum Abflug zu warten. Aber er blieb und verharrte.

»Na, weißt du auch nicht, wohin?«, fragte Alexander.

Ein blau-silberner Polizeiwagen fuhr vor, ohne Blaulicht, aber mit Staubwolke beim Bremsen. Ein Beamter sprach einem alten Mann Mut zu – kindisches Lob, soweit Alexander gegen den Wind hören konnte. Der Polizist führte den Mann zum Hauseingang, wo der nette Herr Seiler samt Jana Elztal bereits warteten und den alten Mann mit Überschwang übergossen.

Bringt die Polizei jetzt schon die Dementen hierher, weil sie selbst nicht mehr weiterweiß? Oder ist denen hier der Mann ausgebüchst, und die Polizei hat ihn aufgegabelt und zurückgebracht – ihm den Zeigefinger hingehalten, um sich daran aufrichten zu können. Falsche Metapher, tadelte sich der Exjournalist und Expressesprecher. Demente können sich vielleicht aufrichten, sie wollen vielleicht auch weg – zurück in ein tatsächlich existierendes oder nur imaginäres Zuhause. Sie können aber nicht davonfliegen.

Der Käfer auch nicht.

Inzwischen hatte die Mittagssonne das Gelände leergefegt. Die Polizei war weg, der alte Mann samt Empfangskomitee im Haus verschwunden. Alexander kontrollierte die Uhr, demnach waren keine fünf Minuten vergangen. Könnte aber trotzdem sein, dachte er, dass ich mir die Szene mit dem Polizeiwagen nur ausgedacht habe. Woher weiß ich, dass die Erinnerung stimmt? Der Marienkäfer war auch weg. Weggekrabbelt, weggeflogen oder nie da gewesen.

Nur der tote Vogel, der blieb zuverlässig. Auf den Boden gedübelt von Ameisen und Maden. Und so fixiert wird er auseinandergenommen – wie es die Amyloid-Peptide mit dem Gehirn machen.

Gaspard-Guillaume Ouvrard fiel ihm ein. Die These von den Hirnschlägen, die zu Demenz führen. Wenn es nun einen Virus gab oder ein Bakterium, das solche Infarkte auslöste? So wie Magengeschwüre vom Helicobacter verursacht werden?

Ich muss in den Schatten, behauptete er und ging auf den Schuppen zu. Blick auf die Uhr, dann Blick durch die Scheiben. In seiner Erwartung hätten sie matt sein müssen, aber sie waren geputzt, wenn nicht sogar neu eingesetzt.

Mit dem Aufbrechen von Türen habe ich jetzt Erfahrung, dachte er, aber die Lieferanten hatten sie wohl offen vorgefunden und auch offen gelassen.

Etwa zwanzig weiße Pakete mochten die beiden vorhin angeschleppt haben. Alexander schätzte, dass in diesem Lager 70 oder 80 davon lagen oder aufrecht gegen Wände und Regale gestellt waren. Zwei von ihnen hatte man ausgepackt und aus den Bestandteilen zusammengebaut, ein drittes stand halb fertig auf einem langen Metalltisch.

Die Zeichnungen auf den Verpackungen zeigten ein halb weißes, halb transparentes Zelt, das um einen fröhlichen Patienten aufgebaut war. Fotos, ein Bildschirm und Texttafeln machten den Patienten zum glücklichsten Menschen der Welt. Vielleicht lag es aber auch an der Musterfamilie, die neben ihm am Bett stand und ihm zuwinkte. Oder an der lasziven Krankenschwester, die ihm den Puls fühlte und schon ein gelbes sprudelndes Getränk bereithielt.

Alexander berührte den Stoff des halbfertigen Zeltes auf dem Tisch. Es war dünnes Leinenmaterial. Kunststoffgestänge erlaubten offenbar, das Zelt in der Größe an das jeweilige Bett anzupassen. Weitere Kunststoffstangen boten Möglichkeiten, innen Gegenstände zu befestigen – Fotos, Stofftiere, Uhren …

Völlig lächerlich, dachte Alexander. Wer will in so einem Kokon seine letzten Monate verbringen?

Er ging zu den aufgebauten Zelten hinüber und stöberte in eines hinein. Man hatte es wohl schon auf einen bestimmten Patienten ausgerichtet. Da hingen Metallkreuze und schwarze Bänder, eine Nietenkluft und sogar eine E-Gitarre. Dementer Rocker, na gut …

Plötzlich kippte er aus der Hocke zur Seite. Gleichzeitig sah er vor sich das Bild eines Tsunamis, wie er es im Fernsehen gesehen hatte: Das Meer wich zurück, dann erhob sich im Dunst der Entfernung eine gewaltige Stufe auf der Meeresoberfläche, die langsam aber bestimmt auf ihn zurollte. Er zitterte und wusste, dass es eine Panikattacke war.

Wenn sie alle so was haben, wenn Bea sich schon aus ihrem Labor einen Erinnerungsraum bastelt – vielleicht ist das hier doch das Richtige. Am liebsten hätte er sich jetzt in so einen strahlend weißen Kokon gelegt, einfach nur, um auszuruhen. Sich abzukühlen, zu schlafen, aufzuwachen – in Ruhe.

Ich muss so ein Ding für Bea haben!

Ihm war bewusst, dass es irrational war, aber er zerrte an einem der verschweißten Pakete. Zwei werde ich tragen können. Aber sie waren erstaunlich schwer, und eine Metallstange rutschte aus einem der daneben gelagerten Zeltpakete. Offenbar bestanden diese Dinger doch nicht nur aus Plastik und Leinen.

Er sah sich um, aber niemand außer ihm schien im Schuppen zu sein. Alexander wollte die Metallstange wieder in das schlampig zusammengelegte Zeltbündel schieben. Da war aber ein Widerstand.

Liegt da jemand drin?

Quatsch, meine Phantasie geht mit mir durch. Dennoch musste er das Bündel halbwegs ordentlich zurechtrücken, damit seine Schnüffelei nicht auffiel. In diesem Moment klappte eines der Segeltuchsegmente zur Seite, und ein Stapel Papiere ergoss sich mit einem unverschämten *Flatsch!* auf den Boden des Schuppens.

Alexander bückte sich, um das Papier einzusammeln. Es war aber unglücklich in alle möglichen Richtungen gerutscht. Und schon fielen zwei Hefter hinterher.

Versicherungsunterlagen, sah Alexander Mehrow. Da hat aber jemand seine Steuererklärung ziemlich unsortiert …

Wer steckt denn Kontoauszüge – ?! – in diese *Erinnerungskapseln?* Will ich aus meiner Demenz erwachen, völlig orientierungslos, und gleich meine Steuernummer sehen? Er lachte grimmig in sich hinein und verfluchte die Naturgesetze, die einen schweren Stapel Papier dermaßen chaotisch zerstieben lassen konnten.

Hier und dort standen Adressen und ein Name. Unterschriften. Lebensversicherung. Rentenkasse. Kredite. Und immer wieder der Name und die Adresse von einer Gabi Kien.

Vielleicht verstauen sie hier die Personalunterlagen ihrer Mitarbeiter, dachte Alexander Mehrow leicht belustigt. Der Herr Seiler behauptet oben: Ich sortiere das schon, Frau Dr. Elztal. Und hier stopft er alles zwischen die Zelte.

Aber wenn diese Gabi Kien eine Mitarbeiterin ist, hätte sie ja kaum ihre Kfz-Versicherungspapiere beim Arbeitgeber hinterlassen.

Also eine Patientin … deren persönliche Unterlagen man mitgenommen hat, um sie zu sortieren. *Wir regeln das schon für Sie, liebe Frau Kien, machen Sie sich da mal keine Sorgen …* Kann froh sein, dass sie das Zeug nicht auf den Müll geworfen haben.

Aber warum nicht? Wenn sie wirklich betrügen wollen, könnten sie das Zeug ja wegwerfen. Welcher Demenzpatient könnte das selbst noch kontrollieren?

Er sah automatisch auf die Armbanduhr.

Das hier sah eher so als, als wollte man die Unterlagen verstecken.

»Was Interessantes gefunden?«

Alexander nahm nur die Silhouette war. Seiler war es nicht, aber einer seiner Türsteher-Kumpel.

Seine Finger krampften sich um das Blatt in seiner Hand.

Als nächstes sah er die Regale an sich vorbeirasen, denn sein Körper rannte auf die Tür zu, hinaus übers Gelände, über das unsystematisch wachsende Gras, vorbei an parkenden Autos und an einer weiteren Demenzfamilie, durch Gestrüpp und Bäume.

Vor ihm lag die Gartenfelder Brücke.

Nicht vor ein Auto rennen!

Er sah sich um – niemand schien ihm zu folgen.

Aber ich kann mich täuschen.

Er lief über die vergessenen Gleise der Industriebahn, die neben der Straße im Nichts endeten. Die alte Bahnbrücke war verschwunden, aber die Betonwände an den Ufern standen noch. Alexander kletterte zu ihnen hinunter.

Genau hier werden sie mich vermuten.

Er nahm das Portemonnaie mit den Papieren, stopfte das Versicherungsblatt dieser Gabi Kien hinein und hielt es in der linken Hand über seinen Kopf, während er zum Wasser des Alten Spandauer Schifffahrtskanals hinabstieg und hineinsprang.

43

Polizeipräsidium, Berlin-Tempelhof
Donnerstag, 31. Juli 2014

»Sie haben sogar Ihren Urlaub abgesagt, das finde ich bemerkenswert.« Der Präsident streichelte einen Locher, mit dem man auch dicke Kompendien lochen konnte.

»Ich auch«, sagte Lothar Melchmer.

»Wir bringen manchmal Opfer, Herr Hauptkommissar, das glauben die Bürger ja gar nicht. Die sehen uns nur als Bürokratenpack. Wo sollte es denn hingehen, uuursprünglich?«

»Malle.«

»Aaach, herrlich! Die Malediven, jaaa! Wundervolles Fleckchen Erde. Traumhaft geradezu. War auch schon dreimal da: Die Freitagsmoschee, der Friedhof der Sultane … Dann diese bunte Unterwasserwelt … Seele baumeln lassen und so weiter. Jaaa … Na, aufgeschoben ist ja nicht aufgehoben. Reiserücktrittsversicherung zahlt?«

»Herr Präsident, können wir auf den Fall Kien zurückkommen?«

Der Präsident winkte ab. »Lassen Sie mal, Melchmer, lassen Sie mal gut sein. Ich verstehe, dass Sie Blut lecken als Kriminalfachmann. Aber die Kien-Gabi, das ist ein Routinefall für die 13. Ich weiß, sagen Sie nicht, die 13 ist gar nicht zuständig. In Zeiten wie diesen müssen wir unkonventionell vorgehen, da interessieren mich keine starren Zuständigkeitsgrenzen. Sie sind mir mehr der Typ fürs Generelle, Melchmer. Generalissimus, sozusagen.« Er lachte jovial. »Sehen Sie, der Schrödlinger ist weg vom Fenster. Nicht menschlich, meine ich jetzt.

Netter Typ, aber eben ohne Biss in so einer Lage. Und krank ja nun auch noch. Ach, wie lief das eigentlich mit diesen … Lusitaniern da aus Südafrika?«

»Bestens.«

»Na fein. – Also, jetzt passen Sie mal auf.« Er stellte den Locher auf DIN A5 ein und wieder zurück auf A4. »Was wissen Sie über Alzheimer und Demenz?«

»Das meiste hab ich vergessen.«

Der Präsident starrte ihn an. Man hörte sein Gehirn arbeiten. Dann lächelte er. »Ach so: *Vergessen*. Verstehe. Na ja, gute Laune ist auch wichtig in unserem Job. Verlieren Sie nicht Ihren Humor, Herr Melchmer. Tipp von mir. – Rundheraus: Ich war beim Gesundheitsministerium. Beim *Bundes*gesundheits … Ich hab denen gesagt, dass ich Klartext verlange! Das Ende vom Lied: Sie verschleiern! Ich hab mich bei denen ins Büro gestellt und gesagt: *Bei 'ner Vogelgrippe sperren wir Bauernhöfe ab, dann wird gekeult. Bei 'ner Seuche haben wir die Pandemiepläne, notfalls arbeiten wir mit der Bundeswehr.* Und so weiter. *Aber ich muss von euch wissen, was das hier mit der Demenz ist. Was soll die Polizei machen*?«

»Und? Auf Streife gehen, mehr Präsenz zeigen? Die üblichen Floskeln?«

»Nein, sie sagen gar nichts. Verstecken sich. Sie müssten noch Forschungsergebnisse abwarten. Wollen nichts übereilen. Seien nicht zuständig. Landesangelegenheit.«

»Ganz so falsch ist das nicht«, sagte Melchmer. »Was sagt der Innensenator dazu?«

»Dass ich Vorschläge unterbreiten soll. – Ja, das finde ich auch lächerlich. Andererseits … So schwer kann es eigentlich nicht sein: Da ist eine Demenz, die breitet sich rasant über den Kontinent aus, inzwischen gibt's ja schon Fälle in China! Das ist doch das Gleiche wie bei Schweinegrippe oder Pocken.

Oder bei der Pest sogar. Eine ansteckende Krankheit, gegen die man einen Impfstoff entwickeln muss. Warum setzt sich nicht die Regierung an die Spitze und fordert, dass alle Wissenschaftler sich nur noch darum kümmern? Sollen sich ein Beispiel nehmen an Robert Koch. Ihnen winkt der Nobelpreis, was will man mehr? Da muss ich doch einen politischen Ansporn geben, Gelder bereitstellen, Forderungen stellen. Wenn es einen Erreger gibt, gibt es auch einen Antikörper. Den spritzt man den Berlinern, dann sind sie resistent. Und ich sage Ihnen eins, Herr Hauptkommissar: Ich bin ganz vorn dabei, wenn dieser Impfstoff in Berlin zuerst getestet werden soll. Mag es auch Risiken geben, aber wir können nicht dabei zusehen, wenn unbescholtenen Bürgern ein Teil ihrer Persönlichkeit geraubt wird. Das ist es doch, was diese fürchterliche Krankheit so geradezu verbrecherisch macht. Die Polizei sieht doch auch nicht zu, wenn sämtliche Juweliere der Stadt ausgeplündert werden. Sondern dann starten wir den ersten Angriff und setzen alle verhältnismäßigen Mittel ein, um das zu unterbinden. Und auf genau diese Weise muss die Polizei jetzt tätig werden. Dazu brauchen wir von Forschung und Politik einen Impfstoff, den wir den Leuten verpassen. Notfalls gegen ihren Willen, Melchmer. Da bin ich gar nicht fein. Da haben wir in so einem Notfall auch die rechtlichen, die grundrechtlichen, ähm, grundgesetzlichen Mittel, das durchzusetzen. Man muss uns nur das Zeug geben. Robert-Koch-mäßig.«

Melchmer klatschte dreimal in die Hände. »Interessanter Vortrag.«

»Ja, nun, das Gesetz des Handelns!«

Lothar Melchmer versuchte zu sagen, dass eigentlich Parlament und Regierung am Zuge wären und dass sie als Polizei nicht eigenständig vorgehen könnten. Die Vorstellungen des

Polizeipräsidenten, wie man die Demenz bekämpfen könnte, kommentierte er hingegen lieber nicht.

»Es kann der Tag kommen, Melchmer, an dem uns *andere* das Heft zum Handeln aus der Hand nehmen.«

»Was soll das denn heißen?«

»Hören Sie keine Nachrichten?« Er griff zur Fernbedienung. Auf dem großen Flachbildschirm sah man, wie Diamanten so geschliffen werden, dass sie noch mehr Feuer entwickeln. Aber im Laufband zogen die Schlagzeilen dahin:

… *dementiert Attentats-Beteiligung* +++ PAKISTANS REGIERUNGSCHEF KHAR IST TOT +++ *Tödliche Schüsse auf Autokonvoi in Faisalabad* +++ *Khar noch am Ort des Attentats tot* +++ *Auch mindestens 1 Fahrer getötet* +++ *Unbekannte Terrororganisation bekennt sich* +++ *Noch keine Krawalle in Karatschi* +++ *Staatspräsident ordnet Staatstrauer an* +++ *Parlamentspräsident führt Amtsgeschäfte* +++ *Indien kondoliert und dementiert Attentats-Beteiligung* +++ PAKISTANS REGIERUNGSCHEF …

»Nicht, dass uns Pakistan interessiert.« Der Präsident lochte ein paarmal die Luft. »Aber dieser Khar hatte Alzheimer. Und wenn die ihn jetzt aus dem Weg räumen, ist das nur folgerichtig. Stellen Sie sich einen Staatschef vor mit dem Finger auf der Atombombe. Die haben einfach gehandelt.«

»Sieht so aus. Von wegen Terrororganisation.«

»Und um Indien geht es auch nicht, Melchmer. Also, Sie sehen, was in anderen Ländern los ist. Ich will nicht, dass solche Zustände bei uns einreißen.«

Worauf will er hinaus, fragte sich Lothar Melchmer beim Hinausgehen. Sollen wir demente Politiker aufspüren und ausschalten? Rechnet er damit, dass andere das tun? Aber ich bin aus diesem Zimmer noch nie heller rausgekommen, als ich reingegangen bin.

Im Gang stand ein Rudel Uniformierter. Zusammengesteckte Köpfe zogen sich zurück und machten auf Unschuld, als Melchmer auf den Flur trat. Er sah viel Gold auf ihren Schulterlitzen und an den Mützen, die sie unter den Arm geklemmt oder auf ihre Aktentasche gelegt hatten. Mindestens einer der Männer mit Fasson-Haarschnitt hatte statt des Berliner Bären einen roten Brandenburger Adler am Arm. Es gab zwei Bundesadler und sogar eine Bundeswehruniform, wenn sich Melchmer nicht täuschte.

»Er ist gleich für Sie da«, sagte Melchmer, an das Grüppchen gewandt. »Heißt einer von Ihnen zufällig – Robert Koch?«

Die Männer sahen sich an. »Nein, wieso?«

»Schade.«

Er spürte die Blicke in seinem Rücken. Die geraden Nasen und die Adlernasen. Die Scheitel und die Stoppeln.

Pakistan, interessante Sache.

Und jetzt sollte wenigstens *ein* Polizist in Berlin Verbrecher jagen gehen.

44

Berlin-Pankow

Eine schöne Bibliothek, dachte er. Wem immer sie gehört, er hat sich eine kleine Bücherburg eingerichtet, ein Turmzimmer … Der Tisch neben dem Sessel lag voller Bücher über den Regisseur Luis Buñuel. Wie spricht man dieses *ñ* aus?

Jenissej nahm einen Bildband in die Hand, der auf der Sessellehne lag und in den bunte Merkzettel geklebt waren. Alle mit dem Vermerk *Jenissej* und einem Datum – beides verstand er nicht. Schöne Schwarzweißfotos. Meist waren es grafisch oder fotografisch sehr klare Motive. Aber doch unverständlich. Eine nackte Frau am Klavier. Ameisen auf einer Hand. Ein Auge, das von einem Rasiermesser zerschnitten wurde.

Er schreckte auf, weil er nicht mitbekommen hatte, dass die Frau den Raum betreten hatte. Sie störte ihn beim Essen und fragte, ob es ihm schmecke. Dann wollte sie ihm den Löffel in den Mund schieben, so als sollte er daran ersticken. Er verwahrte sich dagegen, indem er ausschlug. Das Essen lag in einzelnen Haufen auf dem Tisch. Ich war es nicht, Mutti, ich bin nicht schuld.

Dann kam er in einen Raum, der geheimnisvoll war. Er musste erst den Lichtschalter finden. Der Raum war hoch, aber nicht groß. Er hatte keine Fenster und war über und über mit Büchern versehen. Jenissej nahm in dem gemütlichen Sessel Platz und sah, dass ihm jemand viele Bücher über Luis Buñuel herausgesucht hatte, seinen Lieblingsregisseur. Wahrscheinlich handelte es sich um die Vor-Recherche seines Cutters Oskar Schroeter. Toller Mann, warum war der so lange nicht mehr hier? Ich wollte doch einen Film mit ihm über Buñuel machen, verflucht, warum lasse ich mich dauernd davon abhalten? In den Bildbänden waren hauptsächlich solche Porträtaufnahmen mit Merkzetteln versehen, die Buñuel selbst zeigten. Das ist aber etwas langweilig, lieber Schroeter! Wieso schreibt Schroeter auf jeden dieser Klebezettel meinen Namen? Sieht aus, als wollte er dabei auch noch meine Schrift imitieren. Da fiel es ihm wieder ein – die bittere Wahrheit. Schroeter litt doch an dieser schrecklichen Krankheit – Alzheimer. Wahrscheinlich hat er sich deshalb zurückgezogen. Jenissej lehnte sich zurück und starrte auf die Bücherwand. Muss furchtbar sein, alles zu vergessen. Er konnte es richtig nachvollziehen und bekam sogar feuchte Augen.

»Lena, weißt du noch, Dad?« Natürlich, natürlich. Das weiß ich doch, darauf muss ich doch nicht antworten. Ein hübsches Kind, die Lena. Meine Tochter, selbstverständlich. Ich werde mal *ja* sagen, das gehört sich so. Und dann endlich wieder auf die Bühne. Ich bin schließlich nicht dazu da, hier rumzuhängen und mich vollquatschen zu lassen, ich bin Tänzer und habe ein Ensemble zu verantworten. Sonst schaffen wir das nie mit der Premiere. »Ja, ich weiß, Lena. Meine Lena!« Das Mädchen lächelte beglückt. Sie hat sich das ganze Mascara-Kunstwerk ruiniert. Wenn sie dran glaubt, dass sie meine Tochter ist, warum soll ich sie desillusionieren?

»Ich habe verstanden«, sagte Jenissej. »Sie sind Dr. Riess, der Notar. Das ist Pia, meine Muse. Lena, meine liebe Tochter. Und Sie wollen, dass wir diese Dinge regeln.«

»Richtig, Jenissej, Sie …«

Jenissej strich mit den Fingern über das Papier, und es war, als ließe er stumpfes Glas dabei klingen. Er fuhr zusammen bei diesen Vibrationen … Oder war es nur ein Geruch? Richtig, das kannte er doch.

»Er ist wieder in seiner Welt«, hörte er Pia sagen.

Nein, Pia, ich bin hier, aber, dieses Glaspapier …

Dann kam der Tag mit dem Brief. Als er aufwachte, mitten in der Nacht, hatte ihm jemand ein Kuvert unter das Kopfkissen geschoben. »Ich heiße Jenissej. Ich schreibe diesen Brief an mich selbst. Ich bin dement. Ich weiß, dass ich ständig vergesse. Du bist ich. Ich schreibe mir selbst, um mich zu erinnern.« Dann folgten zwei Seiten an Behauptungen, Lügen und Unterstellungen. Er versteckte den Brief unter seinem Bett und fragte sich, wie jemand in der Nacht in sein Zimmer kommen und ihm unbemerkt ein Kuvert unter das Kissen schieben konnte. Er gestand es sich ungern zu, aber er hatte Angst. So sehr, dass er sich in die Hose machte.

Ich muss endlich mit Buñuel vorankommen. Er begann die Lektüre der Memoiren. Auf der zweiten Seite war jede Zeile mit rotem Kugelschreiber unterstrichen und zusätzlich gelb markiert. Ihm mache es keine Angst, schrieb Buñuel auf dieser Seite, dass er seine ferne Vergangenheit vergesse. Die *Willkür des Unbewussten* werde dafür sorgen, dass diese Dinge irgendwann wieder in seinen Erinnerungen auftauchen. Was ihm Unruhe und Angst bereite, sei hingegen, dass er Vorfälle oder Namen der jüngsten Vergangenheit vergesse. Ein entsetzliches Gefühl, stand da gegilbt und unterstrichen, wenn man für das Wort *Tisch* eine Umschreibung suchen müsse. Ja, dachte Jenissej, Buñuel, das ist wirklich ein geniales Thema für ein Stück. Ich muss es Hesther erzählen, und dann müssen wir endlich mit dem Script vorankommen.

»Tisch« schrieb er immer wieder mit dem roten Kugelschreiber. Überlegte sich, wie man einen solchen Begriff in Tanz umsetzen könnte. Das war schließlich sein Beruf. Jahrzehntelange Praxis – jede Vokabel umzusetzen in Bewegung. Einen Tisch zu tanzen, auf so eine Idee ist noch niemand gekommen. Er freute sich darüber, freute sich unbändig. Hörte gar nicht mehr auf, sich zu freuen. Und schlief ein.

45

Deutsches Fernsehen
Sonntag, 3. August 2014

Der Moderator tippte rhythmisch auf seinen Spickzettel: »Hier, ich lese es mal vor, also, das ist ein erschütterndes Zeugnis einer Frau, sie sagt: *Die Demenz ist eine Räuberin, eine Diebin. Was sie mir raubt, das sind zuerst meine Erinnerungen, meine Gedanken. Dann aber Stück für Stück meine ganze Persönlichkeit.*« Er tippte wieder auf den Zettel, um den Wahrheitsgehalt des Zitats zu betonen. »Ist das nicht etwas ganz Schreckliches? Wie empfinden Sie das, als eine junge, erfolgreiche Schauspielerin?« Nun zeigte er auf sie und schien direkt auf ihren Busen tippen zu wollen.

Die junge Frau strich sich die Haare aus der Stirn, erinnerte sich aber daran, dass es ein Pony sein sollte, woraufhin sie die Haare wieder zurechtzupfte. »Ja, was soll man da sagen, nicht? Es ist natürlich ganz fürchterlich. Man glaubt es ja gar nicht, wenn man das so hört.«

»Aber es ist wahr«, versicherte der Moderator und zeigte auf sein Kärtchen. »Wir haben es recherchiert, und es ist das Originalzitat eines Menschen, einer Frau, der die Demenz wirklich die Persönlichkeit nimmt.«

»Das bestreite ich ja nicht. Ich will nur sagen, dass ich es mir ganz schrecklich vorstelle, wenn mir so etwas geschehen würde.«

»Das finde ich auch«, warf ein Couturier ein, der neben der Schauspielerin saß. »Ich habe das bei meiner Mutter erlebt, und es ist ein gotterbärmliches Schicksal. Wenn Sie da so …«

Der Moderator wurde zappelig: »Gut, ja, aber einen Moment noch, ich wollte eigentlich Nina fragen, wie sie als junge Schauspielerin mit so einem Thema umgeht, das uns ja doch allesamt sehr bewegt.« Er tippte wieder auf die Luft zwischen ihr und ihm.

»Ja, na ja, also, wie gesagt: Die Frau spricht ja von der Demenz als einer Räuberin ...« Sie machte ein ernstes Gesicht. Fuchtelte mit den Händen vor der Stirn. »Wenn man sich da hineinversetzt – es ist nachvollziehbar, was da für eine Angst vorhanden sein muss, bei dieser Frau.«

Das fand der Moderator ausgesprochen interessant und hakte mit dem Zeigefinger nach. »Wo Sie gerade Angst sagen, da will ich doch noch ein wenig insistieren und ein Thema ansprechen, dass in der letzten Zeit heiß diskutiert wird: Denken Sie auch manchmal, dass es am besten wäre, wenn man betroffene Menschen – jedenfalls solange die Infektionswege von Alzheimer nicht vollständig aufgeklärt sind – sozusagen von den Gesunden isoliert, um die Gemeinschaft zu schützen, natürlich unter Beachtung aller Umstände, die für so einen kranken Menschen wichtig sind? Was meinen Sie, Nina?«

»Ja«, sie lächelte verlegen. »Ich meine, ich kenne das Schicksal meiner Tante. Sie hat einen Garten und – egal. Jedenfalls hat ihr Mann das dann auch bekommen, diese Krankheit. Und, natürlich ...« Sie litt jetzt in die Kamera und kontrollierte sich im Monitor. »Natürlich ist es wohl das Beste, sozusagen ein notwendiges Übel, wenn wir die Infektion vermeiden. In Frankreich sind ja Schulen geschlossen worden, und in Holland, wo meine Familie ursprünglich herkommt, gibt es spezielle Einrichtungen für Demenzkranke, wo sie untergebracht werden können.«

Der Couturier schaltete sich ein. Das Spitzlicht auf seinem grauen Scheitel stand ihm gut. »Ähm, eines muss man natürlich dabei immer beachten, in Deutschland.« Sein Zeigefinger schien mit dem des Moderators zu konkurrieren, aber er richtete den Finger nach oben. »Worauf wir unbedingt achten müssen, wir dürfen natürlich bei solchen Einrichtungen, die den Menschen schließlich helfen sollen und die uns letztlich alle bewahren sollen vor derartigen, schlimmen Schicksals … ähm … Also, wir müssen gerade in Deutschland und als Deutsche unbedingt vermeiden, von KZs zu reden.«

Jetzt wollten alle etwas klarstellen. Die Schauspielerin, dass sie das nie gemeint und gesagt habe. Der Moderator, dass er darauf erst später habe eingehen wollen. Der Autor mit dem Buch über alleinerziehende Väter, dass er es unmöglich fände, wie im Fernsehen … Der Quizmaster, der seine neue Show vorstellen wollte und nun fragte, warum man die Dinge nicht ruhig beim Namen nennen solle, wenn sie denn nun einmal so wären. Applaus und Geraune.

Der Moderator ordnete das mit seinem Zeigefinger. Dann zog er aus seinem Spickzettelkartenspiel einen Trumpf und verriet ein Geheimnis: »Wir haben, meine Damen und Herren, einen Gast in unserer Runde, der – die – noch gar nicht zu Wort gekommen ist. Dabei kann sie als Ärztin uns vielleicht noch mehr verraten über Alzheimer und unsere Sorge vor einer ansteckenden Alzheimer-Pandemie. Ich begrüße Frau Doktor Jana Elztal von der gemeinnützigen Stiftung ICH VERGESSE NIE!«

Applaus, Kamerafahrt durch die Runde vor dem Kamin auf eine ernste Jana Elztal.

»Frau Doktor …«

»ICH VERGESSE NICHT! – *So* nennen wir uns.«

»Ja, das sagte ich«, erklärte der Moderator und hielt sich den Zeigefinger vor den Mund, weil es ja nun um Geheimnisse besonderer Art ging. »Frau Doktor, auf welche – ich finde, revolutionäre – Art wollen Sie den Menschen helfen? Einen

Moment, bevor Sie antworten, wollen wir uns einen kurzen Einspieler angucken, der Sie bei Ihrer Arbeit in Berlin zeigt.«

Der Film begann noch einmal mit dem Kommentar, Alzheimer sei eine fürchterliche Krankheit. Zahlen. Dann wurde Jana Elztal im Film interviewt, und sie stellte fest, dass Demenzen die Geißel der Menschheit seien. Elztal beim Schütteln von Händen, lachend mit alten Patienten. Und schließlich folgte die Kamera einem Weißkopf, der einen sonderbar bunten Schal um seine Schulter gelegt hatte und durch die Stuhlreihen ging, um die Menschen um ihn herum zu segnen.

Schluss, Applaus, Kamera auf Elztal, dann zurück auf den Moderator. »Das, was wir da eben gesehen haben, dieser Mann, Frau Elztal … Ist Ihre Stiftung eine kirchliche Einrichtung?«

»Nein, also …«

»Ich denke, das müssen Sie den Zuschauern erklären.«

»Ja.«

»Sonst versteht man die Zusammenhänge nicht. Es ist ja, das will ich noch anfügen, ein sonderbares Bild, nicht wahr, dass da jemand durch die Reihen geht, der die Menschen sozusagen segnet.«

»Wir …«

Der Couturier meldete sich. »Ich würde, ehrlich gesagt, auf keinen Fall in eine Institution der Kirche gehen wollen. Ich bin aus der Kirche ausgetreten und wüsste nicht, weshalb ich der Kirche in so einem Moment meines Lebens plötzlich alles anvertrauen sollte, wenn ich doch vorher, als ich noch bei Verstand war, da ausgetreten bin.« Beifall, Schwenk über das Publikum. »Ich glaube nicht an Gott«, fiel ihm noch ein. »Gott ist ein Denkkonstrukt der Menschen.«

»Also, Frau Doktor Elztal, Sie sollen bei uns die Möglichkeit der Gegenrede haben.«

»Danke. Ich muss mich eigentlich nicht verteidigen. Wir sind keine kirchliche Einrichtung, sondern eine private, gemeinnützige Stiftung.«

Das lobte der Couturier ausdrücklich und bekam dafür Zuspruch von der Schauspielerin.

»Bei dem Herrn mit dem Schal handelt es sich um einen ehemaligen Priester …«

»Also doch!«, rief der Autor.

»… *ehemaligen*, wie gesagt. Und wissen Sie, unsere Klienten, wie ich sie nenne, wünschen sich zum Teil wirklich einen Gottesdienst. Natürlich nicht alle. Aber diejenigen, die sich danach sehnen, sollen bei uns an einer Andacht teilnehmen können. Ich bin sehr froh, dass wir das jetzt anbieten können. Schauen Sie …« Die Kamera zoomte auf ihr Gesicht. »Menschen mit Demenz trauen sich nicht mehr in die Kirchen. Sie haben Angst. Dass sie sich da verlieren, dass sie sich nicht auskennen. Viele von ihnen leiden an Inkontinenz oder schaffen es nicht, das Haus zu verlassen. Wenn sie nun doch das Bedürfnis haben nach religiösem, geistlichem Halt, dann muss die Kirche eben zu ihnen kommen.«

»Da waren eben auch die inzwischen berühmten *Erinnerungskapseln* zu sehen, Frau Doktor …«, sagte der Moderator. »Ich denke, darüber sollten wir in einer kommenden Sendung … Unsere Zeit ist ja leider begrenzt. Wir laden Sie – auf *jeden* Fall – zu einer unserer nächsten Ausgaben wieder ein. Ich danke der Runde, dass sie sich diesem ernsten und niederschmetternden Thema gestellt hat. Es ist ein wichtiges Thema, das uns und unsere Gesellschaft bewegen muss. Ich hoffe, einige verantwortliche Politiker und Politikerinnen haben uns heute Abend zugesehen und vor allem: wirklich zugehört. Danke an Nina, danke an …«

46

Bei Hasselwerder, Berlin-Reinickendorf
Montag, 4. August 2014

Der Fischer bat ihn um ein Bier.

»Um diese Zeit?«

»Was ist schon Zeit? Wir haben einen schönen Morgen.«

»Gut, okay. Kommen Sie an Bord. Wo ist Ihr Hund?«

»Der jagt Otter.« Der zauselige Mann sah Alexander prüfend an.

»Mögen Sie etwas zu essen?«, fragte Alexander Mehrow.

»Seh ich wie 'n Bettler aus?«

Sie setzten sich auf das Bänkchen und schauten auf die Seerosen.

»Otter?«, fragte Alexander. »Ihr Hund jagt wirklich Otter?«

»Nein. Er ist tot. Ich hab ihn als zerschnittenes Bündel in meinen Netzen gefunden. Wahrscheinlich isser geschwommen und in eine Schiffsschraube geraten.«

Alexander verzog das Gesicht. »Das tut mir leid.«

»Na, jedenfalls waren Sie es nicht.«

»Natürlich nicht. – Wie alt ist er geworden?«

»An die zehn Jahre, glaube ich. Schon 'n bisschen tattrich. Nich mehr so ganz auf der Höhe. Vielleicht besser so, als dasser sich jahrelang quälen muss.«

Alexander sah eine Libelle, die über einem Seerosenblatt Platzrunden übte.

»Was macht der Kopf?«, fragte der Fischer.

»Mein Kopf? Ach so, das Vergessen … Na ja, in den letzten Tagen etwas besser. Meine Frau … Hatte ich von ihr erzählt? Ja? Sie scheint es auch erwischt zu haben.«

Der Mann setzte das Bier an und trank Schluck für Schluck. Alexander wurde bei jedem Schluck des Mannes gereizter. Endlich war das Werk des Fischers vollbracht. Er rülpste nicht, sondern stellte die Flasche sorgsam neben die Bank und schwieg, bis er sich räusperte: »Manchmal isses besser, eine Schiffsschraube kommt daher und zerschneidet uns den Lebensfaden.«

Ein summender Ton kam aus dem Inneren des Hausbootes. Noch einmal. Alexander brauchte mehrere Sekunden, um sich an den Vibrationsalarm seines Handys zu erinnern. Er hatte das schon eine Weile nicht mehr gehört.

Die Nummer kam ihm bekannt vor. Sie gehörte zum Gesundheitsministerium, aber die Apparatnummer sagte ihm nichts.

»Was Wichtiches?«, fragte der Fischer und öffnete die zweite Flasche.

»Aufgelegt«, log Alexander, der das Handy stumm geschaltet hatte.

»Wo hol'n Se denn den Saft für das Handy her? Hier aussem Akku vom Hausboot? – Ja? – Das heißt, Sie laden den einen Akku mit dem anderen Akku auf? Ooch *strainsch*, oder?«

Alexander wollte das Thema wechseln. Er hatte Bea vor Augen und auch schon seinen Satz parat. Doch am Ufer leuchteten zwei Lichtpunkte auf. Er runzelte die Stirn, dann sah er abrupt zum Fischer. »Schauen Sie nicht zum Ufer. Ich glaube, da beobachtet uns einer.«

Der Mann lachte und machte nicht den geringsten Versuch, in Richtung Ufer zu schauen. »Ach, irjendwelche Spanner, mal wieder.«

»Spanner? Was gibt's denn hier zu sehen?«

»Das wissen die ja nich. Zwei Kerle auf'm Hausboot, vielleicht passiert ja wat Spannendes.«

Wieder der Summton.

Alexander stürzte nach drinnen und ärgerte sich, dass das Ding seinen Versuch, es abzustellen, missachtet hatte. Dieselbe Nummer von eben. Das Ministerium. Weder die Nummer von Striggt-Wenger noch die von Thery, dachte er. Er kontrollierte den Akku, der tatsächlich beinahe geleert war.

Als er nach draußen ging, blickte er vorsichtig zum Ufer. Der Typ mit dem Fernglas war noch da. Jemand aus der Elztal-Truppe, mutmaßte Alexander Mehrow, und er verspürte den Impuls, Anker zu lichten und den Uferspanner zurückzulassen.

Doch der Fischer hatte ein neues Thema: »Erstaunliche Sache, dass Sie schon wieder in diesem Teil des Tegeler Sees schippern, Herr Kaleu.«

»Ah, wieso?«

»Erstens natürlich, weil Se mich unbedingt wiederseh'n wollten, is ja klar, die Sehnsucht der Matrosen. Und zweitens, weil das nu mal hier die tiefsten Untiefen von Berlin sind.«

»Wie: Untiefen?«

»Sie kennen sich überhaupt nich aus, Kaleu, hm?«

Alexander musste über das Entsetzen im Gesicht des Fischers lachen. »Nee, ich kenne mich nur in der Buchtenlandschaft der Côte d'Azur aus, nicht hier auf den Havelseen.«

»Merkt man. Sonst wüssten Se, dass das hier die tiefste Stelle ist. Also, die meisten Stellen von Spree und Havel sind zwei bis fünf Meter tief. Bei den Kanälen sieht's noch viel trauriger aus. Aber hier, nee, vielleicht da drüben so, hundert Meter nach da, da sind es sechzehn, siebzehn Meter. Nüscht Dollet, aber für Berliner Verhältnisse so 'ne Art Marianengraben.«

»Hm. Also, hier sollte ich nicht mein Handy ins Wasser plumpsen lassen.« Er sah zum Ufer. »Oder mein Fernglas.«

»Aber 'n juter Ort für 'ne Seebestattung.«

Alexander dachte nach. »Haben Sie Ihren Hund …«

»Hier versenkt? Mit Helm ab zum Jebet und so? Nee. Verscharrt drüben am Ufer.«

Alexander lächelte.

»Macht keinen Spaß«, bemerkte der Fischer, »Bier alleine zu trinken.«

Meint er: ohne mich oder ohne seinen Hund?, fragte sich Alexander. Er betrachtete noch einmal sein Handy.

»Vielleicht will Sie einer orten«, sagte der Fischer und hatte offenbar seinen Spaß am Bier doch nicht gänzlich verloren.

»Kann durchaus sein«, murmelte Alexander und stellte das Gerät aus.

In diesem Moment winkte ihm der Typ mit dem Fernglas zu, ohne aus dem Gebüsch herauszutreten.

47

Friedrichstraße 108, Berlin-Mitte
Montag, 4. August 2014

»Gut, wieder hier zu sein«, sagte Alexander Mehrow. »Aber wird man nicht misstrauisch werden?«

»Wer ist *man?*«, fragte Thery.

»Oliver Striggt-Wenger zum Beispiel.«

»Der ist im Kanzleramt.«

»Ach, hat er es geschafft?«

Sie sah zur Uhr. »Hat er. Und wenn die Ministerin nicht so einen Stein im Brett hätte bei ihrer Fraktion, dann hätte er es bestimmt schon erreicht, dass der Kanzler sie feuert. – Ähm, kann ich zum Punkt kommen?«

»Ja, bitte.«

Sie schloss die Tür hinter ihnen ab. Dann ging sie zu ihrem Schreibtisch, suchte einen Schlüssel und nahm sich einen ihrer Schränke vor.

Geheimniskrämerei, dachte Alexander. Was war hier los? Erst versucht sie mich anzurufen, dann schickt sie auch noch einen Studienfreund, damit er mich auf dem Tegeler See aufgabelt, jetzt schließt sie uns ein, was durchaus viel mehr Aufmerksamkeit auf sich ziehen könnte als alles andere.

Sie hatte inzwischen eine Mappe in der Hand, die sie öffnete. Um die Stille zu unterbrechen, fragte Alexander: »Warum haben Sie mir nicht einfach eine SMS geschickt, anstatt mich anzurufen? Ich meine, man kann ja nicht immer ans Telefon gehen, und wenn es eilig ist …«

»Ich habe Sie nicht angerufen, Herr Mehrow«, sagte sie freundlich. »Können wir?«

Sie war wirklich einen Kopf größer als Bea, stellte Alexander noch einmal fest. Und sie wirkte nicht mehr wie eine Referendarin, sondern wie eine langjährige Mitarbeiterin des Ministeriums – auf eine angenehme Art.

»Das hier habe ich am Kopierer gefunden.«

Alexander überflog das Blatt. »Was soll ›7‹ heißen?«

»Das weiß ich nicht genau, aber ich vermute, es hat mit der Abteilung VII zu tun.«

»Die wird doch mit einer römischen VII geschrieben. – Und das hier, die Initialen?«

»Das wollte ich Sie fragen, Herr Mehrow. Sie kennen doch mehr Leute aus dem Ministerium, auch Ehemalige.«

»Y. S. ist ungewöhnlich. Yves Stolp, vielleicht? Aber der war in der III, Thery. H. B. – Herrmann Becher? – Ich weiß nicht, das ist alles spekulativ. – Mal ehrlich: Am Kopierer gefunden?«

»So ungefähr jedenfalls«, sagte sie und konnte sich ein leichtes Grinsen nicht verkneifen.

Der Text lautete:

I. *Austausch Mi. In Frage kommen K. und Y. S.*
II. *EU/US-Kommitologie herstellen*
III. *Medien*
IV. *AZ ankündigen, Lobbying – H. B., K. K.L, II, R.*
V. *Mil/BP Bereitsch*
VI. *Intern. S. 4*
VII. *Konsolidieren*

»Das kann alles heißen, Thery. Mit Phantasie lese ich Ihnen alles in diese paar Zeilen. Sie müssen mir schon mehr zu den Hintergründen sagen.«

Sie strich sich eine Haarsträhne hinter das Ohr und sah

hübsch aus. »Zufällig habe ich eine der letzten Mails von Striggt-Wenger gelesen, bevor er zum Kanzleramt gegangen ist. Darin ging es um ein Treffen der ›7‹. Deshalb nehme ich an, dass es sich um eine Gruppe handelt.«

»Hm. Es sind aber auch sieben Punkte hier, auf diesem ominösen Papier.«

Jemand klinkte an der Tür.

»Sehen Sie«, sagte Alexander. »Das ist verdächtig, was wir hier machen.«

Sie winkte ab und sprach leiser. »Ich glaube, es ist eine Gruppe. Dieses Blatt hier habe ich bei Striggt-Wenger gesehen und kopiert.«

Er stöhnte. »Also, was ist los?«

»Was sagt uns der erste Punkt: *Austausch Mi.?*«

»Mittwoch.«

»Und die Initialen dahinter? Kann es nicht um den Austausch der Ministerin gehen? Und die Namen dahinter sind Wunschkandidaten?«

»So was habe ich schon mal gesehen und auch schon mal erlebt«, sagte er. »Das gehört zur Demokratie.«

»II und III ist klar«, sagte sie, indem sie mit der Hand darüber hinwegging. »Für den Schritt soll das Einverständnis des Auslands und der Medien hergestellt werden. Aber was ist *AZ? AZ herstellen?*«

Sie fragte nicht neugierig, sondern fordernd.

»Thery, ich bin ein ganz schlechter Quizkandidat. – *Arbeitszeit? Ausgleichszahlung? Arbeitnehmerzulage? Affenzirkus?*«

Sie kicherte. »Was wäre mit *Ausnahmezustand*? Es würde zu Nummer V passen: *Mil/BP Bereitsch.*«

Alexander spitzte die Lippen. »*Milch mitbringen – Billig und preiswert.*«

»Bitte etwas mehr Ernst, Herr Mehrow.«

»*Milben … Millimeter-Bündelpapier …? Milzbrandproben?! – Milzbrand*, das würde passen.«

Sie riss ihm das Papier förmlich aus der Hand. »*Militär und Bundespolizei in Bereitschaft. VI. Internierung nach Plan S4, VII. Konsolidieren der aufgebrachten Gemüter.* Die Sache stinkt doch zum Himmel. Das ist eine Checkliste, die Ministerin abzusetzen, sie durch einen Hardliner auszutauschen, Demenzkranke zu internieren und dafür die Zustimmung im In- und Ausland zu gewinnen.«

Für einen Moment war er wieder im Amt. »Das *könnte* es heißen, Thery. Es *könnte* aber auch alles andere bedeuten. Von Demenz steht da gar nichts.«

»Ich habe mit der Ministerin gesprochen.«

»Aha.« Er versuchte, sich die Überraschung nicht ansehen zu lassen.

»Alter Trick. Zufällige Begegnung auf der Toilette. Ich die schamhafte Referendarin, die sich aber eine Solidaritätsadresse zutraut. Daraufhin hat sie mir tatsächlich erzählt, dass fraktionsübergreifende Anträge im Bundestag kursieren. Die Hardliner wollen die Gesundheitsministerin stürzen, notfalls auch den Kanzler. Es könnten sich strategische Mehrheiten bilden, Freiheitsrechte einzuschränken. Über Artikel 11 Grundgesetz – Einschränkung der Freizügigkeit zur *Beschränkung von Seuchengefahr*. Das würde zunächst bedeuten, dass die Bundesrepublik den Menschen vorschreiben dürfte, wo im Land sie sich aufzuhalten haben. Ein neuer Absatz 3 soll die Internierung regeln.«

Er lachte. »Dazu müsste man die Verfassung ändern.«

»Sie hat mir etwas von 400 Abgeordneten erzählt. Das reicht noch nicht ganz, aber es kommt verdammt nah ran.«

»War das schon in der Öffentlichkeit?«

Jetzt lachte sie. »Nein. Die Chefeinpeitscher in den Parteien leisten bislang ganze Arbeit. Angeblich sagt man den Parlamentariern: Entweder ihr macht mit und haltet die Klappe – das Verfassungsgericht können wir ja dann immer noch anrufen; oder wir holen uns die Eingriffskompetenzen über Brüssel.«

Alexander stand auf: »So viel Unsinn habe ich selten in ein paar Sätzen gehört, Thery! Das erzählt die Ministerin? – Ja? – Da fällt mir zu jedem Halbsatz ein Gegenargument ein.«

»Ihnen ja. Aber den Abgeordneten auch? Denken Sie mal daran, Herr Mehrow, wie damals die Terrorgesetze durchgepeitscht wurden, nach 2001. Große Solidarität der Demokraten, große Mehrheiten. Und erst als alles durch war, kam das Bundesverfassungsgericht und hat hier und da etwas für ungültig erklärt. Die Bundesregierung, das Parlament und die Länder hatten den Abschuss von Flugzeugen freigegeben. Der Bundespräsident sagte: Ich weiß nicht recht, klagt doch mal in Karlsruhe.«

»Warum geht die Ministerin nicht an die Öffentlichkeit mit ihren Befürchtungen?«

»Weil sie dann nicht mehr Ministerin ist.«

»Das Risiko müsste sie eingehen. – Was soll ich da machen?«

»Sie könnten sich mit ihr treffen, Herr Mehrow.«

»Ich? Ich bin der *entlassene* Pressesprecher dieser Ministerin.«

»Ja. Eben.«

Teil IV

48

Institut für Rechtsmedizin, Berlin-Moabit
Dienstag, 5. August 2014

Im Institut für Rechtsmedizin waren *Spanische Wochen* angesagt. Genauer: in der Kantine des Instituts.

»Zuerst habe ich *Spanische Grippe* gelesen«, sagte Lothar Melchmer zu dem Mann im Koch-Weiß hinter der Glastheke.

»Den Spruch habe ich seit fast fünf Minuten nicht mehr gehört«, entgegnete der Koch genervt. »Also, Menü I, II oder III?«

»Geben Sie mir zwei Bratwürste, ohne alles.«

»Chorizo oder deutsch?«

»Bratwürste.«

»Bitte. Bei mir bekommt jeder absolut das, was er wünscht und was zu ihm passt.«

Melchmer versorgte sich am Tisch mit Senf.

Zwischen spanischen Wimpeln lagen Serviettenstapel, bedruckt mit Kastagnietten in allen erdenklichen Farben.

An der Kasse zahlten zwei Frauen. Eine junge in schwarzen Jeans und schwarzem T-Shirt, mit einem dunkelroten Pferdeschwanz, und eine ältere Blonde, ganz in Weiß mit aufwendig gefönten Haaren. Beide lachten und kamen auf Melchmers Tisch zu.

»Herr Melchmer?«, fragte die junge Rothaarige.

»Ja?«

Die Blonde verabschiedete sich und ging außer Sichtweite. Die jüngere Frau stellte sich als Dr. Marja Börnicke vor und fragte, ob sie Platz nehmen dürfe.

»Sie haben mich sofort erkannt?«, fragte Melchmer ernsthaft überrascht.

»Na, Sie klangen am Telefon wenig begeistert, als ich von *Spanischen Wochen* sprach. Und als ich sah, was Sie sich da gerade reinziehen …« Sie grinste.

»Ich bin momentan allergisch auf alles, was mit Spanien zu tun hat, speziell mit Mallorca.«

Sie hatte eine ordentliche Portion Paella auf dem Teller. »Ich find's wunderbar. Keine kulinarische Extravaganz, aber für 3 Euro 20 kann man nicht meckern. Und man hat gleich Urlaubsgefühle.«

Lothar Melchmer verdrehte die Augen.

»Ach so. Oje, verstehe. Sie Ärmster.«

»Frau Dr. Börnicke – Sie sagten, dass niemand einen Obduktionsbericht für Gabi Kien angefordert habe. Schicken Sie die Berichte nicht automatisch an die Polizei?«

»Normalerweise schon.« Sie fächelte sich mit der Hand Luft zu, die Paella dampfte ordentlich. »In letzter Zeit warte ich aber immer darauf, dass die Polizei gezielt danach fragt. Es ist mir einfach zu häufig passiert, dass ich etwas abschicke und dann nichts mehr höre. Und beim jetzigen Krankenstand unter Ihren Kollegen habe ich den Eindruck, meine Berichte landen eh nur auf vakanten Schreibtischen.«

Toll, dachte Melchmer. Dann hat also wirklich keiner weiter am Fall Gabi Kien gearbeitet. »Was ist Ihr Ergebnis?«

Die Frau lächelte. »Schön, dass es doch noch einen Polizisten in Berlin gibt, der sich für einen *Fall* interessiert und der nicht nur über Demenz plaudern möchte.«

»Ja, ich bin der Einzige.«

Sie kicherte und suchte im Reis nach einer Krabbe. »Sie haben meinen Bericht bekommen, aber noch Fragen, Herr Kommissar?«

»Bericht, ja … Erklären Sie es mir. Ich verstehe kein Wort, und meine Lust, mich da durchzukämpfen liegt bei minus fünf.«

»Hm. Ich suche in den letzten Wochen bei allen Toten, die mir auf den Tisch kommen, nach Demenz-Symptomen. Also beginne ich mit diesem Punkt. Auffällig waren geschwollene Lymphknoten. Gleichzeitig scheint das Immunsystem der Toten überlastet gewesen zu sein. Das könnte auf eine leichte Immunschwäche hindeuten, für sich genommen nicht ungewöhnlich.«

»Also nicht HIV oder so was?«

»Nein, vielleicht nur das Resultat von erhöhtem Stress. Der Körper baut ab, wenn wir wenig schlafen, zu viel Alkohol trinken, uns stressen lassen und uns ungesund ernähren.«

»Gucken Sie mir auf die Wurst? Was Sie aufzählen, sind alles meine Hobbys, Frau Doktor. Aber daran ist sie nicht gestorben, oder?«

»Im Blut fanden sich Relikte von Toxoplasma gondii. Ist Ihnen das in meinem Bericht aufgefallen?«

»Ich habe den Bericht schon nach der ersten Zeile aus dem Fenster geworfen. *Toxoplasma gondii* – kann man damit Raumschiffe betreiben?«

»Es sind Parasiten. Toxoplasmose. Eine Krankheit, die in erster Linie Katzen befällt, aber andere Säugetiere kommen als Zwischenwirte in Frage. Für die Tiere kann das tödlich enden, für den Menschen selten. Die meisten Menschen sind zwar nicht resistent dagegen, aber sie kommen damit zurecht. Viele merken nicht einmal, dass sie damit infiziert sind. Ausnahmen gibt es zum Beispiel bei Schwangerschaft. In Einzelfällen kann es zu epileptischen Anfällen und motorischen Störungen führen. Aber auch zu Demenz.«

»Aha! War Gabi Kien dement?«

»Wäre möglich gewesen. Ich habe ihr Gehirn einer sehr genauen Biopsie unterzogen, Scheibe für Scheibe.«

Melchmer ließ sich nicht davon abbringen, seine zweite Bratwurst Scheibe für Scheibe zu verspeisen. »Und?«

»Nichts Augenfälliges festgestellt. Sollte sie wirklich an Demenz gelitten haben, muss es ein frühes Anfangsstadium gewesen sein.«

»Ihre Mutter war schwerst dement. Sie lag in einem Heim für Palliativmedizin«, sagte Melchmer kauend. »Vorgestern ist sie dort verstorben.«

Die junge Frau nickte. »Gabi Kien nahm vielleicht an, dass sie ein ähnliches Schicksal ereilen wird.«

»Kann das sein?«

»Dazu müsste man einen Gentest durchführen. An eine ansteckende Demenz glauben Sie ja wohl hoffentlich nicht, Kommissar?«

»Die Todesursache ist das aber alles nicht?«

»Nein. Die Todesursache war ein Beruhigungsmittel. Soll ich Ihnen die Zusammensetzung darlegen?«

Melchmer griff nach einem spanischen Wimpel und winkte damit ab, als sei es eine weiße Parlamentärflagge.

Die rothaarige Doktorin in Schwarz lachte. »Man bekommt das Zeug in jeder Apotheke, als Tropfen. Ich schließe nicht aus, dass Gabi Kien es auch als Tropfen eingenommen hat. Aber zusätzlich gelangte es intravenös in ihr Blut, also per Spritze. Ich habe mindestens drei Einstiche identifiziert. Jemand hat versucht, immer dieselbe Einstichstelle zu wählen. Es gibt keine Anzeichen, dass die Frau sich gewehrt hat. Sie muss demjenigen vertraut haben.«

»Oder sich selbst gespritzt haben?«

»Theoretisch denkbar. Aber beim zweiten Einstich müsste

sie bereits sediert gewesen sein. Und beim dritten war sie womöglich schon tot oder gerade im Übergang. Die Substanz hat sich nicht mehr richtig im Blut verteilt, die Nadel ging durch die Vene. Insgesamt war es so viel, dass man damit eine Herde Elefanten hätte umlegen können. Spätestens die dritte Injektion wäre so schmerzhaft gewesen, dass sie das sicher nicht selbst hätte tun können.«

»Fremd-DNS?«

»Nichts gefunden. Ein Übriges ist durch das Wasser womöglich vernichtet worden.«

»Ertrunken ist sie aber jedenfalls nicht?«

»Nein, definitiv nicht. Bevor sie ins Wasser geworfen wurde, muss sie tot gewesen sein. – Haben Sie eine Vermutung?«

»Ja.«

»Und zwar?« Sie grinste erwartungsvoll.

»Pferd.«

»Wie bitte?«

»Oder Esel.« Er deutete auf den letzten Bissen Bratwurst.

»Esel kann sehr gut schmecken«, sagte sie.

»Und schlauer sein als alle, die was von ihm wollen. – Anhand einer Visitenkarte wissen wir, dass Gabi Kien zu einer Selbsthilfeorganisation für Demente gegangen sein könnte. Möglich, dass sie sich beraten lassen wollte, wegen ihrer Mutter. Oder sie dachte tatsächlich, sie wird selbst verrückt.«

»Viele denken das im Moment«, sagte Marja Börnicke.

»Ich auch.« Melchmer erhob sich, obwohl sie noch nicht aufgegessen hatte. »Ich bin unhöflich. Aber vielen Dank.«

»Das sind Sie, aber ich bin nicht zerknirscht. Olé, Kommissar!«

49

Havel, vor Berlin-Kladow
Mittwoch, 6. August 2014

Rechts lag Quastenhorn, die Insel links war Kälberwerder, dahinter erhob sich wie ein Urwaldufer die Pfaueninsel. Die Fahrt vom Norden in den Süden Berlins war eine Odyssee gewesen, in Spandau wollte man ihn wegen Überlastung der Schleuse bei bestem Sommerwetter erst gar nicht durchlassen. Aber Kilometer um Kilometer nahm seine Freude zu, den Norden und den Tegeler See einmal zu verlassen. Ein wenig, ein klein wenig war es wie ein Urlaub.

Alexander nahm mit dem Hausboot Kurs auf das Ufer von Schwammhorn. Und schon konnte er das dunkelgrüne Gummiboot zwischen den Bäumen sehen. Er winkte der Frau und fragte sich, wie sie sich wohl in einem Gummiboot anstellen würde. Wackelig beim Einsteigen, das konnte er gleich sehen. Sie musste an die 120 Kilo auf die Waage bringen.

Als er ihr eine Leine zuwarf, wirkte die Ministerin bereits überfordert. Beim Überwechseln hätte sie das Gummiboot beinahe kentern lassen. Alexander konnte gerade noch eines der Paddel aus dem Havelwasser fischen. Die Ministerin blieb direkt vor ihm stehen, zögerte einen Moment – dann gab sie ihm einen Kuss auf die Wange. »Danke, lieber Mehrow.«

Das war erst mal alles. Sie sah sich kurz um und deutete mit einem Blick auf die Sonne an, dass sie gern reingehen würde. Kein Wort darüber, dass sie mit jedem anderen Boot, nicht aber mit einem Hausboot gerechnet hätte. Keine Frage, wie es ihm ging – nach dem Verlust seines Jobs in ihrem Ministerium. Nichts über die Einrichtung, keine Nettigkeiten, kein Small Talk.

Das hatte er an ihr eigentlich von Anfang an gemocht. Da war eine gewisse hanseatische Unnahbarkeit. Und dann diese Leibesfülle, wobei ihr Gesicht recht zart war und die Stupsnase beinahe noch mädchenhafte Nasenflügel aufwies. Schon lange hatten sie nicht mehr unter vier Augen gesprochen.

»Ich suche Personen, denen ich vertrauen kann«, begann sie. »Ich meine, *wirklich* vertrauen. Thery sagte mir – nein, sie befahl mir: Vertrauen Sie Mehrow! Das tue ich. Ich weiß nicht, warum. Aber ich tue es. Sie wissen, wir sind in einer prekären Lage. Ich schicke voraus: Es geht mir nicht um meinen Posten. Sobald wir diese Demenz-Katastrophe hinter uns haben, trete ich zurück. Mir reicht's. Aber solange das nicht ausgestanden ist, mache ich weiter. Verflucht noch mal, ich habe einen Eid geschworen!«

Er lächelte. »Ich weiß nicht, ob ich Ihnen helfen kann.«

Sie lächelte auch, aber sarkastisch. »Spätestens in der nächsten Woche wird die Welt schlechte Nachrichten aus London erfahren. Ich rechne mit weiterer Panik. Bislang glauben die meisten Menschen, dass die Demenz ihre Staatschefs und Könige nicht treffen kann. Das wird sich ändern. Es fängt schon bei der Börse an. Was ich alleine heute aus Athen und aus dem Vatikan höre … Aber egal: Früher oder später werden auch bei uns höchst reaktionäre Kräfte an die Macht drängen und die Freiheit der Demokratie in den Dreck treten. Entweder weil sie wirklich überzeugt sind, so die Welt zu retten. Oder weil sie die Situation ausnutzen. Glauben Sie das auch, Mehrow?«

»Halte ich für denkbar, ja.«

»Gut, dann werde ich konkreter: Es existieren Pläne für eine Machtübernahme in Deutschland. Nicht wie 1933. Keine Nazis, keine Faschisten. Sondern *Ordnungsleute*. Und in der Panik werden sehr viele Menschen plötzlich zu Ordnungsfanatikern.«

Alexander runzelte die Stirn.

»Mit den *Plänen* meine ich nicht das, was Thery Ihnen gezeigt hat. Sondern taktische Aufstellungen, wie man zu einem konstruktiven Misstrauensvotum im Bundestag kommt. Kanzlersturz. Sie haben es zuerst *mit* dem Kanzler versucht, jetzt wollen sie es *ohne* ihn machen. Große Koalition der Willigen, Dreiviertelmehrheit, eine Mehrheit, die Verfassung zu ändern. Die Pläne umfassen Kontakte in die Sendeanstalten und Privatsender. Verästelungen in die Verbände. Gewerkschaften. Bundeswehr. Polizei. Kirche. Industrie – allen voran Chemie und Pharma, aber es gibt noch mehr Beteiligte, die ordnungsgeil sind.«

»Sind das Vermutungen, oder gibt es Belege?«

»Wenn es Vermutungen wären, säße ich nicht hier. Ich male nicht den Teufel an die Wand und sage, uns stünde eine Diktatur bevor. Aber denken Sie daran, was aus den demokratischen USA nach dem 11. September 2001 geworden ist – eine Nation, die in ungerechtfertigte Kriege geht, die Folter wieder einführt und Rache schwört. Die USA sind immer noch demokratischer als andere Staaten, aber es war ein Rückschritt … Ich habe einfach Angst um Deutschland.« Sie klang alles andere als pathetisch dabei.

Alexander goss Eiswasser nach. »Was kann ich denn tun?«

»Ich benötige Vertrauensleute hier und da. Meiner Partei kann ich nicht trauen, den anderen Ministern … Die Mehrheit von denen wird beim Kanzlersturz mitmachen und erhofft sich Posten. Die einzige nicht ganz unwichtige Figur, die ich auf meiner Seite weiß, ist die Bundespräsidentin. Ich sage Ihnen das, weil es sein könnte, dass Sie mal zu ihr Verbindung aufnehmen müssen. Gehen Sie dabei nicht über ihr Amt, sprechen Sie sie direkt an.«

Er nickte, ohne es zu begreifen. »Das ist mir etwas zu hoch.«

»Quatsch, Mehrow! Bevor ich zu Details komme, muss ich Ihnen etwas bekennen, das mir nicht leichtfällt: Ich fürchte, es hat mich selbst erwischt. Seit einigen Wochen vergesse ich Details. Ich muss mir alles notieren, kann mich nicht konzentrieren. Das sind die Erscheinungsformen, die ich aus den Akten kenne, auch aus den geheimen. Deshalb streue ich mein Wissen und meine Pläne unter einer Handvoll Menschen, in der Hoffnung, dass sie notfalls an meiner Stelle handeln. Ich müsste Sie fragen, lieber Mehrow, ob das für Sie in Ordnung geht. Aber die Situation ist so, dass ich keine Wahl habe.«

Er erinnerte sich plötzlich, wie ihm sein Vater vor Jahren mitgeteilt hatte, dass er an Krebs leide. Alexander hatte keine Fragen mehr gestellt, sondern nur die Informationen *entgegengenommen* – von der Diagnose bis zu den Wünschen nach dem Kirchenlied, das zur Beerdigung gespielt werden sollte. So ähnlich kam es ihm jetzt vor.

»Hören Sie mir noch zu? – Wenn sich dieser halbe Staatsstreich wirklich ereignen soll, werde ich ihn kaum verhindern können. Entscheidend ist wahrscheinlich, was im Ausland zuvor und währenddessen geschieht. Das einzige Mittel sehe ich darin, so gut wie möglich *aufzuklären*, den Menschen zu einem klaren Kopf zu verhelfen und – um Gottes willen – sofort die Frage zu beantworten, woher diese Demenzen kommen und was wir tun können.«

»Nichts leichter als das«, murmelte Alexander. Ausgerechnet ich soll … Und *sie* wird dement … Unglaublich! Er riss sich zusammen. »Haben Sie denn schon einen Ansatz?«

»Gewissermaßen. Ich habe versucht, Netzwerke zu aktivieren. Und vorgeschlagen, dass sich Forscher in Kleingruppen zurückziehen. Nach Möglichkeit interdisziplinär zusammengesetzt. Ich weiß natürlich, dass es vor allem langjährige Forschung in den Laboratorien braucht, aber jetzt geht es um innovative Lösungen, die finden sich wahrscheinlich am besten, wenn die Leute Abstand haben und kreativer als bisher denken. Sie müssen ein Modell davon entwerfen, was derzeit in der Welt abgeht: Was steuert die Demenzwelle? Wie können wir einen Damm errichten? Und die Distanz ist noch aus einem anderen Grund elementar: Die Pharmaindustrie schickt ihre Spione in die Unis und in die Labore, die ziehen jede noch so halbgare Lösung an sich und machen daraus Tabletten. Die Leute kaufen ja in ihrer Verzweiflung im Moment *alles!*«

Alexander dachte an die *Retraite* und an die drei Forscher. War das womöglich gar kein Zufall? »Sie haben also überall in Deutschland herumtelefoniert und die Leute aufgefordert, in Kleingruppen kreativ zu forschen? Weitab vom Schuss?«

»Ja, soweit ich konnte. Auch über Deutschland hinaus.«

»Aber das wird die Pharmalobby doch auch mitbekommen.«

»Klar. Verheimlichen kann man auf lange Sicht nichts. Ich habe auch gar nichts Generelles gegen die Pharmafirmen. Es ist ja legitim, dass sie mit Medikamenten Geld verdienen. Aber ich hätte gern, dass man ihnen ein echtes, wirklich wirkendes Mittel vorlegt, damit sie das dann binnen Tagen produzieren – anstelle dieses ganzen Schrotts. Wir brauchen die, wenn wir einen Impfstoff verteilen wollen. Ohne die geht es gar nicht.«

»Glauben Sie denn an einen Impfstoff?«

»Ich habe jedenfalls alles vorbereiten lassen. Die Krankenhäuser haben Ausrüstung bekommen, Impfpläne, Empfehlungen. Nur leider gibt es nicht die geringste treffende Idee für einen Impfstoff. Denn dazu müssen wir erst mal wissen, um welche Art Demenz es zurzeit geht. Und ob eine Impfung dagegen möglich ist. Oder eine andere Form der Heilung. Ich habe keinen Bock auf eine zweite Pest!«

Alexander musste lachen. Dann prustete er sogar los. Der Druck der letzten Tage wich aus ihm, unterstützt vom Zwerchfell.

»Freut mich, dass Sie gutgelaunt sind«, bemerkte die Ministerin trocken, was ihn ein weiteres Mal losprusten ließ. Mit Tränen in den Augen entschuldigte er sich.

»Schon vergessen. Sie wissen, ich bin gut im Vergessen. – Momentan scheint mir eine Theorie vielversprechend, wonach es sich bei den meisten akuten Demenzen um Infektionen handelt, die Hirnschläge auslösen, geclusterte Schlaganfälle, die von den Patienten meist gar nicht so recht wahrgenommen werden.«

Er war mehr als verwundert. War das nicht Gaspard-Guillaume Ouvrard im Originalton?

»Lieber Mehrow, ich möchte gern, dass Sie sich alles Erdenkliche einfallen lassen, wie wir vorgehen können. Medizinisch, medial, politisch, sonst wie. Alles ist möglich. Aber es muss so schnell gehen, dass ich bis dahin nicht verkalkt bin. Und dass dieser paramilitärische Staatsstreich uns nicht überholt.«

Paramilitärisch … »Meinen Sie, es könnte so schlimm kommen?«

»Haben Sie mein Schlauchboot gesehen, Mehrow? Die Farbe?«

»Ja, und den Adler der Bundeswehr.«

Sie grinste. »Mein Bruder ist bei denen, hier in Kladow.

Ebenfalls eine Vertrauensperson, gewissermaßen. Mein privater Geheimdienst.«

Er starrte vor sich hin. War das alles wahr? Oder wieder eine seiner Halluzinationen? Sollte er ihr sagen: Ich kann nicht, ich bin ja noch dementer als Sie? Vielleicht wäre es fair, dachte er. Dann schoss ein anderer Gedanke durch seinen Kopf. Er suchte nach dem Portemonnaie und zog den Zettel heraus, den er im Schuppen bei Jana Elztals IVN hatte mitgehen lassen. Er legte ihn der Ministerin vor. Und fühlte sich im selben Moment albern.

»Eine Versicherungspolice? Aha. Was ist damit?«

»Ich habe sie mit einem Stapel persönlicher Unterlagen an einem … höchst unorthodoxen Ort gefunden. Bei der Organisation ICH VERGESSE NICHT! in Gartenfeld.«

Sie war nicht gerade entflammt. »Eine dieser Selbsthilfegruppen? Und kennen Sie diese Frau?« Sie schaute auf den Zettel. »Gabi Kien?«

»Nein, der Name sagt mir nichts. Aber mir sind die persönlichen Unterlagen dieser Frau entgegengefallen – aus einer Art Versteck. Ich habe nicht weiter recherchiert. Bis eben, offenbar habe ich …«

»… nicht mehr dran gedacht?« Sie lachte und zog ihr Smartphone aus der Handtasche. »Nein, ich will nicht lieber nach ›Gabi Kein‹ suchen, du dusseliges Ding!«

Alexander musste lächeln.

»Aha. Also, Gabi Kien hat ein Buch rezensiert. Na fein. Über Katzenpflege. Hui. – Mehrow, da haben Sie … Gabi Kien ist tot in der Spree gefunden worden, 670 Artikel. Möglicherweise Suizid … Bla… Oder Mord … Wohnung eingebrochen … Also, aufgeklärt ist der Fall offenbar nicht, wie es aussieht. Vielleicht sollten Sie zur Polizei gehen und denen von Ihrem Fund erzählen.« Sie steckte das Smartphone wieder ein. »Das heißt, andererseits vielleicht auch nicht. Nachdem ich neulich einige Polizeiführer in meinem Büro hatte, die mich aufklären wollten, dass ich *als Staat* gefälligst durchgreifen und infizierte Demente in Isolationshaft nehmen soll, habe ich ein dezent lädiertes Verhältnis zu manchen von denen.«

Alexander schüttelte den Kopf. War er nicht Hals über Kopf vom Gelände der IVN geflüchtet? Mit Kleidung ins Wasser gesprungen, aus Angst, sie würden ihn verfolgen? Und dann vergesse ich, der Sache weiter nachzugehen, ich Idiot? Und ich habe gedacht, es wird *besser* mit meinen Demenzschüben.

»Mehrow, träumen Sie? – Wenn Sie Fingerabdrücke am Tatort hinterlassen haben, gehen Sie besser doch zur Polizei. Oder falls die Sie da gesehen haben und anzeigen. Könnte sonst ungemütlich für Sie werden. – Ich fürchte, ich kann Ihnen nicht helfen, ich muss gerade das Land retten.« Sie stand auf und öffnete die Tür auf die sonnenüberflutete kleine Veranda des Hausbootes. Dann drehte sie sich um: »Verzeihung, das war jetzt furchtbar arrogant. Natürlich ist ein einzelner Todesfall genauso schlimm wie eine Seuche … Mein Gehirn ist auch schon nicht mehr ganz bei Trost.«

Er bat sie, noch einmal das Smartphone zu zücken und nach der IVN zu suchen.

Sie kam wieder ins Häuschen, weil es draußen zu stark blendete. »Hier. ICH VERGESSE NICHT! Wow! Über hunderttausend Einträge. Mit dem Vergissmeinnicht als Symbol …« Sie strich mit den Fingern über das Display. »Vielleicht sollte ich da mal hin – sie versprechen Hilfe bei akuten Demenzgefühlen. Was sind denn *Demenzgefühle*? – Und was sind *Erinnerungskapseln*? Scheint ein Riesenkonzern zu sein, da in Gartenfeld.«

»Ein kleines Büro mit einigen Zimmern«, sagte Alexander. »Die machen bloß auf groß.«

»Na gut«, sagte die Ministerin, »sie wollen mit dem Elend der Menschen Geld machen. Nicht schön, aber so ist die Realität. Das mit dieser Frau Kien hingegen ist ein Problem. Vielleicht haben sie ihr angeboten, sich um ihre Unterlagen zu kümmern? Und haben sich dann … doch nicht recht gekümmert.«

50

Havel
Mittwoch, 6. August 2014

Die Fahrt aus dem Norden nach Kladow war schon eine Reise. Nachdem die Ministerin auf ihrem Schlauchboot der Bundeswehr wieder ans Ufer gerudert war, nahm Alexander Kurs zurück zum Tegeler See. Für andere Boote wäre das eine kleine Tour gewesen, für ihn war es eine Tagesreise.

An der Schleuse hatte er diesmal keine Probleme, aber auf dem Tegeler See sah er nichts vom Fischer. Er ging nahe einer Uferstelle vor Anker und bereitete sich an Bord ein anspruchsloses Essen zu, indem er Konservendosen öffnete und den Inhalt in einem Topf zusammenschüttete.

Von meiner Lust zu kochen, dachte er, ist nichts geblieben. Konzentration auf das Wesentliche.

Oder Verlust der elementaren Fähigkeiten.

Ich rede mir ein, auf die komplizierten Handgriffe verzichten zu wollen, um Zeit zu sparen. Aber womöglich beherrsche ich sie gar nicht mehr.

Während er das Gemisch gebackener Bohnen mit Mais löffelte, kam der Fischer auf seinem winzigen Boot daher, und Alexanders Herz hüpfte. – Mein Herz hüpft? Was für spinnerte Formulierungen ich verwende … Außerdem fiel ihm ein, dass in dem idyllischen Bild vom Fischer mit dem Boot und seinen Angeln und seinen Netzen etwas fehlte: das Wollknäuel von Hund.

»Was fressen Sie denn da, Mann? Fischfutter?«

Der Fischer brachte einen Korb mit Fischen an Bord.

»Haben Sie einen Lachs dabei?«, provozierte Alexander.

»Ich bereite Ihnen eine Berliner Fischsuppe. Danach wollen Se nie wieder einen Lachs haben.«

»Klar, weil ich eine Fischvergiftung bekomme und keinen Lachs mehr bestellen kann.«

Mit aller Selbstverständlichkeit machte sich der Mann daran, die Fische auszunehmen, und mit aller Selbstverständlichkeit begann Alexander, ihm zu erzählen. Er schüttete ihm das Herz aus über Beas Raum der Erinnerung in der Praxis. Über ihr Verhalten an Bord der *Retraite.*

Während die Fische im Sud lagen und der Fischer Gemüse putzte, berichtete Alexander von den Befürchtungen eines Staatsstreichs, wobei er seine Formulierungen deeskalierte und von *möglichen, ungewollten Machtverschiebungen* sprach, was dem Fischer ein ironisches Grinsen entlockte.

So dumm ist der Mann nicht, dachte Alexander zwischendurch.

Das Einzige, was er ausließ, war der Name der Ministerin. Er sprach nur von einem *Regierungsmitglied*, dem Verschwörungsbewegungen aufgefallen waren.

Während sie auf der kleinen Bank die Suppe mit dem Gemüse löffelten, kreuzten zum Feierabend hin immer mehr Wasserfahrzeuge den See: Kinder mit Luftmatratzen, Pärchen mit Tretbooten, noch mehr Pärchen mit noch mehr Tretbooten, die ihnen als eine Art *Autoscooter* dienten und sie zum Lachen brachten, die leise dahinschwebende Wasserschutzpolizei, ein paar sportliche, ein paar spritzende Wasserräder, eine Jolle, eine Yacht, ein verirrt wirkender Schleppverband …

Nachdem er beim Fischer auch die Geschichte mit Gabi Kien und dem Gartenfelder Lagerschuppen losgeworden war – seine Flucht hatte er zugegebenermaßen um einen Hauch dramatischer geschildert –, sagte der Fischer gar nichts, sondern nahm ihm den Teller ab, um ihn in der Kombüse abzuwaschen.

Als er rauskam, reichte er Alexander eine von seinen Bierflaschen. »Fertich, Herr Kaleu? Mit erzählen, meine ich? Kannich meinen Senf dazugeben?«

Sie stießen mit den Flaschen an, die in der Abendhitze schwitzten, während es Alexander frisch vorkam.

»Sie haben da also Ihr Frauchen, irgendwo in Spanien auf'm Meer, ja?«

»Frankreich.«

»Egal. – Die Sache liegt doch so wat von auf der Hand: Fahren Se hin und kümmern Se sich um sie. Ist doch ejal, ob Se beide schwachsinnich werden! Aber wenigstens zusammen, Mann! Ihr könnt doch nicht einfach … Sie da alleene mit drei Mann hoch auf dem Boot allein, und du hier auf diesem albernen Gartenhäuschen. Ihr jehört zusammen, verdammt! Lässt sich hier von 'nem ollen Fischer bekochen, der Herr!«

Alexander musste lachen.

»Is nich komisch!« Aber auch er musste grinsen. »Was diese Frau angeht, die Tote … Mann, die is tot! Was wollen Sie sich denn um so wat ooch noch kümmern? Lass die doch, wozu gibs Polizei? Sie haben doch Ihrer eigenen Frau die ewige Treue geschworen und nicht irgend so 'ner Gabi.«

Alexander schlug sich mit der bierflaschenfreien Hand auf den Schenkel und lachte lauthals, bis die Tränen kamen. Er wischte sich die Augen. »Und Sie sind Experte in Ehe- und Liebesdingen, Kollege Fischer?«

»Ich? Stockschwul!«

Alexander hielt inne. »Ehrlich?«

»Haben Sie schon mal einen Hetero-Fischer gesehen, der Ihnen eine Fischsuppe kocht?«

»Nein … Aber …«

»Nein, Unfug. Es gab da mal eine Misses Fischer. Ein blondes, süßes Mädchen. Der *Fischer un sin Fru* – kennen Se das? Na, egal. Wissen Sie, ich bin nich so eine Plaudertasche wie Sie. Ich behalte meine Geheimnisse lieber für mich, wenn's recht is.«

»Ja, ist recht.«

»Aber dann – Ihre Versuche, den Staat zu retten, Herr Kaleu! Das kapier ich nich. Sie glauben, dass ein erzkonservativer Kanzler ans Ruder kommt? Na und? Geht ooch vorbei, das Pendel schlägt mal in die eine, mal in die andere Richtung. Kümmern Se sich – ich sach's noch mal im Juten –, kümmern Se sich um ihr Frauchen auf der Schaluppe da draußen!«

»Ich will keinen Polizeistaat mit willkürlichen Verhaftungen. Wo man das Gesetz ändert, damit Kranke eine Woche festgehalten werden können – oder länger, weil angeblich Seuchengefahr besteht. Ich will nicht, dass auch nur ein einziger Offizier mit seinem Panzerchen vor den Reichstag rollt, um die Entscheidungen des Parlaments zu *unterstützen*.«

Der Fischer winkte ab.

Alexander ärgerte sich darüber. »Sie machen es sich leicht, weil Sie auf dem Wasser nichts mitkriegen von all dem da draußen, an Land. Manchmal glaube ich, dass das Wasser die Insel ist und das Land ist das Meer, immer mehr verpestet, bis es eine stinkende Gülle ist. Klar, man muss sich keine Gedanken machen, bloß weil ein paar Polizeiführer sich mit der Pharmaindustrie zusammensetzen und weil sie Gelände requirieren für Lazarette.«

»Die Phantasie geht mit Ihnen durch, Kaleu! Ich hab kapiert, was ein schleichender Staatsstreich ist! Aber kapier gefälligst auch, dass ich von dir und deiner Ehe spreche. Ihr braucht euch, also lass den ganzen anderen Quatsch sausen.

Ein entlassener Pressesprecher als der Retter des Staates! So wat von lächerlich!«

Sie grollten vor sich hin, während junge Frauen juchzten, weil jemand sie ins Wasser schubste. Ein Motorboot präsentierte ihnen den Blick auf drei grimmig blickende Männer. Dann zappelte ein Kind mit Schwimmflügelchen im Wasser, und Alexander fragte sich, ob man es retten müsste.

»Wat mich interessieren würde«, sagte der Fischer unvermittelt, und seine Stimme war ruhig und sonor. »Wenn das angeblich alles Infektionen sind, die die Demenzen auslösen … – Wat is denn?«

Alexander rutschte unruhig auf seinem Platz. Er stand auf, ging nach drinnen, kam wieder heraus und knetete seine Stirn.

»Wat is los?«, wollte der Fischer wissen.

Alexander atmete schwerer. »Ich habe eben versucht, an Bea zu denken. An meine Frau. Ich … kann mich nicht an sie erinnern, also ich meine: Wie sie *aussieht*. Die Haare dunkel, ja, der Körper … Auch. Aber das Gesicht …« Er nahm seine Unterlippe zwischen die Finger.

»Halt, halt, halt«, sagte der Fischer und fasste Alexanders Handgelenk so fest, als wolle er einen zappelnden Hai festhalten. »Ruhich, Mann, keene Panik nich!«

»Aber …« Er betrachtete die Hand des Mannes um sein Gelenk und wurde ruhig.

Der Fischer sah ihn eindringlich an: »Wie hat Ihnen der Fisch jeschmeckt?«

»Gut.«

»Was waren das für Fische?«

»Keine Ahnung, was hier so schwimmt. Barsch vielleicht? Hören Sie, ich …«

»Kaulbarsch, Zander, Plötze und Rotfeder.«

»Aha.«

»Der Tegeler See ist fischartenreich, wissen Se? Wir haben Quappen und Schlammpetzger, aber die sind bedroht. Vor ein paar Jahren habe ich Forellen gefangen, ausgesetzte natürlich. Die halten sich nicht in Berlin. Es gibt Stint und Hecht und Aal. Manchmal Döbel, wenig Gründling, dafür Aland, Rapfen. Natürlich die Klassiker: Güster, Blei, Ukelei. Manchmal eine Schleie. Karauschen habe ich noch nicht gefangen hier im See, soll es aber geben. Giebel und Silberkarpfen desgleichen. Habe ich eine Fischart vergessen?«

Alexander sah ihn halb verwirrt, halb ärgerlich an. »Keine Ahnung.«

»Haben Sie das Gesicht Ihrer Frau?«

Alexander zögerte. Tatsächlich sah er jetzt Bea vor sich. »Wie … Das ist ja erstaunlich.«

»Tja, Sie hatten offenbar einen Knoten im Hirn. So wat kommt vor und hat nich unbedingt mit Demenz zu tun.«

»Na ja, ich bin empfindlich, was alles das angeht.«

»Wahrscheinlich.«

»Danke für die Fischkunde.«

Der Fischer nickte. »Wat ich sagen wollte …« Er ließ eine lange Pause, in der er Alexanders Zustand abschätzte. »Wenn etwas dran is, dass die Demenzen zum großen Teil von Infektionen ausgelöst werden – und wenn nun irgendwelche Kreise daraus Kapital zu schlagen versuchen … Sich den Staat untern Nagel reißen wollen oder wat auch immer … Kann es dann nich sein, dass jemand janz jezielt solche Viren in die Welt setzt? Biologische Kampfstoffe?«

Alexander hob langsam die Schultern und atmete durch. »Wahrscheinlich haben Sie recht: Ich sollte mich einzig und allein um Bea kümmern.«

51

Havel
Mittwoch, 6. August 2014

Der Besuch der Ministerin, meine Fahrt nach Kladow – das kann ich mir eingebildet haben. Wer sagt mir, dass ich tatsächlich da unten in Spandau, in Kladow, am Ufer war und mit ihr gesprochen habe?

Er wankte hinein und steuerte den Stuhl am kleinen Tisch an. Von den zwei Bieren konnte das Wanken nicht so stark sein, es war dieses unterschwellig schwammige Gefühl in den Beinen. Nicht unbekannt und so, als ob er das schon einmal gehabt hatte. Irgendwie eingeschlafen, die Beine. Kein Wunder, ich hänge nur noch auf diesen paar Quadratdezimetern Hausboot ab.

Als er sich das Handy vornahm, um Bea anzurufen, vibrierte es bereits von sich aus in seiner Hand. Auf dem Display erschien ein altes Foto von ihr.

»Bea, Schatz! Wie geht es dir? Ich wollte dich gerade anrufen.«

Auf dem Foto lachte sie und lauschte theatralisch an ihrem Stethoskop. Ihre Stimme hingegen war flach, zögerlich. Endlich merkte er, dass sie weinte. »Was ist los?«

Dass Bea weinte, war eine Seltenheit. Dass sie dabei anrief, war noch nie geschehen. Es hätte zu ihr gepasst, sich erst einmal auszuweinen, sich dann zu sammeln und zum Telefon zu greifen, um einigermaßen abgeklärt zu berichten.

Sie machte nicht einmal ihre stillen, berührenden Pausen, in denen sie leise vor sich hin weinte. Es war ein Schluchzen.

»Alexander … Die *Retraite*, hast du es gehört? Haben sie dich angerufen?«

»Nein, was denn?«

»Bei dem Sturm gestern … Hast du davon gehört?«

Ich verfolge nicht mal den Wetterbericht, während sie auf dem Wasser ist! »Nein.«

»Sie ist gesunken. Wir hatten Sturm in der Nacht. Ich war im Hotel – der Seegang war mir zu stark geworden, ich konnte auch nicht mehr schlafen. Außerdem haben sie sich gestritten. – Und jetzt – hat mich Gigi angerufen. Ouvrard.«

»Ja, Ouvrard. Und dir geht es gut? Du warst im Hotel?«

»Ja, aber von Victor und Daniel haben sie noch keine Spur!« Sie wimmerte. »Ich habe keine Hoffnung mehr für sie.«

»Was macht die Küstenwache? Die Polizei?«

»Die haben zu tun. Es hat die ganze Küste getroffen.«

»Warum seid ihr nicht reingekommen mit der *Retraite*?« Ihm fiel ein, dass solche Fragen sinnlos waren. »Schatz, ich komme zu dir. Schatz?«

»Okay«, flüsterte sie.

Normalerweise hätte sie das vehement abgelehnt.

»Okay, kannst du heute noch …?«, fragte sie kleinlaut.

»Ich nehme den nächsten freien Flieger, Schatz.«

»Danke dir. Obwohl ich befürchte … Wir werden nichts mehr für sie tun können. Gigi hat es mit letzter Kraft geschafft, sagt er.«

»Wo ist denn dieser Ouvrard jetzt?«

»Weiter nach Monaco.«

»Was? Der hat Nerven. Warum ist er nicht bei dir geblieben?«

»Alex, er musste ins Krankenhaus. Außerdem hatten sie wohl eine ganz gute Idee in Sachen Demenz. Trotz des Streits.«

Er stöhnte. »Das ist ja auch *ganz* wichtig. Schatz, warst du bei einem Arzt?«

»Mir fehlt nichts.«

Ihm fiel ein, dass ihr durchaus etwas fehlte.

»Ich werde in ein paar Stunden bei dir sein, Bea. Ruh dich ein bisschen aus, ja?«

»Gut.«

Sie klingt folgsam wie ein kleines Kind. Kenne ich gar nicht von ihr.

»Gib mir die Adresse vom Hotel, Schatz, ja?«

»Das *Royal Antibes.*«

»Royal Antibes. Okay, und die Anschrift?«

Sie zögerte. »Was für eine … Na, das *Royal Antibes*, Alex.«

Er stockte. Sollte ihm das etwas sagen?

»*Unser* Hotel! Jetzt stell dich nicht … Du hattest doch gerade erst dein Gepäck da deponiert. Deshalb konnte ich auch gleich ein Zimmer bekommen.«

Er notierte den Namen des Hotels und war sich nicht ganz sicher, wie man *Antibes* schreibt.

52

Cora-Berliner-Straße, Berlin-Mitte
Mittwoch, 7. August 2014

Der Mann hatte fast eine Viertelstunde vor Goethe gestanden. Leicht schwankend, als hätte er getrunken. Vielleicht war es einfach Unentschlossenheit. Dann war er in der Nacht den Ahornsteig entlanggeschlendert und aus dem Tiergarten auf den Platz des 18. März geschritten; hatte das Tor umrundet, einzelne Säulen umarmt.

Wer, bitte, umarmt die Säulen des Brandenburger Tores?

Pariser Platz, Wilhelmstraße.

»Zielperson biegt in die Cora-Berliner-Straße …«

Lothar Melchmer ging zur anderen Straßenseite hinüber, wo die junge Frau mit dem Fahrradhelm und den kurzen blonden Haaren stand. Leicht durchgeschwitztes T-Shirt in der warmen Nacht. »Ähm … Danke! Bis hierher … Ich denke, ab hier kann ich es allein, Frau Kollegin.«

Die junge Polizistin von der Fahrradstaffel war nicht gerade hell erfreut. Sie ließ sich von Melchmer das Miniatur-Headset zurückgeben, nickte kurz und radelte Richtung Großer Stern.

Inzwischen war der Mann vom Bürgersteig der Cora-Berliner-Straße verschwunden. Ein Taxi kam angerast und wurde langsamer auf Melchmers Höhe, aber der winkte ab.

2 Uhr 17 las Lothar Melchmer auf seiner Uhr. Zwei Uhr siebzehn und fünfundzwanzig Grad Celsius.

Der Mann war von der Straße verschwunden, sehr wahrscheinlich war er auf der rechten Seite auf das Gelände des Holocaust-Mahnmals ausgewichen.

Melchmer ging hinüber und suchte die Fluchtlinien zwischen den Betonblöcken nach dem Mann ab. Beinahe wäre er auf einen halb angenagten Döner getreten. Irgendwo strich ein Pärchen, das sich bei den Händen hielt, durch die Gassen aus gegossenen Blöcken, wie in einem romantischen Heckenlabyrinth.

Er wollte den Mann nicht stellen. Er wollte ihn beobachten und wissen, wo er sich aufhält und was er unternimmt. Für einen Moment glaubte er, ihn wieder gesehen zu haben, im rechten Winkel zu Melchmers Position, nach links gehend, etwa vier Quergassen von hier.

Der zur einen Hälfte von der Landespolizei, zur anderen Hälfte von der Bundespolizei genutzte Helikopter aus Blumberg schwebte im Flüstermodus über dem Brandenburger Tor. Bei der Festbeleuchtung da unten fiel sogar mit bloßem Auge jede besoffene Ameise auf. Der Tiergarten hingegen war im Sommer zumindest in seinen Waldflächen nahezu undurchdringlich. Für die Wiesen, die Gewässer und das nebenan liegende Stelenfeld bot sich die Infrarottechnik an.

Polizeianwärter Raabe wollte es nicht zugeben, aber er war mehr erstaunt, wie viele Paare man in einer Berliner Nacht von oben sah, knutschende oder sich stützende Leute. Aber – wurden seine Ohren rot unter den Kopfhörern? – auch solche, deren Bewegungen eindeutig waren. Die diversen Stellungen … Manchmal auch Männer, manchmal Junkies oder Dealer, die nicht Sex hatten, sondern andere Höhenflüge probierten. Aber danach suchte die Polizei bei ihrem Flug jetzt nicht. Der Auftrag war, Graffiti-Schmierer im Stelenfeld dingfest zu machen. Womöglich sogar Anschläge auf die Betonquader zu vereiteln. Das wäre was, dachte Raabe: *Polizeianwärter verhindert bei Erstflug Terroranschlag auf das Holo-*

caust-Mahnmal. Der Ausbilder stieß ihn schroff an und deutete nach unten. Ist ja schon gut, Mann.

Er sah nun zwei Gestalten, die offenbar Verstecken spielten. Männer, wenn er es richtig sah. Der eine bewegte sich bedächtig und merkwürdig anmutig, der andere schien ihn zu verfolgen. Das könnte alles Mögliche sein. Ein bevorstehender Raubüberfall oder gar Raubmord. Oder das lang ausgeheckte Rollenspiel einer eingetragenen Lebenspartnerschaft. Zum Beispiel.

Schließlich kamen die Gestalten zueinander. Nach einem Kampf sah es nicht aus. Nach Liebe allerdings auch nicht. Der eine schien den anderen mit Gesten zu überreden, nach Hause zu kommen. Der andere stützte sich an der Betonwand ab, als würde er anderenfalls umkippen. Der Helikopter drehte bei. Sommernacht ohne besondere Vorkommnisse.

Lothar Melchmer versuchte es noch einmal und noch freundlicher: »Ich heiße Lothar Melchmer, ich bin von der Polizei. Und ich bin, wie schon gesagt, ein wenig um Sie besorgt. Wir kennen uns von vor gut zwei Jahren, weil wir mal wegen Ihrer Tochter miteinander zu tun hatten. Kann ich Ihnen helfen?«

Jenissej beobachtete gebannt Melchmers Lippen. Dann lächelte er, erhob langsam die Hand zum Gruß und wandte sich um. Er lief zwischen den *Steinblöcken der Erinnerung* entlang und bog irgendwo ab.

53

Tegeler See, Berlin-Reinickendorf
Donnerstag, 7. August 2014

Alexander lag auf der Pritsche und betrachtete die Versicherungspolice von Gabi Kien. Das Papier war schon mehrfach zusammen- und auseinandergefaltet worden. Er war sich nicht sicher, ob es eine gute Idee war, die Polizei zu informieren.

Es gab etwas anderes, das er unbedingt hatte erledigen wollen, aber es fiel ihm nicht mehr ein. Es konnte mit dem Hausboot zu tun haben, mit dem Kraftstoff oder dem Öl. Wollte er die Solarzellen auf dem Dach reinigen oder einkaufen?

Wenn man sich nicht alles aufschreibt!

Er suchte auf dem Tisch und unter dem Tisch nach einer Notiz, und tatsächlich fand er einen Zettel. Da stand aber nur: *ANTIQES*. Das sagte ihm gar nichts. Obwohl es seine Schrift war.

Alexander Mehrow saß auf dem Außenbänkchen seines Hausbootes, das in den Wellen eines entfernt fahrenden Dampfers ein wenig auf und ab wogte.

Er sah die *Retraite*. Ein Sturm. Bea an Bord, sie schwimmt und kann sich retten, dieser unrasierte Ouvrard hilft ihr, sie gehen an Land. Victor Mahler ertrinkt mit schwerem Körper in den Strudeln, eingeschlossen in der *Retraite*. Und Daniel Duvernet ist schon längst eine Wasserleiche, rot schimmert der Haarkranz an der Wasseroberfläche. Die weinende Bea in seinen Armen schluchzt: Daniel sei doch schon tot gewesen, als er an Bord kam.

Er öffnet die Augen.

Es ist dunkler geworden.

Hat er geschlafen?

Ein Traum von der untergehenden *Retraite*. Wie war das mit Träumen? Wir wünschen uns heimlich, was uns in den Träumen an Schrecklichem passiert?

Wünsche ich mir wirklich, dass die *Retraite* an einer Kaimauer zerschellt? Warum überlebt dann ausgerechnet Gaspard-Guillaume Ouvrard, dieser Schleimer?

Er stand auf, holte den Anker ein und wusste wieder, was er wollte: Den Fischer aufsuchen. Wenn der nicht herkam, musste er ihn suchen. Die Frage war: Was ist mit dieser Gabi Kien? Und was mit den Andeutungen von Thery und der Ministerin? Oder sollte er mal bei Bea anrufen? Jedenfalls war er froh, dass er wieder alle Sinne beisammen und nichts vergessen hatte.

Diesmal musste er eine Weile am Ufer entlangfahren und schrammte hier und da die zulässige Nähe, allerdings ohne irgendwo Schilf zu knicken. Im Norden, in der Großen Malche und vor Reiherwerder, war vom Fischer nichts zu sehen. Immer wieder entdeckte er Boote am Ufer, die ihn an das des Fischers erinnerten, aber stets hatten sie eine andere Farbe oder wichen in anderen Details von dem gesuchten Kanadier ab.

Über der Jungfernheide startete ein Flugzeug in den Ostwind. In diese Richtung fliegen sie selten, dachte Alexander.

Das da musste es sein. Vielleicht zweihundert Meter von Reiswerder entfernt. Dort hatte er auch mal mit dem Fischer gesessen, erinnerte er sich. Aber der Kanadier wirkte leer und flüchtig an Land gezogen.

Alexander sah in alle Richtungen, holte den Feldstecher

und graste das Ufer ab. Vom Fischer weit und breit nichts zu sehen.

Viel näher konnte er mit dem Hausboot nicht gehen. Er legte die Kleidung ab, schlüpfte in die Badehose und ließ sich ins Wasser gleiten. Der Boden war schlammig, das Wasser zu warm. Ein paar Schwimmstöße konnte er machen, dann spürte er schon den unangenehmen Boden.

Nicht einmal die Pelerine war ordentlich über den Kanadier gezogen. Die Angeln lagen neben dem Boot. Weit kann der Fischer nicht sein, dachte Alexander.

Er ging an Land, sah sich noch einmal um und entdeckte nur ein spazierendes Paar, das sich vom Ufer entfernte.

Auf der Pelerine saß eine beachtlich große Heuschrecke. Er wedelte mit den Händen, aber sie rührte sich nicht. Mit einem Ruck zog Alexander Mehrow die grüne Abdeckung vom Boot.

Er hatte ihn gefunden. Der Fischer lag da mit angewinkelten Armen und angezogenen Beinen. Er war es sicher, obwohl das Gesicht durch zahlreiche Schnittwunden und Blut scheußlich entstellt war.

54

Gartenfeld, Berlin-Spandau
Donnerstag, 7. August 2014

Russen? Mongolen? Kasachen? Uiguren? Er kannte sich da nicht aus. Aber die Gruppe wirkte fröhlich, man nickte ihm zu und bat ihn, sie zu fotografieren. Er revanchierte sich mit jovialem Schulterklopfen und zeigte sich interessiert an den fotografischen Ergebnissen, während der Leiter der Gruppe die Formalitäten beim Pförtner erledigte.

Während die anderen Männer gutgelaunt durch die Stuhlreihen gingen, setzte sich Lothar Melchmer ab und erholte sich davon, gute Laune gespielt zu haben. Mit der Gruppe hatte er sich in den Veranstaltungsraum der Stiftung ICH VERGESSE NICHT! schleusen lassen, ohne dass er sich hatte legitimieren müssen. Über eine Stunde hatte er auf die Gelegenheit vor der Tür gewartet. Nun umringten diese Leute – Russen? Mongolen? Kasachen? Uiguren? – einen schlohweißen Mann.

Melchmer setzte sich. Er fühlte sich unangenehm an Gemeindesäle erinnert, in denen es nach Erbsensuppe und Selbstzufriedenheit roch. Für einen Moment ließ er sich zu einem Vergleich hinreißen zwischen diesem mit Bast ausgelegten Raum der Demenz und einem netten Strandabschnitt und einem kühlen Bierchen auf Mallorca.

Vor ihm baute sich ein lächelnder, weißhaariger Mann auf. Der Club der Weißhäupter, dachte Melchmer und lächelte kurz zurück. Daraufhin holte der Mann zu einer großen Bewegung aus. Melchmer hätte sich beinahe geduckt. Das wäre auch besser gewesen, denn der Mann – tatsächlich –, er *segnete* Lothar Melchmer, den größten Atheisten vor dem Herrn.

»Ja, herzlichen Dank. Ihnen auch.«

»Bist du mein Sohn?«, fragte der Alte.

»Sohn? Nein. Tut mir leid.«

Das Lächeln gefror dem Mann, er verzog sein Gesicht zu einer Leidensmiene der Verlorenheit.

»Ähm, aber nichts für ungut. Ich meine, in gewisser Weise sind wir ja alle Brüder, nicht wahr? Brüder und Schwestern, Väter und Söhne?« Verausgabe dich nicht, Melchmer!

Der Weißhaarige strahlte wieder.

»Na also«, freute sich der Kommissar. »Das ist doch ein schönes Schlusswort! Angenehmen Tag, frohes Segnen!«

Aber der Mann dachte nicht daran, weiterzugehen und andere zu segnen. Stattdessen verriet er Melchmer ein Geheimnis, offenbar ein höchst erfreuliches: »Da werden sie kommen über die Berge des Landes Ararat und werden säen und ernten das Lob des Herrn … Und weiße Pferde werden schäumen an den Gestaden der Welt, werden zertrümmern die Trutzburgen der nichtigen Herrscher, werden spannen Regenbogen und singen Psalter, werden … singen mit Engelszungen …«

Melchmer nickte. »Sehe ich auch so.«

»Goldstrahler, mein Engel, leuchten über dir und seien dir gnädig!«

Ein stämmiger junger Mann mit Pferdeschwanz hatte sich zu ihnen gestellt und nahm den Alten am Arm: »Pater Siggi, Sie werden am Telefon verlangt.«

»Ja?« Der Alte war verblüfft, freute sich aber.

»Vorne, im Zimmer drei. Zimmer *drei.*«

»Ja, drei. Danke, danke, junger Mann.« Er schlurfte über den Bast aus dem Raum und vergaß nicht, die Umstehenden zu segnen, auch die Uiguren.

»Demenz ist schauerlich«, resümierte der junge Mann.

»Demenz?« Melchmer hob die Augenbrauen. »Ich weiß nicht. Für mich hat der eher einen an der Krawatte.«

»Und was kann ich für *Sie* tun? Sie waren noch nicht hier, der Herr?«

»Eigentlich wollte ich mich ein wenig umsehen. Ich habe eine Frau, wissen Sie, der geht es nicht gut. Sie vergisst Dinge. Fährt ohne mich in den Urlaub, denkt einfach nicht daran, mich mitzunehmen. Ich mache mir da schon einen Kopf. Und da dachte ich, vielleicht kann ich sie hier bei Ihnen unterbringen.«

»Wir sind kein Heim. Wir beraten und therapieren. Sie sollten sich vorne anmelden und einen Termin mit Frau Dr. Elztal machen.«

Melchmer nickte. »Ja, sicher. Sie sind hier beschäftigt? Sagen Sie, dann können Sie mir bestimmt Auskunft geben, ob auch diese Frau bei Ihnen gewesen ist?« Er zog umständlich ein Foto von Gabi Kien aus der Jacketttasche.

Der Herr mit dem Pferdeschwanz blieb nüchtern: »Sie sind von der Polizei?«

»Jetzt, wo Sie's erwähnen …«

»Dann möchte ich Sie bitten, einen Termin auszumachen. Ich selbst kann zu dem Foto nichts sagen. Aber Frau Dr. Elztal könnte im System nachschauen, oder vielleicht kennt sie die junge Dame persönlich.«

»Ach, würde es Ihnen etwas ausmachen, mich gleich zu Ihrer Frau Chefin zu bringen? Wissen Sie, die Berliner Polizei ist momentan entsetzlich klamm, was Personal und Zeit angeht. Und auch ein wenig nervös.«

Der Angestellte zückte sein Handy. »Ja, ein Herr …« Er las den hingehaltenen Ausweis: »Kommissar Melchi … Melchmer. – Gut, geht klar.« Dann wandte er sich wieder an Melchmer und bat ihn, ihm zu folgen. »Ich darf vorangehen?«

Sie gingen durch das Treppenhaus zwei Stockwerke nach unten, dann einen langen Gang entlang.

»Wie viele Patienten haben Sie so?«, erkundigte sich Melchmer und sah sich um.

»Das fragen Sie die Leiterin am besten gleich selbst.«

»Ah, so viele!«

Durch eine Tür ging es nach draußen. Melchmer sah auf ein niedriges Nachbargebäude, das ihn an einen Lokschuppen auf einer Modelleisenbahnanlage erinnerte. Per PIN-Code öffnete sich die Tür.

»Ihre Chefin sitzt im Gartenhaus, wie nett!«

»Nach Ihnen, Herr Hauptkommissar!«

Es gab ein schlurfendes Geräusch. Eisen auf Beton.

Der Herr mit dem Pferdeschwanz blieb ganz nüchtern, als er Lothar Melchmers Kopf für seinen Schlag mit der Eisenstange wählte.

55

Hohenzollernkanal
Donnerstag, 7. August 2014

Auf dem Berlin-Spandauer-Schifffahrtskanal, in der Stadt von den meisten Menschen noch *Hohenzollernkanal* genannt, bewegte sich ein Hausboot von West nach Ost, passierte linkerhand die HoKa-Siedlung, die sich ebenfalls noch nach dem alten Namen des Kanals richtete, rechterhand das Industriegelände von Gartenfeld, unterquerte die Mäckeritzbrücke und näherte sich der berühmten General-Ganeval-Brücke – berühmt nicht ihres Namens wegen, sondern weil sie die einzige offizielle Zufahrt zum Flughafen Tegel darstellte.

Alexander erwartete genau dort die Bundesgesundheitsministerin. Er wollte nicht wieder bis in den Süden Berlins zuckeln. Seine Warnung an die Frau war dringend. Der Tod des Fischers mit dem zerschnittenen Gesicht konnte kein Zufall sein. Jemand wollte ihm, Alexander Mehrow, etwas bedeuten. Jemand, der ihn mit der Politikerin gesehen hatte – also war womöglich auch sie selbst in Gefahr. Sich mit ihr noch einmal zu treffen, war nicht ohne Risiko, aber er erhoffte sich, dass sie eine Lösung für *ihn* hätte.

Der Treffpunkt hatte den Vorteil, dass niemand, der Alexander in den letzten Wochen auf seinem Hausboot gesehen hatte, mit diesem Abstecher in einen Kanal rechnen würde. Der Ort unter den Brücken und in der Nähe von Kleingartenkolonien, einem Festplatz sowie dem Volkspark Jungfernheide war einerseits verschlafen genug für ein Geheimtreffen, andererseits lag er verkehrsgünstig: Kanal, Buslinien, Autobahn. Und Flughafen.

Jetzt beobachtete er jeden Wagen und jeden Spaziergänger drüben am Saatwinkler Damm, dem Südufer, und auf den Wegen des Nordufers. Ebenso grimmig betrachtete er jedes noch so kleine Bötchen. Einen Verfolger würde er erkennen, da war er sich sicher.

Noch war von der beleibten Ministerin nichts zu sehen. Alexander sah auf die Armbanduhr und auf die Digitalanzeige des Handys. Er prüfte noch einmal, sicherlich zum dutzendsten Mal, ob er die SMS, wie er sie in Erinnerung hatte, auch wirklich formuliert und abgeschickt hatte.

Ein wenig stolz war er schon auf sich: *Bevor ich die Bundespräsidentin anrufe, muss ich Sie dringend sehen am … um …* Das musste ihr klarmachen, wer sich da meldete und dass es mehr als brisant war. Der zweite Teil der Nachricht war für die Ortsbeschreibung draufgegangen.

Die Frau war seit einer Dreiviertelstunde überfällig. Alexander fuhr das kurze Stück weiter zur nächsten Brücke, der *Hinckeldey*. Für den Fall, dass sie die Brücken verwechselt hatte. Es gab unglaublich viele Jogger. Und Ruderer.

Als die Wasserschutzpolizei sich näherte, legte Alexander ab, ging auf Schleichfahrt und hob leutselig die Hand zum Gruß. Er erhielt eine lässige Antwort im Vorüberfahren. Keiner der Uniformierten schien sonderlich an ihm und seinem Hausboot interessiert. Sie werden denken, dass ich zur Hausbootebucht unter dem Plötzensee will, nahm er an.

Nach zwei Stunden glaubte er nicht mehr an das Treffen. Bereits seit einer Stunde hatte er die Alternative durchgespielt, nun realisierte er sie: Er legte das Hausboot neben der Ganeval-Brücke fest und hielt an der Kreuzung zum Saatwinkler Damm ein Taxi an, das eigentlich leer zum Flughafen einbiegen wollte, um sich mit tausend anderen Taxis in eine halbtägige Warteschleife zu stellen.

»Zum Bundesgesundheitsministerium, bitte.«

Der Fahrer nickte knapp.

Alexander hatte sich vorgenommen, die Ministerin nicht anzurufen oder ihr noch einmal eine SMS zu schicken. Aber während er erneut die ein- und ausgegangenen Nachrichten durchsah, fiel ihm wieder die Telefonnummer auf. Neulich hatte ihn jemand aus dem Ministerium kontaktieren wollen – weder Thery noch die Ministerin, aber wer dann? Beinahe hätte ihn seine Neugierde überwältigt.

Sie können dich orten, dachte er.

»Tun Sie mir einen Gefallen? Würden Sie für mich auf Ihrem Telefon eine Nummer anwählen? Nur anwählen. Ich muss wissen, wer rangeht. Ich bezahle Ihnen das Gespräch.«

Der Taxifahrer wirkte konzentriert. Dachte er über die Bitte nach oder über die unsinnige Ampelschaltung? »Warum unterdrücken Sie nicht einfach Ihre Telefonnummer?«, fragte er nach einer gefühlten Viertelstunde.

»Mein Handy ist mir zu kompliziert. Könnten Sie es bitte einfach machen?«

»Während der Fahrt? Sie sind aber nicht einer, der mich nachher anzeigt, weil ich während der Fahrt telefoniere? Ich meine, dann setzt es Hiebe, weißte?«

Der Mann nahm Alexanders Handy und tippte mühselig die Nummer in seine Tastatur. »Nix. Tot.«

»Moment!«, bat Alexander, und tatsächlich kam nun ein langgezogener Piepton. »Fragen Sie, wer es ist, wenn jemand rangeht.«

»Ja, Melsung.«

»Hallo, wer ist dran?«, fragte der Taxifahrer artig und nicht sonderlich flexibel.

»Melsung! Gesundheitsministerium. Wer ist denn da?«

»Fragen Sie, welche Abteilung«, zischte Alexander.

»Äh, welche Abteilung habe ich denn gewählt?«

»Welche Abt … Melsung, Personalstelle.«

Alexander gab ihm ein Zeichen, das Gespräch abzubrechen. »Danke.«

»Ihre Personalstelle? Haben Sie was ausgefressen?«

»Nein, ich habe im Ministerium gekündigt, und jetzt geht es wahrscheinlich um irgendwelche Formalitäten.«

»Gekündigt? Beim Ministerium? Wer macht denn so was? Heutzutage?«

Er klopfte an Therys Tür. Bis hierhin hatte ihn offenbar niemand von den alten Kollegen gesehen. Er hatte den Fahrstuhl gemieden und lieber das Treppenhaus genommen. Eine Bürobotin, die mit ihren Mappen beschäftigt war, zwei krawattierte Jungjuristen im Plauderspaziergang – das war bislang alles.

»Ja?«

Die junge Frau, die Alexander am Schreibtisch sah, war nicht Thery, sondern eine Blondine.

»Ähm, Thery ist nicht da?«

»Wer, bitte? Es tut mir leid, ich bin erst seit gestern hier. Aber wenn Sie mir den Nach …«

»Nein, danke.« Bloß nicht weiter auffallen, hämmerte es in seinem Kopf. Er nahm wieder das Treppenhaus, drei Etagen nach oben.

Da lief er gleich einem Mann in die Arme, dessen Gesicht zu einem Lächeln zerschmolz: »Mensch, Alexander! Was machst du denn hier?«

Er erinnerte sich nicht an den Duzer, nahm den Ball aber nach einer Schrecksekunde auf, indem er den Mann vertraulich am Ärmel fasste: »Du, ich muss mal ganz kurz und extrem dringend zur Ministerin.«

»Du, Alexander, das müssen wir alle.« Er lachte. »Aber im

Ernst, da ist heut nix zu machen, sie hat Kabinett und dann Staatsbesuch, Humbatumbaland oder so was.«

Alexander ließ den Mann stehen und stürmte ins Vorzimmer.

»Ah, sagen Sie nichts!«, freute sich die Dame im scharlachroten Blazer. »Komme gerade nicht drauf. Mein Alzheimer!«

»Mehrow. Ich muss sie sprechen.«

»Mehrow? – Ach! Der Presse-Mehrow? – Sind Sie nicht … – Also, ich fürchte, heut geht es gar nicht. Soll ich ihr was ausrichten?«

»Ich muss zu ihr rein, es dauert keine fünf Minuten. Vier. Drei.«

»Sie ist nicht da.«

Er sah sie, wie sie am Ufer der General-Ganeval-Brücke stand und auf sein leeres Hausboot hinüberschaute.

»Und wenn sie reinkommt, ist sie auch gleich wieder weg.«

In diesem Moment ging die Tür auf, und die Gesundheitsministerin kam mit einem Mann und zwei Frauen im Gefolge herein. Eine der Frauen redete unentwegt, bis die Ministerin sich äußerte: »So! Da sind wir! Haben wir was Neues? Ach, der Herr …«

»… Mehrow«, half der scharlachrote Blazer. Ehemals Presseabteilung. Er möchte Sie eine Minute sprechen.«

»Herrn Mehrow müssen Sie mir nicht vorstellen, Angela. Na, dann kommen Sie mal rein! – Und wir haben ja alles geklärt so weit, oder?«, wimmelte sie ihre drei verdutzten Begleiter ab.

Die Frau im Blazer rief hinterher: »Sie wissen, dass in fünfzehn Minuten Kabinett ist?!«

Alexander war einen Moment von dieser Floskel und dem Tonfall abgelenkt. Lernte man so etwas in einer Vorzimmerpersonalschule? Diese Mischung aus besserwisserischer Information, Vorwurf und Überheblichkeitsgefühl, es mit einem besonders tumben Chef, im Grunde mit einem Kind, zu tun zu haben?

»Schießen Sie los!«

»Wir waren am Flughafen verabredet. Ganeval-Brücke …«

»Wie?« Sie lachte. »Ach, von Ihnen war die SMS? Schade, mein Lieber, das habe ich nicht ernst genommen. Wenn ich jedem Hinweis folge, der … Stand da nicht auch etwas über die Bundespräsidentin?«

»Sie haben mir neulich auf dem Hausboot geraten, mich im Ernstfall an die Präsidentin zu wenden?«

»In was für einem Ernstfall? – Hm? – Reden Sie schon!«

»Es geht um Demenz. Um die Unterlagen von Gabi Kien. Jemand aus der IVN-Stiftung hat womöglich mit dem Tod der Frau zu tun. Möglich, dass er uns beide beobachtet hat. Jedenfalls ist ein Fischer, den ich kannte und mit dem ich Kontakt hatte, ebenfalls das Opfer eines Mordes geworden. Ich fürchte, es ist als eine Warnung an uns beide gemeint. Ich finde nicht die Verbindungen zu dem möglichen Staatsstreich, und ich kann mich nicht einfach an die Bundespräsidentin wenden …«

Die Ministerin zwängte sich in Zeitlupe hinter ihren Schreibtisch und legte die Stirn in eine Hand. Sie schien zu weinen, ansatzweise zu schluchzen, aber es war wohl ein Kichern. »Lieber Herr, ähm, ich weiß, ehrlich gesagt … Wie soll ich sagen? Manchmal habe ich das Gefühl, dass ich schon selbst ein Opfer der Demenz geworden bin. Ich vergesse meinen Schlüssel, ich vergesse Namen. Ich grüble hier und da, wie ich eine Büchse öffne und was ich mit einer Paprika machen soll, die ich in der Hand halte. Und manchmal höre ich Menschen wie Ihnen zu und verstehe – nicht – das – kleinste – Wörtchen. Kann an mir liegen. Einer von uns beiden hat gerade einen kleinen – Hau. Ich denke, das Beste wird sein, Sie sammeln Ihre Gedanken und schicken mir eine Mail, hm?«

Eigentlich fiel ihm nichts dazu ein. »Erinnern Sie sich an meinen Namen?«, fragte er vorsichtig.

Sie lachte und erhob sich. »Selbstverständlich.«

Gleichzeitig mit dem Klopfen ging die Tür auf. Ein scharlachrotes Etwas wehte herein und wandte sich an Alexander: »Die Ministerin dankt für ihren Besuch. Sie muss sich auf den Weg machen, der Kanzler wartet ungern auf seine Minister.« Und an die korpulente Frau gerichtet, eine Oktave niedriger: »Sie sind gleich mit TOP 2 dran.«

Im Hinausgehen bat die Ministerin ihre Vorzimmerdame leise, diesen Menschen nicht wieder zu ihr vorzulassen.

56

Ein weißes Bett

Sie wurde wach vom hellen Sonnenlicht und von einem harten Gegenstand an ihrem Oberschenkel. Sie lag darauf.

Ein weißer Laptop, dachte sie und zog das Ding hervor, um es auf den Boden neben dem Bett zu legen. Was macht man mit so einem Teil?

Jemand hatte ein Blatt Papier in den Blumenstrauß gesteckt und den Text genau in ihre Richtung ausgerichtet. Im Gegenlicht – das Fenster mit der Sonne war direkt daneben – konnte sie es nur mit Mühe entziffern, und um aufzustehen, fühlte sie sich noch zu müde.

Ich bin Dr. Bea Mehrow, Ärztin. Dies ist ein Hotel in Antibes. Ich bin verheiratet mit Alexander, er ist in Berlin, wo wir wohnen.

Jetzt stand sie doch auf, packte den Zettel, zerknüllte ihn und warf ihn in den Papierkorb. Immer das Gleiche, wahrscheinlich wieder das Zimmermädchen. Finden das lustig.

»Mama!«, rief sie. »Vati?« Aber eigentlich war das Zimmer viel zu klein. Wo sollten ihre Eltern sein? Hatten sie sie eingeschlossen und alleingelassen?

Neben der Vase hing der Spiegel, drei Meter hoch, von der Decke bis zum Boden. Sie zuckte zusammen. Das war eine nackte, erwachsene Frau, die sie da sah.

Wie sind mir denn über Nacht diese Brüste gewachsen? Ein schmaler Streifen Haare stand senkrecht über ihrer Scham. Sie ging näher an den Spiegel. Was war das für ein Trick? Sie sah ja zehn, zwanzig Jahre älter aus!

Ich muss erst mal Ordnung schaffen, dann kann ich auch wieder einen klaren Gedanken fassen.

Als Erstes brachte sie den Laptop da unter, wo er hingehörte. Dann sortierte sie die Gegenstände auf dem Schreibtisch, die ihr nichts sagten, die sie aber in eine Reihe legte.

Meine Eltern sind längst tot, fiel ihr plötzlich ein. Aber wieso? Sie haben mich hier zurückgelassen und sind dann gestorben? Haben mich eingeschlossen?

Sie überprüfte das, und tatsächlich war die Tür abgeschlossen. Sie konnte sie allerdings von innen entriegeln.

Um sich besser zu orientieren, lief sie durch das Zimmer, warf vorsichtige Blicke in den Spiegel. Nachdem sie gut zwei Stunden hin und her gelaufen war, schlüpfte sie wieder unter die Bettdecke und rollte sich ein.

Ein leiser, kurzatmiger Gong ohne Echo weckte sie. Sofort wusste sie, was sie tun musste: Zur Tür gehen und öffnen. Eine leichte Übung. Gar nicht schwer. Das konnte sie gut.

Eine hübsche Frau stand draußen und senkte den Blick. »Verzeihung, ich bin Sabrine. Sie haben mich gestern … Möchten Sie sich nicht zuerst etwas anziehen, Madame Mehrow?«

Bea schaute an sich herab. »Ja, mache ich wohl.«

Sabrine wartete vor der offenen Tür. Als Bea im Morgenmantel zurückkam, erklärte sie: »Gestern Abend baten Sie mich, heute um diese Zeit bei Ihnen zu klopfen. Ich sollte Sie fragen, ob Sie sich erinnern.«

»Erinnern. Ja, natürlich«, log sie.

»Darf ich kurz hereinkommen?« Sabrine sah sich um und runzelte die Stirn. Sie blickte zur offenen Badezimmertür und ging einen Schritt hinein. »Darf ich die Dusche abstellen?« Sie wartete nicht auf eine Antwort. Als sie zurückkam, zeigte sie Bea, die auf dem Rand des Bettes saß, den tropfenden Laptop und begann, ihn mit dem nächsten greifbaren Handtuch abzutrocknen.

»Das ist meiner.«

»Ja, ich trockne ihn nur ab«, flüsterte Sabrine. Es ist nicht gut für das Gerät, wenn es im Wasser steht.«

Bea nickte. »Ja, natürlich, ungeschickt von mir.«

»Na ja, es ist ein weißer Laptop, und Sie haben ihn in die weiße Dusche gestellt, nicht wahr. Ich kenne das von einer Tante, sie ist auch … recht ordnungsliebend.«

»Der Fehler tut mir leid«, sagte Bea leise. »Bin ich in einem … einem Heim?«

Sabrine lächelte. »Aber nein, das ist das *Royal Antibes*, wir sind ein Hotel. Und Sie sind sehr liebe Gäste, Ihr Mann und Sie. Also, jetzt im Moment: Sie. – Madame Mehrow, Sie haben mich gestern ins Vertrauen gezogen. Sie vertrauten mir an, dass Sie wichtige Daten herunterladen müssten, aus der Cloud. Es würde mehrere Stunden dauern, weil es sehr große Mengen seien. Deshalb sollte ich heute Morgen wieder vorbeikommen und Sie daran erinnern. Sie wollten die Daten heute an eine bestimmte Adresse weiterleiten. Haben Sie das schon getan?«

»Cloud?«, fragte Bea.

»Okay … Also, als Erstes sollten wir schauen, ob wir den Laptop starten können.« Sie schob das Gerät zu Bea.

Die öffnete es auch, ohne nachzudenken, und betrachtete den schwarzen Bildschirm und die Tastatur.

»Das ist der Schalter.«

»Ja, natürlich. Komisch, was man vergisst, wenn man an andere Dinge denkt, nicht?«

Die beiden Frauen auf der Bettkante lächelten sich an, während der Rechner sich räkelte und ein wenig von der Dusche spotzte. Aber er schien ohne Kurzschluss zu funktionieren. »Französisches Produkt«, scherzte Sabrine und zeigte auf den Laptop. »Jetzt müssten Sie Ihr Passwort eingeben. Wissen Sie es noch?«

»Na … Eine Tastenkombination, nicht wahr?«

»Sie haben mir das Passwort gestern aufgeschrieben.« Sie holte einen zusammengefalteten Zettel aus ihrer Blusentasche. »Es lautet: *laretraite* – klein und in einem Wort. Möchten Sie oder soll ich?«

Bea stand auf und betrachtete sich im Spiegel. Ihr fiel nichts ein. Da war diese Frau, die sie nie zuvor gesehen hatte.

»So, also … Es sieht gut aus. Der Pfad, den Sie mir genannt haben, der Ordner. So … Und da scheinen die Dateien zu sein, die Sie gestern empfangen haben. Wenn Sie mal auf den Zettel schauen – das sind Mailadressen, an die ich die Dateien heute weiterleiten soll. Auch die haben Sie selbst geschrieben und hier sogar unterschrieben.«

»Das ist nicht meine Unterschrift.«

Sabrine kratzte sich an der Schläfe. »Ganz ruhig, keine Angst, liebe Frau Mehrow. Wir haben gestern Abend mit meinem Handy … Warten Sie mal.« Sie bastelte an ihrem Handy und entnahm eine winzige Karte, dann suchte sie am Fernseher einen Slot. »Wir könnten das auch am Laptop abspielen, aber besser ist es wohl …« Es dauerte noch eine Minute, dann erschienen auf dem Bildschirm zwei Frauen: Sabrine und Bea. Sie saßen am Tisch, offenbar in diesem Raum, in dem sie sich auch jetzt befanden. Das Bild war grobkörnig, die Beleuchtung matt. Aber mit etwas Hintergrundrauschen waren die beiden gut zu verstehen.

»Ich gebe Ihnen dreihundert Euro, damit Sie das machen, mehr habe ich nicht«, sagte die Bea von gestern.

»Bitte nicht, Madame. Ich nehme solches Geld nicht. Ich helfe Ihnen aber gern. Sie möchten, dass ich alle Daten, die morgen früh in diesem Ordner in der Bildmitte erscheinen werden, nehme und an die Mailadresse sende, die Sie mir auf diesem Zettel notiert haben? Würden Sie das bitte in mein Handy sagen?«

»Ja, es stimmt. Ich sehe mich dazu gezwungen, weil ich an einer akuten Amnäsie leide, vermutlich verursacht durch den Unfall mit dem Schiff. Noch etwas?«

»Wenn Sie mir das noch unterschreiben, Madame?«

»Aha«, sagte die Bea von heute. »Dann machen Sie mal. Benötigen Sie mich dazu?«

»Ehrlich gesagt, wäre es mir lieb, wenn Sie mir zusehen. Falls ich hier am Rechner etwas mache, das Ihnen sonderbar vorkommt, dann protestieren Sie einfach und unterbrechen mich, ja?«

Es war kein Akt. Sabrine verschickte den Ordner mit den Mails an sieben Adressen. »So, Madame. Jetzt wird es eine Weile dauern, weil die Dateien sehr umfangreich sind. Ich vermute, es geht schneller als gestern. Aber am besten wird es sein, Sie gehen für die nächste Stunde einfach nicht an den Laptop.«

»Alles klar.«

»Möchten Sie, dass ich Ihnen etwas zu essen bringe?«

»Ich? Habe keinen Hunger.«

»Etwas anderes? Ein Getränk? Ein Arzt?«

Bea sah die Frau misstrauisch an. »Nein. Ist noch was?« An der Tür sagte Bea grinsend: »Sie haben was vergessen!«, und reichte Sabrine triumphierend die kleine Speicherkarte aus dem Fernseher.

»Oh, richtig. Vielen Dank.«

»Das haben Sie geschickt gemacht. Gut eingefädelt.«

»Ähm … was meinen Sie mit eingefädelt?«

»Wie Sie diese Frau da im Fernseher haben sprechen lassen, die so aussieht wie ich.«

Sabrine lächelte verlegen und verabschiedete sich.

Bea schloss hinter ihr ab und ging in ihr Zimmer zurück. Sie betrachtete den Laptop, den Sabrine wieder an das Stromkabel angeschlossen hatte.

Bea schoss hoch, rannte den kurzen Flur entlang, riss die Tür auf und sah hinaus. Sabrine stand in der offenen Lifttür. »Sabrine!«

Die junge Frau kam noch einmal zurück. Bea umarmte sie, ließ sie gar nicht mehr los. Dann nahm sie Abstand und entschuldigte sich bei ihr. »Ich weiß jetzt wieder. Danke! Sie haben mir wahnsinnig geholfen. Das mit den Daten wird klappen, nicht wahr? Sie sind sehr, sehr wichtig.«

Auch als sie wieder im Bett saß und an einem Fingernagel nagte, ohne ihn zu ramponieren, fühlte sie noch Dankbarkeit. Und Glück, dass alles wieder klar war. Stimmt, sie musste unbedingt die Daten überspielen und absenden. Das war so entscheidend wie sonst nichts. Gut, dass sie sich erinnerte.

Auch wenn ihr gerade für einen kurzen Moment entfallen war, worum es bei den Daten ging.

Aber das wird schon wieder, dachte sie zuversichtlich.

57

Hohenzollernkanal
Donnerstag, 7. August 2014

Alexander hatte sich wieder auf sein Hausboot zurückgezogen. Langsam folgte er dem Verlauf des Kanals, der im 45-Grad-Winkel nach rechts abbog. Vor ihm lag die Schleuse Plötzensee. Als sich an der Schleusenkammer nach einer Weile nichts tat, funkte er den Schleusenwärter an und bekam als Antwort nur eine Frage: Worauf er denn warte? Also fuhr er in das erste Becken hinein und stieg ans Ufer, um sich nach dem Tarif zu erkundigen.

»Freizeitboote zahlen nichts!«

Das hatte Alexander schon anders erlebt. Mal akzeptierte man sein Gefährt als Freizeitboot, mal nicht.

»Gehört die Frau zu Ihnen?«

»Welche Frau?«

»Na, die da … Wo isse denn? Na jut, wenn se sowieso nich Ihre is. Ahoi!«

Er nutzte die Gelegenheit, sich auf der leicht angegilbten Schifffahrtskarte zu orientieren. Wenn er sich nach der Schleuse links hielt, würde er über den Nordhafen direkt zum Hauptbahnhof und seinem vorgelagerten Humboldthafen kommen; von dort würde er – theoretisch – direkt auf die Spree stoßen. Allerdings war für Kleinfahrzeuge nur das Rechtsabbiegen gestattet, er musste also halb durch den Westhafen, von dort in den Westhafenkanal und in den Charlottenburger Verbindungskanal fahren.

Eigentlich egal, dachte er. Irgendwo finde ich eine ruhige Ecke.

Die Fallhöhe der Schleuse betrug nur siebzig Zentimeter. Er ging wieder an Bord und steuerte das Boot aus der Schleusenkammer. Während er darauf achtete, keine Spundwand zu berühren, fiel ihm auf, wie sehr das Hausboot unter den Touren gelitten hatte. Er sah grüne und ölig-braune Flecken und sogar Rost auf dem garantiert rostfreien Metall.

Später, dachte er, später! Alles zu seiner Zeit. Erst mal verkriechen, dann das Boot pflegen. So lange wird es mich schon noch tragen.

Er hielt Kurs gen Steuerbord. Doch genau in dem Moment kam ein undefinierbares Geräusch vom Motor. Alexander Mehrow nahm das Gas weg, trotzdem scharrte etwas. Oder kam es aus dem Hausaufbau? Er gab Rückwärtsfahrt, bis das Boot einigermaßen still lag, dann öffnete er die Tür.

»Frau Elztal … Das ist ja …« Seine Freude dauerte genau zweieinhalb Sekunden. Dann erinnerte er sich, dass es da eigentlich kaum einen Grund zur Freude gab. »Sie sind an der Schleuse an Bord gegangen?«

»Und ich bitte Sie, unter der nördlichen Seestraßenbrücke anzulegen«, schnarrte sie.

»Das geht nicht. Hier muss ich mich rechts halten.«

»Doch, das geht schon. Man holt uns am Nordufer ab.«

»Ich kann nicht direkt vor der Brückenmeisterei anlegen. Ich fahre falsch, außerdem besteht Anlegeverbot. Das merken die … *Wer* holt *uns* ab?«

»Halten Sie links, oder überlassen Sie mir das Ruder, Mehrow.«

Weit und breit war kein Schiff zu sehen. Er nahm langsam Fahrt auf.

»Geht's auch schneller?«

»Das ist ein Hausboot …« Er sah am Nordufer einen Lieferwagen und zwei Männer davor, die herübersahen. »Vielleicht klären Sie mich auf?«, fragte er.

Sie gab den Männern ein Zeichen. Daumen hoch oder etwas Ähnliches, Alexander konnte es nicht sehen, weil sie zwischen ihm und den Männern stand. Sie drehte sich um. »Sie haben etwas gegen meine Stiftung. Und dagegen habe *ich* etwas. Ich möchte Sie davon überzeugen, dass meine Arbeit sinnvoll ist. Natürlich machen wir Profit, aber wir helfen den Menschen auch.«

Er suchte in seiner Jackentasche, dann im Portemonnaie und zog das Blatt der Versicherungspolice hervor. »Haben Sie dieser Frau auch geholfen?«

Sie warf einen kurzen Blick darauf und verstand. »Halten Sie direkt an der Brücke!«

Er drehte das Ruder in die entgegengesetzte Richtung und zeigte Dr. Jana Elztal, wie viel an Tempo aus dem Hausbootmotor herauszuholen war. Man konnte damit sogar beinahe auf der Stelle wenden und in den Haupthafen zurückfahren.

»Was machen Sie da, Sie Idiot?«, rief sie und langte ins Steuer.

Er wusste bislang nicht, wie allergisch er gegen derartige Einmischungen war. Es reichte zu einem ordentlichen Kinnhaken. Beinahe hätte er, als die graue Frisur der Frau erzitterte, sie im Sturz auffangen wollen, damit sie sich nicht weh tat oder gar über Bord ging. Aber nur beinahe.

Am Nordufer beendeten die beiden Männer ihren Boxenstopp und starteten durch, eine arme Radfahrerin vor sich beiseitehupend.

»Fahren Sie ans Ufer«, keuchte die Elztal, rieb sich ihr Kinn und versuchte, sich im Sitzen zu stabilisieren.

»Ich fahre ins Becken II«, sagte Alexander Mehrow, während der Schmerz in den Handknöcheln in sein Bewusstsein drang. »Am Ende des Beckens können Sie sich bei der Hafenmeisterei versorgen lassen.« Und da ist auch eine Kirche, wollte er hinzufügen. Er fand es amüsant, war gut drauf und – hatte die Ahnung, dass sein Gehirn ihm einen Streich spielte.

Außerdem hatte Jana Elztal ein gutes Argument parat, doch noch zu einer anderen Entscheidung zu kommen: Es war gut dreizehn Zentimeter lang und sah aus wie diese Dinger im Film, kurz vor der nächsten Ballerei.

58

Donnerstag, 7. August 2014

Mallorca! Lothar Melchmer hatte das Rauschen des Meeres im Ohr, er vernahm den Geruch von Seetang und das Aroma von Sand und Sonnenöl. Melanie cremte ihm den Rücken ein, massierte ihn. Um genau zu sein, musste er zugeben, es sei ihm momentan nicht das *Aller*wichtigste, dass es die Hände von Melanie waren. Es waren Hände, und zwar mehr als zwei. Obwohl er die Augen nicht öffnete, sah er sie, die freundlichen Spanierinnen. Gar nicht so spanisch, wie man immer denkt. Na, der kleine Lothar freut sich jedenfalls. Sind es drei? Massage gut und schön – ups, wo fassen die denn hin? –, vielleicht könnte eine von denen mal ganz kurz das Körper-Verwöhnprogramm unterbrechen und sich nach einem kühlen Getränk für mich umsehen? Das Einzige, was ihn störte, und zwar zunehmend mit dem Grad des Wachwerdens, war dieser Druck auf seinem Kopf. Was soll das, mein Gesicht in den Sand zu drücken? Vielleicht war das eine der aufgeschlossenen Spanierinnen? Hm, dann muss das aber eine überaus gewichtige Spanierin sein. So eine Art Gorilla-Carmen. Er klopfte mit der Hand auf den Sand neben sich, wie ein Judoka, der darum bat, ihn aus dem Klemmgriff zu befreien. Aber die Budokan-Hispanierinnen reagierten nicht.

Endlich bekam er ein Augenlid auf. Die Kulisse brach sofort zusammen. Das war ein Lagerraum, er lag auf dem kalten Estrich, und die nackten Spanierinnen hatten Feierabend. Lothar Melchmer fasste sich in den Nacken. Fast erleichtert stellte er fest, dass dort niemand saß – es gab nur etwas Schorf und Feuchtigkeit und ganz viel Bedarf an Kopfschmerztabletten.

Okay, ich bin in Gartenfeld. Bei ICH VERGESSE NICHT!. Ich habe einen über den Schädel bekommen.

Die einzige Neuigkeit war, dass sein rechter Arm mit einer Handschelle am Regal befestigt war.

Komme ich hier raus, ohne aufzufallen? Die Sache ist im Grunde einfach: Anstatt mich sinnlos abzumühen, rufe ich einfach den Drehbuchautor an und frage ihn, wie ich hier rauskomme. Warum unnötig Zeit, Gedanken und Energie verschwenden?

Irgendetwas stimmte bei der Rechnung noch nicht, dämmerte ihm, aber seine Kopfschmerzen hinderten ihn daran, weiter darüber nachzudenken. Er verlor sein Bewusstsein.

Beim nächsten Blick auf die Armbanduhr waren 40 Minuten vergangen.

Ich bin Lothar Melchmer. Ich hänge nicht in einem Lokschuppen herum, nur um nicht nach Mallorca fliegen zu müssen. Diese Handschellen lassen sich elegant abstreifen, wozu habe ich jahrelang Handakrobatik betrieben und meine zarten Hände gepflegt?

Er schritt sofort zur Tat. Geschickt hatte er sich der Handschelle entledigt. Dabei waren sechs Meter Regalwand auf ihn gestürzt. Acht, neun oder zehn verpackte *Erinnerungskapseln* waren herabgeregnet, und die persönlichen Unterlagen der Rechtsanwalts- und Notariatsgehilfin Gabi Kien schneiten durch den Schuppen.

Wie erwartet, hatte ihm der bezopfte Mitarbeiter seine Dienstwaffe abgenommen, und wie erwartet, schaute der Mann jetzt auch gern mal nach ihm. Wahrscheinlich machte er sich Sorgen.

Melchmer zog es vor, sich wenigstens zum Schein wieder in die Handschelle zu begeben.

»Diese Regalwand ist ganz schön instabil. Wussten Sie das?«

»Willste noch ein'n drübergezogen kriegen?«

»Besser wären Dübel in der Wand, damit sich das Unglück nicht wiederholt. Könnten Sie mich von dieser sexuell leicht anzüglichen Handfessel befreien? Dann helfe ich Ihnen mit der Bohrmaschine.«

Der Mann war schon auf 180.

Gut, dachte Melchmer, wenn sein Resthirn auch noch durch Wut ausgeschaltet ist, habe ich Chancen. »Waren Sie eigentlich mal bei Gabi Kien zu Hause?«

»Was soll der Quatsch, Bulle? Ich war nie bei der.«

»Aber Ihr Bruder!«

»Bruder? Ich schick doch meinen kleinen Bruder nicht zu einem Einbruch.«

»Nee«, sagte Melchmer, »das würde ich auch nicht machen.«

»Sie wollen mich austricksen, Herr Kommissar.«

Melchmer holte mit dem freien Arm zu großer Geste aus. »Großartig! Woher wissen Sie das? Da kommen, ganz ehrlich, die wenigsten drauf, Kompliment, wirklich.«

Der Mann legte den Kopf schräg wie ein Schäferhund, der mit gespitzten Ohren sein Gehirn anwarf, die Figur vor ihm aber auf keinen Fall aus den Augen lassen wollte.

»Hat die Frau Doktor Elztal Sie zu der Wohnung geschickt?«, fragte Hauptkommissar Melchmer.

»Lassen Sie sie da raus.«

»Entschuldigung, ich wusste nicht, dass Sie was mit der Chefin haben.«

Der Mann stürzte so schnell auf Melchmer zu, dass sein Zopf für einen Moment waagerecht in der Luft zu stehen schien. Melchmer trat gegen die Metallstangen zu seinen Füßen, so dass sie dem Mann gegen die Knie und Schienbeine flogen. Der knickte ein, und Melchmer schnellte nach vorn. Er griff eine der Stangen und revanchierte sich für den freundlichen Schlag auf seinen Hinterkopf. Das hatte er – entgegen anderslautenden Gerüchten von Leuten, die der Polizei weniger wohlgesonnen waren – noch nie getan. Dafür war er mit seiner Arbeit aber recht zufrieden.

Als eine Art Signatur seines Werks klemmte er dem Mann dessen eigene Handschellen um, suchte sich dafür aber einen stabileren Halt, ein nettes Abflussrohr.

Schade eigentlich, dachte er, der Typ hätte noch einiges ausplaudern können. Einfach zu hektisch, diese flüchtigen Begegnungen. Da müssen schon andere kommen, um Hauptkommissar Lothar Melchmer auszuknipsen, dachte er stolz, klopfte sich den Staub vom unmassierten Rücken, so weit er drankam, griff sich ein paar der merkwürdigen Papiere, die über das Chaos verteilt waren, stopfte sie unter seine Jacke und ging auf die Tür zu.

Eine stabile Eisenklinke – so ungefähr lautete sein Gedanke. Dann zuckte der Starkstrom durch seine Hand, seinen Arm, seinen Körper und seinen geplagten Kopf.

Wieder lag er niedergestreckt auf dem Boden des Schuppens. Das Triumphgefühl wich rasch, und diesmal würde er nicht von freundlichen Spanierinnen geweckt werden.

59

Westhafen, Berlin-Moabit
Donnerstag, 7. August 2014

Alexander konnte sich nicht an den Namen der Frau erinnern, die auf dem Bänkchen saß und eine Pistole in der Hand hielt. Worauf er hörte, während an ihnen die weißen Wände der Tanks vorüberglitten, war die innere Stimme, die ihm befahl, das Hausboot auf der Mittelwasserlinie zu halten und nicht den Schergen mit dem Lieferwagen zu nahe zu kommen. Es war fast lustig, mit anzusehen, wie sie am Ufer mit seinem langsamen Gefährt mitzuhalten versuchten. Wegen der vielen Brücken und Nebenwasserarme mussten sie ständig Umwege fahren. Wenn das so weiterging, dachte er, würden die beiden an der nächsten Laterne landen oder auf einer der Brücken die Brüstung durchbrechen und ins Wasser stürzen.

Mit diesem Bild korrespondierte allerdings nicht ganz das, was er nun sah: Die beiden Männer waren auf eine Barkasse gesprungen und bedrohten das Personal. Der eine hob die Hände und rannte die Böschung hinauf, der andere wurde ins Wasser gestoßen. Der mit der Waffe sah aus wie ein Therapeut, den Alexander mal irgendwo gesehen hatte.

Manches konnte er nur schwer erkennen. In die Dämmerung mischte sich eine Gewitterfront, und die Wolken schienen sich allmählich so dunkel zu färben wie das Wasser im Binnenhafen.

»Sie sehen, Herr Mehrow, ich habe Zeit«, sagte Jana Elztal mit dem Lächeln eines Thunfischs. »Wenn Sie nicht zu unserem Wagen fahren, holen meine Assistenten Sie.«

Von einem der Tankschiffe dröhnte ein Warnhorn. Der Ruf mochte dem Hausboot gelten, das zwischen den Hafenbecken kurvte. Oder jemand hatte den Überfall auf die Barkasse beobachtet und reagierte darauf. Alexander fand, dass der vordere Teil der Barkasse, dort wo der »Therapeut« stand, etwas mit einem alten Werkstattschiff gemein hatte.

Er musste sich auf das Gewirr von Absperrungen konzentrieren. Dort war eine Kette unter Wasser gelegt, um Schiffe mit Tiefgang von der Einfahrt in den Hafen auszuschließen, hier ragten Festmachleinen übers Wasser, um die Schiffe zu sichern, die die Tanks füllten oder sie anzapften.

Die Barkasse näherte sich ihnen geradlinig und zügig in der Dämmerung.

Wieder gab ein Schiff Alarm, dann setzte ein zweites Signalhorn ein.

Alexander schaltete von vorwärts direkt auf rückwärts und vollführte eine erstaunlich flinke Wende unter einem der Festmachseile hindurch. Die Barkasse musste einen Backbordbogen einschlagen und folgte ihm mit voller Kraft.

Im Gedröhn der Schiffshörner wusste Alexander nicht mehr, was er vorhatte. Er befand sich auf dem Wasser, so weit klar. Aber in welchem Hafen fuhr er hier? Der Name liegt mir auf der Zunge.

Das ist keine Barkasse, dachte er, das sieht wie ein Eisbrecher aus. Er hält direkt auf mich zu! Der Kerl auf dem Deck, weshalb muss ich an einen Therapeuten denken? In einem Moment schwiegen die Hörner. Männer in Warnwesten wedelten mit ihren Armen – da klappte der Mann am Bug der Barkasse zusammen und wurde wie von Geisterhand über das Deck geschleift.

Der ungeübte Steuermann, der sich die Barkasse unter den Nagel gerissen hatte, dachte offenbar nicht an die Trossen der

Festmachseile. Er war direkt in eines der Seile hineingefahren, und bei höherem Tempo hätte es seinen Kumpan in der Luft zerschnitten. Er mochte geistesgegenwärtig das Gas drosseln, doch das Stahlseil senste alles auf dem Oberdeck fort – Aufbauten aus Holz, aus Stahl und Eisen, einen Feuerlöscher, einen halbgefüllten Tank mit Chemikalien, es streifte einen leeren Benzintank und schlug schließlich in die obere Hälfte des Führerhauses aus Spanplatten und Glas ein. Der Steuermann von Elztals Gnaden konnte sich gerade noch ducken.

Dem Schiff half das nicht. Metall an Metall ließ die Funken sprühen, der Benzintank flog in die Luft. Chemikalien gerieten in Brand. Elztals zweiter Assistent fing Feuer.

Niemand winkte mehr, niemand betätigte ein Horn. Man rannte. Man sprang in das braune Wasser, als die Barkasse mit der Leiche des Therapeuten und mit dem brennenden Steuermann in das größte der angedockten Tankschiffe vor dem Kai von Becken II krachte. Und in unmittelbarer Funkennähe: die haushohen Speicher voller Benzin. Das Feuer spiegelte sich in ihrem weißen Lack.

Alexander schlug der Frau die Waffe aus der Hand.

Erst als die Pistole im hohen Bogen über Bord ging, zweifelte er: War sie eine Polizistin? Polizistin, wieso? Er verwarf die Idee wieder.

Wut kochte in Jana Elztal. Dieser Typ mit den Teerflecken im Gesicht zerstört mir alles! Es reicht! Sie ließ sich in das Innere des Hausboots fallen und suchte nach einem Messer.

Wie er da am Steuer stand! In letzter Zeit hatte sie viele demente Frauen und Männer gesehen. Bei ihm hier war sie sich nicht sicher. Sie musste ihn loswerden und es nach einem Unfall aussehen lassen.

Alexander fühlte sich, als erwachte er aus einem Schlaf. Dieser Feuerschein auf dem Wasser … Auf dem Boden des Hausboots klebte der Fetzen einer Versicherungspolice. Warum stand eine Frau mit Messer vor ihm? War das Messer nicht eben noch eine Pistole gewesen?

Besser, dachte sie, ich ziehe ihm einen über den Schädel. Das vermeidet Blut. Sie warf das Messer über Bord und hielt laut atmend Ausschau nach einem schweren, handlichen Gegenstand. Doch plötzlich grinste Alexander Mehrow. Seine Augen zuckten hin und her.

Und er sprang. Sprang ins Wasser. Tauchte weg.

Er hielt die Augen geschlossen. Schwamm unter Wasser.

Das Hafenbecken erzitterte von einer Explosion.

Das Beste wird sein, ich tauche nicht wieder auf.

60

Westhafen, Berlin-Moabit
Donnerstag, 7. August 2014

Er öffnete die Augen unter Wasser. Alles um ihn herum war schwarz.

Die Hexe ist tot, dachte er, und je mehr er darüber nachdachte, desto stärker fühlte er, wie sich sein Mund zu einem breiten Lächeln auseinanderzog.

Warum soll ich auftauchen? Ich brauche nichts.

Doch plötzlich wurde sein Körper von einer Panik erfasst, die ihn automatisch nach oben rudern ließ, ob er nun wollte oder nicht.

Hustend wurde er in die Hölle hineingeboren. So weit er sehen konnte, war Feuer. Das Wasser spiegelte die Flammen, aber stellenweise brannte auch die Oberfläche des Wassers. Mit Mühe erkannte er ein schwarzes, quaderförmiges Skelett, das nun im glühend heißen Gelborange dahinschmolz – sein namenloses Hausboot.

Warn- und Alarmhörner dröhnten, dazwischen jaulten Sirenen. Eine Wasserfontäne schoss gegen einen der weißen Tanks, sie kam von einem der Löschboote.

An Alexanders Körper zogen unsichtbare Greifarme, sie wollten ihn untergehen lassen.

Die Kleidung, ich werde zu schwer. Die Schuhe hatte er schon verloren.

Er erinnerte sich an den Fetzen des Versicherungsscheins – die Police von Gabi Kien.

Im Wellenschlag war endlich etwas Gelbes zu sehen. Eine Leiter an der Spundwand. Er hielt sich eine Weile daran fest, bevor er es wagen konnte, seinen Körper hinaufzuhieven, ohne dass ihn die letzten Kräfte verließen.

Irgendwo zuckte Blaulicht.

Du bist dement. Du wirst vergessen, dass du im Wasser bist. Also raus!

Der erste Eindruck war, wie unglaublich kalt es war in dieser Nacht. Er musste sich auf den Rasen setzen. So fühlen sich wahrscheinlich die russischen Kosmonauten, wenn sie in der kasachischen Wüste landen und mit Muskelschwund zu kämpfen haben.

Dann sah er den Lieferwagen. Die beiden Männer, die inzwischen vom Festmachseil und von den Flammen besiegt worden waren, hatten ihn in der Eile nicht abgeschlossen. Er setzte sich hinters Steuer und zog die nasse Oberbekleidung aus. Dann suchte er nach einer Decke oder nach einem anderen Schutz vor der Kälte.

Er hielt inne, weil er sich des Anblicks nicht erwehren konnte: Der Westhafen stand in Flammen. Soweit das vom Ufer aus zu sehen war, löschte niemand die Schiffe. Alle Rohre, ob von Land oder vom Wasser aus, waren auf die Tanks gerichtet, um sie zu kühlen. Nur ab und an stieg eine Wolke auf, wenn etwas vom Löschwasser in die Flammen der Schiffe geriet.

»So, du bist raus!«

Die Stimme fuhr ihm durch und durch. Er spürte seinen Herzschlag am Hals, das Hämmern tropfte bitter und scharf in seinen Mund. Er war herumgefahren, sah aber niemanden.

»Das war der Tropfen, der das Fass zum Überlaufen bringt«, sagte die Stimme aus der Freisprechanlage. »Ich warte nicht mehr auf dich, wir werden deine … *Stiftung* abwickeln.« Die Stimme verabschiedete sich mit einem wütenden Klickklack.

Alexander wagte nicht, sich zu bewegen.

Dann fiel ihm ein, dass es weitere Mitarbeiter der Jana Elztal geben mochte. Er fand einen Arbeitskittel, den er sich überzog, stieg aus – jedoch nicht, ohne zuvor in die Außenspiegel gesehen zu haben. Dann öffnete er vorsichtig die hinteren Türen des Lieferwagens. Niemand kauerte dort, da lagen nur drei der sargähnlichen, weißen *Erinnerungskapseln* übereinandergestapelt, ein wenig verrutscht von der wilden Verfolgungsjagd am Ufer.

Der Kälte wegen setzte er sich hinter das Steuer. Noch immer kamen neue Feuerwehrzüge von allen Seiten.

Er nahm das Funktelefon und suchte nach der Mailbox. Tatsächlich sagte eine Computerstimme, es seien – *vier – neue – Nachrichten* – eingegangen. Er tippte auf Wiedergabe.

»Jana, wenn du glaubst, du musst nicht liefern, dann lasse ich dich ab jetzt raus, aus allem. Du meldest dich bis 21 Uhr – oder das letzte Ultimatum ist verstrichen.«

»Jana, es ist 21:30 Uhr. Du hast mich zwei Wochen hängenlassen, immer mit Ausflüchten. Ich zerreiße jetzt deinen Franchise-Vertrag! Was glaubst du, wer du bist? Ich habe 34 Stiftungen im Sack, da brauche ich deinen skandalträchtigen Laden nicht! Hast du verstanden?«

So ging es weiter. Beim Zuhören hatte Alexander Mehrow das angenehme Gefühl, sein Gehirn sei gut durchspült und könne wieder arbeiten. So als habe er sich seit Tagen mit einer komplett verstopften Nase herumgequält, und plötzlich – plopp, plopp – würde sich in den Nasenhöhlen eine Kammer nach der nächsten öffnen und ihm Freiheit gewähren.

Ich kann wieder denken. Dachte er.

Die Stiftung von Jana Elztal ist nicht die einzige Organisation ihrer Art. Es gibt ein Netz von 34 ähnlichen Einrichtungen. Entweder firmieren sie ebenfalls unter dem Namen ICH

Vergesse Nicht!, oder es sind andere Unternehmen, die aber auf ähnliche Weise Geld mit dem Demenz-Leid anderer Menschen scheffeln.

Er freute sich, dass der Gedanke so klar war.

Dann fiel ihm ein, dass mit dem Feuertod der einen Hexe, die er für die Schlimmste von allen gehalten hatte, vermutlich nicht viel erreicht war.

Teil V

61

Freitag, 17. Oktober 2014

»Möchtest du nicht der Frau Doktor den kleinen Teufel zurückgeben, Karol?«

»Das musst du nicht«, sagte Bea zu dem Jungen. »Ich habe ihn dir geschenkt.«

»Aber er wollte es. Zu Hause wollte er unbedingt, dass Sie ihn zurückbekommen.«

Sie strich dem Jungen über den Kopf und lächelte den Vater an. »Sie glauben nicht, wie es mich freut, Karol wieder wohlauf zu sehen. Er hat noch leichte Probleme beim Laufen, nicht wahr? Aber das wird sich geben, denke ich. Üben Sie weiter mit ihm. Geht er wieder zur Schule?«

»Seit einer Woche. Sie glauben gar nicht«, sagte der schwarzhaarige Systemtechniker strahlend, »wie wundervoll es ist, dass sich Karol nicht mehr versteckt und dass er aus den Depressionen heraus ist. Das ist für uns das Wichtigste.«

»Glaube ich. Für Ihren Sohn wird es ebenso wichtig sein, dass er nicht mehr vor Ihnen Angst hat, weil er jetzt wieder weiß, wer Sie sind. Jetzt dürfte er wieder wissen, dass sein Zuhause sein Zuhause ist.«

»Ich habe zu meiner Frau immer gesagt: Die müssen nur den richtigen *Schalter* finden und ihn umlegen, dann wird dieser Alptraum enden. Und zwar bei allen Menschen! Sie hat mich nie für voll genommen und mir vorgehalten, dass ich das zu *technisch* sehe. Aber ich hatte recht, oder?«

Bea betrachtete Karol, der selig mit seinem Teufel spielte,

mit ihm in den Fingern aber schon umherlief und in der Praxis nach Gegenständen stöberte, die er erkunden konnte. Offenbar hatte es ihm das Mikroskop besonders angetan. »Lassen Sie ihn, da kann er nichts kaputtmachen außer einem Objektträger. – Ein einfacher Schalter war es sicherlich nicht, es war eine schwere Infektion.«

»Ja, aber als sie erkannt war, haben Sie ein Gegenmittel verabreicht, und nach vier Wochen – tadaa!«

»*Gegenmittel* ist leicht gesagt. Breitbandantibiotika, spezielle Antibiotika. Dazu gerinnungshemmende Medikamente, Kreislaufstabilisation und, und, und … Also, einen *Schalter* kann ich das nicht nennen.« Sie strahlte aber ebenfalls.

»Man hört von allen Seiten, dass die Epidemie abebbt.«

»Stimmt ja auch. Ich bin das beste Beispiel. Oder mein Mann Alexander. Aber die Infektionen verlaufen unterschiedlich. Bei manchen Menschen zeigen sich Depressionen, bei anderen stehen Anomalien im Bewegungsapparat im Vordergrund. Und so unterschiedlich sprechen die Patienten auch auf Gegenmaßnahmen an. Aber immerhin haben wir das Grundproblem gelöst.«

»Und das ist? Soweit ich in einer Doku gesehen habe, ereignen sich kleine Schlaganfälle im Kopf?«

»Genau genommen gaukeln die Bakterien dem Gehirn vor, dass die Blutbahnen sich zu sehr weiten. Warum das so ist, weiß man noch nicht. Darauf reagiert der Körper mit dem Zusammenschnüren der Gefäße. Das kann im schlimmsten Fall echte Hirnschläge auslösen. Und deshalb können wir leider auch nicht jeden heilen, der daran erkrankt ist. Das Beste ist noch, dass es sich um Bakterien handelt, nicht um Viren. Darum greifen die Antibiotika. Allerdings gibt es Viren, die benutzen Bakterien, um … Aber, egal. Im Fall von Karol und uns ist alles gut verlaufen.«

Er sah sie an, als wollte er mit ihr flirten. »Klingt, als würden Sie jetzt lieber in die Forschung gehen.«

Sie zeigte mit dem Finger auf ihn. »Erwischt! Nein, das werde ich nicht tun. Ich habe die Praxis. Reizvoll wäre es schon, aufklären zu können, was die Ursachen waren und woher die Infektionen plötzlich kamen. Ich meine, Bakterien und Viren tauchen *immer* neu auf.«

»Jedenfalls ist wieder Hoffnung in der Welt. Kommst du, Karol?«

Sie runzelte die Stirn. »Es gibt zu viele Formen von Demenz. Zu den einhundert bekannten Varianten ist jetzt die einhundertunderste hinzugekommen. Und nur sie haben wir – so halbwegs – im Griff. Was mit den anderen geschieht – Alzheimer vorneweg –, das weiß ich nicht. Bei keiner anderen Demenz scheint unsere Behandlungsmethode anzuschlagen. Das heißt, es bleiben Millionen Menschen, bei denen der Forschung noch immer nichts zu den Ursachen und zur Heilung einfällt.«

»Meine Frau sagte, dass Sie selbst einen Anteil an der Heilungsmethode haben …«

»Nein.« Sie überlegte, aber eigentlich wanderten ihre Gedanken nur. »Ich hatte einen Freund, der war mit mir auf einem Schiff … Ach, das führt zu weit. Jedenfalls hatte er die Idee eines anderen weiterentwickelt, und ich habe sie einfach weitergemailt. An Institute und Ministerien. Ich war nur die Postbotin.«

***

In Therys neuem Büro gab es keine Stelle, die nicht bedeckt war von Papieren, Berichten und Schaubildern. Seit sie Persönliche Referentin der Bundesgesundheitsministerin geworden war, tat sie kaum etwas anderes, als die täglich neuen

Ergebnisse zu sichten, sie zusammenzufassen und vor allem so umzuschreiben, dass die Öffentlichkeit es wenigstens halbwegs verstand.

Für viele war das Thema erledigt, sobald sie zu glauben begannen, dass Demenz nicht mehr als ansteckend galt. Zumindest hatte die Idee von der übertragbaren Demenz ihren Schrecken verloren. Es hieß, es existiere ein *Heilmittel*.

Für andere war die Sache dramatischer. Man eröffnete ihnen, dass sie an anderen Varianten der Demenz litten. Oder dass ihre Demenz zwar so angefangen hatte wie die derjenigen, die man hatte heilen können, dann aber hatten sich neue Krankheitsbilder bei ihnen ergeben, Mischformen, Übergänge von der einen zur anderen Demenz.

Zweimal schon hatte Thery vorgeschlagen, Alexander Mehrow ins Ministerium zurückzuholen. »Man holt keine geschassten Leute zurück, das akzeptiert die Öffentlichkeit nicht«, behauptete die Ministerin. Als Thery das Thema heute noch einmal anschneiden wollte und klagte, dass sie selbst sich mit dem Umschreiben der Texte schwertue, deutete die Ministerin an, dass die Bundespräsidentin einen neuen Pressesprecher suche. Und Thery möge sich – bitte – auf ihre Arbeit konzentrieren.

Noch mehr trieb die junge Frau aber eine andere Frage um: Was war aus all den Kräften geworden, die im Hintergrund das konstruktive Misstrauensvotum gegen den Kanzler eingefädelt und Kontakte zu Industrie und Bundeswehr aufgenommen hatten, um die Republik zu retten? Was war aus denen geworden, die wirklich geglaubt hatten, etwas unternehmen zu müssen, damit der schwache Staat nicht aus den Fugen gerät? Und aus denen, die nur auf eine Chance gewartet hatten, dem Land eine andere, autoritäre Prägung zu geben?

»Thery«, sagte die Ministerin nur, »an schönen, sonnigen

Tagen sieht man nie einen Aasgeier. Sie scheinen nicht zu existieren. Aber sobald ein mögliches Opfer auftaucht, sind auch die Aasgeier Wirklichkeit – und sie wirken komischerweise immer schon gut ausgewachsen und ordentlich genährt, wenn sie zum ersten Mal am Himmel kreisen und in den Bäumen warten. – So, und jetzt brauche ich die Unterlagen für den dritten Demenzfolgenbericht!«

***

Die Ärztin schloss die Tür. Ihre Haare waren irgendwie blond und irgendwie grau, sie schien sich nicht um so etwas zu kümmern. Sie setzte sich in drei Metern Abstand auf den Stuhl und blickte herausfordernd.

»Also gut«, sagte sie. »Sie sind alle weg. Wir haben Zeit. Seien Sie froh, dass die Sie hergebracht haben. Und dass sie Sie überredet haben, all die Untersuchungen zu absolvieren. Sie haben uns eine Weile beschäftigt. Auch mit Ihrem Widerstand. Aber das war in Ordnung, ich habe Sie immer verstanden. Schauen Sie auf diese Bilder. Haben Sie eine Vorstellung davon, was das ist?

Es ist ein Schnitt durch Ihren Kopf, wir nennen das *transversal*. Natürlich ist das nur ein virtueller Schnitt. Das hier oben sind Ihre Augen, der Nasenraum, das Gehirn. Auf diesem zweiten Bild sehen Sie Ihre Gehirndecke. Das ist etwa hier bei Ihnen. Hier haben wir einen Seitenschnitt, *sagittal*. Rachenraum, Hirnstamm … Und auf dem vierten hier unten erkennen Sie nur eine Art Blase. Das ist für mich das Interessanteste.

Hier haben wir im sogenannten *Aquädukt* den Durchfluss eines Kontrastmittels gemessen, das ich Ihnen gegeben habe. Diese Fotos sind Gold wert, wissen Sie? Sie waren auch all den Aufwand wert und dass wir Sie ein bisschen dazu genötigt haben, sich der Untersuchung zu unterziehen.

Ich mache Ihnen nichts vor. Das Ergebnis ist, dass Sie unter einem sogenannten *Normaldruckhydrozephalus* leiden. Das ist eine ernsthafte Erkrankung. In Ihrem Gehirn nimmt der Druck zu, die Flüssigkeit in den Kanälen drückt auf gesunde Hirnpartien und klemmt sie – einfach gesagt – ab. Sie vergessen dann, Sie zeigen Demenzerscheinungen. Etwa zwei bis drei Prozent aller Demenzfälle gehen auf diese Ursache zurück. Erkannt werden sie relativ selten.

Das Tückische ist, dass bei dieser Form des Hydrozephalus der Druck stark schwankt und manchmal geradezu normal erscheint. Daher dieser verwirrende Name: *Normaldruckhydrozephalus*. Aber *normal* ist an dieser Krankheit gar nichts, der Druck im Gehirnwasser steigt periodisch und schwillt wieder ab.

Können Sie mir so weit folgen? Bitte nicken Sie, wenn Sie das verstanden haben: Schwankender, starker Druck auf das Gehirn, dadurch Vergesslichkeit und Demenz? – Gut.

Diese Krankheit bildet üblicherweise zwei typische Begleitsymptome aus: Das eine ist Inkontinenz. Die Patienten können ihre Blase nicht mehr kontrollieren. Da haben Sie bislang offenbar Glück. Nein? Na gut, wenn Sie das kennen …

Das Zweite sind Bewegungsunsicherheiten. Das Laufen, das Gehen werden gestört. Bei Ihnen fällt das nicht so sehr auf, weil Sie ungewöhnlich trainiert sind, vermute ich. Als Tänzer sind Sie es gewohnt, Ihr Gleichgewicht zu tarieren. Wahrscheinlich konnten Ihre früheren Ärzte aber genau deshalb die Diagnose nicht schon früher stellen.

Im Grunde – bei Blasenstörung, Demenz und Gangunsicherheit weiß ein Arzt, dass es ein Hydrozephalus sein kann. Aber nun haben wir Gewissheit.

Vergessen Sie hingegen alles, was Sie vielleicht über ansteckende Demenzen gehört haben, über eine Alzheimer-Epidemie oder Ähnliches. Sie leiden an einem Normaldruckhydrozephalus. Das Problem ist, die Krankheit kann sich verschärfen. Und Demenz kann chronisch werden. Immer mehr gesunde Hirnpartien werden betroffen und geschädigt.

Die gute Nachricht ist, dass ich Ihnen eine Lösung anbieten kann. Sie müssen nur zustimmen. Es klingt ein wenig mittelalterlich, aber die Methode ist erprobt. Wir führen in Ihr Gehirn eine Kanüle ein. Bei steigendem Druck fließt überschüssiger Liquor, also das Gehirnwasser, aus den Hohlräumen der Hirnwindungen darüber ab. Wir leiten das über einen Schlauch in Ihren Bauchraum, wo es unschädlich ist. Das Ganze nennt sich *shunt*. Es erfordert eine Operation.

Wenn wir – mit Ihrer Zustimmung – den *shunt* legen, ist das Problem mit einem Schlag nahezu aus der Welt. Wir könnten Ihnen gleichzeitig einen Sensor implantieren, der den Hirndruck kontrolliert. Eine neue Technik, aber ich bin mir noch nicht sicher, ob dieser Sensor überhaupt erforderlich ist.

Ich möchte, dass Sie es sich überlegen. Operationen sind immer ein Risiko. Aber mit *shunts* habe ich Erfahrung. Überlegen Sie, aber am liebsten wäre mir, Sie überlegen es sich jetzt. Ich befürchte, dass Sie das Problem ansonsten gleich wieder vergessen haben. Verstehen Sie das? – Gut.

Ein letzter Punkt noch: Ich kann nicht garantieren, dass Sie Ihre früheren Fähigkeiten und Ihre Erinnerungen zurückerhalten. Teile des Hirngewebes sind womöglich irreparabel geschädigt. Aber so, wie Sie mit Ihren Bewegungstechniken Ihr Gleichgewichtssystem überlistet haben, so findet Ihr Gehirn vielleicht auch Wege, sich zu regenerieren. Es gibt solche Fälle.

Und … nehmen Sie es mir nicht übel … Als Künstler könnte es für Sie unter Umständen sogar spannend sein, Umwege in Ihren Gedanken zu unternehmen. Vielleicht werden Sie damit noch kreativer …?

Sie lächeln, das ist gut. Sie werden auch bald wieder mit mir sprechen. Und Sie werden alleine essen, glauben Sie mir.

Bevor ich die anderen reinhole, die wir als Zeugen brauchen für Ihre Zustimmung oder Ablehnung, möchte ich, dass Sie mir etwas versprechen: Ich möchte, dass Sie wieder tanzen. Und dass Sie uns mit Ihrem Tanz die *Demenz* erklären. Und ich möchte einen Platz in der ersten Reihe. Meinen Sie, das lässt sich machen?«

***

Bea nippte an ihrem Champagner, Alexander an seinem. Unter den Klapptischen liebten sich ihre rechte und seine linke Hand.

Sie sah aus dem Fenster. »Schau mal, das könnte der Genfer See sein.«

»Ich dachte, du hast die Nase voll von Wasser.«

Sie antwortete nicht. Sie drückte nur seinen Daumen fester.

Während Bea gebannt die Gipfel des Jura bestaunte und das Fingerhakeln vergaß, zog Alexander noch einmal die Karte aus der Tasche am Vordersitz. Jedesmal, wenn er sich die gezeichneten Berge, Städte und Pässe ansah, spürte er ein wohliges Gefühl. Es war so ähnlich wie die Vorfreude auf den Weihnachtsabend in der Kindheit: Eine Mischung aus Aufgeregtheit und Geborgenheit. Dass alles nur gut werden konnte.

Noch einmal fuhr er mit dem Finger die Strecke entlang: Von Turin aus mit dem Auto über Susa. Nach dem Tunnel Richtung Chambéry, aber rechtzeitig abzweigen Richtung

Süden, auf den Gipfel des Pelvoux-Ecrins zu. Viertausendeinhundert Meter über dem Meer. *Über* dem Meer!

Ihre Hütte sollte einsam, aber windgeschützt stehen, nicht sonderlich schwer zu finden und absolut neu gebaut sein. Sie hatten zwanzig, dreißig Fotos gesehen, und die Kaufverträge wirkten fair.

Alexander und Bea waren sich einig, dass sie bald zurückkehren würden zu ihren Handys und Laptops, zum Fernseher und der Fotografie. Aber erst nach der Auszeit in der Dauphiné, in den Bergen, von denen Bea anhand der Bilder im Internet schwärmte und von denen sie behauptete, dass sie beide dort eines Tages, auf einer ihrer ausgedehnten Wanderungen, womöglich auf einen gewissen Mister N treffen würden, der damit beschäftigt sein dürfte, auf dem Gipfel ein riesiges Holzschiff zu zimmern. Für den Fall, dass die Welt untergeht.

»Meine Damen und Herren, hier noch einmal der Kapitän … Die ungewöhnlich starken Unwetter zwischen Mailand und Genua haben sich nach Westen ausgedehnt. Das ist eine Gewitterfront, und offensichtlich bringt sie Überschwemmungen mit sich. Wir hatten gehofft, unseren Slot für Turin gerade noch wahrnehmen zu können. Aber der Flughafen Sandro Pertini wurde soeben geschlossen. Die nächstliegenden Airports in der Schweiz und in Lyon oder Grenoble sind überlastet … Meine Damen und Herren, um nicht umkehren zu müssen nach Berlin, habe ich entschieden, in Nizza zu landen. Von Nizza aus haben Sie Anschlussmöglichkeiten, und uns liegt bereits die Landefreigabe vor. Ich bitte um Ihr Verständnis, bitte setzen Sie sich in Nizza mit dem Bodenpersonal in Verbindung. Vielleicht bleiben Sie ja auch in Nizza, am Meer … – Das Wetter in Nizza ist … zurzeit 7 Grad Celsius, Böen und Starkregen.«

Bea lachte und griff sich in ihre schwarze Stirnmähne. »Nein, oder?«

»Soll ich Jacques anrufen, damit wir ein Boot wie die *Retraite* chartern können, Schatz?«

***

»Wir haben alle zusammengelegt«, erklärte der Präsident, »und ich habe natürlich meinen bescheidenen Obolus auch nicht zurückgehalten, lieber Melchmer. Bitte schön! Na, wickeln Sie es ruhig aus!«

Es war ein prachtvoller Bildband: MALEDIVEN.

»Da können Sie und Ihre Frau sich noch mal so richtig schön erinnern. Kopfkino, wie man so sagt. Ja, und beim nächsten Urlaub fahren Sie ja mit Ihrer Frau gewiss auch wieder gemeinsam.«

»Ja. Morgen.«

»Morgen?« Schrödlinger blieb beinahe die Spreewaldgurke im Hals stecken. »Wie: morgen? Das war … Wir haben die ganzen Akten und …«

»Ein Scherz«, sagte Melchmer, ohne das Gesicht zu verziehen.

»Ah!« Der Präsident sah zu Schrödlinger – mit dem Blick des: Strapazieren-wir-mal-den-armen-Melchmer-nicht-gleich-so-arg. »Jetzt erzählen Sie doch mal! Also, Sie waren 64 Stunden in diesem scheußlichen Schuppen, und die Türen standen unter Strom?«

Lothar Melchmer erzählte, was längst in den Berichten stand. Aber er vermutete, dass sie dem Polizeipräsidenten zu lang waren. Er fasste zusammen, dass Gabi Kien eine der Ersten war, die auf die IVN-Stiftung hereingefallen waren. Auch mit fingierten Demenztests und verwirrenden Fragen – etwa der, was sie vorvorvorgestern gegessen hatte, was kaum ein Mensch in Erinnerung behält. Übereifrige Schergen der Jana Elztal wollten sofort an die Unterlagen der Frau heran, um in ihrem Namen Konten zu plündern und Policen zu sichern. Sie brachen in ihrer Wohnung ein. Gabi Kien weigerte sich jedoch, in einem Zimmer des Gartenfelder Stiftungsgebäudes zu bleiben. Als sie vom Einbruch erfuhr, machte sie eine Szene und wurde von den Trotteln kurzerhand umgebracht. Jana Elztal wollte sich in ihren Plänen nicht stören lassen und forderte von ihren Männern, Gabi Kien und alle Spuren zu beseitigen. Wie stümperhaft sie dabei vorgingen, hatte sie sich wohl nicht träumen lassen.

»Landwehrkanal«, sagte der Präsident voller Abscheu und bewegte die Hände, als sei er selbst eine Figur in der Geisterbahn. »Diese Jana Elztal ist tot? Das war dieser Mehrow? Gut. Und die Organisation?«

Schrödlinger hatte sich mit seinen Leberwurst-Kanapees und Gürkchen wieder herangerobbt: »ICH VERGESSE NICHT! Die Organisation haben wir auflösen lassen. Gar nicht einfach, in Deutschland eine Vereinigung zu verbieten. Unendliche Diskussionen mit den Richtern!«

»Also ist dieser Sumpf ausgehoben, meine Herren?«

»Durchaus, Herr Präsident«, sagte Schrödlinger. »Die Dame hatte fünf Mitarbeiter. Drei, die noch leben, waren geständig. Die ehrenamtlichen Kräfte wurden aufgeklärt und sind weg.«

»Mehrow erzählt uns was anderes«, knurrte Melchmer.

»Ach, Mehrow, wo Sie den Melchmer ansprechen – nee, umgekehrt ...« Der Präsident sammelte sich eine ganze Zeitlang. »Also, wie ist das jetzt? Dieser Fischer da, das hing auch mit der Sache zusammen?«

Melchmer klaute Schrödlinger eine Gurke. Er hatte an diesem Abend noch nichts zwischen die Zähne bekommen – mit Ausnahme der albernen Blechplakette des Präsidenten. »Jana Elztal nahm an, dass Alexander Mehrow ihre angebliche Stiftung verbieten wollte, denn er hatte gute Kontakte zum Bundesgesundheitsministerium. Ich vermute, dass der Fischer sie entdeckt hat, als sie dem Mehrow auflauerte. Sie wird ihn erschlagen haben. Vielleicht sah sie in ihm auch einen Mitwisser und Helfer Mehrows. Die Schnitte im Gesicht hat sie ihm wahrscheinlich nachträglich verpasst, damit es nach einer Warnung aussieht. Wie bei dem Hund. Aber ganz durch sind wir mit dem Fall noch nicht.«

»Hund? Schrödlinger, was denn für ein Hund?«

»Ach das … Ja, das ist eine Nebensache …«

»Gut, aber diese Antidemenz-Organisation, oder wie ich das nennen soll, dieser Sumpf, der ist damit ausgehoben?«

»Mehrow sagt was anderes«, insistierte Melchmer. »Er geht von einem Netzwerk aus.«

»Solche Leute gehen immer von Netzwerken aus, lieber Melchmer. Bringen Sie mal den Fall mit dem Fischer zu Ende, diesem bedauernswerten Menschen. Und dann machen wir den Dackel, nee, Quatsch, den Deckel drauf. Zu viel Schlamm aufwühlen, das hilft auch keinem weiter und ist meist ungesund.«

»Natürlich, Herr Präsident!« Andeutungsweise schlug Lothar Melchmer die Hacken zusammen. »Ich würd dann gern … die Malediven warten …«

***

An den Ecken der Dachterrasse häuften sich Türme weißen Granits. Auf jeder Turmspitze schwebte ein Globus. Die Sonne gleißte auf dem geschliffenen Stein. Das Mittelmeer schien aus flimmernden Flächen zu bestehen, manche tief dunkelblau, andere türkis.

Die beiden Männer hielten Gläser mit dunklem *Château Pétrus Grand* in den Händen, die Flasche stand wohltemperiert und verhüllt im Schatten.

»Ich würde mich nicht weiter grämen. Mag sein, dass man Ihren Namen in der Gutwelt der Medizin unmöglich gemacht hat. Aber wozu brauchen Sie einen Namen?« Er lachte und ließ sein Glas gegen das des anderen klingen. »Ohne Namen sind Sie uns nützlicher.« Er lehnte sich auf die Granitbrüstung und schaute zum Horizont. »Ursprünglich wollten Sie uns nur mitteilen, was irgendwelche Wissenschaftler austüfteln, um die Demenz zu besiegen. Was Sie erreicht haben, obwohl Sie aufgeflogen sind, ist viel mehr: Zum einen sind wir gut im Geschäft bei diesen Demenz-Antibiotika, die die Leute hunderttausendfach schlucken und in ihre Adern pumpen. Zum anderen haben die letzten Monate das Bewusstsein der Welt geschärft: Die Leute haben Angst vor Demenz, weil sie wissen, dass es sie früher oder später doch noch erwischen kann. Das ist gut. Wir werden Impfstoff dagegen auf den Markt bringen. Ob er wirkt oder nicht, ist zweitrangig. Aber Sie – Sie werden losziehen und weiter Wissenschaftler ausfragen. Je näher wir einer *echten* Lösung des Problems kommen, desto langfristiger wird das Geschäft sein. Nach dem Motto: Tue Böses, und wenn sich das Gute als Partner hinzugesellt, wird es dir millionenfach gedankt.« – Er winkte das Mädchen heran und zeigte auf die Flasche.

»Hier, nimm noch ein Glas und hör auf, Trübsal zu blasen, Gaspard.«

Gaspard-Guillaume Ouvrard lächelte angestrengt, nahm das neue Glas und warf das halbleere in Richtung Meer hinaus. Es zerschellte unten auf dem Asphalt des Parkplatzes.

Nachwort

Bei etwa acht Prozent der Erkrankungen ist es möglich, die Demenz zu stoppen und die Schäden auszugleichen. Voraussetzung ist, dass die Krankheit früh erkannt wird. Andernfalls kann selbst aus einer reversiblen Demenz eine chronische, unheilbare werden. Das sollte ein Motiv sein, sich schon bei ersten Verdachtsmomenten untersuchen zu lassen – anders als viele Figuren dieses Romans.

Eine wichtige Rolle kommt bei der Diagnose engen Freunden und Angehörigen zu. Sie können meist zutreffender als die erkrankte Person berichten, welche Anzeichen auffällig sind. Mir scheint, gerade in den Frühphasen der Demenzen fehlt vielen Ratsuchenden noch die kompetente Ansprechstelle. In Deutschland lastet eine enorme Verantwortung auf den Hausärztinnen und Hausärzten.

Während der Recherche zu diesem Buch überkam mich ein eigenartiges Gefühl: Je näher ich den Erscheinungsformen dieser Krankheitsgruppe kam – von der Neurobiologie bis zur Molekulargenetik –, desto löcheriger wurde das Gesamtbild. Ich sah, dass zwar unendlich viele Detailvorgänge und Anamnesen bekannt sind. Aber hinsichtlich der Ursachen klaffen die Wissenslücken der Forscherzunft noch himmelweit auseinander.

In einem solchen Umfeld entstehen und vermehren sich Gerüchte. So kamen tatsächlich vor einigen Monaten Thesen von einer *ansteckenden* Alzheimer-Krankheit in die Welt. Das Dementi fiel zaghaft aus, weil man noch so wenig Richtiges über die tatsächlichen Ursachen weiß. Glücklicherweise hatten die alarmierenden Meldungen der Medien keine flächendeckende Panik ausgelöst.

Im Buch gehe ich auf einige ausgewählte Demenzen ein, etwa diejenigen, die durch Toxoplasmose oder Normaldruckhydrozephalus ausgelöst werden können. Die Infektionen hingegen, die in dieser Geschichte für einen Großteil der erschreckend schnell verlaufenden Demenzen auch bei jungen Menschen verantwortlich zu sein scheinen, gibt es in dieser Form nicht. Aus zwei Gründen greife ich auf eine erfundene Demenzvariante zurück:

Erstens scheint auch die Natur zu »würfeln«. Betrachtet man die unendlichen Listen von Auslösern, die zu Demenz führen, dann fällt eine weitere Variante unter ihnen kaum auf. Ich habe sie nicht frei erfunden, sondern sie aus vorhandenen Demenzanamnesen kombiniert.

Zweitens wollte ich nicht durch Verwendung einer wirklich vorhandenen Demenzform Ängste schüren oder Betroffene kränken. Ein Thriller soll und darf zwar mit Ängsten spielen, bestimmte moralische Grundsätze sollte er dabei aber meines Erachtens nicht überschreiten.

Ich gehe noch einen Schritt weiter, indem ich am Ende nicht aufkläre, welche Demenz die Opfer in den ersten Kapiteln des Romans (und den Kapitän in Dresden) befallen hat – beginnend in Valencia, Barcelona, Toulon und Antibes, eine Reihenfolge, die erst die Idee von der Welle der Demenz in Schwung gebracht hat. Denkbar wäre, dass diese tödlich verlaufenden Demenzen der Infektion geschuldet sind, es könnten aber auch unterschiedliche Demenzvarianten gewesen sein. Ich lasse es offen, weil dies den Erscheinungsformen realer Pandemien gleichkommt: auch dort muss im Nachhinein jeder Einzelfall sorgsam untersucht werden. Nur aus der

Distanz bleibt das Gesamtbild einer Pandemie ein Phänomen mit klaren Umrissen.

In meinem vorangegangenen Thriller für den Aufbau Verlag, *Jung genug zu sterben,* habe ich mich schon einmal mit dem Gehirn befasst. Dort geht es um die Vorgänge während der Pubertät, um den jahrelangen Umbau dieses Organs und um die Beschwerden Jugendlicher und ihrer Eltern während dieser Bautätigkeit. In dieser Zeit wird das Gehirn »weiß«, weil das Myelin die »Datenleitungen« neu isoliert und damit beschleunigt. Skrupellose Mediziner wollen das für ihre Zwecke nutzen.

Im zweiten Thriller nun geht es um das versagende Gehirn. Auch diesmal gibt es skrupellose Figuren, die ihren Gewinn aus dem Leid anderer ziehen. Aber diesmal ist es die Demenz selbst, die als schwarzer Schurke über die Menschheit herfällt. Die Geschichte übertreibt natürlich ein wenig – bei der Geschwindigkeit des Krankheitsverlaufs oder der gemutmaßten Ansteckung.

Dennoch sind die Demenzen traurige Wirklichkeit, und ich schließe mich der Meinung von Thomas Müller an, der vor einiger Zeit in der *Ärzte Zeitung* beklagte, dass die Konzentration der Forschung auf einen einzigen Demenzauslöser (das Beta-Amyloid) ein Desaster sei. Er kommentierte weiter: *»Wir wissen immer noch zu wenig über Alterungsprozesse und Demenz. Am CERN in Genf arbeiten Tausende Wissenschaftler Hand in Hand daran, die letzten Geheimnisse der Materie zu entschlüsseln. Wieso gibt es ein solches Projekt nicht in der Demenzforschung? Ein wirksames Mittel gegen Alzheimer sollte uns solche Mühen allemal wert sein.«**

* Thomas Müller: Dringender Neustart nötig, in: Ärzte Zeitung online, 31. Oktober 2012 [1. November 2012], www.aerztezeitung.de/medizin/krankheiten/demenz/article/825538

Auf *Jung genug zu sterben* weise ich auch diejenigen Leserinnen und Leser hin, die mehr über die erste Begegnung zwischen Jenissej und Lothar Melchmer erfahren möchten.

In der Literaturliste gebe ich meine wichtigsten Quellen an. Während die meisten Texte auch für Laien verständlich sind, richten sich Wallesch und Förstl ausdrücklich an Fachleute.

Da *Blackout – Die Epidemie* ein Roman ist, sind die Figuren und Begebenheiten frei erfunden, bei manchen Orten, etwa in der Friedrichstraße 108, erlaube ich mir einige Freiheiten.

Mein Dank gilt allen, die mich mit Hinweisen und Rückmeldungen versorgen. Hervorzuheben ist einmal mehr Jörg Breitenfeld, der frühzeitig in das Projekt eingeweiht war und mich stets mit freundschaftlichem Rat unterstützte. Außerdem danke ich meiner Agentin Susan Bindermann und Reinhard Rohn vom Aufbau Verlag, dass sie die Grundlage für diese Veröffentlichung geschaffen haben sowie Heike Clemens für das anregende, sensible Lektorat und die Projektverantwortung. Dank auch all jenen fleißigen Geistern, die im Hintergrund am gemeinsamen Erfolg mitwirken.

Für die Zukunft gilt, eines nicht zu vergessen: Es ist ein Wunder, dass wir uns erinnern können.

Jörg Liemann

Literatur

Bücher

Luis Buñuel: Mein letzter Seufzer, Berlin 1985 (Paris 1982)

Annette Bruhns, Beate Lakotta, Dietmar Pieper (Hg.): Demenz – Was wir darüber wissen, wie wir damit leben, DVA / Spiegel, München 2010

Huub Buijssen: Demenz und Alzheimer verstehen – Erleben, Hilfe, Pflege: Ein praktischer Ratgeber, Beltz, Weinheim und Basel 2011 (2008)

Felix Schürch: Alzheimer in der Hausarztpraxis – Wegweiser für die Medizinische Praxisassistenz, Huber, Bern 2012

Claus-Werner Wallesch, Hans Förstl (Hg.): Demenzen, Thieme/Referenz-Reihe Neurologie – Klinische Neurologie, Stuttgart 2012 (2005)

Artikel

Ulrich Bahnsen: Die Saat des Vergessens, in: Zeit online, 16. Januar 2012

Elke R. Gizewski und Michael Forsting: Wie behandelbare Formen der Demenz erkannt werden können, in: Deutsches Ärzteblatt, 6. Juni 2008

Werner Kellner: Reversible, behandelbare Demenzen, in: www.medhost.de/pflege-demenz/reversible-demenz.html, Stand: 16. März 2011

Thomas Müller: Tau-Forscher wittern Morgenluft, in: Ärzte Zeitung online, 30. Oktober 2012

Volker Sturm: Neuronaler Schrittmacher, in: Spektrum der Wissenschaft, September 2011, S. 24 ff.

o. A. (cib/ddp): Papua-Neuguinea: Gen schützte Kannibalen vor Hirnerkrankung, in: Spiegel Online, 20. November 2009

o. A.: Würzburger Forscher: Alzheimer ist nicht ansteckend, in: Mainpost Online, 6. Juli 2012

Lary C. Walker und Mathias Jucker: Wurzeln der Demenz, in: Spektrum der Wissenschaft, März 2014, S. 22 ff.